GOLDMANN

Buch

Ein heißblütiger Pirat und eine widerspenstige Lady – Captain Blackwell ist berüchtigt als gewissenloser Ladykiller und ausgekochter Schurke, dessen teuflischem Charme schon so manche Frau erlegen ist. Die Ehe mit einer feinen Lady der Südstaatengesellschaft ist ungefähr das letzte, was er im Kopf hat.

Glory Summerfield ist eine verwöhnte und verzogene, dabei äußerst temperamentvolle und atemberaubend schöne, junge Plantagenerbin. Als ihrem Vater die Eskapaden seines eigensinnigen Töchterchens über den Kopf wachsen, beschließt er, sie zu verheiraten. Doch Glory weiß auf den ersten Blick, daß dieser arrogante und unverschämte Pirat, der sie unverfroren schon mit seinen frechen Blicken auszuziehen versucht, wohl kaum der Mann ihrer Träume sein kann. Die beiden liefern sich eine leidenschaftliche Schlacht, bei der sie unmerklich immer mehr zu Sklaven ihres heimlichen Verlangens und ihrer Liebe werden.

Autorin

Kat Martin studierte an der University of California Geschichte und Anthropologie und wurde für ihre historischen Liebesromane schon mehrfach mit dem *Romantic Times Award* als beliebteste Autorin ausgezeichnet. »Ich war schon immer fasziniert von der Vergangenheit, von romantischen Liebesgeschichten, die eigentlich zeitlos sind, und von Schauspielern wie John Wayne, Clark Gable und Errol Flynn.« Kat Martin lebt in Bakersfield, Kalifornien.

Außerdem von Kat Martin im Goldmann Verlag erschienen:

Kreolisches Feuer. Roman (42054)

KAT
MARTIN

Der Pirat und die Wildkatze

ROMAN

Aus dem Amerikanischen
von Christoph Göhler

GOLDMANN VERLAG

Deutsche Erstveröffentlichung

Die Originalausgabe erschien unter dem Titel »Captain's Bride«
bei Charter/Diamond Books, New York

Umwelthinweis:
Alle bedruckten Materialien dieses Taschenbuches
sind chlorfrei und umweltschonend.
Das Papier enthält Recycling-Anteile.

Der Goldmann Verlag
ist ein Unternehmen der Verlagsgruppe Bertelsmann

Umschlaggestaltung: Design Team München
Umschlagillustration: Schlück/Daeni, Garbsen
Satz: IBV Satz- und Datentechnik GmbH, Berlin
Druck: Elsnerdruck, Berlin
Verlagsnummer: 42210
Lektorat: Sabine Mania/AK
Herstellung: Heidrun Nawrot/sc
Made in Germany
ISBN 3-442-42210-8

3 5 7 9 10 8 6 4 2

Meinem Mann Larry gewidmet, der immer für mich da ist.
Und den wunderbaren Menschen aus Charleston,
die selbst im Angesicht der Katastrophe ihr stolzes Erbe
bewahren und andere daran teilhaben lassen.

1. Kapitel

Charleston, South Carolina
2. April 1840

Das Schnalzen und Knallen der Peitsche hallte, gefolgt von einem markerschütternden Schrei, über den sorgfältig gepflegten Rasen des großen Herrenhauses.

Gloria Summerfield schloß die Augen. Mit schlanken zitternden Fingern zog sie die Schärpe ihres rüschenbesetzten seidenen Morgenmantels enger und eilte ans offene Fenster, durch das das erste Grau der Morgendämmerung hereindrang.

Draußen hatten die Vögel aufgehört zu zwitschern, und die Stille zwischen den Schreien wirkte unheimlich. Glory zog das Fenster zu und legte den Messingriegel vor, um die Geräusche auszusperren, aber sie waren immer noch zu hören. Gedämpfter jetzt. Gräßliche, quälende Laute.

Mit hölzernen Bewegungen ließ sich Glory vor dem Spiegel mit dem vergoldeten Rahmen nieder, fest entschlossen, sich zur Ruhe zu zwingen und sich ganz den Aufgaben des heutigen Tages zu widmen. Doch ihre Hand wollte nicht aufhören zu zittern, und die silberne Bürste, mit der sie mühsam durch ihr vom Schlaf zerzaustes Haar strich, schien bleischwer. Die blaßblonden, schimmernden Strähnen verfingen sich in den Roßhaarborsten und waren nur mit Mühe wieder freizubekommen. Gleich ist es vorbei, sagte sie sich. Doch die Schreie nahmen kein Ende. Ihre sonst so strahlenden Augen verwandelten sich in zornige blaue Flammen. Sie wirbelte herum, sprang auf und rannte so schnell zur Tür, daß sie vergaß, ihre Hausschuhe anzuziehen.

Glorys Schritte wurden von dem dicken Perserteppich verschluckt, als sie mit nackten Füßen die zwei Etagen zum kalten Marmorboden im Foyer hinunterrannte. Sie eilte an dem eleganten Empfangssalon und am Eßzimmer mit seinem funkelnden Kristallüster vorbei und stürmte in das Arbeitszimmer ihres Vaters, überzeugt, daß er schon längst an seinen Hauptbüchern arbeitete. Statt dessen stand der große Mann vor dem Fenster, hatte die Hände fest hinter dem Rücken verschränkt und starrte hinaus. Seine sonst so kräftigen, breiten Schultern hingen müde herab.

»Papa, du mußt ihnen das verbieten«, flehte Glory mit Tränen in der Stimme. »Sie werden ihn noch umbringen!« Sie schlug die schwere Tür mit etwas mehr Kraft als beabsichtigt hinter sich zu. Als ihr Vater sich vollends zu ihr wandte, hellte sich seine strenge Miene für einen kurzen Augenblick auf; dann zog er die Schultern zurück, und sein Gesicht verhärtete sich wieder.

»Ich wünschte, es wäre so einfach, Glory«, antwortete er. Nur an seinen freundlichen blauen Augen, die etwas heller waren als die ihren, konnte man erkennen, was für ein sanfter Mensch er im Grunde war. »Ich fürchte, ich habe in dieser Angelegenheit nicht mehr zu bestimmen.«

»Du kannst doch bestimmt irgend etwas tun?«

»Es liegt nicht mehr in meiner Hand, mein Kind. Ephraim hat zusammen mit einem Neger von einer anderen Plantage fliehen wollen. Das ist ein Vergehen, das von dem Komitee bestraft werden muß.«

»Aber Willie ist sein Bruder. Das ist doch etwas ganz anderes.«

»Vor den Augen des Gesetzes handelt es sich trotzdem um eine Verschwörung. Ephraim wußte, welches Risiko er einging, als er fortlief. Das Urteil lautet auf fünfzig Peitschenhiebe, und genauso viele wird er erhalten.«

Glory hielt sich so krampfhaft an dem hohen Stuhl ihres Vaters fest, daß sich ihre Finger in das gepolsterte braune Leder der Rückenlehne gruben. »Jemanden dafür zu bestrafen, daß er frei sein will, kann nicht gerecht sein, Vater. Der Mann ist ein Mensch wie du und ich. Er verdient es, besser behandelt zu werden.«

Ihr Vater wandte sich vom Fenster ab und kam zu ihr herüber. Sein ehemals blondes und inzwischen ergrautes Haar glänzte im Schein der Lampe.

»Wir haben schon tausendmal darüber gestritten«, sagte er. »Du weißt, daß er in den Augen des Gesetzes nicht mehr als ein Stück Vieh ist.«

Glorys eisiges Schweigen machte deutlich, was sie von dieser Auffassung hielt.

»Dir gefällt das Leben hier«, sagte ihr Vater. »Wenigstens das mußt du zugeben. Dir gefallen die Bälle und die Kleider und die Verehrer.«

Wie konnte sie das leugnen? Natürlich liebte sie dieses Leben. Welcher jungen Frau würde es nicht gefallen? »All das ist wunderbar«, erklärte sie ihm. »Summerfield Manor ist mein Zuhause. Aber es ist nicht recht, daß wir diese Dinge auf Kosten anderer genießen.«

»Das Leben ist manchmal nicht leicht zu verstehen, Glory. Wir tun alle unser Bestes. Ephraim hat es gut hier, weitaus besser als die meisten. Er hätte nicht fortlaufen sollen.«

»Ich weiß, Vater, aber Sklaverei kann keine Lösung sein.«

Julian Summerfield seufzte. »Ich weiß, wie sehr dir diese Sache am Herzen liegt. Ich bin nur froh, daß du genug Respekt vor mir hast, um das den anderen nicht zu zeigen.«

»Manchmal glaube ich, ich sollte das tun.«

Julian nahm eine Locke von Glorys hellblondem Haar und ließ sie durch seine Finger gleiten. »Wenn du erst erwachsen bist, wirst du das alles verstehen. Irgendwann wirst du dich daran gewöhnen.«

»Ich *bin* erwachsen«, sagte Glory.

Ihr Vater nickte nur. Er grub die Hände tief in die Taschen seines Morgenmantels aus grauem Serge und drehte sich wieder zum Fenster um.

Glory fand, daß er plötzlich alt aussah, daß die Falten auf seinem Gesicht ein kleines bißchen tiefer waren als tags zuvor. Ihr Vater war ein guter Mensch. Intelligent, aufmerksam und so großzügig, daß es manchmal schon unvernünftig schien. Glory vertraute seinem Urteil und wußte, daß er meistens recht hatte. Aber nicht in dieser Sache. Ich werde mich niemals daran gewöhnen, daß Menschen leiden, dachte sie. Ich will es auch nicht.

Endlich hörte das Brüllen auf, doch die Stille, die folgte, dröhnte ihr fast so laut in den Ohren wie die schrillen Schreie des Schwarzen.

Glory spürte, wie ihre Anspannung nachließ. Das Leben auf Summerfield Manor würde wieder seinen gewohnten Gang nehmen. Morgen abend würde der Galaball zu ihrem neunzehnten Geburtstag stattfinden. Bis dahin würde sie die gräßliche Szene vor ihrem Fenster aus ihrem Gedächtnis gestrichen haben, so wie sie es sich beigebracht hatte. Sie würde lachen, tanzen, flirten – und sich ausgezeichnet amüsieren. Sie würde die Grausamkeiten von heute vergessen haben.

Aber ihr Herz würde sich daran erinnern. Ihr Herz würde nie vergessen.

Als hätte er ihre Gedanken gelesen, hob ihr Vater mit seiner kräftigen Hand ihr Kinn an. »Es ist vorbei«, sagte er sanft. »Deine Mutter trinkt im Eßzimmer Kaffee. Warum bringst du uns beiden nicht eine Tasse? Sobald du angezogen bist, kannst du mir bei der Buchhaltung helfen.«

Glory rang sich ein Lächeln ab, nach dem ihr nicht zumute war. »Gut, Vater.« Sie seufzte resigniert und eilte aus dem Zimmer.

Nicholas Blackwell schwang seine langen, muskulösen Beine über die Bettkante und langte nach seinen Hosen, die unordentlich über einem gedrechselten Stuhl hingen.

»Du wirst doch nicht schon gehen?« fragte Lavinia Bond ungläubig. »Es ist noch früh, und Victor kommt erst in ein paar Stunden zurück.«

Nicholas dagegen konnte kaum glauben, daß er über Nacht geblieben war. »Tut mir leid, mein Engel. Die Pflicht ruft. Ich muß das Löschen der Ladung unten am Pier beaufsichtigen.« Ohne vom Bett aufzustehen, zog er seine Hose an und griff dann nach seinem Hemd.

Lavinia strich mit den Händen über seinen muskulösen Rükken und biß ihn schelmisch in seine Schulter. »Bist du sicher, daß du es dir nicht noch anders überlegst?« Zärtlich fuhr sie mit den Fingern durch sein lockiges, schwarzes Haar.

Nicholas drehte sich um und sah ihre schneeweißen Brüste, deren Knospen sich nach seiner Berührung zu verzehren schienen. Sie war wirklich wunderschön, und doch...

Ironisch registrierte er sein Desinteresse. Vor einem Monat hätte er sich wahrscheinlich hinreißen lassen. Jetzt war er froh, fort zu können. Er hatte die überaus freigiebig dargebotenen Reize der Dame genossen und sich gern von ihr betören lassen. Aber wie all die anderen wurde sie auf Dauer langweilig und anstrengend. Er war zu lange in Charleston gewesen. Solange er Lavinia Bond nur zwei- bis dreimal im Jahr für eine oder zwei Nächte besucht hatte, wußte er ihre Gesellschaft durchaus zu schätzen – zumindest im Bett. Aber sein Schiff war vor einer Woche in Charleston vor Anker gegangen. Und eine Woche mit Lavinia Bond war entschieden zu lang.

»Nicht jetzt, Süße.« Er umfaßte ihren Busen und küßte ihn schnell, dann drehte er sich um und schlüpfte in seine hohen schwarzen Stiefel. Lavinia warf sich ihren bestickten Seidenmorgenmantel über und begleitete ihn die Treppe hinunter zur Tür.

»Sehe ich dich vor dem Ball?« fragte sie und fuhr ihm mit den Fingern über die Brust unter dem halb offenen Hemd. Die festen schwarzen Locken berührten ihre Hand und riefen die Erinnerung an ihre heiße Liebesnacht wach. Lavinia leckte sich die vollen roten Lippen, die einen Hauch dunkler waren als ihr Haar.

»Welchem Ball?« fragte Nicholas, der in Gedanken bereits bei seinem Schiff war.

»Der Ball der Summerfields natürlich. Du bist doch mit Julian befreundet, oder nicht?«

»Es war mir eben entfallen.« Doch das stimmte nicht. Julian hatte ihn eingeladen, ein paar Tage auf Summerfield Manor zu verbringen, und zu seiner Überraschung freute sich Nicholas tatsächlich darauf. Obwohl der ältere Mann der beste Freund seines Vaters gewesen war, hatte Nicholas den Landsitz noch nie gesehen. Und Nicholas hatte in den letzten Monaten schwer gearbeitet; er hatte eine Ruhepause verdient. Das letzte, was er jetzt brauchte, war noch mehr von Lavinia Bond.

»Tu uns beiden einen Gefallen, Liebchen. Versuch, ein bißchen diskret zu sein. Ich möchte deinen Mann nicht erschießen müssen, nur weil sein falsch verstandenes Ehrgefühl es verlangt.«

»Findest du nicht, daß ich es wert wäre, Liebling?«

»Das habe ich nicht gesagt, oder?« Nicholas öffnete die Tür. Ein schwerer, mit Fässern beladener Rollwagen rumpelte die schmale, baumbestandene Straße hinunter. Milchflaschen klapperten und klirrten, und eine streunende Katze schoß fauchend unter den Rädern eines Lastkarrens hervor. »Es wird Zeit, Süße.«

Lavinia zog seinen Kopf hinunter und gab ihm einen warmen, feuchten Kuß, aber in Gedanken war er bereits bei dem vor ihm liegenden Tag. Er hatte mehr als genug zu tun, wenn er morgen rechtzeitig vor Julians Feier fertig sein wollte.

»Ich lasse es dich wissen, wenn Victor wieder fort ist«, rief Lavinia ihm nach, als er auf die Straße trat.

»Tu das«, rief er zurück. Ohne sich umzudrehen, ging Nicholas die Tradd Street hinab und auf die drei hohen, fernen Masten der *Black Spider* zu, die über den Firsten der Gebäude an der Battery schwankten.

»Wie sehe ich aus, Plenty?« Glory warf einen letzten Blick über die Schulter hinweg in den bodenlangen, kirschholzgerahmten Spiegel und drehte eine winzige Pirouette, bei der sich die wallenden Röcke ihres neuen Organdykleides bauschten.

Plenty schürzte die dicken Lippen, als wäre sie nicht sicher, ob Glory die Inspektion bestehen würde. »Also...« Sie begutachtete Glory von allen Seiten, dann breitete sich auf ihrem runden Gesicht ein strahlendes Grinsen aus. »Sie seh'n reizend aus, Kind. Genau wie immer.«

Glory beugte sich vor, um der alten Sklavin einen zarten Kuß auf die Wange zu hauchen. »Und *immer* sagst du das. Aber – ich glaube fast, diesmal hast du recht!« Glory ließ ein leises, perlendes Lachen hören und posierte erneut vor dem Spiegel. »Heute abend werde ich allen den Kopf verdrehen!«

Plenty lachte, bis ihr breiter Leib bebte. »Das tun Sie doch immer!«

»Ich muß los. Jetzt habe ich sie gerade lang genug warten lassen.« Glory schnappte ihren weißen Seidenfächer, der genau wie ihr Kleid mit Zuchtperlen und Silberfäden besetzt war, und rauschte durch die Tür. Die Klänge eines Wiener Walzers hallten Glory entgegen, als sie die geschwungene Treppe von ihrem Zimmer im zweiten Stock zum Ballsaal hinabschritt. Als sie halb unten war, erblickte Benjamin Perry, ein schlanker blonder Mann von Anfang zwanzig, Glory und strahlte sie an. Offenbar freute er sich, daß er genau im richtigen Augenblick aus dem Foyer heraufgekommen war, um sie auf den Ball zu begleiten.

»Hallo, Ben.« Glory reichte ihm eine weiß behandschuhte Hand, und der junge Mann beugte sich mit solcher Ehrerbietung darüber, daß Glory fürchtete, er könnte die Balance verlieren und vornüberkippen. Sie mußte sich zurückhalten, um nicht herauszulachen.

»Guten Abend, Miss Summerfield«, sagte Ben. »Sie sehen einfach« – er warf einen verstohlenen Blick auf ihren Busen, der nur notdürftig von einem Hauch Organdy oberhalb des Mieders verhüllt wurde – »wunderschön aus.« Als er Glorys wohlwissenden Blick auffing, traten zwei rote Tupfen auf seine jugendlich blühenden Wangen. »Darf ich um die Ehre bitten, Sie begleiten zu dürfen?«

»Danke, Ben, aber Eric hat mich bereits gefragt.«

Eric Dixon, groß, braunhaarig und gutaussehend, kam auf sie zu. Er funkelte den jungen Mann zornig an und schenkte gleich darauf Glory ein warmes Lächeln. »Ich glaube, ich habe die Ehre, Miss Summerfield.« Eric bot ihr seinen Arm. Über dem makellosen schwarzen Abendanzug kamen seine feinen Züge, die klare Haut und die haselnußbraunen Augen gut zur Geltung.

Ben Perry errötete und trat zurück. Einen Augenblick fragte sich Glory, ob sich Eric dazu herablassen würde, mit Ben zu sprechen.

»Vielleicht haben Sie nächstes Mal mehr Glück«, rief Eric dem Jüngeren zu, bevor er Glory in Richtung Musik führte.

Das Paar trat in den Ballsaal, und das Stimmengewirr im Raum sank zu einem leisen Flüstern herab. Dezenter Applaus folgte, für den sich Glory mit einem bescheidenen Knicks bedankte. Das Geplauder und Gelächter setzten wieder ein, als Eric Glory auf die glänzende, schwarz-weiß geflieste Tanzfläche führte. Andere elegant gekleidete Paare kamen auf sie zu, lächelten Glory an und gratulierten ihr zum Geburtstag.

Für Glory war es die Nacht der Nächte. Ihre Tanzkarte war längst voll, und den weniger glücklichen jungen Männern schien das Herz zu brechen, wenn sie ihnen einen Korb gab. Dennoch scharwenzelten sie um Glory herum, die in all den Zuckergußphrasen, den Platitüden und Huldigungen ihrer Schönheit schwelgte. Ein elegant gekleideter Gentleman nach dem anderen wirbelte sie in seinen Armen über die Tanzfläche. Eric war immer in ihrer Nähe, um ihr den kleinsten Wunsch von den Lippen abzulesen.

Von all ihren Verehrern hatte Eric die besten Aussichten. Er war gutaussehend und charmant – und ihr fast sklavisch ergeben. Sie wünschte, sie würde ihn lieben, aber vielleicht tat sie das ja und wußte es nur nicht. Sie hatte sich immer vorgestellt, wenn sie sich verliebte, wäre das, als würde sie von einem hohen Gipfel stürzen. Es würde ihr den Atem rauben, das Herz zum Platzen bringen, und ihr Magen würde Pirouetten drehen. Bis jetzt war das allerdings noch nie vorgekommen.

Was immer auch geschehen mochte, tröstete sich Glory, das Leben war ein großes Abenteuer. Jeder Tag war voller Glück und neuer Ereignisse. Glorys Leben war schön und strahlend wie eine Christbaumkugel – meistens jedenfalls.

»Nicholas, mein Junge! Kommen Sie herein.« Julian Summerfield stand unter dem riesigen Kristallüster im Foyer des Herrenhauses und empfing den großen, schlanken Kapitän mit einer warmen Umarmung. »Ich habe fast nicht mehr mit Ihnen gerechnet.«

Nicholas ließ sich umarmen und streckte dann seine sonnengebräunte Hand aus. »Wir hatten ein paar Probleme beim Entladen.« Sein zupackender Griff wurde von seinem imposanten Gegenüber ebenso freundlich erwidert. »Es tut gut, Sie wiederzusehen, Julian.«

»Auf diesen Augenblick habe ich mich schon lange gefreut«, erklärte der Ältere. »Ezra, bring die Koffer des Captains hinauf in sein Zimmer und sorg dafür, daß sich ein Stallbursche um sein Pferd kümmert.«

Der weißhaarige alte Sklave absolvierte eine knorrige Verbeugung. »Ja, Sir.« Auf langen O-Beinen eilte er durch die geschnitzte Doppeltür hinaus, zwischen den Säulen hindurch und die breiten Stufen zu der geschwungenen Kiesauffahrt hinab, wo Nicholas' Pferd unruhig stampfend wartete. Dutzende Pferde, unzählige Broughams, Phaetons und andere Kutschen standen entlang der Auffahrt, umgeben von lärmenden Lakaien.

»Kommen Sie, mein Junge«, befahl Julian. »Ich möchte Sie vorstellen.« Er legte seinen schweren Arm um Nicholas' breite Schultern und führte ihn die Treppe hinauf zum Ballsaal. Eine zerbrechlich wirkende Brünette, die, abgesehen von ihrem immer noch dunklen Haar, etwas älter als Julian zu sein schien, kam ihnen entgegen und rief den Dienern scharf ein paar Befehle zu. Sie hielt sich kerzengerade, und ihr Mund bildete einen schmalen, wenig einladenden Strich, als sie sich mit harten dunklen Augen an Nicholas wandte.«

»Louise, darf ich dir Captain Blackwell vorstellen. Nicholas, meine Frau Louise.«

Er hätte genauso gut erklären können, daß die Frau in Wahrheit eine Salzsäule sei, so ungläubig starrte Nicholas sie an. Louise Summerfield schien die Antithese zum Charme und zu der Wärme ihres Gatten darzustellen. Kalt, distanziert und zurückhaltend – das war Nicholas' erster Eindruck. Er hoffte für Julian, daß er sich irrte.

»Mrs. Summerfield.«

»Es ist mir ein Vergnügen, Sie kennenzulernen, Captain.«

Sie sagte das wenig aufrichtig und mit so wenig Überzeugung, daß die Worte wie eine hohle Phrase klangen.

»Das Vergnügen ist ganz meinerseits, Madam.«

»Julian«, sagte Louise, »ich fürchte, ihr müßt mich entschuldigen. Ich werde in der Küche gebraucht. Die Vorbereitungen für das Essen, du verstehst.«

»Natürlich, meine Liebe.«

»Captain Blackwell«, wandte sie sich an ihn, »ich bin überzeugt, daß Julian und Glory Sie gut unterhalten werden. Sie genießen diese Art von Vergnügen viel mehr als ich. Wir werden noch Gelegenheit haben, uns während Ihres Aufenthaltes näher kennenzulernen.«

»Ich freue mich darauf«, sagte Nicholas und wünschte, er würde das auch meinen. Er sah ihr nach. Sie blickte weder nach links noch nach rechts und hatte kaum ein Wort für ihre Gäste übrig, die sie ihrerseits auch wenig beachteten. Sie war nicht unattraktiv, fand Nicholas. Groß, gertenschlank, mit feinen Zügen. Aber ihre verkniffene Miene und die Furchen um ihren Mund ließen sie älter aussehen, als sie war.

»Louise macht sich nicht viel aus Bällen«, erklärte Julian. »Sie verbringt den Abend normalerweise draußen in der Küche oder oben in ihrem Zimmer.«

»Ich verstehe«, sagte Nicholas. Wie konnte ein so vitaler und lebenslustiger Mann wie Julian Summerfield mit solch einer Frau verheiratet sein? Aber andererseits, warum sollte das so überraschend sein? Sein Vater hatte eine ganze ähnliche Frau geheiratet. Elizabeth St. John Blackwell, Nicholas' Stiefmutter, war ebenso kalt und reserviert.

»Sie werden Louise besser verstehen, sobald Sie sie kennen«, sagte Julian, und Nicholas fragte sich, ob man seine Gedanken so leicht hatte lesen können.

Nicholas nickte. »Bestimmt hat sie heute abend viel um die Ohren.«

Sie gingen in den Hauptsalon, wo sich die Tänzer unter den strahlenden Kristallüstern drehten. Nicholas entdeckte, daß er einige von Julians Gästen bereits kannte, und Julian stellte ihn den anderen vor. Als sich Julian entschuldigte, um mit ein paar Bankteilhabern aus Charleston zu reden, nahm Nicholas die Gelegenheit wahr, um auf den Balkon zu schlendern, wo er ein bißchen frische Luft schnappen wollte. In den vergangenen drei Tagen hatte ein leichter Frühjahrsregen die Felder erfrischt. Der würzige, erdige Geruch mischte sich mit dem süßen Duft des Geißblatts, und Nicholas fiel auf, wie sehr er den Süden lieben gelernt hatte.

Obwohl er im Norden geboren und aufgewachsen war, brachte es sein Beruf als Kaufmann mit sich, daß er oft im Süden war. Seine Schiffsflotte durchkreuzte die Küstengewässer zwischen Boston, New Orleans und der Karibik, beladen mit allem möglichen, von Baumwolle bis Melasse, von Schuhen und eingelegten Heringen bis zu geräuchertem Wildbret und Waltalgkerzen. Er liebte das Seemannsleben, liebte die Freiheit und den Kampf gegen die Macht der Elemente und genoß es, dabei ein Vermögen anzuhäufen.

»Nicholas!« Lavinias sirupsüße Stimme strömte herüber.

Wie passend, dachte er, als sie an seine Seite geschwebt kam und eine frische Woge von Geißblattduft ihn anwehte. Zuckersüß und ohne einen Gedanken an den Mann zu verschwenden, den sie geheiratet hatte. Aber wie konnte er ihr einen Vorwurf daraus machen, nachdem er die ganze Woche mit ihr im Bett gelegen hatte?

»Guten Abend, Lavinia, du siehst bezaubernd aus.« Das tat sie wirklich. Das flammendrote Haar ringelte sich in zierlichen Löckchen auf ihrem Kopf, und ihre grünen Augen funkelten mit den Smaragden an ihrem Hals um die Wette. Selbst im Dämmerlicht auf dem Balkon konnte Nicholas sehen, wie makellos die weiße Haut schimmerte und wie voll ihre Brüste waren.

»Und du, Nicholas, siehst aus wie ein Satan – teuflisch attraktiv. Ich erröte, wenn ich nur an die letzten Tage denke.«

»Du bist in deinem ganzen Leben noch nicht errötet, Lavinia. Wo ist Victor? Ich glaube, du solltest ihn lieber suchen, bevor er merkt, daß du verschwunden bist.«

»Ach was. Es ist ihm doch gleichgültig, was ich tue.«

»Ich bin überzeugt, daß dort drinnen Menschen sind, denen das keineswegs gleichgültig ist.«

»Ach Nicholas, du bist so langweilig.«

Seine Mundwinkel verzogen sich zu einem schiefen Lächeln. »Gestern nacht warst du noch ganz anderer Meinung, Herzchen.«

Lavinia klimperte mit den langen schwarzen Wimpern und warf ihm über den schwarzen Fächer hinweg einen verstohlenen Blick zu. Nicholas vollführte eine ironische Verbeugung, entschuldigte sich und schlenderte wieder hinein.

Er lehnte mit übereinandergeschlagenen Beinen am Türpfosten, als Julian sich zu ihm gesellte. Nicholas hörte kaum, was er sagte. Sein Blick hing wie gebannt an einer goldhaarigen Frau in Weiß. Ihre Haut war cremig weiß wie Sahne und von einem Hauch aprikosenfarbener Röte überzogen. Das strahlende Wesen, das in den Armen eines jungen Mannes tanzte, war eine der schönsten Frauen, die Nicholas je gesehen hatte.

»Wie ich sehe, haben Sie meine Tochter entdeckt«, sagte Julian beim Näherkommen. Aus seiner Stimme klangen Stolz und der Anflug eines Lächelns.

»Ihre *Tochter*!« Nicholas hätte sich bei dem Wort fast verschluckt. Während der letzten fünf Minuten hatte er Pläne geschmiedet, wie er dieses Mädchen in sein Bett bringen konnte, und sich ausgemalt, wie sich ihr nackter Körper unter ihm wand, während er sie mit heißen Küssen in ihre Halsbeuge betörte. Jetzt überfiel ihn ein plötzliches Schuldgefühl, als habe er seinen Gastgeber beleidigt.

»Mein Stolz und mein Sonnenschein, sollte ich besser sagen«, sagte Julian. »Sie ist bezaubernd, nicht wahr?«

»Einzigartig«, bestätigte Nicholas, und seine Augen folgten wieder ihren graziösen Bewegungen auf der Tanzfläche.

»Ich freue mich, daß Sie meiner Meinung sind. Ich habe Sie auch Glorys wegen eingeladen.«

»Ach?« Jetzt wandte Nicholas seine Aufmerksamkeit dem mächtigen Mann neben sich zu.

»Meine Tochter wird heute neunzehn. Sie ist jetzt erwachsen. Bereit, ihr eigenes Leben zu führen. Eigentlich hätte sie schon heiraten sollen.«

»Bestimmt hat es ihr nicht an Verehrern gemangelt.«

»Das Problem liegt nicht in der Quantität, das kann ich Ihnen versichern. Nur wegen der Qualität habe ich Bedenken.« Julian schaute um sich, um sicherzugehen, daß niemand sie belauschte. »Ich wollte das eigentlich morgen mit Ihnen besprechen. Aber vielleicht ist dies der richtige Augenblick.«

Nicholas' Neugier wurde geweckt, als er merkte, daß sein Freund plötzlich ernst wurde.

»Sehen Sie, ich möchte, daß meine Tochter in ihrer Ehe glücklich wird«, erklärte ihm Julian. »Ich möchte, daß sie ihren Ehemann liebt und achtet. Ich möchte, daß sie einen Mann heiratet, der ihr ebenbürtig ist.«

»Bestimmt finden Sie einen passenden unter ihren vielen Verehrern.«

»Ach, das sind alles nette Jungs... Männer, meine ich. Jeder würde ihr ein behagliches Heim bieten und sie gut behandeln. Ich habe sie furchtbar verhätschelt. Und ihre Verehrer würden sie weiterhin verwöhnen, genau wie ich es getan habe. Deswegen mache ich mir keine Sorgen. Aber Glory hat viel mehr zu bieten als nur ein hübsches Gesicht.«

Dem hätte Nicholas keinesfalls widersprechen wollen. Sein geübtes Auge hatte die sanften Kurven ihrer geschmeidigen Figur und die vollen Brüste, die sich unter ihrem Organdykleid wölbten, längst erfaßt.

»Es würde nicht lange dauern«, fuhr Julian fort, »ehe sie jeden ihrer heutigen Verehrer in ein bibberndes Häufchen verwandelt hätte.«

Nicholas spürte, wie ein Lächeln um seine Lippen zuckte, als Julian auf den Schwarm von Bewunderern deutete, der sich um seine Tochter scharte.

»Sehen Sie nur hin, Nicholas. Glory behandelt sie wie Schoßhündchen und nicht wie Männer, die sie zu heiraten gedenkt. Was für ein Leben hätte sie? Glory soll jemanden heiraten, der Manns genug ist, mit ihr fertigzuwerden.« Er sah Nicholas streng an. »Ich dachte, Sie wären vielleicht interessiert.«

»Ich!« Nicholas' dunkles Gesicht wurde blaß. »Sie bieten mir die Hand Ihrer Tochter an? Sie kennen meinen Ruf, Julian. Die meisten Väter würden mich zum Duell fordern, wenn ich ihrer Tochter auch nur nahe käme, von einer Heirat ganz zu schweigen.«

»Angesichts Ihres Wohlstandes und Ihrer Position halte ich das für kaum wahrscheinlich. Ich habe immer mehr von Ihnen gehalten als Sie selbst. Sie sind ein guter Mann, Nicholas. Sie wären ein ausgezeichneter Ehemann.«

»Ich fühle mich geschmeichelt, Julian. Mehr als Sie ahnen können. Aber ich bin kein seßhafter Mensch. Ich lebe in den Tag hinein. Die meiste Zeit bin ich auf See. Was für ein Leben wäre das für eine Frau?«

»Sie müssen nicht immer auf See sein. Das wissen wir beide. Sie haben mehrere Besitzungen im Norden. Es wird Zeit, daß Sie heiraten und eine Familie gründen.«

»Und Ihre Tochter hält das ebenfalls für eine gute Idee, nehme ich an.«

»Meine Tochter würde toben, wenn sie erführe, daß ich das Wort ›Heirat‹ auch nur in den Mund genommen habe. Sie müßten Glory schon selbst vor den Altar bekommen. Ich wollte Sie nur wissen lassen, daß Sie meinen Segen haben, falls Sie interessiert sind.«

»Ich habe mich noch nie für die Ehe *interessiert.* Das sollten Sie besser als jeder andere wissen.«

»Die Vergangenheit wiederholt sich nicht immer, Nicholas. Nur weil die Ehe Ihres Vaters gescheitert ist, bedeutet das nicht, daß auch Ihre scheitern muß.«

»Und was ist mit Ihrer, Julian? Sind Sie glücklich verheiratet?«

Über Julians Brauen tauchte eine Falte auf. Er seufzte und schaute weg. »Meine Ehe mit Louise wurde arrangiert. Sie war für keinen von uns eine glückliche Lösung. Aber es gab damals eine Frau, die ich geliebt habe.« Einen Augenblick tauchte er in die Vergangenheit ein, und sein Blick schweifte in die Ferne. »Wenn Hannah meine Frau geworden wäre, dann wäre ich der glücklichste Ehemann auf Erden.« Die Falte verschwand, als er sich an jene glückliche Zeit erinnerte, an die Stunden vor dem winzigen Feuer in ihrer kleinen Hütte und an Hannah, die neben ihm in dem alten Eisenbett lag. Als ein lachendes Paar sich hinter ihnen vorbeidrängte, kehrten seine Gedanken widerwillig in die Gegenwart und zu Nicholas zurück. »Denken Sie einfach darüber nach, mein Junge. Aber sagen Sie um Gottes willen kein Wort zu Louise oder Glory darüber. Sie würden mir den Kopf abreißen.«

Nicholas mußte sich beherrschen, um nicht zu lächeln. »Ich werde Ihr Geheimnis hüten. Und noch einmal vielen Dank für das Kompliment, aber ich fürchte, ich bin ein eingefleischter Junggeselle. Verwöhnte kleine Mädchen liegen mir nicht.«

Julian lächelte wohlwissend. »Kommen Sie. Ich glaube, es ist an der Zeit, daß Sie den Ehrengast kennenlernen.«

2. Kapitel

Julian umging die Tanzenden und arbeitete sich zu der gegenüberliegenden Ecke des Raumes vor, wo Glory Hof hielt. Nicholas mußte zugeben, daß sie eine Schönheit war und in jeder Hinsicht vollkommen aussah. Die Art von Frau, die ihn im Bett erregen konnte, sonst aber tödlich langweilte.

Er beäugte die Ansammlung gut gekleideter Männer, die sie

umringte. Diese affektierten Schönlinge machten ihn wütend. Nicholas fand es erniedrigend, wenn sich ein Mann für eine Frau zum Narren machte – welche Frau auch immer.

Als er sah, wie ihre jungen Verehrer um Glory Summerfield herumscharwenzelten, sie geradezu anbeteten, stellten sich Nicholas' Nackenhaare auf. Wahrscheinlich würde sie genau wie Lavinia und all die anderen Frauen werden, die er gekannt hatte: gefühllos, selbstsüchtig und mit den moralischen Skrupeln einer Hafenratte. Er merkte, daß er entschlossen war, sie nicht zu mögen, noch ehe man sie einander vorgestellt hatte.

Nicholas drängte sich an kleinen Gruppen elegant gekleideter Damen vorbei, während er Julian durch den Raum folgte. Die vielen hoffnungsvollen, gelegentlich auch einladenden Blicke aus dunkel geschminkten Augen entgingen ihm nicht. Als sich die beiden Männer der Ecke des Raumes näherten, traten die meisten jungen Männer von dem Mädchen in Weiß zurück. Ein letzter strenger Blick von Julian ließ auch den gutaussehenden braunhaarigen Mann – offenbar der entschlossenste Verehrer des Mädchens – zur Bowleschüssel eilen.

»Glory, ich möchte dir Captain Blackwell vorstellen. Nicholas, meine Tochter Glory.«

Glory streckte ihm eine schlanke Hand entgegen, und Nicholas Blackwell verbeugte sich leicht, während er ihre behandschuhten Finger an seine Lippen hob. Obwohl die Geste galant aussah, wirkte sie irgendwie unaufrichtig, und Glory fragte sich, warum.

»Es ist mir ein Vergnügen, Sie kennenzulernen, Sir«, sagte sie ernst. Ihr Vater hatte Nicholas Blackwells Tugenden gepriesen, seit sie denken konnte.

»Das Vergnügen ist ganz meinerseits, Miss Summerfield, das versichere ich Ihnen«, sagte der Captain. Seine dunklen Augen wanderten so schamlos über ihren Körper, daß Glorys Wangen leuchtendrot aufflammten.

»Vater hat so oft von Ihnen erzählt«, sagte sie, ohne ihre Hand aus seiner zu ziehen, »und immer voller Anerkennung. Aber ich muß gestehen, Captain, ich hätte einen viel älteren Mann erwartet.«

»Dann bedaure ich, Sie zu enttäuschen«, sagte er. Der Captain wußte ganz genau, daß er sie keineswegs enttäuschte, daran hatte Glory keinen Zweifel. Nicholas Blackwell war unverschämt gutaussehend, hatte ein scharf geschnittenes Gesicht, schwarze Locken und einen dunklen Teint, der ihn fast wie einen Südländer aussehen ließ, obwohl Glory wußte, daß er englischer und französisch-kreolischer Abstammung war. Sein schwarzer Abendanzug schmiegte sich makellos an seinen hohen Körper, betonte seine breiten Schultern und saß glatt an den schmalen Hüften und den langen, muskulösen Beinen.

»Wenn es euch beiden nichts ausmacht«, bemerkte Julian, »dann hole ich mir etwas zu trinken. Vielleicht findet Glory ja noch ein Plätzchen für Sie in ihrem Herzen und schenkt Ihnen einen Tanz, Nicholas.«

»Ich bin sicher, Miss Summerfields Herz quillt bereits über«, kommentierte Nicholas trocken, »wo jeder Geck von hier bis New Orleans ihr winselnd zu Füßen liegt.«

Glory erstarrte. Ihr Vater lachte leise und verschwand, so daß sie sich allein mit dem gutaussehenden Captain messen mußte. Seine Worte hatten ihr einen Stich versetzt, und da sie sich der Herausforderung – der ersten seit Jahren, wie es schien – stellen wollte, übergoß Glory Nicholas Blackwell mit ihrem ganzen Charme. Sie war überzeugt, daß er augenblicklich erweichen und in die Lobeshymnen der übrigen einstimmen würde.

»Sie sprechen von meinen Bewunderern, Captain, dabei haben Sie selbst heute abend die Herzen der Damen im Sturm erobert. Jede Frau im Raum hat Sie beobachtet; ich habe mich selbst ein- oder zweimal dabei ertappt.«

»Ach wirklich?« Er zog eine schlanke, schwarze Braue hoch.

»Ich kann mir gar nicht vorstellen, wann Sie die Zeit dazu gefunden haben.«

Glory ignorierte die Anspielung. Der Captain war vielleicht ein bißchen gewandter als ihre anderen Verehrer, aber er war ein Mann, und wenn es darum ging, mit Männern fertig zu werden... sie hatte jedenfalls noch keinen gefunden, dem sie nicht gewachsen war. »Ich glaube fast, Sie mißbilligen es, wenn man einer Frau den Hof macht, Captain.« Sie zog einen Schmollmund und senkte die Lider.

»Ich mißbillige es, Miss Summerfield, wenn eine Frau die Männer dazu verleitet zu glauben, sie empfände etwas für sie, obwohl sie lediglich ihre Eitelkeit befriedigen will. Ich hatte mir von der Tochter eines Mannes wie Julian Summerfield mehr erhofft.«

Glory spürte, wie ihr die Farbe in die Wangen stieg. *Dieser unverschämte Esel*, kochte sie. Da sie das Spiel nicht länger genoß, wandte sie sich an Eric Dixon, der nur auf ein Zeichen gewartet hatte, daß seine Anwesenheit wieder erwünscht war.

Glory zwang sich zu einem Lächeln in seine Richtung. Eric trat vor, einen besitzergreifenden Blick in seinen Augen.

»Eric Dixon«, sagte Glory kühl, »dies ist Captain Blackwell. Der Captain ist ein alter Freund meines Vaters.«

»Ja, ich sehe wohl, wie *alt* er ist.«

Glory hatte Eric von dem bevorstehenden Besuch des Captains erzählt und ihn als freundlichen älteren Herrn porträtiert, den ihr Vater besonders verehrte. Kein Wunder, daß dieses Bild nicht zu den *anderen* Geschichten paßte, die sie über ihn gehört hatte! Der große, dunkelhaarige Captain mit den kühlen grauen Augen hatte nichts mit dem freundlichen, alten Seebären gemein, den sie erwartet hatte.

Eric reichte dem Mann, offensichtlich wenig begeistert, die Hand. Nicholas lächelte dünn, kaum seine Mundwinkel verziehend.

»Ich glaube, das ist unser Tanz, Glory«, sagte Eric und wollte sie zur Tanzfläche ziehen.

Nicholas stellte sich ihnen in den Weg. »Ich bin überzeugt, Mr. Dixon, Sie verbringen so viel Zeit mit Miss Summerfield, daß es Ihnen nichts ausmacht, einen Tanz an einen alten Freund der Familie abzutreten.« Er betonte das Wort »alt«, und in Glory begann es zu sieden. Der Mann war nicht viel älter als Eric, der siebenundzwanzig war, doch der Captain besaß eine Weltläufigkeit, welche die meisten Männer erst im Laufe vieler Jahre erwarben.

Bevor Glory etwas einwenden konnte, hatte Nicholas sie am Handgelenk gepackt und führte sie auf die Tanzfläche. Seine andere Hand legte sich ebenso beiläufig wie besitzergreifend auf ihre Hüfte, was Glorys Zorn nur noch anheizte. Sie konnte ihre Wut kaum zügeln, als er sich im Walzerrhythmus zu bewegen begann und sich unbeirrt mit ihr über die Tanzfläche drehte.

»Sie sind schön, wenn Sie zornig sind«, sagte er, »aber andererseits waren Sie zuvor genauso zauberhaft.«

»Bestimmt, Captain, könnte Ihnen etwas Originelleres einfallen als das!«

»Sachte, sachte!« neckte er sie. »Sie möchten doch nicht, daß eines Ihrer Schoßhündchen glaubt, ich hätte Sie beleidigt? Er könnte mich herausfordern und dabei zu Tode kommen.«

Glory, der einfiel, was man sich über die Schießkünste des Captains zuflüsterte, versteifte sich und wollte sich losreißen, doch Nicholas verstärkte seinen Griff.

»Mein Vater hält Sie vielleicht für ein Muster an Tugendhaftigkeit, Captain Blackwell, ich dagegen habe gehört, Sie seien ein Draufgänger und Frauenheld. Ich habe allerdings nicht gedacht, daß Sie das so schnell unter Beweis stellen werden.«

»Und ich habe gehört, Miss Summerfield, Sie seien verwöhnt und verhätschelt und hätten einen Mann nötig, der Ihnen einen Dämpfer verpaßt.«

Wenn er sie nicht so fest gehalten hätte, wäre Glory gestolpert. Sie mußte sich Mühe geben, um ihn das zornige Funkeln in ihren Augen nicht sehen zu lassen.

»Lächeln Sie«, sagte er. »Denken Sie an Ihre Schoßhündchen.«

»Lassen Sie mich los«, knurrte sie zwischen zusammengebissenen Zähnen. »Wie mein Vater so viel von Ihnen halten kann, ist mir unverständlich.«

»Wir werden den Tanz zu Ende tanzen, Miss Summerfield; dann werde ich Sie zu Ihren... Freunden zurückeskortieren.«

»Sie sind der abscheulichste...«

Zum erstenmal gestattete sich Nicholas Blackwell ein aufrichtiges Lächeln. »Sie und ich werden wunderbar miteinander auskommen«, sagte er. Eine Woge der Erleichterung, herbeigesehnt wie der erste Frühlingsregen, ergriff ihn. Vom ersten Augenblick an hatte er sich zu der jungen Frau hingezogen gefühlt. Seit er sie in seinen Armen hielt, war dieses Gefühl noch stärker geworden. Hätte sie sich auch nur im mindesten für ihn erwärmt, wäre es sehr schwer für ihn gewesen, sich von ihr fernzuhalten. Obwohl er versuchte, sie zu verscheuchen, verfolgte ihn immer noch die Vorstellung der geschmeidigen blonden Frau in seinem Bett.

Das Mädchen war Julian Summerfields Tochter. Nicholas würde sie nur ins Bett bekommen, wenn er sie heiratete – doch das kam nicht in Frage. Besser, sie verabscheute ihn und hielt sich ihm so fern wie möglich.

Der Tanz endete, und Nicholas geleitete Glory in Eric Dixons Obhut zurück. Ihre Wangen glühten zornig, aber sie benahm sich tadellos. Sie hatte sich seine Warnung zu Herzen genommen. Wenigstens war sie nicht ganz so gefühllos, wie es den Anschein gehabt hatte.

»Danke für den Tanz, Miss Summerfield«, erklärte Nicholas mit kaum hörbarem Sarkasmus.

»Es war mir ein Vergnügen, Captain Blackwell«, erwiderte sie ebenso unaufrichtig.

Nach einem letzten musternden Blick machte Nicholas auf dem Absatz kehrt und schritt zur Herrenbar. Die honigsüße Stimme Lavinia Bonds folgte ihm durch den Raum.

»Mein Gott, Glory, wer war der Mann?« Miriam Allstor, Glorys beste Freundin, kam aufgeregt zu ihr gelaufen. Glory prüfte ihre Frisur in dem goldgerahmten Spiegel in ihrem Zimmer und steckte eine Locke fest. Sie hatte sich während eines Schottischen Tanzes gelöst, den Glory in den Armen Jack Flanagans, eines weiteren Verehrers, getanzt hatte.

»Das ist Captain Blackwell, Vaters Freund.«

»Mein Gott! Kein Wunder, daß man sagt, er sei ein Draufgänger.«

»Außerdem ist er ein arroganter Esel«, urteilte Glory, die augenblicklich wieder zornig wurde. »Der Mann ist kein Gentleman, das kann ich dir versichern.«

»Er hat dir Avancen gemacht! O Glory, wie aufregend! Ich würde bestimmt in Ohnmacht fallen, wenn er das bei mir machen würde!« Bei dem bloßen Gedanken drehte Miriam die grünen Augen zur Decke.

»Er hat nichts dergleichen getan. Um die Wahrheit zu sagen, er mag mich nicht einmal. Er glaubt, ich betöre die Männer nur um – ach, ist doch egal, was er glaubt. Captain Blackwell ist ein arroganter Pfau.«

»Vielleicht. Aber jedenfalls ist er ein attraktiver Mann – ich finde, er hat etwas Wölfisches an sich.« Miriam grinste vielsagend.

Die Mädchen verließen Glorys Zimmer und stiegen die Treppe zum Ballsaal hinunter. Miriam entdeckte Nicholas Blackwell, der an der gegenüberliegenden Wand des Saales lehnte und mit gelangweilter Miene mit Lavinia Bond sowie einigen anderen verheirateten Frauen Konversation machte.

»Lavinia scheint ihn jedenfalls zu mögen«, urteilte Miriam.

Glory folgte Miriams Blick. »Also, ich mag ihn nicht. Ich hoffe, Vater ist gern mit ihm zusammen, denn ich habe nicht die Absicht, den Mann zu unterhalten.«

Miriam beugte sich hinüber, um Glory etwas ins Ohr zu flüstern. »Ich habe gehört, daß der Captain dabei gesehen wurde, wie er gestern früh Lavinias Haus verließ. Kannst du dir das vorstellen?«

Glorys Kopf fuhr hoch. »Bestimmt irrst du dich.«

»Ich habe ihn nicht gesehen. Willard Darcy hat ihn gesehen. Willard hat es Sarah Hashim erzählt, und Sarah hat es mir erzählt.«

»Du solltest nicht soviel auf Klatsch geben, Miriam«, rügte Glory. »Außerdem glaube ich nicht, daß Vater so einen Mann in unser Heim einladen würde.«

»Männer denken anders als wir, Glory. Ich weiß, daß du ein bißchen naiv bist, aber –«

»Ich glaube, wir sollten das Thema wechseln, Miriam. Captain Blackwell ist unser Gast«, verkündete Glory mit aufgesetzter Vornehmheit. Als sie aber sah, wie sich Lavinia über den Captain beugte und ihm einen ungehinderten Blick auf ihren Busen bescherte, spürte sie wieder Wut in sich aufwallen und fügte hinzu: »Selbst wenn er ein… *eitler Gockel* ist!« Glory freute sich so über die entsetzte Miene ihrer Freundin, daß sie beinahe lächeln mußte. »Ich muß los. Dieser Tanz gehört Mark Williams. Er wird schon nach mir suchen.« Mit rauschenden Organdyröcken eilte Glory aus dem Treppenhaus – und ließ ihre staunende Freundin Miriam zurück.

Beim Abendessen saß Glory zwischen Captain Blackwell und Eric Dixon zu ihrer Rechten. Der Captain unterhielt sich kaum mit ihr. Meist plauderte er mit Alicia Townsend, einer attraktiven Witwe aus Goose Creek, deren verstorbener Gatte ein enger Freund von Glorys Vater gewesen war. Alicia war eine ruhige, aber durchaus attraktive Frau, hatte eine elegante Figur und dikkes, dunkelbraunes Haar. Sie war intelligent und eine gute Gesprächspartnerin. Glory entdeckte, daß sie angestrengt versuchte zu verstehen, was Alicia zu Nicholas Blackwell sagte. Das Schlimmste war, es versetzte ihr einen Stich, daß er der hübschen Brünetten soviel Aufmerksamkeit widmete.

»Ist etwas, Glory?« fragte Eric, als der Kellner ihren Teller mit der Krabbensuppe, die sie nicht einmal angerührt hatte, abräumte.

»Was? Ach nein, Eric. Ich bin bloß nicht besonders hungrig.« Sie hörte die Witwe leise lachen. Das Geräusch machte Glory noch nervöser, und sie fragte sich, ob sie so wütend war, weil sie sich in ihrer Eitelkeit verletzt fühlte. War sie wirklich so zornig, weil ein einziger Mann ihr gegenüber nicht aufmerksam genug war? Glory wollte das nicht von sich glauben, doch welchen anderen Grund konnte es geben?

Sie hob ihre silberne Gabel auf und stieß heftig in ihren grünen Salat. Was immer auch an dem berüchtigten Captain Blackwell dran war, Gloria Summerfield würde sich nicht von ihm einschüchtern lassen. Sie gedachte ihn zu ignorieren, ihm nicht die geringste Aufmerksamkeit zu schenken.

Das war leichter gesagt als getan, solange sein kraftvoller Schenkel immer wieder unbeabsichtigt gegen ihren drückte und der tiefe, volle Klang seiner Stimme zu ihr herüberdrang.

Der Morgen auf Summerfield Manor war ein Fest für alle Sinne. Nicholas erwachte und roch den Duft der Azaleen, der durch die offenen Fenster drang, spürte die Sonnenwärme auf seiner Wange. Er streckte sich und rollte sich auf die Seite, um den warmen Körper neben sich zu liebkosen, aber mit einem Ruck, der auch das letzte bißchen Schlaf vertrieb, merkte er, daß er allein war. Keine flachshaarige Schönheit kuschelte sich an ihn – er hatte nur geträumt. Nicholas verzog den Mund zu einem bedauernden Lächeln, schlug die Satindecke zurück und schwang seine langen Beine aus dem großen, vierpfostigen Bett. Ein dicker, weicher Teppich schützte seine Füße vor der Kühle der breiten Eichenbohlen des Fußbodens.

Nachdem er Wasser aus einem blauen Porzellankrug in das Becken gegossen hatte, das auf der mit einer Marmorplatte bedeckten Kommode stand, wusch sich Nicholas gründlich. Er zog sich Reithosen und ein gestärktes Leinenhemd an und machte sich auf den Weg nach unten.

Glory Summerfield saß in einem hellgrünen Chambraykleid im Eßzimmer neben ihrem Vater und unterhielt sich angeregt mit ihm, als Nicholas in den Raum trat.

»Nicholas.« Glorys Vater erhob sich und deutete auf einen Stuhl Glory gegenüber. Louise Summerfield war nirgendwo zu sehen.

»Plenty«, bat Julian dann, »du kannst jetzt auftragen.« Die füllige Schwarze schwenkte herum, und ihre großen Brüste bewegten sich im Takt ihrer Schritte, während sie schwungvoll auf die Tür zur Anrichte zuging.

»Ja, Sir, Massa Julian«, antwortete die schwere Sklavin über die Schulter hinweg.

»Guten Morgen, Julian, Miss Summerfield«, begrüßte Nicholas die beiden, bevor er hinter einem eleganten Gedeck aus Porzellan und Silber Platz nahm.

»Guten Morgen, Captain.« Strahlend blaue Augen erwiderten tapfer seinen Blick und weigerten sich standhaft, wegzusehen.

»Bah.« Julian nahm einen Schluck von seinem Kaffee, während ein großer, dünner Neger Nicholas eine Tasse einschenkte. »Ich bin überzeugt, meine Tochter möchte mit einem Freund nicht so förmlich verkehren. Nicht wahr, mein Liebes?« Er schenkte Glory einen Blick, der keinen Widerspruch duldete.

»Natürlich, Vater. Captain, nennen Sie mich doch einfach Gloria.«

Nicholas mußte beinahe lächeln. »Ich fühle mich geehrt, Glory«, sagte er betont und sah, wie sich ihre Wangen dunkel färbten, bis sie die gleiche korallene Schattierung hatten wie ihre Lippen.

Julian lächelte breit und nahm noch einen Schluck Kaffee. »Mir ist heute morgen etwas dazwischengekommen, Nicholas. Ich fürchte, ich kann Ihnen nicht die Plantage zeigen, wie ich es ursprünglich vorgehabt habe. Meine Tochter hat sich statt dessen bereiterklärt. Ich hoffe, das macht Ihnen nichts aus.«

Touché, dachte Nicholas. Julian war ein gerissener alter Fuchs, aber diesmal würde der Schuß vielleicht nach hinten losgehen. Es war nicht ungefährlich, den Bock zum Gärtner zu machen.

»Sind Sie sicher, daß ich Ihren Tagesablauf nicht durcheinanderbringe?« Nicholas richtete die Frage an Glory.

»Also, ich hatte vor –«

»Unfug!« fiel ihr Julian ins Wort. »Natürlich tun Sie das nicht.«

Nicholas mußte fast lächeln. Der dünne Sklave kehrte mit silbernen Platten ins Eßzimmer zurück, auf denen sich Speisenberge türmten: saftiger Honigschinken, Bratkartoffeln, flockige Rühreier und frische heiße Bisquits. In Soßenkännchen aus Porzellan schwappte dicke Whiskysoße, und in einer großen Schale dampfte Hafergrütze.

»Langen Sie zu, mein Junge«, forderte Julian Nicholas mit zufriedenem Lächeln auf. Der ließ sich das nicht zweimal sagen. Glory pickte nur an ihrem Essen herum und sagte kaum ein Wort. Als das Frühstück beendet war, entschuldigte sich Julian, und Glory folgte seinem Beispiel. Sie würde Nicholas später vor dem Stall treffen.

Nicholas wanderte über das Plantagengelände, ganz fasziniert von dem geschäftigen Treiben um ihn herum. Schwarze Frauen in bunten Röcken, deren Kraushaar unter ebenso bunten Turbanen verborgen lag, schwatzten laut durcheinander, und kleine Kinder spielten um ihre Füße. Manche holten mit langen Holzstangen Wäsche aus Eisenkesseln mit kochendem Wasser, während andere in dem riesigen Gemüsegarten arbeiteten, der sich neben der Hauptscheune erstreckte.

Nicholas nahm den Weg durch die Molkerei, wo zwei schwarze Frauen Lämmer schlachteten, während zwei andere butterten und ein Junge Heu in den Futtertrog gabelte. Trotz seines ausgiebigen Umwegs erreichte Nicholas den Stall noch vor Glory.

Ein erdbrauner Schwarzer, mit einer Brust wie ein Faß, wartete bereits auf ihn. »Massa Julian sagt, Sie reiten Hannibal«, sagte er. »Das mächtig gute Pferd. Ein Liebling vom Massa.« Er schlenderte schwerfällig und ohne Eile zu einer Box im Hintergrund und kehrte mit einem großen schwarzen Hengst zurück. Als er zum zweiten Mal fortging, führte er einen tänzelnden, rotbraunen Wallach mit weißen Fesseln am Zügel.

»Das ist Raider. Der für die Missy.«

»Es sind beides schöne Tiere«, sagte Nicholas und ließ seine Hand über Hannibals schlanken schwarzen Widerrist gleiten. »Julian hatte schon immer ein Auge für Pferde.«

»Ich freue mich, daß sie Ihnen gefallen, Captain«, rief Glory ihm von der Tür aus zu. »Ich nehme an, Sie mögen Pferde.«

»Das tue ich wirklich.«

Glory betrachtete ihn nachdenklich. Er sah in seinen eng sitzenden Hosen und dem weiten weißen Leinenhemd ausgesprochen gut aus. Auf das Drängen ihres Vaters hin – und ausschließlich ihm zuliebe, sagte sie sich – war sie entschlossen, heute morgen einen neuen Anfang mit dem Captain zu versuchen. Ihre Liebe zu den Pferden war ihre erste Gemeinsamkeit.

Sie nahm die Zügel des großen Wallachs in ihre schlanke, behandschuhte Hand. »Danke, Zeke«, sagte sie und lächelte den dicken Sklaven warmherzig an. »Du kümmerst dich wirklich sehr gut um sie.« Der Mann strahlte vor Stolz, und sie drehte sich zu Nicholas um. »Pferde sind mein ein und alles«, erklärte sie ihm, wobei sie den Hals des Braunen tätschelte. »Ich habe sie schon als kleines Mädchen geliebt. Vater hat mir das Reiten beigebracht, fast ehe ich laufen konnte.«

Glory lächelte zu Nicholas auf. Zum ersten Mal, seit Julian sie einander vorgestellt hatte, kam ihr Lächeln von Herzen. Ihre Augen funkelten, und ihre Wangen glühten, und Nicholas begann zu begreifen, warum so viele Männer Gloria Summerfields Charme erlagen.

»Hannibal«, fuhr sie fort, »das Pferd, das Sie reiten, ist ein direkter Abkömmling des Arabers Godolphin. Seine Söhne gewannen Rennen in Plaquemine und Donaldsonville. Ich glaube, er hätte ein Champion werden können – er hat die Ausdauer und das Tempo dazu –, aber Vater wollte ihn zur Zucht hierbehalten.«

Nicholas zog eine Braue hoch. »Ihr Vater meinte, Sie hätten mehr als nur ein hübsches Gesicht zu bieten.«

»Wirklich?« Diesmal lächelte sie verschmitzt, und Nicholas fühlte, wie sein Vorsatz ins Wanken kam. »Was hat er noch gesagt?«

»Er sagte, Sie würden Ihren Ehemann wahrscheinlich in ein bibberndes Häufchen verwandeln. Ich glaube, so hat er sich ausgedrückt.«

Glory lachte laut auf, mit einem funkelnden, kristallenen Klang, den Nicholas bezaubernd fand. Sonnenlicht strömte durch die offene Stalltür und brachte ein paar blonde Locken zum Leuchten, die sich aus dem kleinen Chignon im Nacken gelöst hatten. Ein dunkelgrüner, mit einem Schleier besetzter Reithut, der zu ihrem Kostüm paßte, saß herausfordernd schief auf ihrem Haupt. Zierliche Ziegenfellschuhe lugten unter dem Saum ihres Rockes hervor.

»Manchmal übertreibt Vater ein bißchen.«

Von ihrem Zorn war heute nichts mehr zu spüren, und obwohl Nicholas wußte, daß er die Flamme wieder anfachen sollte, brachte er das nicht übers Herz. Ihm standen ein paar unbeschwerte Stunden zu, sagte er sich selbst. Zu gegebener Zeit würde er ihre Wut wieder anheizen und sie in die Enge treiben. Vorerst würde er alles laufen lassen.

»Da wir heute morgen besser miteinander auszukommen scheinen als gestern abend«, sagte er zu ihr, »schlage ich vor, daß wir unseren Waffenstillstand verlängern und den Tag genießen sollten.«

»Das halte ich für eine ausgezeichnete Idee, Captain.« Sie lächelte wieder. Vielleicht freute sie sich auf den Ritt oder über die warme Sonne, die nach drei Regentagen wieder zum Vorschein gekommen war.

Sobald der schwarze Pferdeknecht die Tiere aus dem Stall geführt hatte, hob Nicholas Glory in ihren Damensattel – wobei ihm nicht entging, wie gut sich ihre schmale Taille in seine Hände fügte – und reichte ihr die Reitpeitsche. Hannibal, der Hengst, den er reiten würde, scharrte ungeduldig mit den Hufen.

»Glory, Kind!«

Nicholas drehte sich um und sah die füllige Negerin, die vom Haus aus nach ihrer Herrin rief. Mit einem Weidenkorb in den dicken Händen kam sie zur Scheune herübergewatschelt.

»Ich hab' Ihnen und dem Cap'n Lunch gemacht. Der Cap'n wird Kraft brauch'n, wenn er mit Ihnen reit'n will.« Die alte Frau zwinkerte Nicholas zu und grinste breit.

»Danke, Plenty«, sagte Glory.

Nicholas packte den Proviant in eine Ledertasche, die ihm der große Schwarze namens Zeke heraussuchte, band diese hinter dem Sattel fest und stieg auf. Glory drückte ihren Absatz in die Flanke des Braunen, und das Pferd fiel in Trab. Nicholas holte sie mit Leichtigkeit ein und legte mit seinem großen Rappen ein beachtliches Tempo vor.

Sie ritten schweigend über die schlammigen Wege, genossen die Sonne, die frische Morgenluft und den Duft der Magnolien. Schwarze Sklaven arbeiteten in den Reihen frisch gepflanzter Baumwolle, jäteten Unkraut und lichteten die Pflanzen. Einige sangen leise bei der Arbeit.

»Der Besitz von Summerfield Manor umfaßt etwa sechstausendfünfhundert Morgen«, erklärte ihm Glory. »Auf zweitausendfünfhundert Morgen wird Baumwolle angebaut, auf weiteren eintausendzweihundert Reis, auf dreihundert Getreide für den Eigengebrauch, und der Rest liegt brach. Vater meint, das bewahrt das Land vor der Auszehrung.«

»Und ich dachte, Sie hätten nur Zeit für Ihre Verehrer.«

Glory lachte. »Ich helfe meinem Vater gerne.«

Scheinbar endlos ritten sie auf dem Weg, unter ausladenden Eichen mit faserigen Moossträhnen in den Ästen, an sumpfigen Kanälen entlang, durch dichte Fichten- und Kiefernwälder. Als sie zu den Reisfeldern am Fluß kamen, erläuterte ihm Glory, wie der Reis angebaut wurde, und wieder war Nicholas beeindruckt von ihrer Intelligenz.

»Wenn das Land gerodet ist, wird ein kompliziertes Netz von Gräben angelegt, die Verteiler und Quergräben genannt werden. Auf diese Weise wird sichergestellt, daß die Felder während der Wachstumsperiode gleichmäßig bewässert werden. Mit den Schleusen wird die Bewässerung kontrolliert.« Sie deutete auf das ferne Ende eines Feldes. »Da drüben können Sie eine sehen.«

Nicholas' Blick folgte der Richtung ihres schlanken Armes. Ihr behandschuhter Finger deutete auf ein massives Holztor.

»Um das Feld zu befluten, öffnet ein Mann das Tor, und das Wasser strömt herein. Bei Ebbe wird das Wasser wieder abgelassen.«

»Klingt kompliziert.«

»Die meisten Felder sind bereits bepflanzt, aber wenn Sie zwischen den Eichen hindurchschauen, können Sie ein paar Mulis bei der Arbeit sehen. Der Boden ist so naß, daß sie riesige Stiefel tragen müssen – eine Art Schneeschuhe für den Schlamm. Man legt ein viereckiges, schweres Lederstück auf den Boden, das mit Rohlederbändern an den Beinen festgemacht wird.«

Nicholas beobachtete sie eindringlich. Ihm war aufgefallen, wie sie beim Erzählen auflebte. »Ich dachte, die Frauen würden auf einer Plantage den Haushalt führen.«

»Darum kümmert sich meine Mutter. Eigentlich habe ich sehr wenige Aufgaben. Wenn Vater mich nicht bei der Buchführung helfen ließe, dann würde ich bestimmt wahnsinnig werden vor Langeweile.«

»Ich hätte gedacht, daß Sie bei so vielen Bewunderern beschäftigt genug wären.«

Sie schoß ihm einen feurigen Blick zu, aber er sah sie an, als sei das nicht beleidigend gemeint. Deshalb beschloß Glory, den Kommentar auf sich beruhen zu lassen. »Ich genieße ›Frivolitäten‹, wie meine Mutter es nennt, ebenso wie jede andere Frau. Aber ich genieße es genauso, mit Vater zu arbeiten. Es ist eine Herausforderung. Ich befasse mich fast ausschließlich mit der Buchführung – Gewinnspanne, Kaufen und Verkaufen und so weiter –, aber trotzdem macht es mir Spaß.« Der Captain nickte nur. Er schien an ihr Maß zu nehmen, ihre Worte abzuwägen, und Glory fragte sich, was wohl in seinem Kopf vorging.

Der Morgen verlief vollkommen anders, als Glory erwartet hatte. Anfangs war der Captain aufmerksam und plauderte fröhlich mit ihr. Obwohl er nur selten lächelte, schien er entspannt und den Ausflug zu genießen. Doch im Laufe der Stunden wurde Nicholas immer stiller, und Glory fragte sich, was wohl der Grund sein mochte.

»Sehen Sie! Da drüben ist ein großer Graureiher!« Sie deutete zum Rand des Reisfeldes. »Und links von ihm sitzt ein Silberreiher!« Kaum hatte sie das ausgesprochen, da bemerkte sie, wie sich knapp außerhalb ihrer Blickrichtung etwas bewegte. Sie wandte sich zur Seite und erblickte Jonas Fry, den Oberaufseher, der anscheinend in eine hitzige Debatte mit einem der Sklaven verwickelt war. Sie erkannte den schlanken Jungen als einen Sklaven wieder, den ihr Vater erst vor kurzem auf dem Pier von Charleston gekauft hatte.

»Würden Sie mich einen Augenblick entschuldigen, Captain?« sagte sie. »Ich glaube, ich habe etwas vergessen.«

Bevor er antworten konnte, lenkte sie den Braunen herum und ritt auf den Aufseher zu. Genau wie sie befürchtet hatte, war sein Gesicht zornrot. Jeden Augenblick konnte er die Peitsche zükken, die an seiner Taille hing, und den Jungen ihren beißenden Schlag spüren lassen.

»Was gibt es denn für ein Problem, Jonas?« fragte Glory, als sie die beiden erreicht hatte. Der Junge sah mit großen, angsterfüllten Augen zu ihr auf.

»Nichts, weswegen Sie sich Gedanken machen müssen, Miss Glory. Der Junge hat noch nie gepflanzt. Er hat'n Brett vor dem Kopf und zwei linke Hände. Ein paar ordentliche Schläge werden ihn lehren, aufmerksamer zu sein.« Die immer zornigere Miene des Aufsehers machte deutlich, daß der Junge ganz bestimmt Prügel beziehen würde. Wahrscheinlich hätte sie sich nicht einmischen sollen, doch jetzt war es zu spät für einen Rückzug. Sie beschloß, ihre Taktik zu ändern.

»Ach, Jonas«, sagte Glory und lächelte den Aufseher zuckersüß an, »ich weiß, daß er wahrscheinlich eine Lektion verdient hat, aber ich wünschte, Sie würden ihn mir eben ausleihen. Ich habe mein Wachstuch vergessen, und der Boden ist so feucht, daß ich mir bestimmt mein Kostüm ruinieren werde.«

Einen Augenblick schien Jonas, überrumpelt durch das atemberaubende Lächeln seiner Herrin, zu schwanken; dann hellte sich seine düstere Miene auf, und sein zornrotes Gesicht teilte sich zu einem zufriedenen Grinsen. »Es sind vier Meilen bis zum Haupthaus und zurück. Ein langer Weg für ein Wachstuch. Aber wenn es Sie glücklich macht, Miss Glory, dann wird es mir ein Vergnügen sein, diesen Nigger hier loszuschicken, damit er Ihren Wunsch erfüllt.«

Glory fühlte sich erleichtert. Sie lächelte zu dem Aufseher hinab, als hätte er keine andere Wahl, als die eitlen Launen der Tochter seines Herrn zu erfüllen.

Sie war insgeheim stolz auf sich selbst; bis Nicholas Blackwell an ihre Seite ritt. Seine mißbilligende Miene ließ deutlich erkennen, daß er den Wortwechsel mitbekommen hatte. Einen Augenblick bereute Glory, so spontan gehandelt zu haben. Der Captain glaubte bereits, daß sie verwöhnt war; jetzt wäre er mehr denn je davon überzeugt. Dann dachte Glory wieder an die großen, runden Augen des jungen Negers, der die Peitschenhiebe bekommen sollte, und sie reckte trotzig das Kinn vor. Was Nicholas Blackwell dachte, konnte ihr wirklich gleichgültig sein!

3. Kapitel

»Er soll das Wachstuch auf dem alten Stamm oben auf dem Honeysuckle-Hügel lassen«, wies sie den Aufseher an. »Und, Jonas« – sie schaute ihn an und schlug die dichten, dunklen Wimpern nieder – »nochmals vielen Dank.«

Nicholas sagte nichts. Er saß nur ein bißchen aufrechter in seinem Sattel und hatte den Mund zu einer dünnen, mißbilligenden Linie zusammengekniffen. Schweigend ritten sie den Weg entlang. Glory wünschte, sie könnte ihm alles erklären, aber sie wollte den Captain keinesfalls wissen lassen, daß ihr etwas an seinem Urteil lag. Wenn er das Schlimmste von ihr denken wollte, dann sollte er doch!

»Werden Sie hungrig?« fragte sie, nachdem sie fast eine Stunde geritten waren.

»Glauben Sie, Ihr *Wachstuch* ist inzwischen eingetroffen?« gab er trocken zurück.

»Wenn nicht, dann muß ich eben ohne zurechtkommen.« Nicholas warf ihr einen Seitenblick zu, ohne auch nur einen Deut freundlicher zu werden. »Auf dem Honeysuckle-Hügel ist es trockener«, sagte sie steif.

Das Sattelleder knirschte mit dem ruhigen Gang der Pferde, während sie den Pfad entlangritten. Glory war entschlossen, die warme Frühlingssonne zu genießen, doch Nicholas' Miene wurde mit jedem Moment ernster.

»Mein Bruder und ich kamen als Kinder oft hierher«, sagte sie in der Hoffnung, ihn in ein Gespräch zu verwickeln und ihn die Szene am Reisfeld vergessen zu lassen. »Einer unserer Hauslehrer, Mr. Eisner, liebte es, Ausflüge zu machen. Er erklärte uns, wie die Pflanzen und Tiere hießen, denen wir unterwegs begegneten.«

»Ich wußte gar nicht, daß Sie einen Bruder haben«, sagte Nicholas.

Und auch sonst weiß es niemand, dank Mutter. »Er ist auf einer Schule im Norden. Er will Botaniker werden. Mr. Eisners Lektionen haben ihm großen Eindruck gemacht.«

Wieder nickte Nicholas, doch in Gedanken schien er woanders zu sein. Er machte eine gute Figur auf dem großen Rappen, und zum erstenmal seit Jahren fühlte sich Glory ein bißchen verunsichert. »Sie sind ein sehr guter Reiter, Captain.«

»Danke«, antwortete er. »Sie auch. Ich hätte nicht erwartet, daß eine Frau mit Ihren... *Vorlieben* Gefallen an einem so anstrengenden Sport findet.«

Glory ignorierte den Seitenhieb. »Ich war nie ein Wildfang, aber Reiten ist mit nichts zu vergleichen. Finden Sie nicht auch?«

»Was? O ja, ja, das tue ich.«

Sein offenkundiges Desinteresse ließ Glory insgeheim kochen vor Wut. Warum plapperte sie immer weiter wie eine Närrin, wenn ihre Gesellschaft den Captain so offensichtlich langweilte? In der letzten halben Stunde hatte er nur ein einziges Mal zu ihr herübergeschaut, und zwar, als er glaubte, sie würde es nicht bemerken.

»Captain, wenn Sie lieber zum Haus zurückkehren würden –«

»Das ist vielleicht eine gute Idee, Miss Summerfield. Ich –«

»Glory«, verbesserte sie.

»Glory.« Er zog die Zügel des Rappen an und drehte sich zu ihr um. Sie saß wie eine Fürstin auf ihrem großen Braunen, und ein paar lose hellblonde Haare glänzten in der Sonne. Wieder spürte Nicholas das Ziehen in seinen Lenden, das ihn während der letzten zwei Stunden immer wieder geplagt hatte. »Ich fürchte, ich bin in Gedanken bei meinem Schiff«, log er und fügte dann den Worten noch ein Körnchen Wahrheit hinzu. »Wahrscheinlich hätte ich lieber in Charleston bleiben sollen.«

»Vater sagt, Sie arbeiten zuviel«, sagte Glory.

»Mag sein. Aber wahrscheinlich haben Sie recht, was das Umkehren betrifft.«

Glory spürte, wie ihre Laune zunehmend schlechter wurde. »Außerdem werde *ich* langsam müde«, erklärte sie ihm. Es ärgerte sie, daß er den Morgen keineswegs so genossen hatte wie sie. »Und ich habe heute nachmittag noch ein paar *wichtige* Dinge zu erledigen.«

Es war deutlich, daß sie *ihn* nicht dazu zählte, und Nicholas spürte Zorn in sich aufkeimen. Wenn sie nicht ausgerechnet Julians Tochter wäre, dann hätte er den Morgen damit zugebracht, den verwöhnten kleinen Fratz in sein Bett zu locken. Statt dessen war es ihm lediglich gelungen, sich selbst zu quälen. Und es gab keine Möglichkeit, seine Qualen zu lindern, ehe er nach Charleston zurückkehrte. Selbst Lavinia Bond bekam unter diesen Umständen etwas Verlockendes.

»Wissen Sie was, Captain?« verkündete Glory, während sie ihr Pferd auf dem Pfad herumlenkte. »Ich wette, daß ich schneller als Sie zu Hause bin. Wir können eine Abkürzung über die Felder nehmen, wenn Sie keine Angst vor ein paar Hecken haben.«

»Ich halte das für keine gute Idee. Der Boden ist zu schlammig. Jemand könnte sich verletzen.«

»Sie haben doch nicht etwa Angst zu verlieren, oder?«

»Sehen Sie, Miss Summerfield, solange Sie mit mir zusammen sind, bin ich für Sie verantwortlich. Wir kehren auf dem Weg zurück, den wir gekommen sind.«

»Vater hat mir einiges über Sie erzählt, Captain, aber er vergaß zu erwähnen, daß Sie ein Feigling sind.« Mit diesen Worten wendete sie den großen Braunen und drückte ihm die Hacken in die Flanken. Das Pferd rannte los und ging bald in einen gestreckten Galopp über.

Nicholas fluchte leise und trieb den Rappenhengst an. Anfangs drängte er das Tier, es mit dem Braunen aufzunehmen. Dann nahm der Rappe die Herausforderung an und wurde von selbst schneller, bis die Hufe über die schlammige Erde donnerten.

Verwöhnt und verhätschelt, dachte er. Sie hat nichts im Kopf außer ihren Launen. Wahrscheinlich würde sie sich den Gänsehals brechen, und Julian würde ihm nie verzeihen. Er beugte sich über die Mähne des Rappen und trieb das Tier weiter an. Er hoffte, das Mädchen einzuholen, ehe sie die erste Hecke erreicht hatte, die sich in der Ferne abzeichnete. Doch so schnell das Tier auch rannte, Hannibal legte nur die Hälfte der Entfernung zurück, die Nicholas von Glory trennte. Das Mädchen segelte über die Hecke, den Körper parallel zum Hals des Pferdes. Sie nahm den Sprung mit ebensoviel Grazie, wie sie auf der Tanzfläche im Ballsaal bewiesen hatte.

Nicholas verfluchte ihre Leichtfertigkeit und folgte ihr über die Hecke. Sie hatte immer noch ein paar Meter Vorsprung, als sie auf einen Holzzaun vor einem der Reisfelder zuritten. Je näher sie kamen, desto weicher wurde der Boden, und Nicholas war immer noch nicht nah genug, um sie aufzuhalten.

Gerade als sie zum Sprung ansetzte, kam der Braune auf dem schlammigen Grund ins Rutschen. Das Pferd schaffte es über den Zaun, aber der Aufsprung war riskant, und Glory wäre um ein Haar über den Kopf des Tieres geflogen. Sie schaffte es gerade noch, das Gleichgewicht zu halten, und brachte das Pferd auf der anderen Seite des Zaunes sofort zum Stehen. Mit einer geschmeidigen Bewegung sprang sie aus dem Damensattel.

Erleichtert, aber wutentbrannt ließ Nicholas den Hengst über den Zaun setzen. Glory stand bis zu den Knöcheln im fruchtbaren, schwarzen Schlamm und untersuchte den Vorderfuß des Braunen. Der Saum ihres Rockes starrte vor Schmutz.

Nicholas preßte seine Kiefer aufeinander. Er konnte seine Wut kaum beherrschen. Bebend vor Zorn stieg er ab, näherte sich vorsichtig dem Pferd, das leise wiehernd im Matsch stand, und untersuchte das Bein. »Ich hoffe, Sie sind zufrieden.«

Einen Augenblick lang schaute sie ihn zerknirscht an, dann richtete sie sich trotzig auf. »Woher hätte ich wissen sollen, daß das Feld überschwemmt ist? Ich habe den Sprung schon hundertmal geschafft.«

»Sie hätten Ihren hübschen kleinen Kopf gebrauchen können«, erklärte Nicholas mit harter Stimme. »Sie hätten wissen müssen, daß man nicht über ein schlammiges Feld galoppiert!«

»Ich wollte...« *Ihnen eine Lektion erteilen,* dachte sie. »Nur ein bißchen Spaß haben«, sagte sie statt dessen. »Ich wollte nicht, daß dem Pferd etwas geschieht, und ich wäre Ihnen dankbar, wenn Sie mich nicht belehren würden.« Wie um ihre Worte zu betonen, ließ Glory ihre Reitpeitsche gegen ihre bauschigen Röcke klatschen. Aus ihren blauen Augen sprühte Feuer.

»Sie sind eigensinnig und töricht«, erklärte Nicholas, der sich nur mit Mühe beherrschen konnte. »Jemand sollte Ihnen mit dieser Reitpeitsche eine Lektion erteilen.«

Glorys Wangen glühten. »*Sie* sind bestimmt nicht Manns genug dazu!«

Nicholas richtete sich auf und durchbohrte sie mit seinem Blick. »Ich glaube, Sie würden entdecken, daß ich sehr wohl Manns genug bin, Miss Summerfield. Aber ich habe weder Zeit noch Lust, jungen Damen Benimmlektionen zu erteilen.« Er duckte sich unter dem Hals seines Pferdes hindurch, stieß seinen gestiefelten Fuß in den Metallsteigbügel und schwang sein langes Bein über den Sattel. Ein dünnes, unfrohes Lächeln lag um seinen Mund, als er den Rappen weglenkte.

»Wohin wollen Sie?« rief Glory ihm fassungslos nach. »Sie können mich doch nicht hier draußen lassen!«

»Wirklich nicht?« rief Nicholas über die Schulter zurück.

»Aber mein Pferd ... es ist verletzt. Ich kann nicht mehr darauf reiten!«

»Dann schlage ich vor, daß Sie zu Fuß gehen.« Nicholas trieb den Rappen zu einem lockeren langsamen Galopp an.

»Zum Teufel mit Ihnen, Nicholas Blackwell! Zum Teufel und zur Hölle mit Ihnen!«

Nicholas ließ den großen Rappen herumwirbeln und fixierte Glory mit einem Blick, als wollte er sie mit seinen Augen festnageln. »Machen Sie nur weiter so, Miss Summerfield, dann komme ich vielleicht zurück und erteile Ihnen doch noch die Lektion, über die wir eben sprachen.« Selbst auf diese Entfernung sah er, wie ihre Augen groß wurden. Sie sagte kein Wort mehr, sondern führte den Braunen durch das schlammige Feld zum Weg hin, der in der Ferne verlief. Nicholas lächelte in sich hinein. Er hätte nicht das geringste dagegen, ihr ein paar Lektionen zu erteilen – im Bett. Doch das kam nicht in Frage. Vielleicht würde der lange Marsch zurück zum Herrenhaus sie dazu bringen, sich ihres guten Benehmens zu erinnern.

Der Heimweg schien kein Ende nehmen zu wollen. In Glory brodelte es die ganze Zeit über.

Sie hatte von Anfang an recht gehabt, was Captain Blackwell betraf. Er war nichts als ein überheblicher, arroganter Esel! Wie konnte er es wagen, sie dort draußen alleine zu lassen! Kein Gentleman würde so eine Dame behandeln. Aber Captain Blackwell war ganz offensichtlich kein Gentleman. Abgesehen von den ersten paar Stunden hatte er nicht einmal den Versuch unternommen, sich mit ihr zu unterhalten. Der Mann hätte sich nicht weniger aus dem machen können, was sie sagte. Er war einfach... einfach... *abscheulich*! Genau das war er!

Als sie endlich die Hauptstraße erreicht hatte, hielt Glory einen heubeladenen Wagen auf, der in Richtung des Hauses fuhr. Der alte Sklave, der den Wagen lenkte, sprang herab, um ihr auf den Holzsitz zu helfen, und Glory ließ sich dankbar von ihm umsorgen. Ihre Füße schmerzten. Ihre Knöchel waren vom Gehen im tiefen Schlamm wund, und ihr Reitrock hing ihr in Fetzen am Leib, weil sie sich durch Gestrüpp und Schlingpflanzen hatte kämpfen müssen, die sie eigentlich hatte überspringen wollen. Wieder verfluchte sie Nicholas Blackwell. Warum hatte ihr Vater sie nicht vor dem Mann gewarnt?

»Papa, wie konntest du nur?« tobte Glory und nannte ihren Vater bei dem Namen, den sie als Kind gebraucht hatte und immer noch benutzte, wenn sie wütend oder aufgeregt war. »Du hast doch bestimmt gewußt, was für ein Mensch er ist!« Sie stand in Strümpfen vor dem massiven Rosenholzschreibtisch in seinem Arbeitszimmer. Immer noch tropfte Schlamm vom Saum ihres Reitrockes.

»Erklär mir noch einmal, *was genau* Nicholas getan hat. Hat er dir unsittliche Anträge gemacht? Hat er sich dir aufgedrängt?« Es war nicht zu überhören, daß ihn die Angelegenheit erheiterte.

»Natürlich nicht! Ich habe dir gesagt, was er gemacht hat. Er hat mich dort draußen *allein gelassen*! Er hat mich den ganzen Weg zum Haus zurückgehen lassen!«

»Weil du dich ausgesprochen töricht verhalten und nicht nur dein eigenes Leben, sondern auch das der Tiere gefährdet hast. Es sind wertvolle Pferde, Glory. Sie verdienen eine bessere Behandlung, und das weißt du genau.«

»Ich weigere mich, noch länger darüber zu diskutieren.« Glory richtete sich zu voller Höhe auf, die im Vergleich zu den meisten anderen Frauen, die sie kannte, durchaus beeindruckend war. »Nicholas Blackwell ist ein Flegel und ein Schwerenöter. Es würde mich nicht überraschen, wenn Miriam recht hätte und er mit Lavinia Bond... ein Verhältnis hat!«

»Glory!« Ihr Vater sprang aus seinem Stuhl hoch.

»Es ist schon gut, Vater. Ich bin eine erwachsene Frau. Ich weiß über diese Dinge Bescheid.«

»Welche Dinge?« fragte Nicholas von der Tür aus, aber seine amüsierte Miene verriet, daß er jedes Wort mitgehört hatte. Gelassen lehnte er seinen großen Körper an den Türrahmen.

»Ich bin überzeugt, Sie würden sie ebenso uninteressant finden wie die ganze Konversation, die wir heute geführt haben«, erklärte ihm Glory bitter.

»Sie sehen ein bißchen mitgenommen aus, Miss Summerfield«, sagte Nicholas, wobei er eine schwarze Braue hochzog und sie mit seinen strengen grauen Augen vom Busen bis zum Zeh in Augenschein nahm. »Vielleicht ist Reiten für Sie doch zu anstrengend.«

»Also, Sie –«

»Hört sofort auf, alle beide!« befahl Julian.

Glory richtete sich auf, starrte dem Captain zornig in die Augen und stürmte, kaum daß er den Raum endgültig betreten hatte, an ihm vorbei. Das laute Schlagen der schweren Walnußtür unterstrich ihren Abgang.

»Also, Nicholas...« Julian deutete auf den weich gepolsterten

Ledersessel gegenüber dem Schreibtisch. »Ich nehme an, Sie meinten es ernst, als Sie sagten, Sie seien an einer Heirat nicht interessiert.«

Nicholas streckte sich im Sessel aus und schlug die langen Beine auf dem dazu passenden Lederkissen übereinander. »Ich habe es ernst gemeint, ganz recht. Aber ich wollte keinen Unfrieden zwischen Ihnen und Ihrer Tochter stiften.«

Julian lachte in sich hinein. »Wie wäre es mit etwas Bourbon und Soda?«

Nicholas nickte. »Ich könnte einen guten, starken Drink gebrauchen.«

Julian schenkte zwei Finger breit guten Kentucky Bourbon in hohe Kristallgläser, fügte einen Spritzer Wasser hinzu und reichte Nicholas das Glas. »Ich habe sie noch nie so erlebt«, sagte Julian. »Wenigstens nicht, wenn es um einen Mann ging. Bei den anderen lächelt sie bloß und klimpert mit den Wimpern, und man fragt sich, woran sie wohl denken mag – jedenfalls nicht an den jungen Mann im Zimmer. Natürlich legt sie sich mit mir an, aber mit anderen...« Er schüttelte den Kopf. »Zumindest haben Sie ihren Kampfgeist geweckt.«

»Oh, sie hat jede Menge Kampfgeist«, sagte Nicholas. »Gott stehe dem Mann bei, der sie heiraten wird. Wenn sie ihn nicht dazu überreden kann, das zu tun, was sie will, dann wird sie ihn so lange beschämen, bis er es tut.«

»Wie schade, daß Sie sie so unattraktiv finden.« Julian fixierte Nicholas über den Glasrand hinweg.

Nicholas' Braue zuckte hoch. »Sie ist schön, das wissen Sie genau. Sie ist intelligent und charmant. Und sie ist verhätschelt, verzogen, eigensinnig, störrisch und selbstsüchtig.«

»Selbstsüchtig nicht, mein Junge, das nicht. Glory würde die Kleider weggeben, die sie am Leibe trägt, wenn sie glaubte, daß jemand sie braucht.«

»Ich bin überzeugt, daß sie hundert gute Eigenschaften besitzt«, bestätigte Nicholas, der allerdings nicht so klang, als meinte er es ernst. »Sie wäre eine Herausforderung, das steht fest. Wenn sie nicht Ihre Tochter wäre, dann täte ich nichts lieber, als sie zur Vernunft zu bringen. Aber eine Heirat? Auf keinen Fall. Mein Vater ging durch die Hölle, und den meisten Männern, die ich kenne, geht es kaum besser. Ich gedenke, ledig zu bleiben. Wenn Sie so klug sind, wie ich glaube, dann halten Sie Ihre Tochter von mir fern.«

Wieder lachte Julian. Sein Lachen war ebenso vital und männlich wie er selbst. »Sie haben gesehen, wie leicht man sie daran hindern kann, ihren Kopf durchzusetzen... Aber Sie scheinen ganze Arbeit dabei leisten zu wollen, ihre Abneigung zu erregen. Deshalb überlasse ich diese Aufgabe lieber Ihnen.«

Glory lag über eine Stunde im warmen Schaumbad. Die Hitze half, ihre Verspannungen zu lindern, und milderte ihren Zorn. Wie konnte ihr Vater für diesen grauenvollen Menschen Partei ergreifen? Eric Dixon hätte sich nie so verhalten. Er hätte ihr sein Reittier überlassen und den Wallach durch den Schlamm zum Haus zurückgeführt.

Aber, das mußte sie widerwillig zugeben, ihr Vater und Captain Blackwell hatten in einer Hinsicht recht. Sie hätte bei so schlammigen Boden nicht über die Hecken springen dürfen. Natürlich hatte sie nicht gewollt, daß sich der Wallach verletzte. Sie liebte das große Pferd, genau wie all die anderen Tiere im Stall ihres Vaters. Nun, die Sache war vorbei und erledigt. Sie würde sich eher die Zunge abbeißen, als Captain Blackwell wissen zu lassen, wie sie sich fühlte.

Bis zum frühen Abend war Glorys Zorn abgekühlt. Sie widmete ihrer Toilette besondere Sorgfalt, denn sie war fest entschlossen, seine Sinne zu verwirren. April, ihr Mädchen, frisierte Glorys blonde Haare in kleine Löckchen, die ihr Gesicht und ihren Hals einrahmten, und half ihr dann in ein gefährlich tief ausgeschnittenes, hellblaues Seidenkleid, das das strahlende Blau ihrer Augen noch hervorhob. Weder ihr Vater noch ihre Mutter hatten das Kleid je zu Gesicht bekommen – sie hatte es für einen besonderen Anlaß aufbewahrt. Nun, Vergeltung war ein besonderer Anlaß. Sie würde Nicholas Blackwell dazu bringen, daß er vor ihr auf dem Boden kroch, und wenn es das letzte war, was sie tat.

Als Glory ins Eßzimmer trat, saßen ihre Eltern und der große, gutaussehende Captain bereits an dem langen Hepplewhite-Tisch aus Mahagoni. Der Raum wurde von milchweißen Lorbeerkerzen in einem Kristallkandelaber erhellt, und das Goldrandservice aus Porzellan glänzte im Kerzenlicht. Beide Männer erhoben sich, als Glory hereingerauscht kam.

»Guten Abend, Mutter, Vater. Captain Blackwell.« Den letzten Namen sagte sie so triefend süß, daß die Begrüßung, ohne daß Glory es beabsichtigt hatte, unaufrichtig klang. Es war kein vielversprechender Anfang.

»Guten Abend, mein Liebling«, antwortete ihr Vater.

Nicholas zog ihr den Stuhl zurück. »Sie sehen heute abend reizend aus.« Seine grauen Augen glitten dreist über ihren Leib und hefteten sich dann auf ihre Brüste, deren Spitzen nur knapp von Stoff bedeckt wurden. Ihr Vater blickte einen Moment finster; dann legte sich ein leises Lächeln um seinen Mund. Er erhob sein Weinglas, als wäre alles in Ordnung. Ihre Mutter runzelte die Stirn.

»Oh, vielen Dank, Captain«, bedankte sich Glory. »Es überrascht mich, daß Sie das bemerkt haben.«

Jetzt lächelte ihre Mutter, und ihr Vater runzelte die Stirn.

»Nun, Captain Blackwell«, eröffnete ihre Mutter das Gespräch, während zwei große Schwarze das Essen servierten: Brathuhn, Bachforelle, Mais, schwarze Bohnen, Maisbrei und frischgebackenes Brot. »Warum erzählen Sie uns nicht, was im Norden so passiert? Auf Ihren Reisen haben Sie doch bestimmt die neuesten Verleumdungen der Yankees über diesen Teil des Landes gehört.« Sie strich eine dunklere Strähne in einen der Haarknoten beiderseits ihres Halses zurück und legte den Kopf so weit in den Nacken, daß es aussah, als blicke sie von oben herab auf Nicholas, obwohl er wesentlich größer war als sie.

»Ich glaube kaum, daß die Politik sich zum Tischgespräch eignet, Louise«, sagte Julian, während er Nicholas die Platte mit dem dampfenden Huhn reichte. Obwohl der Tisch fürstlich gedeckt war, herrschten familiäre Tischsitten. Die Vertraulichkeit ehrte Nicholas.

»Die *Yankees*«, antwortete Nicholas pointiert, »waren viel zu beschäftigt, die Folgen der Flut zu beseitigen, als daß sie sich viele Gedanken um die Südstaatler gemacht hätten.«

»Ja«, stimmte Julian zu, »wir haben davon gelesen. Einfach schrecklich. Scheint das halbe Land in Mitleidenschaft gezogen zu haben.«

»Viele Güter wurden beschädigt.« Nicholas lud seinen Teller voll und nahm eine Gabel Maisbrei. »Das wird vermutlich den Markt für Baumwolle und Reis beleben.«

»Das wurde auch Zeit«, murrte Julian. Da das Gut schuldenfrei gehalten worden war, hatte Summerfield Manor wesentlich weniger unter der Depression 1837 gelitten als die meisten anderen Plantagen, aber die Wirtschaft hatte sich in Charleston, wie fast überall im Süden, immer noch nicht erholt.

Für alle außer Glory verlief das Abendessen angenehm. Obwohl der Blick des Captains in regelmäßigen Abständen zur Wölbung ihres Busens hinüberglitt, sprach er kein einziges Mal mit ihr, sondern verhielt sich die meiste Zeit so, als wäre sie nicht im Raum. Als die Tafel aufgehoben wurde, brannten Glorys Wangen vor Beschämung. Sie saß nach außen hin ruhig da, doch innerlich tobte sie. Ihre Mutter hob die Tafel auf.

»Wenn ihr mich entschuldigen wollt«, sagte ihre Mutter, »ich muß oben noch etwas nähen.«

»Gewiß, meine Liebe.« Ihr Vater wie auch Captain Blackwell erhoben sich, als Louise den Raum verließ. »Nicholas, was hielten Sie davon, wenn wir uns zu einem Brandy und einer Zigarre in den Billardraum zurückziehen würden?« Er warf einen Blick auf Glory. »Da wir nur zu dritt sind, macht es Ihnen doch nichts aus, wenn Glory uns Gesellschaft leistet, oder?«

Nicholas zog einen Mundwinkel zu einer Art Lächeln hoch. »Ich würde mich geehrt fühlen.«

»Nun, ich fürchte, *mir* macht es etwas aus, Vater. Ich erwarte, daß sich Captain Blackwell bei mir entschuldigt. Ich habe sein ungehobeltes Benehmen bei Tisch ertragen müssen, und ich werde es keinen Augenblick länger dulden.«

»Glory!« Julian wurde wütend. »Captain Blackwell ist unser Gast. Du wirst ihn mit Respekt behandeln!«

»Nicht bevor er sich entschuldigt!«

»Sie, Miss Summerfield«, erwiderte Nicholas hitzig, »verdienen die Lektion, von der wir heute nachmittag gesprochen haben – und keine Entschuldigung!«

»Aufhören! Alle beide.« Julian schaute von einem zum andern. Glorys Busen wogte und drohte ihr Kleid zu sprengen. Nicholas' finsterer Blick war schwarz und unnachgiebig. Beide waren aufgestanden und funkelten einander wütend an, während Julian immer noch zwischen ihnen am Tisch saß. »Ich glaube, ihr solltet euch *beide* entschuldigen!« entschied Julian.

»Was?« schrie Glory auf. »Er hat schließlich –«

»Und du, junge Dame«, schnitt ihr Julian das Wort ab, »hast deine und die Gesundheit deines Pferdes bei einem gefährlichen Sprung aufs Spiel gesetzt.«

Glorys Zorn ließ etwas nach. Der schöne Wallach hätte sich beinahe den Fuß gebrochen. »Also gut«, gab sie schließlich nach. »Ich entschuldige mich, wenn er sich entschuldigt.« Sie stand vor ihrem Stuhl, und ihre kleinen Finger krallten sich in die schmale Taille ihres Kleides.

»Captain?« fragte Julian.

»Aber natürlich«, antwortete jener galant.

Glory kämpfte ihren Zorn nieder, preßte die Lippen zusammen und atmete ein paarmal tief durch, um sich zu beruhigen. Sie richtete ihre strahlendblauen Augen – und allen falschen Charme, den sie aufbringen konnte – auf den Captain. »Ich möchte mich bei Captain Blackwell für das entschuldigen, was heute nachmittag vorgefallen ist. Er war töricht. Aber Raider hat den Sprung schon hundertmal geschafft. Ich habe nicht gedacht –«

»Das ist korrekt, mein Liebling«, fiel ihr Julian ins Wort. »Du hast nicht gedacht.« Er wandte seine Aufmerksamkeit Nicholas zu. »Captain?«

»Und mir, Miss Summerfield, tut es leid, daß Sie gezwungen waren, den ganzen Weg zu Fuß nach Hause zu gehen. Es ist ein sehr langer Weg, und ich bin sicher, daß sie rechtschaffen müde waren, als Sie zu Hause ankamen.«

»Was? Das ist keine Entschuldigung!«

»Es tut mir auch leid, daß Sie immer noch so zornig sind«, fügte der Captain halb ironisch hinzu, »aber wie ich schon einmal gesagt habe, sind Sie dann besonders schön.«

Julian Summerfield lachte dröhnend. Glory lief hochrot an, schwieg aber. Insgeheim beglückwünschte sie den Captain zu seiner Schlagfertigkeit. Sie beschloß, das zweischneidige Kompliment zu akzeptieren und – ihrem Vater zuliebe – sich in die Niederlage zu schicken. Wenigstens bis auf weiteres.

»Also gut, Captain, Sie haben gewonnen. Ich nehme Ihre Entschuldigung an.« Sie lächelte überfreundlich. »Spielen wir jetzt Billard?« Ohne einen Blick zurück, rauschte Glory aus dem Raum.

4. Kapitel

Das Billardspielen war Glorys heimliches Laster.

Bis heute nacht war die Tatsache, daß sie spielte, ein gut gehütetes Geheimnis gewesen. Keine Dame von Anstand würde sich in die rauchgeschwängerten Zimmer wagen, wohin sich die Männer zurückzogen, um Brandy zu trinken und Geschäfte zu besprechen. Doch Glorys Vater hatte Gefallen daran gefunden, Glory das Spiel beizubringen. Anfangs noch wollte Glory lieber oben bleiben und ihre Puppen neu anziehen oder Harfe oder Klavier üben. Aber um Julian eine Freude zu machen, und weil sie auf diese Weise mehr Zeit mit ihrem Vater verbringen konnte, hatte sie das Spiel gelernt.

Glorys Mutter war wütend gewesen. Louise hatte alles versucht, um ihren ausgelassenen, freundschaftlichen Stunden in der Abgeschiedenheit des Billardraumes ein Ende zu machen, aber vergebens. Schließlich wurde Glory ein ebenso begeisterter Spieler wie ihr Vater, und sie spielte gut. Sie hatte ihre Mutter beschwichtigt, indem sie ihr versprach, daß niemand jemals von dieser Leidenschaft erfahren würde, und bis heute nacht hatte sie ihr Versprechen gehalten.

Sie war verblüfft gewesen, als ihr Vater sie in die Einladung eingeschlossen hatte. Doch nachdem er es getan hatte, war sie fest entschlossen, besser als je zuvor zu spielen.

Glory kramte in einer Bank unter dem Fenster am anderen Ende des Raumes herum, als Nicholas eintrat. Als sie sich vorbeugte, fiel Nicholas erneut ihre zierliche Taille und der volle Busen auf, der sich über den tiefen Ausschnitt ihres Kleides wölbte. Nur zu gut konnte er sich die verführerischen Kurven ihres Gesäßes und die langen, schlanken Beine vorstellen. Schweißperlen bildeten sich auf seinen Brauen. Nicholas zog ein Taschentuch aus seiner grauen Brokatweste.

Er verfluchte die Frau für ihr verführerisches Auftreten. Sie war entschlossen, ihm den Aufenthalt zur Hölle zu machen, und sie hatte verdammt viel Erfolg dabei. Seit er sie zum erstenmal gesehen hatte, dachte er fast nur noch an sie.

Glory richtete sich auf und kam auf ihn zu. Stolz hielt sie ein langes Teakholzqueue in der Hand, das mit schönen Elfenbeinintarsien verziert war. Der Stab war dünner als die anderen, die an der Wand hingen, und offenbar eigens für sie angefertigt. Es kostete Nicholas Mühe, sich seine Erheiterung nicht anmerken zu lassen. Sie überraschte ihn immer wieder – auf sehr angenehme Weise. Und je mehr er sich zu ihr hingezogen fühlte, desto mehr wünschte er, er wäre nie nach Summerfield Manor gekommen.

Sie spielten Poolbillard. Nicholas stellte die Kugeln auf, und sie schossen um das Recht auf den Anstoß. Glory gewann. Nicholas hielt das für Anfängerglück, bis er zusehen mußte, wie sie mit dem Eröffnungsstoß die Kugel Nummer eins versenkte. Die Zwei und die Drei folgten, doch die Vier verfehlte sie – knapp. Ein schwieriger Bandenschuß, an dem Nicholas wahrscheinlich ebenfalls gescheitert wäre. Insgeheim bewunderte er ihr Können.

Nicholas versenkte die nächsten drei Kugeln mit Leichtigkeit, verfehlte aber die vierte. Julian versenkte nur zwei. Glory war wieder an der Reihe. Das Lächeln, das sie ihm schenkte, war so überheblich, daß Nicholas spürte, wie er wieder zornig wurde. Eine Frau, die Billard spielte. Das war unerhört. Und keinesfalls damenhaft. Das Mädchen mußte endlich lernen, auf welchen Platz es gehörte, und Nicholas war genau der Mann, der ihr das zeigen konnte! Der Gedanke erschien ihm immer verlockender. Wenn sie nur nicht Julians Tochter gewesen wäre...

Der Abend schritt fort. Alle drei waren ausgezeichnete Spieler, und jeder gewann ein paar Spiele. Schließlich behielt Glory die Oberhand. Nicholas führte ihren Sieg auf den Vorteil zurück, den ihr tief ausgeschnittenes Kleid ihr verschaffte. Er konnte sich nur mit größter Mühe auf das Spiel konzentrieren, wenn der wunderschöne Busen des Mädchens fast überzufließen drohte, sobald sie sich über den Tisch beugte, um einen Stoß auszuführen. Kein Wunder, daß man den Frauen das Billardspielen verbot.

»Nun, Captain, ich hoffe, Sie haben den Abend ebenso genossen wie ich.« Glory lächelte breit, und ihre perlengleichen Zähne leuchteten in ihrem schönen ovalen Gesicht.

Nicholas verzog kaum einen Mundwinkel. »Ich habe noch nie gegen eine Frau Billard gespielt. Ich bin nicht sicher, ob ich ein zweites Mal überleben würde. Aber eines muß ich Ihnen zugute halten, Miss Summerfield: Sie verblüffen mich immer wieder.«

Glory war nicht sicher, ob seine Worte ein Kompliment oder eine Beleidigung bedeuteten, aber im Augenblick war ihr das egal. Sie hatte Nicholas Blackwell geschlagen, und sie fühlte sich wie neugeboren.

»Gute Nacht, Captain.« Sie ging an ihm vorbei zu ihrem Vater, der in einem gepolsterten Ledersessel ruhte, und küßte ihn auf die Wange. »Gute Nacht, Vater.«

Er tätschelte ihre Hand. »Schlaf gut, mein Liebling«, sagte er. »Wir sehen uns morgen früh.«

Glory nickte und ging aus dem Zimmer. Ein zufriedenes Lächeln lag auf ihrem Gesicht.

Als Glory am nächsten Morgen erwachte, fühlte sie sich besser als seit Tagen. Der gestrige Abend mit Nicholas Blackwell fiel ihr wieder ein, und sie räkelte sich und gähnte. April huschte im Zimmer herum, öffnete das Moskitonetz, zog die Vorhänge auf und schlug die breiten hölzernen Fensterläden zurück, um die kühle Morgenluft ins Zimmer zu lassen. Glory hatte es dem Captain endlich heimgezahlt. Er war finsterer Laune gewesen, als sie das Spiel beendet hatten. Der Gedanke ließ Glory lächeln.

Es wurde Zeit, daß jemand den Mann einmal in die Schranken wies. Seiner Miene nach zu schließen, geschah das nicht oft. Glory schwelgte in ihrem Sieg.

»Beeilen Sie sich, Kind.« Plenty kam ins Zimmer gelaufen, als sich Glory eben angezogen hatte. »Sie haben Besuch, Mr. Eric is' unten im Empfangssalon mit Ihrem Papa und dem Captain.«

Glory lächelte. »Sag ihnen, ich käme gleich.« Sie tupfte einen Tropfen Parfüm hinter jedes Ohr. »April, beeil dich mit dem Frisieren. Wir wollen doch unsere Gäste nicht warten lassen.«

Plenty watschelte wieder zur Tür hinaus, und April begann, Glorys Haar zu bürsten. Glory hatte vor, heute Miriam zu besuchen – sie hatte wirklich genug von dem Captain –, aber zuvor würde sie sich ein wenig durch Erics Schmeicheleien aufheitern lassen. Sie würde geradezu unverschämt mit ihm flirten, um dem Captain zu zeigen, wie charmant sie sein konnte.

Nach einem letzten kurzen Blick in den Spiegel schritt sie, gekleidet in ein rosafarbenes Tageskleid aus Seide, die weite, geschwungene Treppe hinab. Während April ihr Haar zu Löckchen frisiert hatte, die ihre Ohren bedeckten, hatte Plenty ihr warme, süße Brötchen und Kaffee gebracht, da Glory das Frühstück verpaßt hatte. Ihr Vater war darüber, wie sie jetzt an seiner Miene erkennen konnte, nicht allzu glücklich gewesen.

»Guten Morgen, Gentleman. Captain«, begrüßte sie die Männer hoheitsvoll. Ihr entging weder das Stirnrunzeln ihres Vaters noch der amüsierte Blick, den ihr Nicholas zuwarf.

»Guten Morgen, Glory«, antwortete Eric. Seine haselnußbraunen Augen tasteten sie mit unverkennbarer Bewunderung ab. »Sie sehen hinreißend aus, wie immer.«

»Danke, Eric.«

»Glory, wir warten schon seit Stunden hinter unten auf dich«, sagte ihr Vater. »Nicholas und ich reiten hinüber zu den Reisfeldern. Da es ein so schöner Tag ist, dachten wir, du würdest vielleicht mitkommen wollen.«

»Das ist sehr nett von dir, Vater«, sagte Glory. »Aber ich habe eine Verabredung auf Buckland Oaks.«

»Ich würde mich glücklich schätzen, Sie begleiten zu dürfen«, erbot sich Eric mit sanftem Blick aus seinen braunen Augen.

»Was für eine Verabredung?« wollte ihr Vater wissen.

»Miriam plant einen Kostümball, und ich habe ihr versprochen zu helfen. Außerdem ist ihre Mutter krank, und ich bringe ihr etwas von Plentys Spezialmedizin.«

Julian seufzte schicksalsergeben. »Nun, ich denke, da ist nichts zu machen; wenn Mrs. Astor krank ist.«

Glory lächelte den Captain an, der kein Wort gesagt hatte und den die ganze Konversation schrecklich zu langweilen schien. »Ich wünsche Ihnen einen netten Ritt, Captain. Wir sehen uns beim Abendessen.«

Er nickte nur und warf Eric, der vorausgeeilt war, um ihr die Tür aufzuhalten, einen scharfen Blick zu. Dann wandte er seine Aufmerksamkeit wieder ihrem Vater zu, der über diese neueste Wendung der Ereignisse zutiefst enttäuscht zu sein schien.

Draußen ließ Glory die Kalesche bereit machen und gab Anweisung, in Anbetracht des schönen Wetters das Verdeck offen zu lassen. Währenddessen plauderte sie leichthin mit Eric. Er erzählte ihr, daß er jeden Augenblick seit dem Abend ihres Geburtstags an sie gedacht habe. Er sagte, wie sehr er sie bewunderte, und bat sie, sich von ihm auf Miriams Kostümball begleiten zu lassen. So attraktiv und aufmerksam er auch war, Glory hatte Schwierigkeiten, dem Gespräch zu folgen. Plötzlich wünschte sie, sie wäre mit ihrem Vater und dem Captain ausgeritten – obwohl sie nicht die leiseste Ahnung hatte, warum.

Glory verbrachte den ganzen Tag bei Miriam, doch unaufhörlich spürte sie dieselbe Unruhe wie vor ihrer Abfahrt. Sie hatte Eric fortgeschickt, kaum daß sie angekommen waren, indem sie ihm erklärte, wieviel sie und Miriam zu tun hatten. Allerdings hatte sie ihn besänftigen müssen, indem sie seine Einladung zum Kostümball wenigstens unverbindlich annahm. Die ganze Zeit über fragte sie sich, was Nicholas Blackwell und ihr Vater wohl tun mochten.

Miriam machte alles nur noch schlimmer. »Wie kommst du mit dem umwerfenden Captain aus?« fragte sie. »Er ist zweifellos der allerhübscheste Mann, den ich je gesehen habe. Ich würde alles darum geben, einen Tag mit ihm zu verbringen. Aber ich schätze, du hast so viele Verehrer, daß du wohl nicht noch einen neuen brauchst.« Sie saßen auf der Veranda und schauten über den makellos gepflegten Garten hinüber zum Fluß.

»Ich habe es dir schon einmal gesagt, Miriam, Captain Blackwell ist ein arroganter, abscheulicher Mensch. Wirklich, er... er ist kein Gentleman, das kannst du mir glauben.«

»Hat er sich geküßt, Glory? Sag schon!«

»Red keinen Unsinn, Miriam. Captain Blackwell und ich kommen überhaupt nicht miteinander aus. Wenn er nicht Vaters Freund wäre, dann würde ich kein Wort mit ihm wechseln. Er benimmt sich unverschämt und tyrannisch; er ist mürrisch und unhöflich; er ist –«

»Einfach göttlich«, fiel ihr Miriam ins Wort. Sie verdrehte die Augen und wedelte mit dem bemalten Fächer. Glory hätte ihre Freundin am liebsten erdrosselt. Sie wechselte das Thema, um auf sicheres Terrain zu gelangen. Langsam ging der nicht enden wollende Nachmittag vorüber. Glory war fest entschlossen, keinesfalls früher zu Hause anzukommen als ihr Vater und der Captain, gleichgültig, wie ermüdend ihr Miriams sonst so erfrischende Gesellschaft heute auch erschien.

Sie zwang sich sogar, etwas länger als üblich zu bleiben. Als sie schließlich doch aufbrach, rang der alte Mose, der sie hergefahren hatte, nervös die knochigen Hände.

»Ihr Daddy mag's nich', wenn Sie so spät heimkomm', Miss Glory. Dafür wird er mir ans Leder geh'n.«

»Ach, Unfug«, sagte Glory, ohne auf die Bedenken des Kutschers einzugehen. »Wenn wir uns beeilen, sind wir vor Einbruch der Dunkelheit zu Hause.«

Aber das waren sie nicht. Auf halbem Wege fuhr die Kutsche in ein Schlagloch, und ein Rad brach von der Achse. Mose brauchte scheinbar ewig für die Reparatur. Seine knorrigen alten Hände waren nicht mehr so geschickt wie einst, und Glory hatte nicht die entfernteste Idee, wie sie ihm helfen konnte. Sie saß nur ruhig im Sitz, wartete darauf, daß er fertig wurde, und fragte sich, wie sie den Zornesausbruch ihres Vaters überstehen sollte.

»Zum Teufel mit dem Mädchen«, tobte Julian Summerfield. »Sie weiß verdammt gut, daß sie nicht so lange wegbleiben soll!«

»Wahrscheinlich hat sie einfach die Zeit vergessen«, meinte Nicholas beschwichtigend. Sie saßen im Wohnzimmer im ersten Stock, tranken Bourbon und Wasser und rauchten Zigarren. Julian machte sich von Minute zu Minute mehr Sorgen.

»Das Mädchen braucht endlich einen Mann«, schimpfte Julian. »Und je eher, desto besser.«

»Hören Sie, Julian, ich bin sicher, daß ihr nichts passiert ist, aber um ganz sicherzugehen, könnte ich ihr ja entgegenreiten.«

»Ich komme mit Ihnen«, bot sich Julian an und sprang auf. Er machte ein paar schnelle Schritte, blieb dann unvermittelt stehen und fuhr sich mit einer Hand an den Rücken. »Verdammt noch mal, ich habe mir einen Muskel verzerrt«, stöhnte er; aber er wich Nicholas' Blick aus. »Verfluchter Ischias!«

Nicholas mußte fast lächeln. »Ich weiß, wie man nach Buckland Oaks kommt. Wahrscheinlich ist sie nicht weit weg. Ich werde sie nach Hause begleiten.«

»Danke, Nicholas. Dieser verdammte Rücken tut wirklich in den dümmsten Augenblicken weh.«

Nicholas nickte nur. Er drückte seine Zigarre aus, ging auf die

Tür zu und stellte unterwegs sein Glas auf den Tisch neben dem Kamin. Da es nachts noch kühl war, lief er kurz in sein Zimmer, um seinen schwarzen Wollumhang überzuwerfen. Mit schnellen Schritten ging er die Treppe hinunter.

Einer der Stallknechte sattelte Hannibal, und Nicholas schwang sich auf das Pferd. Er begann, sich ebenfalls um das Mädchen zu sorgen, wenn er auch nicht wußte, warum. Wahrscheinlich amüsierte sie sich nur. Sie war eigensinnig und verzogen genug dazu. Eine Frau wie sie würde bestimmt nicht bedenken, welchen Kummer sie anderen bereitete. Julian hätte das Mädchen schon vor Jahren an die Kandarre nehmen sollen; jetzt war es zu spät dazu. Zu spät für einen Vater, aber noch nicht für einen Ehemann. Darin hatte Julian recht.

Während er Hannibal in rasendem Tempo die Straße nach Buckland Oaks entlangjagte, sann Nicholas über seine eigenen, recht beschränkten Erfahrungen mit der Institution Ehe nach. Seine Mutter war eine schöne französische Kreolin gewesen. Sie war der Mittelpunkt jeder Feier, der Liebling jedes Balls gewesen. Wohin sie auch kam, lagen ihr die Männer zu Füßen. Alexander Blackwell, Nicholas' Vater, hatte da keine Ausnahme gemacht. Er hatte seine Frau, Collette, mit grenzenloser Leidenschaft geliebt; leider hatte Collette diese Liebe nicht erwidert. Wenigstens nicht auf gleiche Weise. Collette Dubois Blackwell war zu solcher Liebe nicht fähig gewesen.

Nach Nicholas' Geburt hatte sich Collette mit jedem Dandy in New Orleans eingelassen. Sein Vater hatte von ihren Seitensprüngen erfahren, aber beschlossen, Unwissenheit vorzutäuschen. Er hatte gehofft, er könnte ihre Liebe auf irgendeine Weise zurückgewinnen.

Als Nicholas sieben Jahre alt war, brannte seine Mutter mit einem wohlhabenden Kaufmann nach Frankreich durch, ohne auch nur einen Gedanken an Nicholas oder seinen Vater zu verschwenden. Ein paar Jahre später erfuhr Nicholas, daß sie an irgendeiner Seuche gestorben war. Er hatte sie so vermißt. Er hatte sich so nach ihrer Liebe gesehnt – genau wie sein Vater.

Wie immer schlug Nicholas die Erinnerung an seine schöne, hedonistische Mutter aufs Gemüt. Gloria Summerfield mit ihrem leisen Lachen und ihrem betörenden Wesen würde wahrscheinlich ebenso werden wie sie. Genau wie all die anderen Frauen, die Nicholas kennengelernt hatte. Zum hundertstenmal an diesem Tag schwor Nicholas, sich nicht mit diesem Mädchen einzulassen. Morgen würde er Summerfield Manor verlassen, um auf sein Schiff zurückzukehren und zu dem Leben, für das er bestimmt war. Nicholas konnte es kaum erwarten.

»Bist du noch nicht fertig, Mose?« fragte Glory und schaute die dunkle Allee auf und ab. Nur die einsamen Schreie einer Eule hatten ihnen bis jetzt Gesellschaft geleistet. Doch nun stieg der Mond über den Bäumen auf, und Glory begann, andere Geräusche zu hören. Sie konnte nicht genau sagen, was es für Laute waren, aber sie klangen eigenartig. Glory hatte es eilig, weiterzufahren.

»Alles fertig, Miz Glory.« Mose humpelte wieder nach vorn und kletterte auf den Kutschbock. Er drängte die beiden Stuten zum Trab, und die Kutsche rollte weiter.

Erst atmete Glory erleichtert auf. Aber als sie den Weg weiter entlangfuhren, wurden die eigenartigen Geräusche lauter. Sie merkte, daß der alte Mose nervös von einer Seite zur anderen schaute, und ein Angstschauer lief ihr über den Rücken. Die Geräusche kamen näher – Hundegebell und Pferdehufe, die über die immer noch weiche Erde donnerten. Ihre Angst wuchs, und ihr Herz begann, im Rhythmus der dahintrabenden Tiere zu pochen.

Der alte Mose ließ die Zügel etwas fester auf die Pferderücken knallen und drängte das Gespann zu schnellerem Tempo. Der hohe Kiefernwald eilte im dunstigen Schein des Mondes vorüber, und Glory klammerte sich an den Samtsitz, um nicht in der offenen Kutsche umhergeschleudert zu werden. Als Mose sah, daß die Straße vor ihnen eine Kurve machte, ließ er die Pferde langsamer werden. Im selben Moment huschte ein kleiner junger Neger auf die Straße, so daß Mose die Zügel anziehen mußte, um ihn nicht zu überfahren. Der Junge erstarrte wie vom Blitz gerührt. Glory erkannte Ephraims Bruder Willie. Der Kleine stürzte auf den Wald zu.

»Willie, warte!« rief sie ihm nach. »Nicht dorthin, da finden sie dich bestimmt!«

Willie drehte sich um, als er Glorys Stimme erkannte, und kam zur Kutsche gerannt. Sein schlanker Körper war schweißgebadet, seine Kleider waren zerfetzt, Arme und Beine zerkratzt und blutig. »Bitte, Miz Glory«, flehte er. »Die schlagen mich tot, bestimmt.«

Das Knallen der Peitsche klang Glory noch in den Ohren. Wie durch ein Wunder hatte Ephraim das Auspeitschen überlebt. Der kleine Willie hatte weder die Kraft noch die Ausdauer seines Bruders. Die Geräusche wurden lauter. Glory konnte die Stimmen der Männer hören, die einander auf der Suche nach dem entlaufenen Sklaven zuriefen. Die Hufschläge der Pferde waren so laut, daß sie sich fragte, wie sie überhaupt noch das Schlagen ihres Herzens hören konnte.

»Bitte, Miz Glory«, flehte Willie. »Sie sin' die einzige Hoffnung, wo ich hab'. Es gibt sons' niemand!«

Glory schaute zum Wald hin, aus dem der gräßliche, todverkündende Lärm erscholl, und dann wieder auf den Jungen, dessen Gesicht nur noch aus zwei großen, runden weißen Augen zu bestehen schien. »Wir müssen ein Versteck für dich finden.«

»Unter meinem Sitz is' eine Werkzeugkiste«, schlug Mose vor. »Der Junge is' klein genug, um da reinzupassen.«

Glory zögerte nur einen Augenblick. »Hinein!« befahl sie. Willies aufblitzendes Lächeln war ihr Dank genug.

»Was zum Teufel ist hier los?« Nicholas Blackwell tauchte genau in jenem Augenblick auf, in dem Willie die Leinwandklappe angehoben hatte, mit der die Werkzeugkiste unter Moses Sitz abgedeckt war.

Glory starrte ihn voll Entsetzen an. Nicholas saß in seinem dunklen Mantel auf dem großen Rappen. Sein müdes und zorniges Gesicht ließ ihn rätselhaft und unnahbar aussehen.

»Bitte, Nicholas«, flehte sie ihn an, wobei sie die Hände fest in den Falten ihres Rockes vergrub, »sie bringen ihn um, wenn ich ihm nicht helfe. Bitte, reiten Sie ein Stück zurück. Niemand braucht zu erfahren, daß Sie hier waren.«

Nicholas zögerte nur kurz. Sein Blick schweifte über den Wald, dann schaute er wieder auf das ängstliche Gesicht des Mädchens in der Kutsche. »Tu, was sie sagt«, befahl er dem Jungen, und Willie kletterte in die Kiste. »Die Hunde werden seine Witterung aufnehmen«, erklärte er Glory. »Haben Sie etwas, womit wir sie ablenken könnten? Essensreste oder irgend etwas anderes?«

»Ich habe etwas Brathuhn, das mir Mrs. Astor mitgegeben hat.«

Nicholas stieg ab. Mit zitternden Fingern reichte ihm Glory einen kleinen Weidenkorb, der neben ihr auf dem Sitz stand. Ihr war das Wort »wir« nicht entgangen. Plötzlich empfand sie so tiefe Dankbarkeit, daß sie sich schwach fühlte.

Nicholas schaute in den Korb. »Pfeffer. Hoffentlich wirkt das.« Er stellte den Korb in den Fußkasten der Kalesche, verstreute den Pfeffer auf der Werkzeugkiste, zog die Leinwandabdeckung wieder zurecht und kletterte gerade noch rechtzeitig auf sein Pferd, ehe zwanzig schweißbedeckte Reiter durch das Unterholz brachen. Ein kleiner, stämmiger Mann hielt fünf bellende Hunde am Ende ihrer kurzen Leinen. Die Kakophonie kläffender Hunde, schnaubender Pferde und schnaufender Männer drohte, Glory die Sinne zu rauben.

Aus der Mitte des Trupps löste sich Thomas Jervey, ein muskulöser Mann von Mitte Vierzig, der eine Plantage in der Nähe besaß, und näherte sich ihnen.

»Miss Summerfield.« Obwohl es kühl war, hob er seinen Filzhut und wischte sich mit dem Ellbogen den Schweiß von der Stirn. »Verzeihen Sie die Belästigung, aber die Hunde haben die Witterung des Niggers aufgenommen, der von Buckland Oaks fortgelaufen ist.« Die bellenden und jaulenden Hunde zerrten wütend an ihren Leinen in Richtung des Kutschbocks. »Sie scheinen ihn bis hierher verfolgt zu haben. Macht es Ihnen was aus, mir zu sagen, was Sie so spät hier draußen tun?«

»Ich habe Miriam Astor besucht. Auf dem Heimweg ist uns ein Rad gebrochen. Mose hat es eben repariert.« Sie deutete auf das gebrochene Rad, das, notdürftig geflickt, wieder rechts an der Kalesche angebracht war. »Da ich so spät noch aus war, kam Captain Blackwell, um mich heimzubegleiten.«

»Stört es Sie, wenn wir mal nachsehen?« fragte Jervey, und Glory spürte, wie sie blaß wurde.

»Keineswegs«, antwortete Nicholas für sie, stieg ab und kam zur Kutsche. Der stämmige Mann, der die Hunde hielt, folgte ihnen zum Kutschbock. Glory fürchtete, ihr Herz würde aussetzen.

Nicholas hob die Abdeckung hoch, unter die sie den Proviant gestellt hatten, während die Hunde, auf den Hinterbeinen stehend, eifrig schnupperten. Einen Augenblick später begannen sie zu niesen und erbärmlich zu heulen, kniffen die Schwänze ein und rannten in entgegengesetzter Richtung davon, den stämmigen Mann hinter sich herziehend. Als die Männer den Weidenkorb sahen, den Nicholas geöffnet hatte und in dem ein Hühnchen und etwas verstreuter Pfeffer lagen, brachen sie in Lachen aus.

»Verzeihen Sie die Belästigung, Miss Glory«, sagte Thomas Jervey. »Aber man kann nun mal nicht vorsichtig genug sein.« Er wandte sich an Nicholas. »Sie sorgen dafür, daß sie sicher heimkommt, Captain?«

Nicholas nickte und schwang sich wieder auf den Rappen. Sein dunkler Umhang flatterte im Wind. »Viel Glück bei Ihrer Jagd«, wünschte er Jervey. Dann gab er Mose ein Zeichen, die Kutsche nach Hause zu fahren.

Glory lehnte sich im Sitz zurück. Ihr Herz hämmerte immer noch wie wild. Die Kutsche rollte mehrere Meilen weit, ohne daß ein Wort gesprochen wurde, dann bedeutete Nicholas Mose anzuhalten. Nachdem der Captain abgestiegen war, band er den Hengst an die Kalesche und setzte sich zu Glory in die Kutsche.

»Möchten Sie mir vielleicht erklären, was das alles zu bedeuten hat?« fragte er, als er sich auf dem Sitz niedergelassen hatte.

Der ganze Tag war nervenaufreibend gewesen, das wurde Glory doppelt bewußt. Sie spürte die kraftvolle Gegenwart des Captains – und seinen muskulösen Schenkel, der sich durch dic Falten ihres Rockes gegen sie preßte.

»Ich wünschte, das könnte ich Ihnen sagen, Captain. Aber es geschah alles so schnell. Ich habe nur getan, was mir in diesem Augenblick richtig erschien.«

Nicholas musterte sie eingehend. »Sie haben Ihren Ruf und das Ansehen Ihres Vaters in der Gemeinde aufs Spiel gesetzt, um einem entlaufenen Sklaven zu helfen? Erst gestern haben Sie einen Mann vier Meilen weit laufen lassen, nur weil Sie sich Ihr Reitkostüm nicht schmutzig machen wollten.«

»Der Schein trügt bisweilen, Captain. Manchmal greift Jonas, der Aufseher, ein bißchen zu schnell zur Peitsche. Ich war der Meinung, der Junge würde lieber eine Wanderung von vier Meilen unternehmen, als die Striemen auf seinem Rücken pflegen zu müssen.«

Nicholas begriff, daß er sie in seinem Zynismus falsch eingeschätzt hatte. Vielleicht war mehr an dem Mädchen als er geglaubt hatte. Mondlicht drang zwischen den Wolken hindurch, und Nicholas fiel auf, wie das Licht auf ihren sanften Wangen glänzte und das Blau ihrer Augen zum Leuchten brachte. »Ich glaube, mir ist noch keine Frau begegnet, die mich so oft überrascht hat wie Sie, meine Liebe«, sagte er leise. Glorys Wangen röteten sich, als sie ein so vertrauliches Wort aus seinem Munde hörte, und wieder fühlte er sich zu ihr hingezogen.

»Ich bin Ihnen dankbar für Ihre Hilfe, Captain. Aber ich fürchte, ich werde Sie um noch mehr bitten müssen. Willie ist in Gefahr, solange er nicht den Norden erreicht. Sie könnten ihn an Bord Ihres Schiffes dorthin bringen.«

Nicholas versteifte sich. »Ich heiße die Institution der Sklaverei nicht gut, Glory. Aber ich habe Freunde im Süden. Männer wie Ihren Vater, Männer, die ich bewundere und respektiere. Ich mache Geschäfte mit diesen Männern. Ich werde mich nicht in ihre Angelegenheiten mischen.«

»Ich achte Ihre Gefühle, Captain. Ich empfinde ganz ähnlich. Aber nur dieses eine Mal...? Niemand bräuchte davon zu erfahren.«

Er fuhr mit seinem langen, gebräunten Finger an ihrer Wange entlang. Sie sah so schön, so besorgt aus. Er hatte im Grunde keine Wahl – das hatte er von dem Augenblick an gewußt, in dem er ihr auf der Straße begegnet war. »Also gut. Nur dies eine Mal. Aber bitten Sie mich nie mehr um so etwas.«

»Danke, Captain.«

»Vorhin haben Sie mich noch Nicholas genannt.«

»Nicholas«, flüsterte sie leise.

Es schien so natürlich, daß er sie küßte, so unausweichlich richtig. Welchen Schaden konnte ein kleiner Kuß schon anrichten? Er hob ihr Kinn und küßte ihre weichen, korallenfarbenen Lippen. Sie fühlten sich voll und warm an, und Nicholas hörte sich selbst leise stöhnen. Als sie den Mund öffnete, um seiner Zunge Einlaß zu gewähren, vergaß Nicholas alles, was er sich geschworen hatte; er empfand nur noch die Wärme ihres Atems, die Süße ihres Mundes. Er ließ den Kuß tiefer werden und spürte, wie sich ihre schlanken Arme um seinen Hals legten und ihre Finger durch sein lockiges schwarzes Haar fuhren.

Glory spürte, wie eine Woge des Verlangens sie überschwemmte, so heftig, daß ihr schwindlig wurde. Seine Lippen waren voll und fest, und ein warmes, durchdringendes Glühen breitete sich in ihren Gliedern aus. Ihr war heiß, sie fühlte sich schwach und angespannt zugleich, und ein Zittern durchlief sie. Seine Hände umfingen ihr Gesicht, seine festen Finger hielten sie mit sanfter Kraft gefangen und verwehrten ihr jedes Entkommen. Ihre hart gewordenen Brustwarzen preßten sich steif gegen den Stoff ihres Kleides und schmerzten leicht. Seine Zunge erforschte ihren Mund, kostete jeden Winkel und nahm ihr den Atem, so daß ihr schwindlig wurde.

Glory war schon Dutzende Male und von zahllosen Verehrern geküßt worden. Es waren süße, keusche Küsse gewesen, die sich warm auf ihren Lippen angefühlt hatten. Sie waren ein Versprechen für die Zukunft gewesen. Der Kuß, den sie mit Nicholas Blackwell teilte, war anders als alle anderen. Sie wünschte, er würde ewig dauern, aber nicht einmal das wäre ihr genug gewesen. Als seine Hände über das Mieder ihres Kleides fuhren, als seine Finger die steifen Brustwarzen umspielten, die sich durch den weichen grünen Stoff drängten, da wußte Glory genau, was sie von Nicholas Blackwell wollte, und der Gedanke ernüchterte sie wie ein Sprung in eisiges Wasser.

»Bitte, Captain«, flüsterte sie mit zittriger Stimme und drückte ihn von sich weg. »Das ist viel zu ... ich meine, ich wollte nicht... Ich meine, ich glaube, wir sollten lieber nicht...«

»Ich weiß *ganz genau,* was Sie meinen, Miss Summerfield.« Seine Stimme klang heiser. Er wandte sich von ihr ab und versuchte, seine Erregung zu verbergen, die Glory vorgab, nicht bemerkt zu haben. Ihr Gesicht war flammendrot, und sie war froh, daß sich eine Wolke vor den Mond geschoben hatte.

Nicholas blickte zur Straßenseite. »Ich wollte ebenfalls nicht.«

Den Rest der Strecke legten sie schweigend zurück. Glorys Lippen waren durch seinen Kuß immer noch zartrot gefärbt, und ihr Herz hämmerte. Als sie sein scharfes Profil betrachtete und sah, wie der Wind seine schwarzen Locken zerzauste und Mondstrahlen seine sonst so dunklen grauen Augen erhellten, da begann Glory zu verstehen, warum Frauen wie Lavinia Bond ihre Ehre für Nicholas Blackwell aufs Spiel setzten.

Mose hielt die Kutsche in einigem Abstand von dem Gutshaus an, um Willie herauszulassen, und erklärte ihm, in welcher Hütte er sich verstecken sollte. Am Morgen, vor der langen Fahrt zur Werft in Charleston, sollte Willie wieder in den Kasten schlüpfen.

Glory und der Captain wünschten sich höflich gute Nacht, aber Glory hatte den Eindruck, daß er sie irgendwie anders ansah. Sie wußte, daß *sie ihn* in neuem Licht sah. Sie begehrte Nicholas Blackwell, begehrte zum allerersten Mal in ihrem Leben einen Mann, und das erstaunte und beschämte sie zugleich. Sie hatte immer gewußt, daß ihr Vater ein Mann mit ausgesprochenem sexuellem Appetit war – wenigstens war er das vor Hannahs Tod gewesen. Später war er öfter nach Charleston gegangen, dessen war sie sicher, um den Damen der Nacht einen Besuch abzustatten. Er hatte nie wieder die Sklavenunterkünfte besucht wie damals, als Hannah dort gelebt hatte.

Bis heute nacht war Glory davon überzeugt gewesen, daß sie ebenso empfindsam und keusch war wie ihre Mutter, was die Pflichten einer Frau im Ehebett anging. Für ihre Mutter war jede Intimität nur Pflicht. Nach Glorys Geburt war Louise dankbar gewesen, daß Julian seine Besuche in ihrem Schlafzimmer eingestellt hatte. Ihre Mutter hatte Glory erklärt, daß das, was zwischen einem Mann und einer Frau geschah, ein reiner Fortpflanzungsakt sei, um neues Leben in die Welt zu bringen. Leidenschaft konnten allein Männer empfinden. Glory hatte ihrer Mutter immer geglaubt – bis heute abend. Sie konnte doch unmöglich die Leidenschaft ihres Vaters geerbt haben statt die ihrer Mutter! Aber nun war sich Glory dessen nicht mehr so sicher.

Julian bemerkte die Veränderung in ihrem Verhalten, sobald sie früh am nächsten Morgen ins Eßzimmer kamen. Letzte Nacht hatten beide Müdigkeit vorgeschützt und waren gleich auf ihr Zimmer gegangen. Heute morgen beobachtete Glory Nicholas heimlich und mit sehnsüchtiger Miene unter gesenkten Lidern hervor.

Und Nicholas lächelte. Nicht dünn, schmal und ironisch, sondern voll, aufrichtig und breit. Wenigstens, wenn er Glory ansah.

Julian fragte sich, was wohl letzte Nacht zwischen den beiden vorgefallen war, und insgeheim zweifelte er an der Entscheidung, die beiden so verkuppelt zu haben. Eine zweite Stimme sagte ihm jedoch, daß seine Tochter es verdient hatte, die Liebe kennenzulernen, die ihm selbst nur so kurz vergönnt gewesen war.

Heute reiste Nicholas ab. Und wenn der Ausdruck auf Glorys Gesicht irgendwelche Schlüsse zuließ, dann war sie verdammt traurig, ihn gehen zu sehen. Nicholas schien ebenfalls nicht gerade froh zu sein.

»Auf Wiedersehen, Captain Blackwell«, sagte Glory gerade. Sie waren nach draußen auf den Vorplatz gegangen und standen in der warmen Frühlingssonne.

Nicholas nahm ihre schlanken Finger in seine Hand und führte sie an seine Lippen. Seine sonst so dunkelgrauen Augen wirkten heute irgendwie heller. »Es war mir ein Vergnügen, Miss Summerfield. Ein größeres, als Sie je ahnen können.«

»Werden Sie bald wieder nach Charleston kommen?« fragte sie fast flehentlich, so schien es Julian.

»Ich fürchte, nicht.« Er sagte sonst nichts, und Julian fragte sich, warum er so abweisend klang, wo seine Miene die Worte doch offensichtlich Lügen strafte.

Glory richtete sich auf. »Ich wünsche Ihnen alles Gute, Captain.« Sie wandte sich mit hoch erhobenem Kopf zum Gehen. Ihr blondes Haar glänzte im Morgenlicht.

»Und Sie, Glory. Geben Sie sich nicht mit weniger zufrieden, als sie verdient haben.« Er sah Julian vielsagend an. Dann kletterte er in die Kalesche, an der hinten sein Pferd angebunden war. Der Captain hatte heute morgen entdeckt, daß das Tier lahmte, und ließ sich deshalb von Mose nach Charleston fahren.

»Noch einmal vielen Dank, Julian«, rief Nicholas zurück. »Für alles.«

Als die Kutsche in der Ferne verschwand, gesellte sich Julian zu seiner Tochter. Sie schaute dem Captain nach, bis die Kalesche um die Straßenbiegung fuhr und nicht mehr zu sehen war.

»Du hast ihn gemocht, nicht wahr?« sagte Julian leise, als er den verstörten Blick seiner Tochter bemerkte.

»Zu sehr«, war alles, was sie sagte.

Glory versuchte während der nächsten Wochen alles Erdenkliche, um Nicholas Blackwell zu vergessen. Es war keine leichte Aufgabe. Sie besuchte verschiedene Soiréen und schließlich gemeinsam mit Eric Dixon Miriams Kostümball. Aber jetzt kamen ihr die Männer, die sie umgarnten, unreif und geckenhaft vor. Als sie Eric küßte und nicht mehr als eine angenehme Wärme spürte, mußte sie an Nicholas' leidenschaftliche Umarmung denken. Wann immer sie Lavinia Bond erblickte, wurde sie von der Vorstellung gequält, wie Nicholas die sinnliche rothaarige Frau mit seinen Händen liebkoste und mit seinen warmen Lippen ihr begieriges Fleisch streifte. Das schlimmste daran war, daß Glory eifersüchtig auf Lavinia war, weil jene und nicht sie selbst das Objekt seiner Leidenschaft war.

Erst am ersten Mai kam wieder so etwas wie Ordnung in Glorys Leben. Sie gab schließlich dem Drängen ihrer Mutter nach und willigte ein, Eric zu heiraten.

»Es wird Zeit, daß du heiratest«, hatte ihre Mutter immer wieder gesagt. »Eric ist ein feiner Südstaatengentleman. Seine Familie lebt seit Generation hier. Ihr beide werdet ein ausgezeichnetes Paar abgeben.«

Das sah ihrer Mutter ähnlich. Ihre Heirat mit Julian Summerfield war arrangiert worden. Liebe hatte damals keine Rolle gespielt. Soweit Glory wußte, war ihre Mutter nie richtig verliebt gewesen. Sie teilte ihr Heim mit Julian, aber wenig mehr. Da sie stolz auf die Plantage war, die sie und Julian aufgebaut hatten, hielt Louise große Stücke auf das Land und den Familiennamen. Oh, sie liebte Glory, aber auf die ihr eigene, distanzierte Art, und wahrscheinlich liebte sie sogar Julian. Aber sie lebte in einer abgeschlossenen Welt, weit weg von allen anderen Menschen.

Die Sonne strömte durch das Fenster im oberen Wohnzimmer, wo Glory auf dem Klavier übte, als ihre Mutter hereinkam. Die sonst so ruhige Miene ihrer Mutter war vollkommen leer und wirkte zutiefst verzweifelt.

»Mutter! Mein Gott, was ist passiert?« Glory sprang von der Klavierbank auf und eilte durch den Raum. Die Lagen ihres Rüschenrockes raschelten bei jedem Schritt. Plenty kam hinter Louise ins Zimmer gestürzt, gefolgt von der schluchzenden April.

»Setz deine Mama aufs Sofa da, Kind«, befahl Plenty, und Glory fügte sich still ihrem Befehl. »Und du setzt dich auch hin.«

»Ich? Warum soll ich mich hinsetzen? Plenty, was ist passiert?«

»Es ist Julian«, brachte ihre Mutter hervor. »Er ist auf Hannibal geritten und über eine Hecke gesprungen. Hannibal ging zu Boden. Julian kam mit dem Kopf auf.« Ihr Gesicht war weiß wie Porzellan, und sie starrte mit leeren, ausdruckslosen Augen vor sich hin. »Glory, dein Vater ist tot.«

5. Kapitel

Ohne ihren Halbbruder Nathan hätte Glory diese schwere Prüfung nicht überlebt, davon war sie fest überzeugt.

Der große, hellhäutige Mischling kam zwei Tage nach dem Tod seines Vaters auf einem Postschiff aus New York an. Er war auf dem Heimweg von der Schule in die Sommerferien gewesen. Nathan war ein Jahr jünger als Glory, wirkte aber ein paar Jahre älter. Er war hübsch und gut gebaut und genauso groß und breitschultrig wie sein Vater. Da seine Mutter bereits ein Mischling gewesen war, wirkte er eher wie ein Weißer. Er hatte den Großteil seines Lebens auf verschiedenen Internaten verbracht, war sehr gebildet und redegewandt.

»Ach, Nathan«, weinte Glory an seiner Schulter. »Ich vermisse Papa so sehr.« Sie waren zum Fluß unterhalb des Gartens hinabgewandert. Ein Frühlingsgewitter schien kurz bevorzustehen: Dunkle Wolken türmten sich auf, und die Luft war stickig und still.

»Ich kann es einfach nicht glauben«, erklärte ihr Nathan. »Ich warte immer noch darauf, daß er irgendwann auf seinem großen schwarzen Hengst über die Hügel geritten kommt oder in meine Hütte tritt.« Nathan war der Zutritt zum Gutshaus nicht gestattet – Louise Summerfield duldete die Anwesenheit von Julians unehelichem Sohn nicht. Deshalb war Nathan von Sara, einer Schwarzen, in der kleinen Hütte aufgezogen worden, die Julian einst für Hannah gebaut hatte. Eine Hütte abseits der anderen. Eine Hütte, in die er sich mit Hannah zurückgezogen hatte.

Hannah war eine ruhige junge Frau gewesen; das Kind einer gebildeten Terzeronin aus New Orleans. Als kleinem Mädchen hatte man Hannah gegen das gesetzliche Verbot lesen und schreiben beigebracht. Als ihre Mutter starb, wurde sie verkauft, um ihre Schulden zu begleichen, obwohl sie damals erst ein Kind von vierzehn Jahren war. Auf der Plantage war sie zu einer schönen jungen Frau erblüht, und Julian hatte sich in sie verliebt.

Alle hatten so getan, als wüßten sie von nichts, Louise eingeschlossen. Die Affäre hatte gut zwei Jahre angedauert. Während dieser Zeit war Nathan geboren worden. Hannah starb, als ein zweites Kind zu früh zur Welt kam und Komplikationen auftraten. Glorys Mutter hatte vor Freude geweint; Julian hatte wochenlang getrauert, und Nathan war allein zurückgeblieben.

»Ich hätte nie gedacht, daß ihm etwas zustoßen könnte«, sagte Glory zu Nathan. »Er war so stark. Wie ein Fels. Und er war immer da, wenn man ihn brauchte.« Sie weinte leise an Nathans Schulter, dessen hohe Gestalt neben ihr aufragte.

»Ich vermisse ihn auch«, sagte Nathan ruhig. Er war immer ein Außenseiter in der Plantagengemeinschaft gewesen, da er weder zu den Weißen gehörte, die ihn ausgebildet hatten, noch zu den Schwarzen, trotz seines dunklen Kraushaares und seiner hellbraunen Haut. Er war früh erwachsen geworden und machte sich keine Illusionen über das Leben. Er hatte seinen Vater geliebt. Jetzt war er ihm genommen worden, genau wie seine Mutter. Nathan war allein – nur Glory war ihm geblieben.

»Warum mußte es ausgerechnet ihn treffen, Nathan?« fragte Glory. »Er war so gut, so freundlich. Er hat sich immer um jeden außer sich selbst gesorgt, wollte immer das Beste für alle.«

»Ich weiß Glory, ich weiß.«

Zuerst war Glory nicht in der Lage gewesen zu weinen, weil sie den Tod ihres Vaters einfach nicht hatte akzeptieren können. Doch als Nathan heimgekommen war und sie ihren Schmerz mit ihm teilen konnte, hatte Glory nicht aufhören können zu weinen. Als der Tag der Beerdigung kam, war Glory überzeugt, keine Tränen mehr übrig zu haben.

Sie stand innerhalb des kleinen schmiedeeisernen Zaunes, der das Familiengrab umgab. Ganz allein. Ihre Mutter hatte Nathan auf einen Platz bei den Schwarzen verwiesen, und obwohl Glory geweint und gebettelt, gedroht und getobt hatte, hatte Nathan schließlich seine Schwester überredet, die Sache auf sich beruhen zu lassen.

»Vater hätte gewollt, daß du dort bist, Nathan«, widersprach sie.

»Vater wird wissen, daß ich ihm nahe bin.«

Danach hatte sich Glory geweigert, neben ihrer Mutter zu stehen. Statt dessen blieb sie ein paar Schritte abseits. Ein beißender Frühlingswind bauschte die schweren Röcke ihres schwarzseidenen Trauerkleides. Selbst der wolkenverhangene Himmel schien zu trauern. Während der dröhnend lauten Predigt des Pfarrers hielt Glory den Kopf hoch erhoben, doch sie war dankbar für den dichten Schleier, der ihr erschöpftes Gesicht vor den Blicken der versammelten Freunde und Verwandten verbarg, die gekommen waren, um ihrem Vater die letzte Ehre zu erweisen.

Als Glory das leise Wehklagen der Sklaven auf dem Hügel hörte und die erste Schaufel voll Erde auf den Sarg ihres Vater fiel, da spürte sie, wie sich die Verzweiflung gleich einer Schlinge um ihren Hals legte und sie zu ersticken drohte. Es drehte sich in ihrem Kopf, und sie schwankte unsicher. Tränen stiegen in ihre Augen, obwohl sie versuchte, sie zurückzuhalten. Die Trauergäste um sie herum verschwammen zu einer grauen Masse.

Sie spürte seine Anwesenheit, noch bevor er sie berührte, bevor seine starke, sonnengebräunte Haut unter ihren Ellbogen glitt, um sie mit seiner Kraft zu stützen. Sie brauchte nicht aufzusehen, um zu wissen, daß Nicholas Blackwell neben ihr stand, doch als sie es tat, entdeckte sie, daß er starr geradeaus blickte. Seine Unterstützung gab ihr den nötigen Mut. Er sagte kein Wort, seine Miene wirkte gefaßt, doch sein sonst so dunkler Teint wirkte blaß, und sein Mund war nur ein dünner, grimmiger Strich.

In diesem Augenblick wußte Glory, daß er ihren Schmerz teilte. Ihr wurde klar, daß andere ihren Vater ebenso geliebt hatten wie sie selbst, und sie fühlte, wie ihr Schmerz ein wenig nachließ.

Als die Totenfeier vorüber war, führte Nicholas sie vom Friedhof weg unter die Eichen. »Sie wissen, wie leid es mir tut«, sagte er mit schwerer, leiser Stimme.

»Danke, daß Sie gekommen sind, Captain.«

»Ich kann leider nicht bleiben. Ich habe in einem Hafen südlich von hier von dem Unfall gehört. Überall hat man Ihren Vater respektiert und bewundert. Die Nachricht verbreitete sich in Windeseile. Ich kam, so schnell ich konnte, aber ich muß sofort zu meinem Schiff zurückkehren.«

»Ich verstehe.«

»Ich bin auf dem Weg nach Barbados. Ende des Monats werde ich für drei Tage auf dem Rückweg in Charleston haltmachen. Wenn ich irgend etwas für Sie tun kann, dann lassen Sie es mich wissen.«

»Danke.«

Er bot ihr nicht an, sie wiederzusehen, wollte sie nicht wiedersehen. Gloria Summerfields Bild hatte Nicholas von dem Augenblick an verfolgt, in dem er das Herrenhaus verlassen hatte. Er hatte gerade begonnen, sie zu vergessen, als ihn die Nachricht von dem Unfall erreichte. Jetzt spürte er dieselbe intensive Anziehungskraft, dasselbe Pochen in seinem Blut und wußte, daß ihn die Sehnsucht nach ihr wieder wochenlang quälen würde.

Du bist genau wie dein Vater, flüsterte eine heimtückische Stimme in ihm. Die Worte quälten ihn Tag und Nacht. Die Liebe zu einer Frau hatten Alexander Blackwell zu einem Trunkenbold gemacht und ihn schließlich umgebracht. Nicholas würde das nicht passieren. Bei Gloria Summerfield so wenig wie bei irgendeiner anderen Frau.

Er begleitete sie den Hügel hinauf zum Haus.

»Auf Wiedersehen, Captain«, sagte sie.

Er drückte ihre Hand, verabschiedete sich mit einem höflichen

Gruß und ging dann zu ihrer Mutter hinüber, um ihr zu kondolieren. Ein paar Minuten später schwang er sich auf sein Pferd und ritt so still, wie er gekommen war, durch das massive Steintor davon. Als er einen letzten Blick über die Schulter warf, sah er Glorys blasse, zerbrechliche Gestalt zwischen den anderen Schwarzgekleideten stehen. Sie schien niemanden um sich herum wahrzunehmen, sondern stand wie angewurzelt da und schaute ihm nach.

»Mutter, das kann nicht dein Ernst sein!« Glory stürmte ins Wohnzimmer. Sie hatte die Fäuste geballt, und blonde Strähnen hatten sich aus ihrem strengen Chignon gelöst. »Nathan ist mein Bruder. Er ist genauso ein Mitglied der Familie wie ich!«

»Sag das nicht! Sag das nie wieder zu mir!« Die Miene ihrer Mutter war haßverzerrt, und aus ihren braunen Augen sprühte Zorn. »Nathan ist ein Sklave. *Und mehr nicht!* Er gehört zum Besitz von Summerfield Manor. Von nun an wird er genau wie die anderen Sklaven auf den Feldern arbeiten.«

»Vater ist noch keine zwei Wochen tot, und du versuchst bereits, seinen Sohn zu vernichten!«

Die Hand ihrer Mutter knallte so heftig auf Glorys Wange, daß der Schmerz ihr die Tränen in die Augen trieb. Das Echo des Schlages schallte durch den Raum.

»Daß du mir diesen... diesen *Nigger* nie wieder als Sohn meines Mannes bezeichnest!«

Glory schluckte, gab aber nicht nach. »Vater wollte, daß Nathan ein freier Farbiger wird. An seinem zwanzigsten Geburtstag sollte er seine Papiere bekommen. So wollte es Vater, das weißt du genau.«

»So wollte es Vater! Alles geschah immer so, wie Vater es wollte. Was ist mit dem, was ich will? Glaubst du, ich wollte, daß dein Vater eine Affäre mit einer Negersklavin hat? Glaubst du, ich wollte, daß er seinen Bastard direkt unter meinen Augen aufzieht? Glaubst du, ich wollte, daß unsere Nachbarn mich hinter meinem Rücken auslachen?«

»Ich weiß, daß es schwer für dich war, Mutter. Aber dafür kann Nathan nichts. Schick ihn zurück in den Norden. Laß ihn wieder zur Schule gehen. Er kann ja gleich fahren, statt erst im Herbst.«

»Nein! Nathan ist ein Sklave. Er wird seinen Platz bei seinen Leuten einnehmen. Das hätte er schon vor Jahren tun sollen.«

»Mutter, bitte. Sei doch vernünftig. Nathan hat keine Ahnung von der Feldarbeit. Das hat er nie gelernt.«

»Dann wird er es eben lernen müssen.« Louise rauschte zur Tür. »Ich werde nicht noch einmal mit dir darüber diskutieren, Glory. Niemals. Geh auf dein Zimmer. Wenn du wieder herauskommst, erwarte ich, daß du dich wie die Dame beträgst, als die du erzogen wurdest. Ich wünsche, daß der Name deines Bruders in diesem Haus nie wieder erwähnt wird.«

Ihre Mutter schritt schnell durch die Tür, blieb dann stehen und drehte sich zu ihr um. »Da wäre noch etwas«, fügte sie hinzu. »Ich wünsche auch nicht, daß du dich mit den Sklaven gemein machst. Dein Vater hat das geduldet. Ich werde es nicht tun. Von nun an wirst du auf deinem rechtmäßigen Platz bleiben.« Sie verließ das Zimmer, und Glory blieb, wie vom Blitz getroffen, zurück.

Wie hatte das geschehen können? Wie konnte ihre Mutter Nathan das antun? Als sie ihre leidenschaftlichen Worte noch einmal im Geiste hörte, begriff Glory, daß sie nie wirklich begriffen hatte, wie sehr sich Louise geschämt und wie gedemütigt sie sich gefühlt haben mußte. Sie hatte ihre Mutter nie wirklich verstanden. Teils tat ihr Louise leid, weil sie all die Jahre in solchen Qualen gelebt hatte. Ein anderer Teil ihrer selbst haßte ihre Mutter jedoch, weil sie Nathan, und vielleicht auch Glory, entsetzlich dafür büßen lassen wollte.

Nathan arbeitete acht Tage auf den Reisfeldern, ehe Glory Gelegenheit hatte, ihn alleine zu sehen. Er ging bereits gebeugt; seine Hände und Füßen waren mit Blasen überzogen, und sein Hemd war unter den Schlägen der Peitsche zerfetzt und blutig. Glory begann zu weinen, sobald sie ihn erblickte.

»O Gott, Nathan. Was haben sie dir angetan?«

Er richtete sich auf, und unbeugsamer Stolz verhärtete seine Züge. Glory hatte ihn noch nie so erlebt. »Nichts, was man meinem Volk nicht seit Jahrhunderten angetan hätte.«

»Aber du bist anders als die anderen. Du bist gebildet. Du bist sanft und gütig. Du bist nicht für so ein Leben geschaffen. Wir müssen etwas unternehmen!«

»Wir *können* nichts unternehmen, Glory. Deine Mutter hat es sich in den Kopf gesetzt. Wenn ich fortzulaufen versuche, wird sie die Sklavenjäger auf mich hetzen. Sie besitzt mich. Sie kann tun, was immer ihr beliebt.«

»Das geht nicht. Ich werde nicht zusehen und nichts tun. Ich hatte Zeit zum Nachdenken, Nathan, und ich habe eine Idee.«

»Glory, es hat keinen Sinn.«

»Hör mir zu, Nathan! Wir müssen es versuchen. Vater hätte das von uns erwartet.«

Nathan atmete tief durch und blickte hinaus auf das stille Wasser der Lagune. Sie standen zwischen den Eichen, deren faserige Moosschleier sie vor Jonas Frys spähenden Augen verbargen. »Ich nehme an, du hast recht, Glory. Wie immer.«

»Vater hatte einen Freund«, sagte Glory. »Einen Kapitän. Er heißt Nicholas Blackwell. Er wird Ende des Monats in Charleston sein. Wenn wir uns unter den Sklaven umhören, können wir genau herausfinden, wann er eintrifft. Er wird drei Tage in Charleston bleiben. Am Tag bevor er ablegt, gehen wir zu ihm. Bestimmt können wir es bis Charleston schaffen, ohne erwischt zu werden.«

»Wird er mich in den Norden bringen?« fragte Nathan.

»Ich – ich weiß nicht. Er hat mir schon einmal geholfen, aber ich glaube, wir sollten es lieber nicht riskieren, ihm die Wahrheit zu sagen. Ich werde ihm irgendwas von einer dringenden Familienangelegenheit erzählen. Ich habe Verwandte im Norden, also müßte er mir glauben. Ich werde an sein Mitleid und an seine Loyalität Vater gegenüber appellieren.«

»Und wie willst du ihn überreden, mich an Bord zu nehmen?«

»Ich werde ihm sagen, ich hätte dich als Leibwächter mitgenommen.« Sie lächelte zu ihm auf. »Nach der letzten Woche solltest du in der Lage sein, dich wie ein Sklave zu benehmen.«

Jetzt lächelte auch Nathan. »Jawohl, Miz Glory«, antwortete er mit breitem Südstaatenakzent. »Sie sin' der Boß.«

»Du willst es also versuchen?«

»Bist du überzeugt, daß du bei diesem... Captain Blackwell sicher bist?«

Glory spürte, wie ihre Wangen plötzlich heiß wurden. Sie erinnerte sich, wie der große Captain sie in jener Nacht auf der Straße angesehen und geküßt hatte. »Er wird mir nichts tun«, sagte sie. Aber sie war sich nicht ganz sicher – und sie war sich nicht sicher, ob sie das wollte.

Nathan umfaßte ihre Hand. »Also gut, wir versuchen es. Du mußt mir nur sagen, was ich tun soll.«

Die Nachricht von der Ankunft des Captains in Charleston erreichte Glory über die geheimen Nachrichtenwege der Schwarzen. Er war mit einer Ladung Zucker und Tabak auf dem Weg nach New York.

»Sein Riesenschiff is' heut morgen angekomm'«, erklärte ihr Plenty, nachdem sie sich davon überzeugt hatte, daß sie allein in Glorys Zimmer waren. »Das gefällt mir einfach nich', Kind.« Plenty schüttelte den turbangekrönten Kopf und umkreiste Glory wie eine besorgte Glucke. »Mir gefällt's nich', daß Sie so ganz allein fortwoll'n.«

»Nathan wird bei mir sein«, rief ihr Glory ins Gedächtnis, »und ich bleibe nicht lange fort. Sobald ich Nathan sicher nach New York gebracht habe, kehre ich mit dem ersten Postschiff zurück. Ich danke dem Himmel dafür, daß Vater Nathan und mir ein eigenes Vermögen hinterlassen hat. Nathan wird genug Geld haben, um die Schule abzuschließen, und ich werde nie wieder von meiner Mutter abhängig sein.«

»Sie wird's sehr schwer ha'm, die Plantage ohne Sie zu führ'n, Kind.«

»Sie wird es schaffen. Sie weiß ebensoviel über die Leitung der Plantage wie Vater. Außerdem hört sie sowieso nicht auf mich. Sie verläßt sich auf Jonas Fry – den letzten Menschen auf Erden, auf den Vater gehört hätte.«

»Schätze, Sie ha'm recht. Ich *weiß*, dasses richtig is', wenn Sie Nathan helfen. Dieser Jonas Fry hat den Jungen nie gemocht. Sagt, er is' bloß 'n hochnäsiger Nigger. Er wird alles tun, um den Jungen kaputtzumach'n. Das hätt' Ihrem Daddy kein bißchen gefall'n.«

»Ich hoffe nur, daß nichts dazwischenkommt«, meinte Glory. »Nathan und ich müssen auf dem Schiff sein, wenn die Gezeiten am Donnerstag morgen wechseln. Dann wird die *Black Spider* auslaufen.«

Aber es kam etwas dazwischen. Das Wetter verschlechterte sich. Die Luft wurde immer feuchter und wärmer, schwarze Wolken und Donner rollten heran, und Blitze zuckten vom Himmel. Glory wartete, bis sie sicher war, daß alle anderen schliefen, dann zog sie ein gestärktes, schwarzes Reisekleid aus Rippseide an. Sie frisierte ihr helles Haar zu kleinen Locken, die ihr Gesicht umrahmten, und setzte eine weitkrempige Haube auf. Nachdem sie sich einen leichten Mantel gegriffen hatte, schlich sie über die Dienstbotentreppe hinab zur Hintertür.

»Viel Glück, Kind«, flüsterte Plenty und umfing Glory mit ihrem dicken Leib. »Versprechen Se, dasse vorsichtich sin'.«

»Das verspreche ich«, antwortete Glory. »Mach dir keine Sorgen.«

Plenty nickte nur. Sie hielt die Hintertür auf und schaute Glory nach, die durch den leichten Regen hinüber zum Stall lief.

Nathan wartete an der Scheune neben einem Dogcart mit Leinwandverdeck. Er trug seine zerlumpten Arbeitskleider und hatte einen Schlapphut tief ins Gesicht gezogen. Der zweirädrige Einspänner war klein und leicht zu lenken; selbst für den langen Weg in die Stadt brauchten sie nur ein Pferd. Sie kletterten beide auf den Sitz, und Nathan ließ die Zügel locker auf den Rumpf des Tieres klatschen.

»Erst habe ich gedacht, das Wetter wäre ein schlechtes Zeichen«, erklärte ihm Glory. »Aber wenn ich jetzt darüber nachdenke, ist es vielleicht genau andersherum. Wir sind nicht so leicht zu sehen, und der Weg ist so dunkel und schlammig, daß uns wahrscheinlich keine Menschenseele begegnen wird.«

»Solange der Regen nur nicht schlimmer wird«, wandte Nathan ein. »Die Straße ist gerade noch passierbar.«

Aber der Regen wurde schlimmer und das Heulen des Windes immer lauter. Mehrmals mußte Nathan den Wagen anhalten, um schwere Äste beiseite zu räumen, die ihnen den Weg versperrten, oder lose Erdbrocken wegzuschieben, die auf die Straße gerollt waren. Er war dankbar, daß während der Wochen knochenbrecherischer Arbeit auf den Reisfeldern die Muskeln in seinen Schultern und Beinen stärker und die Blasen zu Schwielen geworden waren. Als die Kutsche kurz vor Charleston in ein Schlammloch rumpelte, entdeckte er bislang ungeahnte Kräfte an sich. Gemeinsam befreiten Glory und er den Dogcart und fuhren weiter. Es dämmerte schon fast, als sie die Meeting Street zur Battery hinabfuhren. Als sie auf die Tradd Street in Richtung South Adger's Wharf einbogen, sahen sie die hohen Masten der *Black Spider* im grauen Morgenlicht schaukeln.

»Schneller, Nathan«, drängte Glory. »Sie machen sich schon

bereit zum Auslaufen.« Glorys Herz klopfte wie wild. Wegen des Regens hatte die Fahrt um Stunden länger gedauert. Nur ein paar Minuten mehr, und sie wären zu spät gekommen. »Früher oder später wird jemand merken, daß der Dogcart fehlt, aber bis dahin sind wir längst unterwegs.«

Sie kletterten aus der Kutsche und eilten zur Laufplanke, Glory voran. Das Haar unter der durchweichten Haube war naß, und lange blonde Strähnen klebten an ihren Wangen. Nathan folgte mit tief ins Gesicht gezogenem Hut und Glorys großer Segeltuchtasche sowie einem kleinen Koffer für sich in der Hand. Trotz seiner hellen Haut sah er in den zerlumpten Kleidern und mit dem muskulösen Körper wie jeder andere Schwarze aus.

Möwen kreischten über den hohen Masten, die Balken karrten, und die arbeitenden Matrosen machten das Schiff lärmend zum Auslaufen bereit. Glory eilte die schmale Planke zwischen dem Dock und dem Schiff entlang.

Sie erkannte Nicholas Blackwell augenblicklich, obwohl er sich nur als Umriß gegen den heller werdenden Himmel abzeichnete. Seine Größe wie auch seine breiten Schultern, seine langen Beine und schmalen Hüften hoben ihn unter den übrigen hervor. Einen Augenblick zögerte sie ängstlich, sich der einschüchternden Gestalt zu nähern, die voller Autorität der Mannschaft Befehle zurief. Dann dachte sie an Nathan und richtete sich auf. Nachdem sie ihren Halbbruder ermahnt hatte, sich möglichst unauffällig zu verhalten, ging sie auf den Captain zu. Er sah sie überrascht an, dann zeichnete sich Besorgnis auf dem hageren, gebräunten Gesicht ab, und er kam über das Deck auf sie zu, um sie zu begrüßen.

»Was tun Sie hier, Glory?« fragte er, als er merkte, wie durchnäßt sie war. »Ist etwas passiert?« Er nahm ihre nassen Hände in seine. Der Wind fuhr in sein offenes Leinenhemd. Ihr fiel auf, daß er in einem Ohr einen dünnen Goldring trug.

»Ich muß Sie sprechen, Captain«, erklärte sie ihm.

»Natürlich. Kommen Sie in meine Kabine.«

Sie gingen den Kajütgang hinab in eine kleine Kabine, wo Glory ihre Haube löste und ihren Umhang abnahm. Nicholas legte beides sorgfältig über einen breiten Eichenstuhl. Ihr entging nicht, wie seine regennassen, knappen schwarzen Hosen an seinen schlanken, festen Schenkeln klebten, während er einen zweiten Stuhl für sie heranzog. Mit zwei langen Schritten war er bei einer Tranöllampe neben seinem Kojenbett.

Der Captain zündete die Lampe an, obwohl draußen vor den tiefliegenden Bullaugen über seiner breiten Koje bereits die Dämmerung anbrach. Der ganze Raum wirkte gepflegt und ordentlich. Nur ein paar offene Bücher auf dem Eichenschreibtisch des Captains und ein paar gebundene Bände neben seinem Stuhl verrieten, daß in der Kabine auch gearbeitet wurde.

Aus einer Kristallkaraffe schenkte der Captain etwas Brandy in ein Glas und ließ sich ihr gegenüber auf dem Bettrand nieder. »Und jetzt verraten Sie mir, was hier vor sich geht.«

»Ich brauche Ihre Hilfe, Captain Blackwell. Meine Tante in New York ist krank, und ich muß so schnell wie möglich zu ihr.«

»Gewiß reisen Sie nicht allein?«

»Eigentlich nicht.« Sie nippte an dem Brandy, um ihre Nerven zu beruhigen. »Ich habe einen Dienstboten zu meinem Schutz mitgenommen.«

»Wo ist Ihre Begleitdame?« fragte er und zog die fein geschwungene schwarze Braue hoch.

»Ich… ich hatte keine Zeit, eine zu suchen«, log sie.

Er musterte sie eingehend. »Heißt das, Sie fahren die ganze Nacht durch den Regen, ohne angemessene Begleitung, nur weil Sie möchten, daß ich Sie zu Ihrer kranken Tante bringe?« Seine grauen Augen verrieten ihr, daß er ihr kein Wort glaubte. »Warum ich? Warum nehmen Sie kein Passagierschiff? Die *Black Spider* ist ein Handelsschiff.«

Glory atmete tief durch. Es würde schwieriger werden, als sie angenommen hatte. »Die Wahrheit, Captain, ist, daß meine Mutter und meine Tante nicht miteinander auskommen. Meine Mutter hat mir verboten, sie zu besuchen. Ich hoffte, Sie würden mir helfen.«

»Ich würde nicht den Wünschen Ihrer Mutter zuwiderhandeln, Miss Summerfield«, sagte er. Langsam wurde er zornig. »Sie sollten sich lieber von Ihrem Diener nach Hause bringen lassen, wo Sie hingehören.«

Glory erhob sich und spielte ihren letzten Trumpf aus. »Ich fahre nach New York, Captain Blackwell – ob Sie mir helfen oder nicht. Ich habe mich an Sie gewandt, weil Sie und mein Vater Freunde waren. Ich glaubte, ich wäre sicher auf Ihrem Schiff. Wenn Sie mich nicht nach New York bringen, dann werde ich mir jemand anderen suchen. Wenn mir irgend etwas zustößt, dann haben *Sie* das zu verantworten.« Sie drehte sich um, als wollte sie durch die niedrige Tür verschwinden. Insgeheim flehte sie, daß er sie aufhalten möge. Sie war erst ein paar Schritte weit gekommen, als sie seine Hand auf ihrem Arm spürte.

»So entschlossen sind Sie?«

»Das bin ich.«

»Sie wissen, daß wir unterwegs in ein paar Häfen anlegen. Sie werden ein paar Tage länger brauchen, um New York zu erreichen.«

»Ich würde mich trotzdem sicherer fühlen, wenn ich mit Ihnen reiste, Captain.«

»Dann lassen Sie mir keine Wahl. Ich bringe Sie zu Ihrer Tante, aber ich werde Ihre Mutter unterrichten.«

»Ich brauche die Erlaubnis meiner Mutter nicht, Captain. Ich bin eine erwachsene Frau. Aber vielleicht haben Sie das noch nicht gemerkt.«

Nicholas Blackwell verschlang sie mit den Augen. Ihr teures schwarzes Reisekleid war naß und klebte ihr am Leibe. Es ließ die Spitzen ihrer festen Brüste hervortreten und schmiegte sich eng an die wohlgeformten Hüften und Beine. Ihr Haar glänzte selbst jetzt, naß und windzerzaust, im Schein der Lampe.

Er hatte sehr wohl bemerkt, daß sie eine erwachsene Frau war.

Obwohl er es nur äußerst ungern zugab, hatte er sich während der letzten Wochen auf See hundertemal vorgestellt, wie er mit ihr im Bett lag.

»Ich habe es gemerkt, Miss Summerfield. Und ich bin sicher, daß es auch meine Männer merken werden.« Ihre Wangen begannen bei diesen Worten zu brennen, und ihm fiel wieder ein, wie sanft sie sich zwischen seinen Händen angefühlt hatten. »Wenn Sie mit mir segeln, dann erwarte ich, daß Sie meine Befehle befolgen. Sie werden genau das tun, was ich sage. Haben wir uns verstanden?«

»Selbstverständlich, Captain.«

»Es sind noch zwei andere Frauen an Bord.«

Einen Augenblick lang sah sie erleichtert aus. Dann beäugte sie ihn mißtrauisch. »Sind diese Frauen *Passagiere*?« fragte sie. »Oder *persönliche* Bekannte?«

Da er sich daran erinnerte, was sie über Lavinia Bond gesagt hatte, mußte er sich beherrschen, um nicht zu lächeln. »Es sind Passagiere. Obwohl ich annehme, daß sie… *anders* sind als die Frauen, die Sie bisher kannten.«

»Bestimmt werde ich ihre Gesellschaft genießen.«

Ein Mundwinkel schnellte nach oben. »Sie wird sehr lehrreich sein, daran habe ich keinen Zweifel. Sie können mit Rosabelle zusammenwohnen.« Er ging zur Tür.

»Und mein Diener?«

Er drehte sich wieder zu ihr um. Seine Miene war hart. Sie log, und er wußte es. Aber er war es Julian schuldig, herauszufinden, was genau sie vorhatte.

»Ich habe Geld, um unsere Passage zu bezahlen«, fügte sie hinzu, ehe er antworten konnte.

»Ich verstehe.« Er studierte ihr Gesicht noch einen Augenblick. Ihr Blick ließ deutlich erkennen, wie entschlossen sie war. Es war derselbe Blick wie damals, bevor sie ihm ein Rennen über die schlammigen Felder geliefert hatte. Verzogen und eigensinnig, dachte er und fragte sich, ob auch diese Episode in einer Katastrophe enden würde. Er versuchte die leise Stimme zu überhören, die ihn daran erinnerte, wie sie den Negerjungen gerettet hatte – und an den süßen Kuß, den sie auf der Straße geteilt hatten.

»Kommen Sie, Miss Summerfield. Ich werde Sie zu Ihrer Kabine bringen.«

Glory hob die durchnäßten Röcke und schlammbespritzten Unterröcke an und folgte ihm in den Kajütgang.

»Captain?« Ein attraktiver, blonder Mann in gut geschneiderten Kleidern kam von oben in den Gang hinunter. »Wir sind bereit zum Ankerlichten, sobald Sie Befehl geben.«

Nicholas wandte sich zu ihm. »Lassen Sie ablegen, Mr. Pintassle. Ich komme von Deck, sobald ich unserem neuen Passagier die Kabine gezeigt habe.« Der junge Mann schaute Glory einen Augenblick eigenartig an, dann drehte er sich um und stieg wieder zum Deck hinauf.

Nicholas klopfte leise an eine der Kabinentüren. Nachdem er die Erlaubnis einzutreten erhalten hatte, schwang er die Tür weit auf. In diesem Moment begann das Schiff zu schwanken und zu schaukeln. Es war ein eigenartiges Gefühl, und Glory lehnte sich an das Bullauge.

»Ich hoffe, Sie werden nicht seekrank.« Nicholas runzelte kritisch die Brauen.

»Ich werde mein Bestes tun«, erklärte sie ihm und flehte, daß sie sich nicht bloßstellen würde. Sie war erst einmal auf einem Schiff gewesen – mit ihrem Vater auf einem Küstenpostschiff nach Savannah. Auf der kurzen Reise war ihr nur leicht schwindlig geworden, aber die See war ruhig gewesen und die Fahrt ohne

Zwischenfälle verlaufen. Heute war das Meer nach dem Sturm letzte Nacht aufgewühlt; schaumgekrönte Brecher donnerten an die Außenwand des Schiffes, obwohl sie noch im Hafen lagen. Aber es hatte den Anschein, als würde der Wind nachlassen. Schon brach die Sonne hier und da durch die Wolken. Glory sah hinter dem winzigen Bullauge einen schönen Tag anbrechen, und sie nahm es als gutes Zeichen.

»Miss Summerfield, das ist Rosabelle«, sagte Nicholas.

»Sehr erfreut, Sie kennenzulernen, Miss...?«

»Rosabelle«, wiederholte das Mädchen, als wäre Glory begriffsstutzig. »Einfach nur Rosabelle.«

Glory sah zu dem Captain auf, der sich zu amüsieren schien, und dann wieder auf das Mädchen in dem Kojenbett. »Rosabelle«, verbesserte sie sich. Im Dämmerlicht konnte sie die Gestalt des Mädchens kaum ausmachen, aber es schien klein und füllig zu sein und langes, mausbraunes Haar zu haben. Als sich Rosabelle ins Sonnenlicht vorbeugte, stellte Glory fest, daß sie sehr jung war, apfelrunde Wangen und volle, scharlachrote Lippen hatte. Sie trug ein Nachthemd aus dünnem, fadenscheinigem Musselin.

»Ihr Diener wird Ihnen die Taschen bringen«, meinte Nicholas zu Glory. »Danach wird ihm einer meiner Männer zeigen, wo er unterkommen kann.«

»Danke, Captain.«

Nicholas nickte und schloß die Tür. Schon als er den schmalen Kabinengang hinabging, bereute er seine Entscheidung. Er konnte Julian Summerfields triumphierendes Lächeln fast vor sich sehen. Zwei Wochen mit Glory. Zwei Wochen würde ihn nichts und niemand außer seinem schwer geprüften Gewissen von ihr fernhalten. Als er sie heute gesehen hatte, war ihm wieder klar geworden, wie oft er in den vergangenen Wochen an sie gedacht hatte. Er konnte immer noch ihren Kuß schmecken, spürte immer noch ihre Lippen, so deutlich, als wären erst Minuten, nicht Wochen seit damals vergangen. Er wollte mit Gloria Summerfield schlafen. Unbedingt. Aber mit ihr in einem Bett zu liegen bedeutete, sie heiraten zu müssen – für Nicholas der schrecklichste Alptraum. Eine Heirat kam nicht in Frage.

Als Kapitän des Schiffes, ermahnte er sich, hatte er die Pflicht, sie mit einem Mindestmaß an Höflichkeit zu behandeln. Aber abgesehen davon, beschloß er, würde er sich von dem blauäugigen Mädchen fernhalten – oder dafür sorgen, daß sie ihn genug verabscheute, um ihm von selbst aus dem Weg zu gehen.

»Sieht aus, als würden wir beide uns eine Kabine teilen«, sagte Rosabelle mit leiser Stimme, die ihre Schüchternheit verriet.

»Ja, es sieht so aus«, stimmte Glory ihr zu. Sie versuchte, höflich zu sein, dabei wollte sie eigentlich nur aus ihren nassen Kleidern und ins Bett. »Fahren Sie bis nach New York?«

»Nee. Gibt 'ne Siedlung bei Cape Fear. Aber 's wird eine Weile brauchen, bis wir dort sind. Cap'n muß unterwegs 'n paarmal haltmachen.«

Ein Klopfen an der Tür unterbrach sie. Nathan brachte Glorys große Reisetasche. Er sagte nichts, grinste nur, zwinkerte ihr zu und floh dann aus dem Raum. Glory hängte ihre verschiedenen schwarzen Kleider, so gut es ging, an einen Haken neben der Tür, zog ihre durchnäßten Sachen aus und kletterte dankbar in die obere Koje. Minuten später schlief sie tief und fest und erwachte erst zehn Stunden später, als jemand an ihre Tür klopfte.

»Einen Augenblick«, rief sie. Nachdem sie in einen leichten Seidenmorgenmantel geschlüpft war, fuhr sie sich mit den Fingern durch das zerwühlte blonde Haar. Sie wußte, daß sie entsetzlich aussah, und betete plötzlich, daß der Klopfer an der Tür nicht der gutaussehende Captain war.

Er war es.

Die harten Züge schienen ein bißchen weicher zu werden, als er ihr verschlafenes Gesicht und das wirre Haar sah.

»Ich wollte Sie nicht aufwecken«, sagte er. »Ich dachte, Sie wären inzwischen wach.«

»Sie müssen mir verzeihen, Captain. Ich wollte nicht so lange schlafen. Wie spät ist es?«

»Beinahe drei Uhr.«

»Ich vermute, die Fahrt nach Charleston hat mich mehr angestrengt, als ich dachte.«

»Das hat sie ganz bestimmt«, bestätigte er trocken. »Ich kam vorbei, weil ich Sie fragen wollte, ob Sie eine Führung durch das Schiff interessieren würde. Aber ich sehe, daß ich einen ungünstigen Augenblick gewählt habe.«

»Wenn sie mir ein paar Minuten Zeit geben, dann würde ich sehr gerne mitkommen.«

Sie sah perfekt aus, wie sie war, dachte er. Denn der Ort, an den er sie am liebsten gebracht hätte, war sein Bett. Ein vereinzelter Sonnenstrahl brach sich in ihrem Haar, ließ es goldsilbern glänzen, und ihre klare Haut trug noch den rosigen Schimmer des Schlafes. Obwohl sie den Mantel mit ihrer langen, schlankfingrigen Hand zusammenhielt, sah er, wie voll ihre Brüste waren. Er verzehrte sich danach zu erfahren, ob sie tatsächlich leicht nach oben zeigten, wie es den Anschein hatte. Er wartete, bis Glory die Tür geschlossen hatte, und kehrte dann auf seinen Platz an Deck zurück. Ein paar Minuten später entdeckte er ihr blaßblondes, vom Wind zerzaustes Haar, als sie die steile Leiter erklomm, um zu ihm auf das frisch gescheuerte Deck zu gelangen.

6. Kapitel

Glory atmete tief die salzige Seeluft ein. Der Wind peitschte gegen ihren gestärkten Seidenrock, während über ihrem Kopf die Möwen kreischten.

Zum Glück hatte sich die See beruhigt; der Himmel leuchtete in strahlendem Azur. Ein frischer Wind blähte die weißen Leintuchsegel, und ein paar Matrosen machten eilig die Taue fest. Als Glory näher kam, hielten sie in der Arbeit inne und starrten sie mit einer Miene an, die ehrfürchtige Scheu ausdrückte. Glory lächelte freundlich.

Der große Kapitän stand an der Reling und hatte die langen Beine gegen das sanfte Wiegen und Rollen des Schiffes gespreizt. Er schaute zu seinen Männern, dann, etwas ernster, wieder zu Glory.

»Willkommen an Bord der *Black Spider*«, sagte er. Aber die Worte klangen unaufrichtig, und Glory fragte sich, warum.

»Black Spider«, wiederholte Glory und betrachtete den Mann vor ihr, der einem Piraten ähnlicher sah als dem Gentleman, den sie auf dem Gut kennengelernt hatte. Sie korrigierte sich: Nein, eigentlich war er kein Gentleman! »Der Name scheint zu passen«, sagte sie halb ironisch.

»Es ist ein dreimastiges, vollgetakeltes Schiff«, erklärte er ihr. Seine Stimme ließ erkennen, wie stolz er war. »Sie mißt zweihundertzwanzig Fuß und ist eines der älteren Schiffe in der Flotte, aber sie ist zuverlässig. Meist transportiert sie Handelsgut zwischen den kleineren Städten entlang der Küste.«

»Vater sagte, daß Sie eine ganze Armada besäßen.« Ihr Blick verdunkelte sich, als sie an ihren Vater dachte, aber die frische Seebrise begann, den Schmerz in ihrem Herzen wieder zu besänftigen.

Der Mund des Captains wurde nahezu unmerklich schmaler,

denn die Veränderung ihres Ausdrucks war ihm nicht entgangen. Doch er schaute weiter hinaus aufs Meer. »Die *Black Witch*, mein Flaggschiff, ist das schnellste in der Flotte.« Er führte Glory zum Bug. »Aber sie liegt seit ein paar Monaten auf dem Trockendock.« Nicholas winkte zu dem blonden Mann hinüber, der ihr schon einmal begegnet war. Er kam mit breitem, strahlendem Lächeln auf sie zugeeilt.

»Miss Summerfield«, sagte Nicholas, »ich möchte Ihnen Joshua Pintassle vorstellen, unseren Ersten Maat.«

»Wie geht es Ihnen, Mr. Pintassle?«

»Ich fühle mich geehrt, Miss Summerfield.« Glory bemerkte die geröteten Wangen und den sehnsüchtigen Blick, der ihr so oft auf den Gesichtern ihrer Verehrer begegnet war. Mit seinen makellosen Kleidern, dem gescheitelten Haar und seinem glatt rasierten, hübschen Gesicht wirkte Joshua Pintassle wie ein vollendeter Gentleman. Sie lächelte zu ihm auf. Sie konnte jeden Verbündeten gebrauchen.

»Wenn ich irgend etwas für Sie tun kann«, sagte Joshua Pintassle gerade, »um Ihnen die Reise angenehmer zu machen, dann lassen Sie es mich wissen.«

Glory lächelte noch einmal und schlug die dichten Wimpern nieder. »Das werde ich tun, Mr. Pintassle.«

Nicholas runzelte die Stirn. »Ich bin überzeugt, daß sich Miss Summerfield ausgezeichnet zurechtfinden wird.« Er schaute auf die beiden Männer, die gerade ein Segel ausrollten. »Die Takellage scheint mir ein bißchen schlaff zu sein«, sagte er zu seinem Ersten Maat. »Kümmern Sie sich darum.«

»Jawohl, Captain«, antwortete Joshua Pintassle. Röte stieg in seine Wangen. Nach einer knappen Verbeugung vor Glory trat er hastig den Rückzug an.

»Möchten Sie sich am Steuer versuchen, Miss Summerfield?« schlug Nicholas kurz angebunden vor, nachdem er sich Glory wieder zugewandt hatte.

Sie blickte auf. »Miss Summerfield? Ich dachte, wir hätten bei Ihrem Besuch beschlossen, nicht mehr so förmlich zu sein.«

Nicholas deutete ein Lächeln an, während sein Blick sie abtastete. Schließlich blieb sein langsam gleitender Blick auf ihren Brüsten ruhen, die nicht vollständig bedeckt waren und sich deutlich unter dem Stoff ihres Kleides abzeichneten. »Ich glaube, es wäre in Ihrem und meinem Interesse das beste, wenn wir vor der Mannschaft nicht allzu vertraulich miteinander verkehren würden.« Er warf einen Seitenblick auf ein paar Männer in Segeltuchhosen. Einer trug ein kariertes Hemd, das er aufgeknöpft hatte, um seine breite, tätowierte Brust besser zur Geltung zu bringen; ein zweiter, kleinerer Mann mit schwarzer Augenklappe hob in ironischem Gruß den Leinenhut. Alle beobachteten Glory mit unverhohlenem Interesse. »Es sind grobe Kerle«, warnte Nicholas. »Vergessen Sie das nicht, und halten Sie sich von ihnen fern.«

Glory versteifte sich. Mit seiner zurückhaltenden Mahnung schien er ihr auf freundliche Weise zu verstehen geben zu wollen, welchen Abstand *er* zu halten gedachte. Glory fühlte Zorn in sich aufflackern. Vielleicht interessierte er sich nicht mehr für sie. Aber vielleicht hatte er das ja auch nie getan! Es verband sie nur ein einziger Kuß – er hatte Glory den Atem geraubt und bewirkt, daß sie sich Hals über Kopf in Nicholas Blackwell verliebte. Offenbar hatte dieser Kuß dem draufgängerischen Kapitän weniger bedeutet.

»Ich werde es mir merken, Captain.« Sie hätte schwören können, daß sich sein Kiefer kurz anspannte, bevor er wieder aufs Meer hinausschaute.

Nicholas begleitete sie die Leiter hinauf zu dem massiven, geschnitzten Teakholzruder auf dem Achterdeck und ließ sie sogar kurz steuern. Dann stellte er sie dem Zweiten Maat der Brigg vor, einem Mann namens McDougal. Mac, so nannten ihn seine Schiffskameraden, war ein stämmiger, rotgesichtiger Schotte in mittlerem Alter. Er hatte den Captain schon als Junge gekannt.

»Ich und der Cap'n sind schon ewig zusammen, Mädel«, erklärte er ihr. »Nicky hat als Kabinensteward auf der *Sovereign Lady* angeheuert, die damals nach England fuhr. Er war noch'n hübsch grüner Junge. Ich hab' ihn unter die Fittiche genommen. Jawoll, ich hab' den Burschen alles gelehrt, was er weiß.«

Glory war über Nicholas' nachsichtiges Lächeln erstaunt. So kannte sie ihn gar nicht. Er sah jünger, fast knabenhaft aus, und Glory wünschte plötzlich, *sie* könnte ihn so zum Lächeln bringen.

»Glauben Sie dem alten Seebären kein Wort«, neckte Nicholas. »Statt einem Herzen hat er eine Krabbe in der Brust, und in seinen Adern fließt Salzwasser.«

Glory lächelte den alten Seemann an, der auf dem Deck hockte und Hanf zu einem Seil flocht. Seine geschickten Finger bewegten sich mit solcher Geschwindigkeit, daß die Arbeit wie ein Kinderspiel wirkte. Aber Glory konnte sehen, daß das nicht so war. Als sie außer Hörweite gelangten, erklärte ihr Nicholas, daß der alte Mann eine Seltenheit unter den Seemännern sei.

»In gewisser Weise hat der Zweite Maat den schwierigsten Posten auf einem Schiff inne«, erläuterte er. »Er ist weder Offizier, noch gehört er zur Mannschaft. Er bekommt doppelte Matrosenheuer; dafür muß er auf dem schmalen Grat zwischen beiden Lagern wandeln. Mac gehört zu den wenigen Männern, denen das mühelos gelingt. Er wird von den Offizieren und von der Mannschaft mehr als akzeptiert.«

Glory schien es, als spräche Nicholas die Worte mit Verehrung. Unverkennbar fühlte er sich dem alten schottischen Seemann tief verbunden.

Als Glory in ihre Kabine zurückkehrte, blieb ihr vor dem Abendessen noch ein wenig Zeit zum Lesen. Nicholas hatte ihr strikte Anweisung erteilt, ohne Joshua Pintassles, Macs oder seine Begleitung nicht auf Deck zu gehen.

»Ich habe eine Reihe neuer Männer in der Mannschaft«, sagte er, »und ich weiß nicht genau, wem ich davon trauen kann.« Seine rauchgrauen Augen verdunkelten sich. »Wenn es um eine Frau wie Sie geht, kann sich ein Mann manchmal selbst nicht trauen.«

Wieder war sie nicht sicher, ob der Captain es als Kompliment oder kränkend gemeint hatte. Ihr kam der Gedanke, ob er von sich selbst gesprochen haben könnte. Ihr wurde klar, daß sie genau das hoffte. Sie fragte sich, ob er den beiden anderen Frauen dieselben Anweisungen erteilt hatte. Seit sie angekommen war, hatte sie Rosabelle nicht mehr gesehen, aber Nicholas hatte ihr erklärt, sie würde beim Abendessen Madame LaFarge, die andere Frau an Bord, kennenlernen. So wie er seine Braue hochgezogen und sie halb angelächelt hatte, fragte sie sich, welche Überraschung er wohl auf Lager hatte.

Das Schiff knarrte und rollte in seinem sanften Rhythmus, den Glory anfangs beruhigend fand. Aber nachdem sie eine Weile in ihrer engen Kabine gelesen hatte, merkte sie, daß ihr Magen anderer Meinung war. Sie mußte an die frische Luft, bevor es schlimmer wurde. Sie verließ das Zimmer und ging, in der Hoffnung, einen der drei ihr zugewiesenen Begleiter zu finden, in Richtung der Achterdeckleiter. Die salzige Brise belebte sie, sowie sie die Treppe erklomm. Glory atmete tief die saubere, frische Luft ein.

Sie suchte mit ihren Blicken das Deck ab, sah aber keinen der drei Männer. Da sie überzeugt war, daß einer von ihnen bald auftauchen würde, stellte sie sich an die Reling.

»Was für'n hübsches kleines Ding«, hörte sie die rauhe Stimme eines Mannes hinter sich.

Glory wirbelte herum. Es war ein großer Kerl, fast so groß wie Nicholas, mit dickem Leib und einem feuerroten Schopf. Glory lächelte zu ihm auf. »Haben Sie Mr. Pintassle oder den Captain gesehen?« fragte sie, doch er schien sie nicht zu hören. Seine Augen waren auf die Spitzen ihrer Brüste geheftet, und Glory fühlte, wie sie unter seinem ausdauernden und unverschämten Blick errötete. »Ich fragte eben, ob Sie Mr. Pintass –«

»Hab' gehört, was Sie gesagt ham, Engel. Heiß' Jago. Jago Dodd, und Sie?«

»Ich muß unbedingt zu Mr. Pintassle«, wiederholte Glory.

Ihre ausweichende Antwort überraschte ihn nicht: Er hatte nicht erwartet, daß sie überhaupt etwas sagte. Er war überrascht, daß sie nicht augenblicklich kehrt gemacht hatte und fortgelaufen war. Mit der Narbe auf der Wange und seinem drei Tage alten Bart sah Jago Dodd nicht gerade aus wie ein Salonlöwe.

»Ich heiße Gloria Summerfield«, antwortete sie und reichte ihm die schlanke Hand. »Ich komme aus Charleston.«

In seinem ganzen Leben war Jago Dodd noch nie so verblüfft gewesen. Sein schlichtes Gesicht teilte sich zu einem breiten Grinsen, und er bedachte die elegant gekleidete Frau vor ihm mit einem zweiten, noch aufmerksameren Blick. Er hatte noch nie mit einer echten Dame gesprochen, und die Tatsache, daß sie ihn einer Antwort für würdig befand, änderte seine Einstellung ihr gegenüber vollkommen. Er hatte vorgehabt, sich ab und zu ein Auge oder auch eine Handvoll zu genehmigen, wenn sie ihm irgendwo an Deck begegnete. Jetzt erwachte plötzlich sein Beschützerinstinkt für diese vertrauensselige junge Frau, die in sein von Messernarben zerfurchtes Gesicht mit buschigen, zusammengewachsenen Augenbrauen lächelte, als wäre es genauso schön wie das jedes anderen Mannes.

»Ich bringe Sie zu ihm«, sagte er, obwohl er wußte, daß er seine Aufgabe, das Wergzupfen, nicht unterbrechen sollte. Aber der nächste Seemann, den sie anlächelte, wäre vielleicht weniger verständnisvoll.

Gemeinsam gingen sie zum Bug des Schiffes. Jago Dodd blickte scharf nach rechts und links, wenn sie unterwegs an anderen Matrosen vorbeikamen. Seine grimmige Miene warnte die anderen davor, auch nur einen Blick auf sie zu werfen. Als sie den Bug erreicht hatten, stießen sie dort auf den Kapitän statt des Ersten Maates, der sie mit mißbilligender Miene empfing.

Jago übergab sie ihm – fast ein bißchen widerwillig, wie es Glory schien –, machte dann auf dem Absatz kehrt und ging auf seinen Posten zurück.

»Ich dachte, ich hätte Ihnen untersagt, allein an Deck zu kommen«, fuhr Nicholas sie an.

»Ich brauchte frische Luft. Ich dachte, ich würde einen von Ihnen auf dem Deck finden, und so war es auch.«

Nicholas runzelte die Stirn, als er an Jago Dodd dachte. Von allen Männern, die sie um Hilfe hätte bitten können, war Jago wahrscheinlich der gefährlichste. Würde diese Frau denn nie begreifen, was in den Männern vorging? Er fluchte insgeheim. »Ich bin gerade ziemlich beschäftigt. Kommen Sie. Wir suchen Josh.« Er packte sie unsanft am Arm und führte sie zum Heck, wo sich Joshua Pintassle voller Enthusiasmus bereit erklärte, sie zu begleiten. Nicholas runzelte die Stirn und stolzierte davon.

Als sie eine Runde auf dem Deck gedreht hatten, waren Glory und Joshua Freunde geworden. »Es ist schön, so ganz auf sich gestellt zu sein«, erklärt sie ihm. Zum erstenmal, seit sie fortgegangen war, dachte sie an daheim. »Ich hatte keine Ahnung, daß einem die Freiheit so zu Kopfe steigen kann. Ich wünschte fast, ich müßte überhaupt nicht mehr zurück.«

»Ich weiß, was Sie meinen«, sagte er. »Das ist einer der Gründe, warum ich nicht für meinen Vater arbeiten wollte. Jedenfalls nicht gleich. Ich wollte eine Weile für mich selbst sorgen. Ich brauchte Zeit, um mich selbst kennenzulernen.«

»Ja«, stimmte Glory zu. »Jetzt, wo Vater fort ist, ist es zu Hause nicht mehr wie früher. Etwas fehlt. Es zieht mich nicht mehr dorthin.«

»Ich kannte Ihren Vater nur flüchtig, aber er war bestimmt ein guter Mensch, und ich weiß, daß der Captain ihn bewundert.«

»Das weiß ich auch.« Glory wandte den Blick ab. Die Sonne versank hinter dem geraden blauen Horizont und überzog den Himmel mit flammendem Rot. »Es wird bald dunkel«, meinte sie. Sie wollte nicht länger über ihren Vater sprechen. Das Thema machte sie immer noch traurig. »Ich glaube, ich sollte lieber nach unten gehen.« Als sie auf die Achterdecksleiter zugingen, entdeckte Glory Nathan.

»Entschuldigen Sie mich einen Augenblick, Mr. Pintassle«, sagte sie. »Ich möchte kurz mit meinem... Diener sprechen.«

»Natürlich.«

Glory überzeugte sich, daß niemand sie belauschte, und zog Nathan beiseite. »Ist alles in Ordnung? Behandeln sie dich gut?«

Nathan grinste so breit, daß seine Zähne weiß in seinem kakaofarbenen Gesicht aufblitzten. »Jawoll, Miz Glory. Sie sin' wirklich gut zu mir. Ham mich mit Pökelfleisch un' Haferschleim abgefüllt. Is zwar kein Virgini'-Schinken, aber's tut's.«

Glory mußte sich beherrschen, um nicht ebenfalls zu grinsen. »Übertreib es nur nicht, ja?«

»Jawoll, Miz Glory.«

Glory warf einen Blick über die Schulter und stieß ihn freundschaftlich in die Rippen. »Wirst du dich benehmen?«

»Mir geht es gut, Glory, wirklich. Ich bin bei der Mannschaft untergebracht.« Er schaute über das Deck zu dem wartenden, gutaussehenden Ersten Offizier. »Noch eine Eroberung?«

»Mr. Pintassle ist ein sehr netter Mann.«

»Davon bin ich überzeugt, und man sieht ihm selbst von hier aus an, daß er sich bereits in die Schar deiner Bewunderer eingereiht hat.«

»Nathan, ich schwöre, du klingst von Tag zu Tag mehr wie Papa«, sagte Glory mit gespielten Entsetzen.

Nathan lächelte über ihre Worte, und Glory hätte schwören können, daß seine Brust ein bißchen anschwoll. »Ich möchte ihn lieber nicht warten lassen«, verabschiedete sie sich.

»Jawoll, Miz Glory.«

Glory schüttelte verzweifelt den Kopf und kehrte zu dem Ersten Offizier zurück, der sie in ihre Kabine eskortierte. Sie fühlte sich besser, nachdem sie Nathan gesehen hatte; er sah jedenfalls nicht mitgenommen aus. Und solange er verpflegt und nicht mißhandelt wurde, ging es ihm weitaus besser als auf Summerfield Manor. Glory fragte sich, was ihre Mutter wohl unternommen haben mochte, nachdem sie entdeckt hatte, daß sie beide verschwunden waren. Sie war bestimmt wütend – sie tobte wahrscheinlich. Und sie würde Glory die Hölle heiß machen, wenn sie zurückkehrte. Aber solange Nathan im Norden und in Sicherheit war, war das leicht zu ertragen. Glory war überzeugt, daß sie ihre Mutter zur Einsicht bringen konnte, wenn Nathan erst einmal von der Plantage und ein- für allemal aus Louises Leben verschwunden war.

Kurz nach Einbruch der Dunkelheit kam Nicholas in ihre Kabine, um sie zum Abendessen zu begleiten. Sie war angenehm überrascht, als sie sah, daß er einen gutsitzenden dunkelgrauen Gehrock über marineblauen Hosen trug. Der Ohrring war aus seinem Ohr verschwunden. Sie überlegte, ob er ihn wohl ihretwegen abgelegt hatte. Er sah ausgesprochen gut aus, und sie spürte, wie sie ein wenig unsicher wurde. Sie wünschte, sie könnte statt ihrer freudlosen Trauerkleider etwas tragen, das dem Captain ins Auge fiel. Als er sich umdrehte, um die Tür zu schließen, zog sie den Ausschnitt ihres Kleides ein kleines bißchen tiefer.

»Joshua wird uns Gesellschaft leisten«, sagte Nicholas. »Und natürlich Madame LaFarge.« Sie schlenderten den Kajütgang entlang. Der Captain wirkte ein bißchen gelöster – außer wenn er sich unbeobachtet glaubte. Dann zog er entweder die Stirn in Falten oder trug sein ironisches Halblächeln zur Schau.

»Guten Abend«, sagte der Captain zu den anderen, als sie die

Messe betraten. Ein tuchbedeckter Holztisch und massive Eichenstühle stellten die schlichten Einrichtung dar. Auf dem Tisch standen schwere Porzellanteller, und eine Tranöllampe aus Messing erhellte den Raum. »Joshua, Sie kennen Miss Summerfield bereits.«

»Ein Vergnügen, Sie wiederzusehen.« Der Erste Maat schenkte ihr ein warmes Willkommenslächeln.

Glory nahm das Kompliment mit einem Lächeln entgegen. Nachdem sie Joshua zugenickt hatte, wandte sie sich dem zweiten Gast im Raume zu. Das Lächeln gefror ihr auf den Lippen.

»Miss Summerfield, darf ich Ihnen Madame LaFarge vorstellen?« Sie hörte den amüsierten Unterton in seiner Stimme.

Nur mit Mühe brachte Glory eine höfliche Begrüßung hervor.

»Freut mich, Sie kennenzulernen.« Die füllige Frau wedelte mit einem parfümierten Taschentuch, das so überwältigend duftete, daß Glory einen Niesreiz unterdrücken mußte. Glory trug eines ihrer einfachen geschnittenen Trauerkleider, während die breithüftige Madame LaFarge in ein exzentrisches Kostüm aus grellrotem Satin gekleidet war. Das Dekolleté war so tief, daß Glory fürchtete, die ausladenden Brüste der Frau würden sich jeden Augenblick auf den Tisch ergießen. Die dicke Reispuderschicht und die grelle Schminke entstellten sie zu einer grotesken Karikatur.

Nicholas ließ Glory der drallen Frau gegenüber Platz nehmen, und ohne weitere Verzögerung wurde ein einfaches Abendessen aus Fischsuppe und Biskuits aufgetragen.

»Der Captain sagt, Sie wollen nach Norden«, meinte Madame LaFarge, während Glory etwas vom flockigen weißen Kabeljau nahm.

Zu ihrer Überraschung schmeckte es ausgezeichnet. Plötzlich wurde ihr bewußt, daß sie nichts mehr gegessen hatte seit dem Verlassen der Plantage. »Ja. Ich reise nach New York.«

»Ich und Rosabelle gehen am Cape von Bord«, erzählte ihr die auffallend gekleidete Frau. »Brauchen Sie Arbeit, Mädchen? Sie können gerne mitkommen.«

Glorys Kopf fuhr hoch, und die volle Gabel verharrte auf dem Weg zu ihrem Mund. »Was ... was arbeiten Sie denn?« Sie hoffte, daß ihr Instinkt sie trog. *Solche* Frauen würde Captain Blackwell bestimmt nicht auf seinem Schiff dulden! Aber als Joshua Pintassle sich räusperte und mit rotem Gesicht wegschaute, war sich Glory nicht mehr so sicher.

Madame LaFarge lachte herzhaft. »Ist sie nicht süß, Nicky, mein Junge? Die würde bestimmt einen satten Preis am Cape einbringen.« Sie wandte ihr pausbäckiges, gekalktes Gesicht Glory zu. »Ich und Rosy arbeiten im ältesten Gewerbe der Welt – wir spielen den Männern auf der Flöte, Schätzchen.« Sie prustete laut los, schlug sich auf die fleischigen Schenkel, und Glory errötete bis zu den Zehenspitzen. Wenn sie eine Pistole besessen hätte, würde sie Nicholas Blackwell dorthin befördert haben, wo er keine Verwendung mehr für Frauen aus dem ältesten Gewerbe hatte – noch für irgendeine andere!

Zum zweitenmal in ihrer Bekanntschaft lächelte Nicholas Blackwell aus tiefstem Herzen. In seinen grauen Augen funkelte unterdrücktes Lachen. Glory kochte innerlich. Der Mann war zum Verrücktwerden! Er hatte von Anfang an gewußt, daß die beiden Frauen... Damen der Nacht waren, und er hatte nicht den Anstand besessen, ihr das zu sagen! Ein Gentleman hätte niemals vorgeschlagen, daß sie auf einem Schiff mit solchen Frauen nach Norden reiste, ganz zu schweigen davon, daß sie eine Kabine teilten. Eine leise Stimme in ihr erinnerte sie, daß er überhaupt nichts *vorgeschlagen* hatte. Die Reise auf der *Spider* war Glorys Idee gewesen, nicht seine.

Entschlossen, ihn zu ignorieren und sich zugleich zu behaupten, wandte Glory sich besonders aufmerksam der drallen Madame LaFarge zu. »Wo ist Rosabelle heute abend?« fragte sie mit sorgfältig beherrschter Stimme.

»Sie fühlt sich ein bißchen elend, wenn Sie wissen, was ich meine.« Sie grinste und schaute verschwörerisch von oben herab auf Glory, die vorgab, genau zu wissen, was die bemalte Dame meinte – dabei hatte sie nicht die leiseste Ahnung.

»Sie hat heute nachmittag dem Smutje geholfen, aber jetzt ist sie wieder in ihrer Kabine.«

»Smutje?«

»So nennt man auf Schiffen den Koch«, erklärte Joshua.

»Ich verstehe.«

»Sie ist wirklich ein gutes Mädchen, Rosy«, fuhr Madame LaFarge fort. »Nicht besonders helle, aber trotzdem ein gutes Mädchen. Wirklich schade, daß ihr das passiert ist, aber das kann uns allen passieren. Sie hat bloß Glück, daß der Captain so'n freundlicher Mensch ist.«

Nicholas lehnte sich in seinem Stuhl zurück und beobachtete die Gruppe ebenso distanziert wie amüsiert. Glory lächelte leer und wünschte, sie wüßte, wovon um Himmels willen hier die Rede war. Alle anderen schienen Bescheid zu wissen, trotzdem war an Joshuas betretener Miene deutlich zu erkennen, daß sie dieses Thema lieber nicht weiter verfolgen sollte.

»Es wird wärmer«, sagte Glory, und selbst Nicholas war dankbar, daß sie dem Gespräch ein andere Wendung gab.

»Ja, das wird es wirklich«, bestätigte Joshua froh. »Uns steht eine heiße Zeit bevor.«

Nicholas fügte ein paar knappe Kommentare hinzu, und Madame LaFarge hielt sogleich einen Vortrag darüber, um wieviel schwerer es doch war, bei solch einer Hitze sein Geld im Bett zu verdienen.

Doch nachdem sie ihre Verlegenheit einigermaßen unter Kontrolle gebracht hatte, entdeckte Glory, daß sie die üppige Frau mochte. Nicholas sprach während des Essens nur ein paar Worte mit ihr, deshalb konzentrierte sich Glory, die immer noch wütend war, daß er sich auf ihre Kosten amüsiert hatte, ganz auf

Joshua Pintassle. Es gefiel ihr, als sie merkte, daß sich der zufrieden lächelnde Mund des Captains sehr bald zu einem dünnen, mißbilligenden Strich verengte.

Glory nippte an ihrem Lakritzlikör, lächelte süß und klimperte mit den dunklen Wimpern. »Sagen Sie mir, Mr. Pintassle, wie ein Mann, der wie Sie unverkennbar aus gutem Hause stammt, in Captain Blackwells Diensten enden kann?« Sie sagte es, als deutete sie damit an, daß ein Mann wie Joshua Pintassle einen viel besseren Herrn verdiente als den rauhen Kapitän, für den er arbeitete. Glory spürte zufriedene Erregung, als sich Nicholas' graue Augen verdüsterten. Ihr Seitenhieb hatte ins Ziel getroffen.

»Stört es Sie, wenn ich rauche?« fragte Nicholas und langte in seine Weste, aus der er eine dünne Zigarre hervorholte.

Glory zog eine Braue hoch. Zu Hause hätte sich ein Gentleman nach dem Abendessen zu einem Brandy und einer Zigarre in den Salon zurückgezogen. Aber vielleicht herrschten auf einem Schiff andere Sitten. »Keineswegs«, sagte sie, obwohl es sie sehr wohl störte.

Nachdem Nicholas mit großer Geste Joshua eine Zigarre angeboten hatte, die der jedoch ablehnte, zündete er seine eigene an und blies eine dicke Rauchwolke in den Raum. Glory riß sich zusammen, um nicht zu husten, obwohl sie das Aroma gar nicht so unangenehm fand.

Joshua schien von alldem keine Notiz zu nehmen. Statt dessen erwärmte er sich für sein Thema. »Ich habe schon immer das Meer geliebt. Wahrscheinlich habe ich mehr Zeit auf See als an Land verbracht. Mein Vater was fast zwanzig Jahre lang Kapitän. Jetzt besitzt er eine Flotte von Passagierschiffen, die zwischen New York und Liverpool verkehrt. Irgendwann werde ich die Gesellschaft übernehmen, aber bis dahin wollte ich auf eigenen Füßen stehen. Ich bin seit drei Jahren bei Captain Blackwell. Er hat mir vieles beigebracht.«

»Das hat er bestimmt«, antwortete sie zuckersüß. Dann fiel ihr die junge *Dame* in ihrer Kabine ein, und plötzlich fragte sie sich, was *genau* Nicholas Blackwell dem jungen Offizier wohl beigebracht hatte. »Ich schätze mich nur glücklich, daß der Captain so freundlich war, mich in einem Notfall nicht im Stich zu lassen«, sagte sie, ohne das wirklich zu meinen. Bis jetzt war die Gastfreundschaft des Captains dürftig gewesen.

»Es ist uns ein Vergnügen, eine so schöne Frau an Bord zu haben«, komplimentierte Joshua.

»Oh, vielen Dank, Mr. Pintassle, Sie sind zu freundlich.«

»Ganz im Gegenteil, Miss Summerfield. Nur wenige Worte werden einer Schönheit wie Ihrer gerecht.« Seine Augen folgten den Linien ihres Halses, und Glory bemerkte die Glut in seinem Blick. Nicholas funkelte beide böse an. Als würde Joshua die Mißbilligung des Captains spüren, wandte er seine Aufmerksamkeit Nicholas zu. »Sind Sie nicht meiner Meinung, Captain?«

»Ich versichere Ihnen, Joshua, ich bin mir sehr wohl bewußt, wie charmant Miss Summerfield ist... wie auch sie selbst.«

Glory versteifte sich. So kannte sie den Captain, mit seinen zweifelhaften Komplimenten und voller Arroganz.

Joshua wirkte verlegen. »Ich wollte nur ausdrücken, wie sehr wir Ihre Gesellschaft genießen.«

»Das haben Sie getan, Josh.« Die grauen Augen des Captains wurden noch kälter. Wenn Glory es nicht besser gewußt hätte, hätte sie ihn für eifersüchtig gehalten.

»Nun, ich entferne mich nicht gern aus so einer geselligen Runde«, mischte sich Madame LaFarge ein. »Das ist nämlich geschäftsschädigend!« Ihr kleines Lachen klang kehlig. »Aber ich zum Beispiel könnte etwas Ruhe gebrauchen. Ich werde nicht mehr viel Schlaf bekommen, wenn wir erst mal am Cape sind.« Sie zwinkerte und grinste breit. »Wenn die Gentleman – und die hübsche Miss – mich entschuldigen wollen...« Sie ließ den Satz unvollendet und hievte ihren fülligen Leib aus dem Stuhl.

Glory stimmte ihr aus ganzen Herzen zu. Sie hatte wirklich genug von Captain Blackwell. Sein mangelndes Interesse an ihr irritierte sie ungeheuer. Fühlte sie sich tatsächlich nur in ihrer Eitelkeit verletzt, wie der Captain einst gemeint hatte?

»Ich glaube, ich werde mich ebenfalls zurückziehen«, erklärte sie ihrer Tischgesellschaft.

Joshua Pintassle erhob sich, um ihr den Stuhl zurückzuziehen, der über den groben Plankenboden scharrte. »Ich würde mich geehrt fühlen, wenn ich Sie zu Ihrer Tür begleiten dürfte, Miss Summerfield«, sagte er, und seine sanfte Stimme klang rauh vor Aufregung.

»Miss Summerfield und ich haben noch ein paar Dinge zu besprechen«, antwortete Nicholas an ihrer Stelle und sah den jungen Mann scharf dabei an, um klarzustellen, daß dies ein Befehl und nicht nur eine Erklärung sein sollte.

»Natürlich, Captain«, Joshua sah Glory verlegen an. »Ich wünsche Ihnen einen angenehmen Abend, Miss Summerfield.«

»Ich würde mich freuen, wenn Sie mich einfach Glory nennen würden«, meinte sie so süß, daß ihr der Zucker von den Lippen zu tropfen schien. Der Captain würde sich bestimmt *nicht* freuen. Ein Schauer innerer Befriedigung durchlief sie.

»Oh, vielen Dank, Glory«, erwiderte Joshua. »Und werden Sie mich Josh nennen?«

»Aber natürlich.« Sie mußte ein Lächeln unterdrücken, als sie Nicholas' nicht allzu sanften Griff an ihrem Arm spürte. Es war nur ein kleiner Sieg, aber immerhin ein Sieg. Wenn Nicholas Blackwell sich nicht für sie interessierte, Joshua Pintassle tat es jedenfalls. Und sie hatte vor, sich von ihm umwerben zu lassen, ob es dem Captain gefiel oder nicht!

Nicholas geleitete sie schweigend auf das Deck. Jago Dodd kam an ihnen vorbei, und Glory lächelte ihm freundlich zu. Nicholas blickte noch unmutiger und führte sie zu einer abgeschiedenen Stelle an der Reling.

»Ich dachte, Sie hätten verstanden. Ich will, daß Sie sich von der Mannschaft fernhalten.«

»Schließt das Mr. Pintassle ein? Er scheint mir doch recht vertrauenswürdig zu sein.«

»Jawohl, es schließt ihn ein. Joshua ist ein ausgezeichneter Offizier und ein Gentleman. Aber die anderen werden das vielleicht nicht verstehen. Muß ich Sie daran erinnern« – er hob ihr Kinn an und zwang sie, ihm in die Augen zu sehen – »daß Sie mir versprochen haben, meine Befehle zu befolgen?«

Glory wurde steif. »Höflich zu sein, widerspricht doch wohl nicht Ihren Befehlen, Captain.«

Nicholas spürte, wie er wütend wurde. Sie war eigensinnig, verzogen und unglaublich unverschämt. Sie hatte ihn nicht nur angelogen, was ihre Gründe für die Reise nach Norden anging – davon war er felsenfest überzeugt –, sie war auch entschlossen, unterwegs Ärger zu machen. Ganz zu schweigen von den Problemen, die sie ihm durch ihre bloße Anwesenheit bereitete. Warum in Gottes Namen hatte er sie an Bord gelassen?

»Ich bin jetzt für Sie verantwortlich, Miss Summerfield«, sagte er. »Diese Männer sind seit Wochen auf See. Unser kurzer Aufenthalt in Charleston hat ihren Appetit nur geweckt. Drehen Sie sich einmal um.« Er deutete auf ein paar rauhbeinig aussehende Männer, die unter dem Großmast arbeiteten. »Die meisten dieser Männer sind es gewohnt, sich zu nehmen, was sie wollen. Falls sie auf die Idee kommen, daß sie *Sie* haben wollen, dann können nur Josh, Mac und ich ihnen Einhalt gebieten. Wenn Sie weiter mit Josh poussieren, dann können wir ihn abschreiben.«

»Poussieren! Wie können Sie es wagen, mir vorzuwerfen, ich würde poussieren. Ich habe mich lediglich höflich mit ihm unterhalten. *Sie* haben kaum mit mir gesprochen, und mit Madame LaFarge habe ich nicht viel gemein.«

Seine Augen bohrten sich in sie; dann atmete er lang und langsam aus. »Ich wünschte fast, Sie hätten es.«

Glorys Augen wurden weit, als sie das hörte, aber er sagte das in einem Tonfall, der ihr das Blut in die Wangen steigen ließ. Zum erstenmal bemerkte sie, wie seine sturmgrauen Augen glühten und wie schwer die Ader an seinem Hals pochte, gesteigert noch durch seine Wut. Seine Lippen waren fest geschlossen, dennoch hatten sie für Glory etwas Verlockendes. Ihr schoß durch den Kopf, wie warm und fest sie sich damals angefühlt hatten. Ihr Herz klopfte unangenehm, und sie verfluchte sich selbst für ihre Schwäche.

Nicholas Blackwell war ein Schurke und ein Draufgänger. Frauen bedeuteten ihm nichts – das hatte er deutlich genug gemacht. Ihre Finger klammerten sich um das harte Holz der Reling, und sie war froh um die Gelegenheit, ihr Gemüt an ihm zu kühlen. »Sie sind genauso abscheulich wie damals, als Sie uns auf unserem Gut besuchten!«

»Und Sie, Miss Summerfield, sind noch genauso verzogen und eigensinnig.« Er funkelte auf sie herab. Einen Augenblick lang starrten sie einander an. Dann konnte Glory die Spannung nicht mehr ertragen und fuhr sich nervös über die Lippen.

Nicholas Blackwell stöhnte.

Er wurde von schweren Männerstimmen abgelenkt, die nur ein paar Schritte entfernt flüsterten und lachten. Die Männer beobachteten sie, und er wußte, was sie dachten – er dachte verdammt noch mal dasselbe. Er starrte sie an. Seine Hand fest an Glorys Taille legend, führte er sie weg.

Sie stiegen die Achterdecksleiter hinab in den Kajütgang. Nur eine schummrige Tranöllampe erhellte den Weg zu den Kabinen. Nicholas blieb vor der Tür zu ihrer Kabine stehen und drehte ihr Gesicht zu sich her. »Ich will keinen Ärger, Miss Summerfield. Ich weiß nicht, ob Sie das mit Absicht tun oder nicht, aber Sie scheinen entschlossen, mir welchen zu machen. Von jetzt an tun Sie, was ich sage, oder Sie verbringen den Rest dieser Reise in Ihrer Kabine.«

Glorys Augen weiteten sich. Sie richtete sich auf und reckte trotzig das Kinn vor. »Wie können Sie es wagen, mir zu drohen?« Ihre stocksteife Haltung bewirkte, daß sie größer aussah als noch vor wenigen Augenblicken. »Warum tun Sie das?«

»Weil ich versuche, Ihnen etwas begreiflich zu machen, Sie kleine Füchsin. Die *Black Spider* ist kein Passagierschiff. Diese Männer sind es nicht gewohnt, eine Frau an Bord zu haben – vor allem keine schöne Frau. Sie spielen mit dem Feuer.« Nicholas musterte ihr Gesicht. Ihre Miene verriet ganz deutlich, daß sie ihm nicht glaubte. Bereit, in ihrem gegenseitigen Kräftemessen fortzufahren, öffnete sie leicht die Lippen. Er konnte ihre weiche, zartrosa Zunge sehen. Der Schein der Lampe schimmerte auf ihrer milchweißen Haut und glänzte in ihren flachsblonden Locken.

Das verführerische Bild, das sie bot, machte Nicholas noch wütender. Mit einem Ruck zog er sie an sich. »Das«, sagte er mit kalter Stimme, »versuche ich, Ihnen begreiflich zu machen.« Brutal ergriff er von ihrem Mund Besitz. Er spürte, wie sie sich vor Überraschung versteifte, wie sich ihre Lippen zum Protest teilten, doch er küßte sie noch tiefer und drückte seine Zunge zwischen ihre Zähne. Ihre kleinen Fäuste schlugen gegen seine Brust, und sie versuchte, sich loszureißen. Doch er hielt sie nur noch fester. Er schmeckte den Lakritzlikör, den sie nach dem Essen getrunken hatte. Daß ihm der Kuß so zu Kopf stieg, verstärkte nur seine Entschlossenheit. Er würde ihr auf eindeutige Weise die Konsequenzen ihres Benehmens demonstrieren!

Gnadenlos schob er sie gegen die Wand und hielt ihre Arme über ihrem Kopf fest. Eine Hand glitt an ihrem Schenkel hoch, umfaßte ihr Hinterteil und drückte ihren Unterleib gegen den seinen. Er küßte sie wild, leidenschaftlich und ohne einen Gedanken an ihre Gefühle zu verschwenden – genau wie es einer seiner Männer getan hätte. Seine Hand glitt von der Hüfte zu ihrer vollen Brust, die er hart zu kneten begann. Als sich ihre

Brustwarzen unter seiner Hand härteten, steigerte sich seine Erregung. Einen Augenblick lang vermochte er sich kaum daran zu erinnern, weswegen er sie so grausam küßte. Im Grunde wollte er doch nur zärtlich zu ihr sein, damit sie so reagierte wie in jener Nacht auf der Straße.

Seine Hand betastete und liebkoste ihre schwere Brust, und sein Daumen reizte zärtlich die Brustwarze. Dann ließ ihn ihr leises Wimmern zur Besinnung kommen. Er zwang sich, wieder brutal zu sein, und stieß ihre weichen Lippen gegen seine, bis er den metallischen Geschmack von Blut bemerkte. Er gab sie frei.

»Begreifen Sie jetzt?« fragte er mit heiserer Stimme. Sein Gesicht war zu einer kalten Maske gefroren. »Das wird Ihnen widerfahren, wenn Sie nicht tun, was ich sage.«

Glory zitterte am ganzen Leibe; sie fühlte sich hin- und hergerissen zwischen Erniedrigung und Wut. Es gelang ihr, den bitteren Kuß in ihrer Kehle hinabzuschlucken. Ihr Busen wogte unter dem Stoff ihres Kleides, und aus ihren Augen sprühten blaue Flammen. »Wie können Sie es wagen?« fauchte sie und versuchte, die entsetzte, wohlerzogene Dame zu spielen. Doch auf ihren Wangen glänzten Tränen. »Wie können Sie es wagen, mich so zu behandeln?« Sie holte mit der Hand aus, um ihn zu ohrfeigen, aber er fing ihr Handgelenk ab. »Ich bin keines von Ihren Freudenmädchen!« schleuderte sie ihm entgegen. »Ich bin nicht Ihre Hure!«

»Was ich getan habe, war eine bloße Zärtlichkeit, verglichen mit dem, was meine Männer Ihnen antun würden. Ich möchte nicht, daß Ihnen etwas geschieht, Glory. Vielleicht begreifen Sie jetzt.«

Mit zitternden Fingern wischte sich Glory die Tränen ab. Sie verkniff sich die wütende Antwort, die ihr auf der Zunge lag, und war so würdevoll, wie es ihr möglich war. »Sie haben Ihr Anliegen deutlich gemacht, Captain Blackwell. Wenn Sie mich bitte entschuldigen würden...«

7. Kapitel

Wie blind trat Glory in ihren schmalen Raum und zog die Tür hinter sich zu. Einen Augenblick lehnte sie nur an den dicken Holzplanken und schloß die Augen, um den entsetzlichen Schmerz in ihrem Herzen ertragen zu können. Sie hörte, wie sich Nicholas' Schritte im Kajütgang entfernten.

Glory stolperte in der dunklen Kabine herum, in der sie gerade noch Rosabelles Gestalt erkennen konnte. Sie bemühte sich, das Mädchen, das zusammengerollt in der unteren Koje lag, nicht zu wecken. Obwohl Glorys Finger so zitterten, daß sie kaum ihre Kleider aufknöpfen konnte, bat sie Rosabelle nicht um Hilfe. Sie wollte der jüngeren Frau nicht in die Augen sehen müssen, nicht jetzt. Nicht, ehe sie ihre aufgewühlten Gefühle wieder unter Kontrolle hatte.

Wenn sie an Nicholas dachte, fühlte sie sich elend und betrogen, geschlagen und weggeworfen – ganz anders als damals. Sie erinnerte sich an einen Frühlingsabend, an eine Kutschenfahrt durch eine wolkenverhangene Allee. Doch den Mann, der sie in jener Nacht geküßt hatte, den grauäuigen Retter, gab es nicht mehr, und Glory kam sich ohne ihn plötzlich verloren vor. Wie ein Blitz durchzuckte sie die Erkenntnis, daß der Mann, den ihr Vater respektiert und bewundert hatte, ihr mehr bedeutete, als sie geglaubt hatte – mehr als Eric Dixon, mehr als jeder andere Mann. Wenn er nur kein Traum gewesen wäre.

Selbst ihr Vater hatte sich täuschen lassen. Er hatte immer geglaubt, Nicholas sei anders als andere Männer, ein Mann, dem man trauen und auf den man sich verlassen konnte. Wie enttäuscht wäre er gewesen, wenn er entdeckt hätte, daß der Captain genau der Frauenheld war, für den man ihn hielt.

Als sie sich schließlich aus ihren Kleidern gekämpft hatte, zog sich Glory ein Baumwollnachthemd über den Kopf und kletterte in ihre Koje. Obwohl sie versuchte, sie zurückzuhalten, rollten heiße Tränen über ihre Wangen. Wie hatte sie nur so dumm sein können? Der Mann war ein Wüstling, ein Draufgänger und grober Klotz. Jeder in Charleston wußte das. Warum hatte sie das damals nicht glauben wollen?

Eine Zeitlang beschwor sie das Bild des großen Kapitäns herauf, der sie damals auf der Straße gerettet hatte. Sie dachte daran zurück, wie er sie geküßt hatte, welche Gefühle er in ihr ausgelöst hatte. Doch das Bild verzerrte sich, bis er zu dem grausamen, arroganten Teufel wurde, der sie heute nacht brutal und unverschämt bedrängt hatte.

Doch während Glory in der Dunkelheit lag und sich daran erinnerte, wie er sie berührt hatte, spürte sie, daß ihre Wangen glühten – denn selbst, als sie sich in seinen Armen gewunden hatte, selbst, als er ihre zarten Lippen verletzt und ihren Leib grob berührt hatte, hatte sie ihn begehrt. Sie hatte nicht einmal gewußt, daß sie einen Mann so begehren konnte. Und sie wünschte, nie wieder einen Mann so zu begehren. Nicholas Blackwell war ein Teufel. Er war eine grausame, gefühllose Kreatur – und Glory war fest entschlossen, ihn zu hassen.

Es kam ihr vor, als hätte sie sich stundenlang hin und her gewälzt, bevor sie in unruhigen Schlaf fiel. Sturmgraue Augen, dunkel vor Leidenschaft, verfolgten sie in ihre Träume.

Nicholas Blackwell blies die Lampe neben seinem Bett aus. Er hatte sich bis auf die Hosen ausgezogen, auf die Bettdecke gelegt und die Hände unter den Kopf geschoben. Das Knarren und Schwanken des Schiffes, das ihn normalerweise in den Schlaf wiegte, zerrte nur an seinen angespannten Nerven. Während der letzten zwei Stunden hatte er immer wieder im Geist die Szene im Kajütgang nachgespielt, und mit jedem Mal fühlte er sich scheußlicher. Nicht, daß er eine andere Wahl gehabt hätte, versuchte er sich zu rechtfertigen. Gloria Summerfield war die störrischste Frau, der Nicholas Blackwell je begegnet war – und sie war verdammt naiv, wenn er sich nicht ganz irrte.

Erst hatte er gedacht, sie würde sich den Männern an Bord gegenüber so aufreizend verhalten, um Unruhe zu stiften. Nachdem er sie geküßt hatte – wenn man das überhaupt so nennen konnte – hatte er stundenlang seine Gedanken zu ordnen versucht. Jetzt glaubte er, daß das Mädchen zu wenig über Männer wußte und gar nicht begriff, in welche Gefahr es sich begab. Oh, sie hatte wahrscheinlich mehr als genug Bewunderer. Männer wie Eric Dixon, der vermutlich nicht viel weiter gegangen war, als ihre Hand zu halten. Für Glory, davon war Nicholas überzeugt, war ihre Koketterie nicht mehr als ein Gesellschaftsspiel: Sie spielte es einfach nach denselben Regeln, die man ihr daheim auf der Plantage beigebracht hatte.

Aber seine Männer spielten anders. Jedesmal, wenn sie einen von ihnen anlächelte, nahmen sie das als Einladung. Das galt selbst für Josh. Als er sie erwischt hatte, wie sie offenherzig mit Jago Dodd plauderte, hatte sich Nicholas' Magen besorgt zu einem festen Knoten zusammenzogen.

Er hatte tun müssen, was er getan hatte. Und er zweifelte nicht daran, daß sie die Botschaft verstanden hatte, nachdem er so mit ihr umgesprungen war. Aber er würde nie den Ausdruck abgrundtiefer Enttäuschung auf ihrem Gesicht vergessen. Sie hatte ihm schließlich vertraut, das wußte er. Zu sehr. Sie schien jedem Mann zu vertrauen, dem sie begegnete, und für eine Frau, die allein und mit nur einem Sklaven zu ihrem Schutz reiste, konnte das eine Katastrophe bedeuten.

Er drehte sich auf die Seite und hieb mit der Faust auf sein Kissen, als würde ihm das den ersehnten Schlaf bringen. Er fragte sich, was er morgen früh zu ihr sagen sollte und ob sie wohl verstanden hatte, warum er so gehandelt hatte. Von nun an würde ihm Gloria Summerfield nicht einmal mehr guten Tag wünschen. Er fragte sich nur, warum er sich so elend fühlte.

Glory erwachte in der Morgendämmerung. Die stickige, feuchte Luft trug nur zu ihrer niedergeschlagenen Stimmung bei. Die Hitze hatte ständig zugenommen, seit sie Charleston verlassen hatten. Heute schien es noch heißer zu werden. Als sie aus dem Bullauge blickte, entdeckte sie, daß das Schiff vor der Küste vor Anker gegangen war. Hohe Nadelwälder reichten fast bis ans Meer heran, und kurzes, festes Marschgras übersäte das Brackwasser. Eine Reihe von Dingis, so hoch beladen, daß die vierköpfigen Besatzungen kaum mehr zu sehen waren, pendelten zwischen dem Schiff und dem Strand hin und her.

Glory rutschte von ihrem Bett. Sie wusch sich das Gesicht und kämmte sich das Haar, dann rollte sie die glänzende Pracht zu einem festen Knoten in ihrem Nacken zusammen. Sie fühlte sich unruhig, und ihr war ausgesprochen melancholisch zumute, aber sie ging den Tag ruhig und entschlossen an: Sie würde genau das tun, was der Captain von ihr verlangte – und den Rest der Reise in ihrer Kabine verbringen. Sie war einer Begegnung mit ihm nicht gewachsen. Sie war seinem ironischen Blick und der selbstgefälligen Miene nicht gewachsen, die er bestimmt zur Schau stellen würde. Statt dessen holte sie den neuen Gedichtband hervor, den sie mitgenommen hatte, Henry Wadsworth Longfellows *Stimmen der Nacht*. Sie setzte sich auf den einzigen, kleinen Stuhl in der Kabine. Rosabelle bewegte sich in der Koje neben ihr.

»Morgen, Miss Summerfield«, sagte sie und streckte die stämmigen Arme über den Kopf.

»Warum nennen Sie mich nicht Glory?«

»Glory. Das ist ein hübscher Name. Das klingt wie ein Sonnenaufgang.«

Glory lächelte. »Rosabelle ist auch ein hübscher Name. Wenn Sie ihn aussprechen, klingt es fast, als würden Sie singen.«

Das Mädchen kicherte. Sie setzte sich ein bißchen zu hastig in ihrer Koje auf, und die Farbe wich aus ihren Apfelbäckchen.

»Ist alles in Ordnung?« fragte Glory und stand auf, um ihr zu helfen.

»Mir geht es gut. Mir ist bloß ein bißchen schwindlig. Und übel.«

»Sie meinen, weil wir vor Anker liegen?« Seit sie im flachen Wasser der Bucht ankerten, war das Rollen und Schaukeln des Schiffes deutlicher zu spüren.

»Nein, weil mir morgens einfach übel ist.«

Glory nickte, aber sie verstand immer noch nicht, warum dem Mädchen nur zu einer bestimmten Tageszeit schlecht war.

»Es wird besser, wenn wir erst am Cape sind. Der Cap'n hat dort Freunde und kennt 'nen Ort, wo ich mein Baby kriegen kann.«

Glorys Augen wurden groß. Sie starrte das Mädchen ungläubig an. »Sie kriegen... ein Baby?«

Rosabelle kicherte wieder. »Ich hab' wohl keine andere Wahl.«

Als ihr Blick von dem runden Gesicht des Mädchens auf den gewölbten Bauch unter der Musselindecke fielen, entdeckte Glory, daß Rosabelle tatsächlich schwanger war. Sie leckte sich über die Lippen, die plötzlich wie ausgetrocknet waren. »Captain Blackwell hilft Ihnen?«

»Er ist ein guter Mensch, wirklich.«

»Wie lange kennen Sie ihn?«

»Seit ich vierzehn war, wenn ich mich recht erinnere. Er war einer meiner ersten Kunden.«

»Oh mein Gott«, flüsterte Glory. Ihr Gesicht wurde bleich, und sie sank wieder auf den kleinen Eichenstuhl neben der Koje zurück.

»Der Cap'n sagt, er sorgt dafür, daß man sich um mich kümmert. Sagt, er ist stolz auf mich, weil ich das Baby behalten will.«

»Er ist furchtbar freundlich«, sagte Glory leise. Aber eine innere Stimme sagte ihr, daß es vielleicht sein Kind war. Es *mußte* seins sein! Der brutale Mann, der sie gestern nacht im Gang überfallen hatte, war bestimmt nicht so großzügig. Nicholas Blackwell hatte die Mutter seines unehelichen Kindes an Bord genommen, um sie an einem gottverlassenen Fleck auszusetzen, und das arme, unverständige Mädchen schien ihm noch dankbar dafür zu sein. O Gott, das war die sündigste Tat, die Glory je zu Ohren gekommen war. Wie konnte er nur!

Während Rosabelle sich wusch und anzog, gab Glory vor zu lesen. Sie gab sich Mühe, nicht zu zittern, wenn sie eine Seite nach der anderen umblätterte. Als Rosabelle fertig war, lächelte sie Glory kurz an und floh aus der Kabine an die frische Luft an Deck. Glory gab ihr keine Schuld. Aber der Teufel sollte sie holen, wenn sie Nicholas Blackwell jemals wieder gegenübertrat!

Glory verbrachte den ganzen Tag und den Morgen des nächsten im Gefängnis ihrer Kabine. Sie schickte Rosabelle mit unzähligen Entschuldigungen zur Messe, die von Kopfschmerzen bis zur Seekrankheit reichten. Joshua Pintassle wollte ihr einen Besuch abstatten, aber Glory öffnete ihm nicht die Tür. Nur Rosabelle war der Eintritt gestattet. Und Smutje, dem alten, bärtigen Schiffskoch, der ihr die Mahlzeiten herunterbrachte. Und natürlich Nathan. Er kam vorbei, als er hörte, daß sie krank sei. Sie versicherte ihm, daß es sich bloß um einen Anflug von Seekrankheit handelte.

»Behandeln sie dich immer noch ordentlich?« fragte sie, als sie ein paar Augenblicke allein waren.

»Gut genug. Meist ignorieren sie mich, und das ist mir nur recht. Der Klabautermann hat mir geflüstert, daß die meisten aus der ursprünglichen Mannschaft an Malaria erkrankt sind. Der Captain hat die Männer auf Barbados angeheuert. Ein ziemlich fischiger Haufen.«

Glory lächelte. »Du klingst schon fast wie ein Seemann.«

Nathan grinste. Sein hübsches Gesicht wirkte einnehmend

und jungenhaft. »Ich hab' die meiste Zeit bei Smutje verbracht und ihm beim Essenmachen geholfen, als eine Art Küchenjunge. So vergeht die Zeit schneller.«

»Bald sind wir Gott sei Dank in New York.« Sie verdrehte die Augen himmelwärts.

Nathan beäugte sie leicht mißtrauisch. »Geht es dir ansonsten wirklich gut? Abgesehen von der Seekrankheit, meine ich.«

Glory wich seinem Blick aus. »In ein oder zwei Tagen wird es mir wieder besser gehen.«

»Und Captain Blackwell?« bohrte er weiter. »Benimmt er sich anständig? Ich habe Gerüchte über ihn gehört. Die Männer sagen, er sei ein rechter Schürzenjäger.«

»Nathan, ich habe dir doch gesagt, daß alles in Ordnung ist.« Ihre Stimme klang schärfer, als sie beabsichtigt hatte.

Einen Augenblick sah Nathan sie an, als würde er ihr nicht glauben; dann drehte er sich zur Tür. »Ich gehe lieber wieder an Deck, bevor sie glauben, es stimmt etwas nicht. Wir Schwarz'n«, fuhr er im breiten Akzent der Schwarzen fort, »sin' nich' oft allein inner Kabine vonner Missie.«

Glory verkniff sich ein Grinsen, stand von ihrem Stuhl auf und küßte ihn auf die Wange. »Ich sehe dich morgen«, versicherte sie ihm, bevor er geduckt durch die niedrige Holztür hinausging.

Drei Stunden später lag Glory auf ihrem Bett und wünschte, sie wären bald in New York, als jemand eindringlich an die Tür klopfte.

»Hier is' Mac, Mädel. Lassen Sie mich rein.«

»Ich… ich fühle mich nicht gut, Mac.« Inzwischen stimmte das sogar. In der engen Kabine war ihr Magen durch das Schwanken und Rollen des Schiffes ebenfalls in Schaukeln gekommen. Sie verfluchte Nicholas Blackwell zum hundertsten Mal an diesem Tag.

»Sie lassen mich augenblicklich rein, Mädel, oder ich lass' die Tür aufbrechen!«

Glory sprang aus ihrer Koje. Mit zwei schnellen Schritten war sie an der Tür und zog sie auf. Mac stand im Gang, ein breites, weißzahniges Grinsen im geröteten Gesicht.

»Na, schon besser. Ich find', Sie sehen gar nicht so schlecht aus. Sie brauchen bloß 'ne Nase voll Seeluft, und ich werd' dafür sorgen, daß Sie die kriegen.«

Sie öffnete den Mund, um zu protestieren, und klappte ihn wieder zu. Es war immer noch ein weiter Weg nach New York, und Mac hatte recht – sie mußte an die frische Luft. Unbedingt. Solange Mac bei ihr war, rechtfertigte sie sich, war sie auch sicher vor Nicholas Blackwell.

Mac musterte sie von Kopf bis Fuß, vor allem die langen Keulenärmel ihres Kleides und die vollen schwarzen Röcke. »Und tun Sie die Unterröcke ausziehn. Es is' in Dreiteufelsnamen zu heiß dafür. Manchmal habt ihr Frauen wirklich weniger Verstand als 'ne Seegurke.«

Glory schaute an ihrem äußerst sittsamen Tageskleid hinab. Mac hatte recht. Wieviel kühler wäre es, wenn sie ihre Unterröcke los wäre. Sie strahlte ihn an. »Nur einen Augenblick.«

Mac wartete im Kajütgang. Als Glory bereit war, öffnete sie die Tür mit einem dankbaren Lächeln im Gesicht und erheblich weniger Unterröcken am Leib. Sie nahm seinen Arm, und sie entfernten sich von der Kabine. Die kühlere Luft besserte ihre Laune – und ihr Befinden –, sowie sie an Deck kamen.

»Ach Mac«, sagte sie, als sie merkte, wie gut es ihr tat, wieder draußen zu sein, »Gott sei Dank sind Sie gekommen.« Dünne Strähnen hellblonden Haares, die aus ihrem Chignon entschlüpft waren, flogen im Wind, und Glory fühlte sich wie neugeboren. Sie war dumm gewesen, sich so von Nicholas Blackwell einschüchtern zu lassen. Der Mann war ein Flegel ohne Manieren. Sie würde sich von ihm nicht noch einmal belästigen lassen.

Sie spazierten über Deck, und ohne, daß sie es eigentlich wollte, begann Glory mit den Augen nach der großen Gestalt des Mannes Ausschau zu halten, den zu verabscheuen sie sich vorgenommen hatte.

»Er is' unter Deck«, sagte Mac, und sie wurde rot, als sie merkte, daß er ihre Gedanken erraten hatte. »Sie beide müssen sich ja mächtig gekabbelt ham. In all den Jahren, wo wir zusammen sin', hab' ich ihn noch nie so gesehen. Vielleicht kann er den andern was vorspielen. Die glauben, ihm is' bloß 'ne Laus über die Leber gelaufen. Aber mir kann er nichts vormachen; ich kenn' den Jungen schon zu lang.«

Obwohl sie geschworen hatte, ihn zu hassen, belebte diese Mitteilung Glory augenblicklich. »Sie meinen, er hat sich wirklich aufgeregt?«

Mac nickte. Eine sandfarbene Locke fiel über seine rötliche Braue. »Ihm geht's ganz elend. Wollen Sie mir was darüber erzähl'n.«

Glory schüttelte den Kopf. Wie hätte sie Mac erklären können, was Nicholas ihr angetan hatte?

»Ich glaub', ich hab' 'ne gute Idee«, sagte er, und Glorys Wangen färbten sich rosig. »Sie sind 'n hübsches Frauenzimmer, Glory. Das hab' ich gleich gesehen, als sie die *Spider* geentert haben. Aber die anderen – die Mannschaft mein' ich –, denen is' das piepegal, wie nett Sie sind. Die sehen bloß ein Mädel in hübschen Röcken. Der Cap'n hat sich wirklich Sorgen gemacht, daß Sie in stürmische See kommen könnten. Er kann nich' die ganze Zeit auf Sie aufpassen.«

Glory sträubte sich. »Ich kann auf mich selbst aufpassen.«

»So wie der Cap'n es sagt, könn' Sie 'ne Menge Sachen, aber ich glaub' nicht, daß das dazugehört.« Er betrachtete sie eingehend. »Ich schätze, wo Sie auf auf der großen Plantage gewohnt ham, da hat immer irgendwer 'n Auge auf Sie gehabt.«

Glory seufzte. »Ja, das stimmt wohl.«

»Nicky denkt oft an Sie, Mädel. Ich hab' ihn noch nie in so 'ner Verfassung gesehen, wie wo er aus Ihrer Kabine gekommen is'.«

Glory starrte auf die Decksplanken. »Er wollte mich nur in Verlegenheit bringen.«

»Das stimmt nicht, Mädel.«

Sie schlenderten über Deck bis zu einer Stelle, wo ein Stapel Holz einen natürlichen Windschutz bildete. »Da is' was in Ihren Augen, Mädel. Etwas, das mir sagt, daß ich Ihnen trauen kann – und Nicky auch.« Er kniff die Augen gegen die Sonne zusammen, als müßte er eine Entscheidung fällen. »Der Cap'n hat kein leichtes Leben gehabt. Seine Mutter is' weggelaufen und hat ihn verlassen, als er noch 'n kleiner Hosenmatz war. Sein Vater is' nie darüber weggekommen. Er hat noch mal geheiratet, aber mehr als alles andere, um Nicky noch mal 'ne Mutter zu geben. Aber 's hat nich' geklappt – weder für Alexander noch für Nicky. Der hat angeheuert, als er zwölf war. Damals hab' ich ihn kennengelernt. Er hat härter geschuftet als jeder andere Bursche, der mir begegnet is'.

Als er einundzwanzig war, hat er sein Offiziersdiplom gekriegt. Ungefähr zur selben Zeit, als sein Vater starb. Als Nicky von zu Hause ausgerissen is', hat seinem Vater die größte Handelsflotte an der Ostküste gehört. Als Nicky zurückkam, war nur noch 'n einziger Hafenleichter übrig. Nicky hat die Reederei übernommen. Schuftete achtzehn Stunden am Tag, um die Flotte aufzubauen, die er heute hat. Und hat zugleich 'n Vermögen gemacht.« Mac tätschelte ihr die Wange und schaute aufs Meer. »Aber er braucht 'n Mädchen, mit dem er das teilen kann. Eine, der er vertrauen kann – und die er lieben lernt. Eine, die seine Liebe erwidert.«

Glory spürte Bitterkeit in sich. »Soweit ich es gehört habe, bekommt Nicholas Blackwell mehr als genug *Liebe*.«

»Oh, er hat jede Menge Frauen, wenn Sie das meinen. Aber das is' wohl kaum das gleiche.«

»Er könnte eine Frau und ein Kind haben, wenn er sich nicht vor der Verantwortung drücken und Rosabelle heiraten würde.«

»Rosabelle!« rief Mac ungläubig aus.

»Wie kann er zulassen, daß ein anderer sein Kind aufzieht?« In Glorys blauen Augen loderten zornige Flammen.

»Ich weiß nicht, was für 'nen Floh Ihnen das Mädel da ins Ohr gesetzt hat, aber damit hat der Cap'n nichts zu tun. Ihm tut die Kleine bloß leid. Er hat sein Bestes getan, damit sich jemand um sie kümmert, aber nicht, weil ihn das Gewissen kneift. Er is' einfach so'n Mensch.«

Glory hörte, daß seine Worte wahr waren. Ihr fiel ein Stein vom Herzen. Die Brise erschien ihr plötzlich frischer, die Sonne heller als zuvor. »Danke, Mac«, flüsterte sie. »Danke, daß Sie mir die Augen geöffnet haben. Es wird Ihnen nicht leid tun.«

»Das weiß ich, Mädel. Und tief drinnen weiß es Nicky auch. Er würde sich nich' so verdammt elend fühlen, wenn es anders wäre.«

»Wo ist er, Mac?«

»In seiner Kabine.«

Sie zögerte einen Augenblick. »Und was ist, wenn mich jemand sieht?«

Mac kicherte. »Sie lernen schnell, Mädel. Kommen Sie, ich bring' Sie runter.«

Er eskortierte sie den Kajütgang hinab, überprüfte noch mal, ob sie allein waren, und wartete dann an der Treppe, während sie an die Tür zur Kapitänskajüte klopfte. Das Herz schlug ihr bis zum Hals, und sie fuhr sich über die trockenen Lippen. Als ihr Nicholas mit nacktem Oberkörper und finsterer Miene die Tür öffnete, wäre sie fast umgekehrt und davongelaufen.

»Hallo«, sagte er und versuchte, seine Überraschung zu verbergen. Ein Blick den Gang hinunter verriet ihm, daß Mac sie gebracht hatte, und er zog sie nach drinnen. »Sie hätten nicht herkommen sollen«, sagte er. »Nicht einmal mit Mac.«

»Ich... ich weiß«, sagte sie. Dann schaute sie auf seine nackte Brust und seine breiten Schultern und wich zurück. »Bitte, Captain, mißverstehen Sie meine Absichten nicht. Ich bin nur gekommen, weil ich mich dafür entschuldigen wollte, daß ich Ihnen Ärger gemacht habe.«

Er konnte sehen, daß sie Angst vor ihm hatte, und verfluchte sich zum hundertsten Mal an diesem Tag. Er packte sein Hemd und deutete auf einen breiten Eichenstuhl, in den sie sich setzen sollte, während er sich am Fuß seiner sauber gemachten Koje niederließ.

Glory blieb stehen. »Natürlich entschuldigt das nicht Ihr Benehmen«, fügte sie mit plötzlich aufflackerndem Kampfgeist hinzu. Nicholas mußte fast lächeln. »Sie haben sich abscheulich aufgeführt, und das werde ich Ihnen nie vergessen.«

Dasselbe hatte er auch empfunden.

»Andererseits«, fuhr sie fort, »vermute ich, daß Sie mir etwas klarzumachen versuchten.« Ihr Blick löste sich von seinem, und er sah, wie peinlich ihr die Situation war. »Ich bin vielleicht etwas naiv, Captain, aber keine Närrin. Wo ich herkomme, geht es anders zu. Frauen haben dort wenig zu befürchten. Ich bin noch nie unter solchen Männern gewesen. Ich hatte das einfach nicht begriffen.«

»Und jetzt begreifen Sie es?«

»Ja.« Sie sprach leise. »Jetzt begreife ich es.« Sie wandte sich zum Gehen, doch er stand auf und hielt sie am Arm zurück.

»Glory?«

»Ja?«

»Es tut mir auch leid.«

Sie verzog spöttisch das Gesicht, da sie sich an seine letzte Entschuldigung erinnerte. »Daß ich nicht eher auf Sie gehört habe?«

»Nein. Daß ich Ihnen weh getan habe. Ich hatte die Geduld verloren und... also, ich wußte einfach nicht, wie ich es Ihnen sonst beibringen sollte.«

Er sah wirklich sehr zerknirscht aus, und Glory fiel wieder ein, wie er damals in der Nacht auf der Straße ausgesehen hatte – fürsorglich, sanft und beschützend. Sie blickte auf seinen Mund, der seine Strenge verloren hatte und jetzt voll und verlockend wirkte. Sie wünschte, er würde sie küssen, wie er es schon einmal getan hatte. Statt dessen nickte sie und drehte sich zur Tür.

»Werden Sie uns beim Abendessen Gesellschaft leisten?« fragte er. Sie fühlte, wie aufgeregte Freude ihr Herz durchströmte.

»Es wird mir eine Ehre sein«, entgegnete sie und blickte ihn an. Sie hätte schwören können, daß es in seinen grauen Augen aufleuchtete.

»Dann bis heute abend.«

Noch während sich die Tür schloß, bereute Nicholas seine impulsive Entscheidung. Warum zum Teufel war er nicht auf Distanz geblieben? Er war verblüfft gewesen, als er sie draußen vor seiner Tür gesehen hatte; er war überzeugt gewesen, sie würde nie wieder mit ihm sprechen. Er hätte sich eigentlich entschuldigen müssen. Nie hatte eine Frau das mehr verdient. Aber Nicholas war nicht besonders gut darin, sich zu entschuldigen – und er tat es bestimmt nicht oft. Er hatte nicht mehr in ihre Nähe kommen wollen. Jetzt hatte er keine Wahl.

Es lief darauf hinaus, daß er das Abendessen absichtlich verpaßte. Und Joshua Pintassle als Vertretung schickte. Nach dem Essen sah er die beiden auf dem Deck spazieren. Er beobachtete sie, sich im Schatten verborgen haltend. Sie sahen ihn nicht. Glory wirkte reservierter, und sie ließ der Mannschaft kaum einen Blick zukommen. Er schätzte, daß seine Lektion doch etwas genutzt hatte.

»Strafft die Segel – das Vorbramsegel nimmt Wind!« bellte er drei Männer von der Steuerbordwache an. »Und Tempo, ihr Trantüten!«

»Laß es nicht an ihnen aus, Junge.« MacDougal schlenderte in dem breitbeinigen Gang auf ihn zu, den er sich in langen Jahren auf See angewöhnt hatte.

»Was zum Teufel meinst du damit?«

»Ich meine, wenn du mit dem Mädel über Deck spazieren willst, dann mußt du sie fragen.«

»Verdammt, Mac, das Mädchen hat nichts damit zu tun.«

»NEIN?«

»Natürlich nicht. Ich nehme Kurs auf Bull's Head Bay. Ich will morgen abend in der Bucht ankern.«

»Du willst bei Mistress Ginger vor Anker geh'n, nich' wahr?«

»Warum nicht? Wir liegen gut in der Zeit. Die Männer können einen Landgang gebrauchen und ich auch.«

»Aber das Mädel hat nichts damit zu tun.«

»Verdammt noch mal, Mac, ich hab' dir gerade gesagt, daß sie nichts damit zu tun hat.«

»Aye, du sagst es.« Er bewegte sich auf ein paar Matrosen zu, die gerade Taue einholten. »Bull's Head Bay. Klingt gut. Gute Nacht, Cap'n.«

Ein böiger Wind ließ die Segel knattern, und der Vollmond badete das Wasser in milchigem Licht, als sich das Schiff Bull's Head Bay näherte. Nicholas schaute auf die baumbestandene Küste, die im Mondschein deutlich zu erkennen war, und stieß einen von Herzen kommenden Seufzer der Erleichterung aus. Etwas abseits erkannte Nicholas die winzigen Lichter der Bull's Head Tavern, die ihn ans Ufer lockten.

Im Obergeschoß des Hauses neben der Taverne lebte Ginger McKinnes, ein wohlproportioniertes Frauenzimmer, deren Haar so schwarz wie die See bei Nacht und deren Haut so weiß wie die Schaumkronen darauf war. Ein Abend in Gingers Armen sollte die Spannung, unter der er in letzter Zeit litt, etwas lindern. Er würde nur eine Notbesatzung an Bord zurücklassen. Joshua

Pintassle hatte sich schon bereit erklärt, sich um Glory zu kümmern. Nach einer Nacht an Land würden sie in der Morgendämmerung die Anker lichten und wären mit etwas Glück am nächsten Tag wieder planmäßig auf See.

»Segel aufgeien und beidrehen«, kommandierte Nicholas. Das Schiff glitt lautlos durchs Wasser; dann gab er den Befehl zum ankern. Der große Metallanker plumpste ins Meer. Als er griff, spannte sich die Kette stöhnend und brachte das Schiff bebend im ruhigen Wasser der Bucht zum Halten.

Da es schon vor Stunden Abendessen gegeben hatte – Nicholas hatte in seiner Kabine gespeist –, waren die Männer ungeduldig, an Land zu kommen. »Ich erwarte euch vor dem ersten Tageslicht wieder an Bord«, erklärte ihnen Nicholas. »Wer trödelt, bekommt es mit mir zu tun.« Er schaute zu, wie die Männer eilig die Landungsboote zu Wasser ließen. Die meisten grinsten breit und vielsagend. In Bull's Head Bay gab es die verrufensten Halsabschneider und Gauner – und die schönsten Huren. Ginger war die teuerste und begehrteste von ihnen, aber für Nicholas hatte sie immer Zeit. Heute abend würde sie bestimmt keine Ausnahme machen. Nicholas konnte es kaum erwarten.

»Wir gehen an Land?« Glory hatte sich zu Nicholas gesellt, während immer mehr Männer aus der Mannschaft über Bord und die Strickleiter hinab zu den kleinen Booten kletterten, die neben dem Schiff auf den Wellen schaukelten.

»Nur die Männer.«

»Madame LaFarge geht auch, nicht wahr? Und Rosabelle?«

»Rosy fühlt sich schlecht. Sie braucht etwas Zeit an Land. Madame LaFarge gedenkt, ihrem Gewerbe nachzugehen.«

»Ich verstehe.« Glory spürte ihre Wangen brennen. Aber Nicholas schien abgelenkt, und sie fragte sich, ob das etwas damit zu tun hatte, daß er an den letzten beiden Abenden das Essen verpaßt hatte. Es wurmte sie, daß er sie schon wieder ignorierte.

»Joshua wird an Bord bleiben«, sagte er.

»Warum kann ich nicht mit Ihnen an Land gehen?« fragte sie, und Nicholas wandte den Blick ab – ein bißchen zu schnell, wie Glory fand.

»Weil ich dort etwas zu erledigen habe. Außerdem ist Bull's Head Bay kein Ort für eine Dame.«

»Aber bestimmt wird mir in Ihrer Begleitung nichts passieren«, beharrte sie.

»Ich werde zu beschäftigt sein, um Ihre Tugend zu schützen.«

»Aber das ist ungerecht. Die anderen Frauen dürfen gehen. Sie haben gesagt, wir könnten gemeinsam ein schönes heißes Bad nehmen und –«

»Gerecht oder nicht, Sie bleiben an Bord, keine Widerrede.« Er wandte sich an Nathan, der auf dem Deck saß und sich gerade von Mac erklären ließ, wie man Hanf zu einem Tau flocht. »Deine Herrin wird an Bord bleiben. Ist das klar?«

»Jawoll, Cap'n Blackwell.«

In Glory brodelte es. Ohne ein weiteres Wort wandte sie sich von den Männern ab und stürmte zum Bug des Schiffes.

»Ach, lassen Sie sie doch an Land, Nicky«, schmeichelte Madame LaFarge. »Sie möchte so gerne mitkommen. Sie kann oben 'n hübsches Bad nehmen und dann mit Rosy in der Bar sitzen, während ich mir etwas Taschengeld verdiene.«

»Auf keinen Fall. Der Ort ist nichts anderes als eine Räuberhöhle.«

»Sie könnte eines von meinen Kleidern tragen«, fügte Rosabelle hinzu. »Niemand würde das auffallen. Sie wäre einfach eins von den Mädchen.«

Nicholas stöhnte laut. »Einfach eins von den Mädchen. Genau das brauche ich. Julian Summerfields Tochter, Königin der Straßenmädchen.«

»Kommen Sie, Nicky«, drängte Madame LaFarge. »Seien Sie nicht so engstirnig. Gönnen Sie dem Mädchen 'n bißchen Spaß.«

»Ich habe nein gesagt, und dabei bleibt es. Ich habe der Nachtwache Anweisung gegeben: Sobald wir von Bord sind, verläßt niemand mehr das Schiff.«

»Sie haben nicht zufällig vor, Miss Ginger zu treffen, oder?«

»Was ich auf meinem Landgang tue, geht Sie nichts an.«

Rosabelle kicherte. »Man kann einem Mann kaum Vorwürfe machen, wenn er seinen Druck loswerden will.«

»Wohl nicht«, stimmte Madame LaFarge widerwillig zu. »Das kleine Blondstückchen hat ihm wahrscheinlich 'nen Knoten ins Senkblei gemacht.«

Nicholas' Blick wurde schwarz vor Zorn.

»Trotzdem finde ich es nicht richtig«, fügte Madame LaFarge hinzu, »Miss Glory hierzulassen, nur weil Sie den Druck in ihrer Hose ablassen wollen.«

Nicholas stelzte aufgebracht davon.

An ihrem Platz hinter der Kombüse kämpfte Glory gegen den Drang, ihn über Bord zu schubsen. Dieser Halunke mit dem schwarzen Herzen wollte also an Land seine Hure treffen! Er hatte kein Wort von dem, was er gesagt hatte, ernst gemeint. *Es hatte ihm leid getan* – lächerlich. Nicholas Blackwell hatte in seinem ganzen Leben noch nichts leid getan. Heftiger Zorn wallte in ihr auf, und ihr war klar: Sie würde in Bull Head's Bay an Land gehen. Sie würde sich verkleiden, genau wie Rosabelle es vorgeschlagen hatte, und dann die beiden Frauen in der Taverne suchen. Sie würde Nicholas Blackwell zeigen, daß sie sich nicht herumstoßen ließ, nur damit er seine Triebe befriedigen konnte. Es wäre nicht besonders schwer – wenn Nathan sie begleitete.

Insgeheim hoffte sie, daß sie dem Kapitän über den Weg laufen würde. Sie würde ihn ein für allemal wissen lassen, daß sie sich nicht so herumkommandieren ließ wie seine Mannschaft.

8. Kapitel

»Nathan, du *mußt* mich an Land bringen! Wenn du nicht mitkommst, dann gehe ich allein.«

»Das gefällt mir nicht, Glory. Der Captain hat gesagt, du sollst an Bord bleiben.«

»Der Captain hat dies gesagt, der Captain hat das gesagt. Ich bin es endgültig leid, immer nur zu tun, was der Captain gesagt hat. Möchtest du dir nicht ansehen, wie es dort ist? Was ist aus deiner Abenteuerlust geworden?«

»Seit wann bist du denn so versessen auf Aufregung?« wollte Nathan wissen, und Glory mußte widerstrebend seine ausgezeichnete Wahrnehmung bewundern.

Nach einem Abenteuer stand Glory keineswegs der Sinn. Sie wollte ein Bad nehmen, vor allem aber wollte sie mit eigenen Augen sehen, welche Art von Frau der Captain ihr vorzog.

»Bringst du mich hin oder nicht?« fragte Glory.

»Nein. Das ist gegen den Befehl des Captains.«

»Gut, dann gehe ich allein.« Sie senkte das Kinn und funkelte ihn zornig an.

»Das würdest du wirklich, nicht wahr?« Als sie den Mund aufmachte, um ihm zu antworten, schnitt Nathan ihr das Wort ab. »Schon gut. Ich bringe dich hin. Ich habe dir in meinem ganzen Leben noch nichts verwehren können. Warum sollte ich jetzt damit anfangen?«

Glory lächelte triumphierend. »Wir treffen uns am Bug, sobald Joshua in seine Kabine gegangen ist.«

Nathan seufzte resigniert, nickte und tauchte in der Dunkelheit unter.

Joshua Pintassle kehrte an Glorys Seite zurück.

»Ich bin schrecklich müde, Joshua«, meinte sie zu ihm. »Würde es Ihnen viel ausmachen, wenn ich früh zu Bett ginge?«

Er schien enttäuscht zu sein. »Nein, natürlich nicht. Obwohl ich mich wirklich darauf gefreut habe, daß Sie mir Gesellschaft leisten.« Als sie sich nicht erweichen ließ, brachte er sie zur Achterdeckstreppe und zu ihrer Kabine. Sie schenkte ihm ein engelsgleiches Lächeln, trat schweigend ein und schloß die Tür. Sowie sie hörte, daß Josh seine Kabine betrat, eilte Glory zu dem Haken, an dem Rosabelle wenige fadenscheinige Kleider hingen. Zwei waren ausgelassen worden, damit sie über ihre wachsende Taille paßten, aber eines, eine schreiende Kreation aus Orange und weißem Satin mit steifen weißen Unterröcken, wartete auf den Tag, an dem Rosabelle wieder schlank genug wäre, es zu tragen.

Glory schlüpfte aus ihrem eleganten schwarzen Tageskleid und in Rosabelles buntes Gewand. Das Kleid war ihr entschieden zu klein. Ihre Brüste wurden verführerisch über das Mieder gedrückt, und unter dem Saum war zuviel Knöchel zu sehen. Glory schluckte schwer. Sie ahnte, wie sie aussah, und konnte sich nur mit Mühe dazu durchringen, ihren Plan nicht aufzugeben. Sie ließ ihr blondes Haar herab, kämmte es und griff zur ihrem Mantel. Sie würde sich in ihrem Umhang verstecken, und wenn sie unterwegs war, würden die Farbe und der Stoff ihres Kleides vermuten lassen, daß sie ein einfaches Mädchen war. Zufrieden mit ihrem Plan, weigerte sie sich, über mögliche unerwünschte Konsequenzen nachzudenken.

Sie kletterte die Leiter zum Deck hinauf, schaute sich um, kam aber nur ein paar Schritte weit, als eine Männerstimme sie aufhielt.

»Abend, Miss.« Es war die Ankerwache, ein junger Mann mit zottigem braunen Haar, der eine gute Handbreit größer war als Glory. Sie zog den Umhang fester um sich und flehte, daß er die eigenartigen Kleider nicht bemerkte, die sie darunter trug.

»Guten Abend.« Glory klopfte das Herz im Halse. Was für ein Pech. Jetzt, nachdem der Mann sie gesehen hatte, gab es keinen anderen Weg – er mußte ihr helfen, oder sie konnte ihren Plan vergessen. Der Mann konnte die halbe Nacht auf dem Deck herumschleichen.

»Ich heiße Glory«, sagte sie und klimperte mit den dichten, dunklen Wimpern. »Und Sie?« Der Mann lächelte so breit, daß Glory zwei Zahnlücken entdeckte, obwohl der Matrose kaum älter als zwanzig Jahre sein konnte.

»Heiß' Ripley. Ripley Sterns.«

»Es ist mir ein Vergnügen, Sie kennenzulernen, Mr. Sterns.« Sie streckte ihre schlanke Hand aus, die der Matrose fast ehrfürchtig ergriff. »Wissen Sie, Mr. Sterns –« setzte sie an und machte dann eine Kunstpause. »Darf ich Sie Ripley nennen?«

Er nickte stumm.

»Ich komme mir so dumm vor, Ripley. Wissen Sie, ich kenne Sie kaum, und doch muß ich Sie gleich um einen Gefallen bitten.«

»Einen Gefallen?« Das schien ihm zu schmeicheln.

»Ja. Ich muß an Land, verstehen Sie?«

Der Matrose wurde augenblicklich mißtrauisch, versteifte sich, und seine Freundlichkeit verschwand. »Cap'n Blackwell sagt, niemand darf vom Schiff runter.«

»Ich weiß, aber Sie müssen verstehen, daß er nichts von dieser Sache wußte.«

»Was für 'ner Sache?«

»Also, Rosabelle hat ihre Medizin für... also, für ihre delikate Verfassung vergessen, wenn Sie wissen, was ich meine... und die wird sie brauchen. Mein Diener und ich werden sie ihr bringen und gleich wieder zurückkommen. Der Captain wird nicht einmal erfahren, daß wir fort waren.«

Er schaute sie skeptisch an. »Das is' gegen den ausdrücklichen Befehl vom Cap'n. Nein, Ma'am. Ich glaub' nicht, daß ich das zulassen kann.«

»Glory«, verbesserte sie süß.

Der Matrose schluckte schwer. »Glory«, wiederholte er. Das Wort klang wie ein atemloser Seufzer.

»Wir wären in einer Stunde zurück. Höchstens zwei. Mr. Pintassle schläft schon. Niemand würde davon wissen, außer Ihnen und mir«, – sie berührte ihn am Arm, legte ihre kühlen Finger auf seine gerötete Haut – »Ripley«, fügte sie leise hinzu.

»Kann Ihr Diener nicht alleine gehen?«

»Ich fürchte, er ist nicht besonders ... ich kann es leider nicht anders ausdrücken ... also, Nathan wäre nicht gescheit genug, sie zu finden. Außerdem sind da noch ein paar *Frauensachen*, die sie und ich besprechen müssen.«

Der junge Matrose errötete. Dann schaute er vom Bug zum Heck und stellte fest, daß niemand zu sehen war. Die Sterne glänzten über ihnen. Weiches Mondlicht streifte Glorys frische Wangen. »Kommen Sie auch bestimmt gleich zurück?« fragte er.

»Natürlich.«

»Ich sollte das wirklich nicht tun.« Obwohl er verneinend den struppigen Kopf schüttelte, wußte Glory, daß sie gewonnen hatte.

»Danke, Ripley«, flüsterte sie leise.

Im selben Augenblick erschien Nathan auf dem Deck. Als er den Matrosen sah, zögerte er einen Augenblick und kam dann auf sie zu.

»Wir sollten uns lieber beeilen«, sagte Glory. »Mr. Sterns war so freundlich, uns an Land zu lassen.«

Nathan nickte stumm, aber Glory fing seinen verstehenden Blick auf. Er war kein bißchen überrascht, daß es ihr gelungen war, den jungen Matrosen zu überreden, sie an Land zu lassen.

Mit Hilfe des Matrosen und mit einer Reihe von Ermahnungen versehen, kletterte Glory über die Reling und begann, an der Strickleiter hinabzusteigen. Nathan wartete unten in dem winzigen Landungsboot. Als Nathan den Kahn vom Schiffsrumpf abdrückte, winkte sie dem Matrosen noch einmal zu und ließ sich auf der Bank nieder. Obwohl der Abend feucht und warm war, zog sie den Umhang fester um sich.

Sobald sie das Ufer erreicht hatten, zog Nathan das Boot auf den Strand und band es an einer nahen Kiefer fest.

»Beeil dich, Nathan«, flüsterte sie. »Rosabelle und Madame LaFarge sind bestimmt schon in der Taverne.« Sie schaute zu dem bernsteinfarbenen Licht hin, das aus ein paar nahen Fenstern fiel.

»Bist du sicher, daß du nicht nur durchs Fenster reinschauen willst?«

»Vielleicht sollten wir das wirklich tun. So können wir uns überzeugen, daß sie drinnen sind.« Sie fragte sich, ob Captain Blackwell ebenfalls dort sein würde – oder ob er bereits in den Armen seiner Geliebten lag.

Nicholas Blackwell spielte seine letzte Karte aus. Pik As. Dies schien für ihn eine lohnende Nacht zu werden – abgesehen davon, daß Ginger offenbar aufs Land gefahren war, um einen kranken Kunden zu besuchen. Ihre Freundin Nina hatte Nicholas versichert, daß Ginger bald zurückkommen würde, und hinzugefügt, daß sie liebend gern für ihre Freundin einspringen würde, falls sie nicht rechtzeitig zurück sei. Bis jetzt hatte sich Nicholas damit begnügt, mit ein paar Männern von der *Fleet Lady* Karten zu spielen. Die *Lady* war ein Schoner und mit einer Ladung Havanna-Zigarren, Roggenwhisky und Wildleber sowie einem Sammelsurium verschiedenster Waren auf dem Weg nach Charleston.

»Sieht so aus, als hätte ich wieder gewonnen«, sagte Nicholas. Mürrisch schauten die vier Seeleute am Tisch zu, wie er die Einsätze einstrich. In der niedrigen Taverne war es voll und laut. Schwarzer Rauch schwebte in dichten Wolken über den kleinen, schlecht beleuchteten Tischen. In einer Ecke sangen ein paar rauhbeinige Matrosen Shanties, während andere sich damit vergnügten, ein Barmädchen in den Hintern zu kneifen oder kurz einmal über eine weibliche Brust zu streichen.

»Sie können wohl nich' verlieren, Cap'n«, sagte Mac und schüttelte den sandhaarigen Kopf. »Ich glaub', es is' keine gute Nacht, um mit Ihnen zu spielen.«

Nicholas lächelte fast. Es gefiel ihm, wenn er gewann. Fast besser als alles andere. Solange er gewann, würde er auf Ginger warten. Na ja, vielleicht nicht ganz so lang. Er war an Land gegangen, um weibliche Gesellschaft zu genießen, und es wurde schon langsam spät. Er warf einen Blick auf den hübschen kleinen Rotschopf, Nina. Sie gefiel ihm immer besser.

»Wir gehen hinten herum«, schlug Glory vor, als sie die Taverne erreicht hatten. Auf dem Weg waren ihnen nur zwei betrunkene Matrosen begegnet, die sie kurz gemustert hatten und dann weiter die ungepflasterte Straße entlanggeschwankt waren.

»Mir gefällt das nicht, Glory. Ich weiß gar nicht, warum ich mich von dir habe überreden lassen.«

»Wahrscheinlich, weil du dachtest, ich könnte ruhig einmal sehen, wie der Rest der Welt lebt.«

Nathan lachte in sich hinein. »Ja, vielleicht ist das gar keine schlechte Idee. Aber ich finde trotzdem –«

»So, so, so. Kiek ma', wat wir hier ham'!« Ein kleiner, schmalschultriger Mann mit unverkennbarem Cockney-Akzent kam um die Ecke der Taverne.

Glory machte einen Schritt rückwärts und versuchte, sich in den Falten ihres Umhangs zu verbergen. Als sie zwei weitere Schritte zurücktrat, prallte sie gegen den dicken Bauch eines zweiten, größeren Mannes, der sich hinter ihr aufgebaut hatte. Mit fleischiger Hand zog er ihr die Kapuze vom Kopf und legte die Fülle ihres blonden Haares frei.

»Beim Klabautermann!« sprudelte es überrascht aus seinem hageren Gefährten heraus.

»Da haste recht, Smitty«, antwortete der Große mit schleppenden Tieflanddialekt. »Der Weg zum Lokus hat sich wirklich gelohnt.«

»Meine Rede, Kumpel«, stimmte ihm der Engländer zu. »Is' dat nicht das hübscheste Schnittchen, wat dich je begegnet is'?«

Nathan zupfte sie am Arm. »Wir müss'n geh'n, Miz Glory«, meinte er mit breitem Akzent. Glory war ganz und gar seiner Meinung. Sie machte einen Schritt auf Nathan zu, aber der fleischige Matrose packte sie am Arm.

»Sie geht nirgends nich' hin, Jungchen«, warnte der Große. »Sie wird erst'n paar Geschäfte tun. Ich un' Smitty ham drei Monatsheuern in unsern Taschen, un' wir wern uns dat beste Stück Fleisch in Bull's Head Bay genehmigen, wern wir. So wie ich es seh', is' sie dat.«

Nathan richtete sich auf. Er ließ es sein, den einfältigen Sklaven zu spielen. »Halten Sie sich zurück und lassen Sie uns in Ruhe.« Wieder zog er Glory zu sich hin, doch wieder hielt der fleischige Matrose sie am Arm fest und zerrte sie in entgegengesetzter Richtung.

»So, so, was gibt's nich' allens! 'n Nigger, der wie'n Weißer reden kann.«

Nathan holte zu einem kräftigen Schlag aus, setzte ihn auf das Kinn des großen Matrosen. Glory unterdrückte einen Aufschrei. Sie riß sich aus dem Griff des Matrosen und wollte losrennen, doch der zweite Matrose umschlang ihre Taille und zog sie in seine knochigen Arme. Zwei weitere Männer traten mit gezogenen Pistolen aus dem Schatten. Sie schlichen sich von hinten an Nathan heran. Bevor Glory ein Wort der Warnung hervorbringen konnte, donnerte einer von ihnen den Knauf seiner Waffe mit lautem, schallenden Krachen auf Nathans Schädel.

Nathan sank in den Dreck.

Glory schrie aus Leibeskräften und befreite sich aus dem Griff des kleines Mannes, der sie festgehalten hatte.

Der große Matrose fing sie ab und schwang sie herum, so daß sie den Boden unter den Füßen verlor. »Mach keine Fisimatenten nich', Süße. Dein Niggerjungchen kommt schon wieder auf die Beine. Er hat sich bestimmt wieder erholt, bis wir fertich sin' mit dir, das hatter.« Er stieß ein kräftiges Lachen hervor, und Glory wurde es plötzlich übel. Sie versuchte wieder zu schreien, aber er preßte ihr die breite Hand auf den Mund. »Mach weiter so, un' ich werd' bös'!«

Glory zwang sich, ruhig zu bleiben.

Der große Matrose schnürte ihren Umhang auf und warf ihn beiseite, dann genoß er mit großen Augen den Anblick, der sich ihm bot. »Schau dir das an, Smitty.« Schweißperlen bildeten sich auf seinen Brauen. »Die hat Beine von hier bis zur Hölle un' wieder zurück!«

Der Engländer hob ihre Röcke an und bewunderte die sanft geschwungenen Waden, die durch Rosabelles schwarze Seidenstrümpfe noch betont wurden. »Schätze, wir könnten uns gleich hier mit ihr vagnüg'n, aber ich hab' ne Matratze auf'm Zimmer oben.«

»Ich hab' seit ewigen Zeiten keine Frau mehr im Bett gehabt«, mischte sich einer der anderen Matrosen, offenbar aus der gleichen Mannschaft, ein. »Ich bin dafür, daß wir sie oben nehm'!«

Ein Chor der Zustimmung antwortete ihm, und Glory wurde über die Schulter des Großen geworfen. Er klatschte ihr, begleitet von rauhem Lachen, kräftig und laut auf den Hintern, dann wurde sie wie ein Mehlsack zur Straße vorgetragen.

Alles Strampeln, alle Schläge auf den breiten Rücken des Mannes halfen nichts. Ihre einzige Chance bestand darin zu warten, bis sie in die Taverne kamen. Dort würde sie um Hilfe schreien und beten, daß einer der Männer von der *Black Spider* sie wiedererkennen und ihr zu Hilfe kommen würde. Vielleicht war Mac ja dort. Oder sogar – Gott bewahre – Nicholas. Sie war überzeugt, daß sie ihre Tugend lieber mit eigenen Händen verteidigen würde, als Nicholas Blackwell unter derart erniedrigenden Umständen zu begegnen.

Nach einem zweiten kräftigen Schlag und erneutem Gelächter entschied sie, daß es gleichgültig war, wer sie rettete.

Während sie über die staubige Straße auf die Taverne zugingen, versuchte Glory es mit Überredung. »Bitte, meine Herren«, flehte sie. »Ich weiß, daß Sie mich für eine Dame der Nacht halten, aber ich versichere Ihnen, daß ich das nicht bin. Das ist alles ein Mißverständnis. Wenn Sie mich herunterlassen, werde ich dafür sorgen, daß Ihr Vorgehen keine Konsequenzen nach sich zieht.«

»Konquenz... Konse... was hat se gesagt?«

»Keine Ahnung«, erwiderte der große Matrose. »Aber wenn sie erst aufm Rücken liecht, wird sie keine Zeit mehr zum Plappern haben!«

Sie lachten laut grölend, und Glory kochte vor Wut. Da sie mit dem Kopf nach unten über der Schulter des Mannes hing, spürte sie, wie sich ihr Blut im Kopf staute. Ihr wurde langsam schwindlig. Vielleicht sollte sie es noch einmal mit Schreien versuchen. Doch sie überlegte es sich anders. Die größte Chance hatte sie in der Taverne. Rosabelle und Madame LaFarge mußten dort sein. Sie flehte zu Gott, daß dem so war.

»Setz sie ab, Kumpel«, warnte eine tiefe Stimme. Glory hob den Kopf und erblickte Jago Dodd, der vor der Taverntür stand.

»Gott sei Dank«, flüsterte Glory. »Meine Herren, bitte, Mr. Dodd wird Ihnen alles erklären.«

»Kann das Mädel nicht mal den Mund halten?« wollte einer der Matrosen wissen.

»Halt dich da raus, Kumpel«, warnte der Engländer Jago. »Du kannstse haben, wenn wir fertich mit ihr sin'.«

»Ich sagte, setzt die Dame ab.«

»Dame? Daß ich nicht lache.« Während der große Matrose auf

die Tür der Taverne zumarschierte, sah Glory Metall in der Hand des Engländers aufblitzen.

»Jago, paß auf!« warnte sie ihn und strampelte mit den langen Beinen, um sich vielleicht doch noch zu befreien. »Er hat ein Messer!«

»Halt's Maul!« warnte sie der Große mit einem schmerzhaften Schlag. Glory stemmte sich von seiner Schulter hoch, um etwas sehen zu können. Die drei anderen Männer umzingelten Jago, jeder mit einem Messer bewaffnet. Auch Jago hatte eine lange, blinkende Klinge gezückt. O Gott, dachte sie, und ich bin an allem schuld. Wenn Jago etwas zustößt, werde ich mir das nie verzeihen.

Nicholas ließ einen Arm um Ninas schlanke Taille gleiten. »Gehen wir. Ich habe lang genug gewartet.«

Sie lächelte verführerisch zu ihm auf, und ihre grünen Augen leuchteten erwartungsvoll. »Ginger hat mir alles über dich erzählt. Wenn ich sagen würde, daß es mir leid tut, daß sie beschäftigt ist, dann würde ich lügen.«

Nicholas lächelte kühl. »Sorg nur dafür, daß es *mir* nicht leid tut.« Er führte sie auf die Treppe zu, die zu ihrem Zimmer im Obergeschoß führte, aber auf halbem Wege wurde er von einem gewaltigen Spektakel in seinem Rücken abgelenkt. Ein paar Männer liefen an ihm vorbei zur Tür.

Nicholas packte einen einäugigen Seemann, der hinter den anderen herlief, am Arm. »Was ist da draußen los?«

»Jago Dodd legt sich mit vier Männer von der *Fleet Lady* mit dem Messer an. Geht um eine neue Hure.«

Nicholas erstarrte. Er hatte den faßleibigen Matrosen auf Barbados angeheuert. Dodd war als notorischer Raufbold berüchtigt, aber da ein Großteil seiner Mannschaft ausgefallen war, hatte er den Mann anheuern müssen. Bislang hatte er keinen Ärger gemacht. Nicholas kannte ihn jedoch nicht so gut, daß er ihm getraut hätte. Aber er wollte auch nicht, daß einer seiner Männer bei einem unfairen Kampf ums Leben kam.

»Warte hier«, sagte er zu Nina. »Ich komme gleich wieder.«

Nicholas marschierte zur Tür, ohne zu wissen, was ihn dort erwartete. Draußen stand Jago Dodd, umringt von jubelnden Männern, und hielt drei andere, mit Messern bewaffnete Matrosen in Schach. Er hatte schon mehrere Schnittwunden. Rote Striemen befleckten sein Hemd, aber er schien sich gut zu halten.

Nicholas gefiel nicht, wie die Chancen verteilt waren. Er machte zwei Schritte vor, ehe ihn der Anblick eines rüschenbedeckten Hinterteils und zweier langer wohlgeformter, schwarzbestrumpfter Beine abrupt zum Stehen brachte. Als der mächtige Matrose, der das Mädchen auf der Schulter trug, sich zur Seite drehte, stockte Nicholas der Atem. Silbrige Strähnen hellblonden Haares hingen fast bis auf den Boden. Ein milchweißer Busen quoll über den Rand eines äußerst knappen, orangefarbenen Satinkleides.

»Nicholas!« schrie sie und stemmte sich hoch, um besser sehen zu können. »Gott sei Dank, daß Sie da sind! Sie müssen Mr. Dodd helfen!«

Wenn Nicholas nicht so verblüfft – und so wütend – gewesen wäre, hätte er vielleicht gelacht: Eine Bande betrunkener Seeleute raufte sich darum, wer sie als erster haben durfte, und die verzogene, verhätschelte und als Hure verkleidete Gloria Summerfield ängstigte sich um den gröbsten Kerl von allen!

»Ich werde sehen, was ich tun kann.« Nicholas hob einen gestiefelten Fuß und trat gegen das Handgelenk des ersten Seemanns in Reichweite, dessen Messer durch die Luft flog. Er schlug einen zweiten Matrosen nieder und stellte kurz darauf fest, daß Jago sein Messer in die Scheide gesteckt hatte, nach einem dritten Mann trat und sich ebenfalls in die Schlägerei stürzte.

Da sich das Kräfteverhältnis zu Ungunsten seiner Freunde

verschoben hatte, setzte der Matrose Glory ab und mischte sich gleichfalls ein. Er landete einen Hieb in Nicholas' Magen, der diesen zusammenklappen ließ. Dann schickte ihn ein Schlag aufs Kinn selbst zu Boden. Dodd hämmerte derart auf den Matrosen ein, daß er selbst auf die Knie sank. Nicholas grinste Jago zu und kam wieder auf die Beine. Er begann, den Kampf zu genießen.

Nicholas landete eine präzise Links-Rechts-Kombination, die den kleinen, hageren Matrosen gegen einen Baum schleuderte, wirbelte herum und traf einen weiteren Gegner auf die Nase. Das Blut des Mannes spritzte auf Nicholas' weißes Leinenhemd. Glory rang die Hände, ihre blauen Augen glühten vor Angst, und Nicholas schwor sich, daß sie allen Grund haben sollte, sich zu fürchten – allerdings vor ihm, nicht vor den Männern, die sich um sie rauften!

Ein paar Schläge noch, dann war die Schlacht vorüber. Alle vier Männer von der *Fleet Lady* lagen ausgestreckt im Dreck. Nicholas und Jago Dodd standen breitbeinig und mit geballten Fäusten über ihnen und warteten auf gegnerische Verstärkung. Es kam keine.

Nicholas atmete tief durch, um sich zu beruhigen, und reichte dann Jago die Hand. »Ich freue mich, Sie an Bord zu haben, Jago. Sie können immer mit mir fahren.«

Jago grinste, daß sein von dichten Brauen und Messernarben gezeichnetes Gesicht von Fältchen überzogen wurde. »Aye, Cap'n.« Er nahm Nicholas' Hand in seinen knochenbrechenden Griff.

Erst dann ging Nicholas zu Glory. Sie schien kein Wort herauszubringen. »Ist mit Ihnen alles in Ordnung?« fragte er. Erst jetzt fand er Zeit, sich um sie zu sorgen.

»J-ja«, stotterte sie und begann zu zittern. Ihre vollen Brüste drohten über den Ausschnitt ihres Kleides zu gleiten. Ihr glänzendes Haar umrahmte in seidigen Strähnen ihr Gesicht.

Nicholas hatte sie in Trauerkleidern gesehen, in modischen

Tageskleidern, sogar in eleganter, tief ausgeschnittener Abendrobe, aber nicht im entferntesten hätte er sich träumen lassen, daß sich unter all den teuren Modekleidern so eine heidnische Schönheit verbarg. Sein Herz hämmerte, und sein Blut kochte. Er mußte sich beherrschen, um sie nicht davonzuschleppen, genau wie es die Matrosen vorgehabt hatten.

»Wie sind Sie hierher gekommen?« verlangte er zu wissen. Seine Stimme klang härter als beabsichtigt. Das Mädchen brachte ihn immer wieder aus der Fassung. Das gefiel ihm gar nicht. Es machte ihn nur noch wütender. Er packte sie am Arm und schüttelte sie – grob. »Ich sagte, wie sind Sie hierher gekommen!«

»O mein Gott«, flüsterte sie. »Nathan!« Sie riß sich los und begann wie wahnsinnig die staubige Straße hinunterzurennen. Ihr helles Haar flatterte hinter ihr her. Sie bog um die Ecke der Taverne. Sie sah, wie Nathan sich eben schwankend aufsetzte und sich den Kopf hielt.

»Nathan!« schrie sie, eilte zu ihm und kniete sich neben ihm nieder. »Wie geht es dir?«

Er stöhnte. »Mein Kopf dröhnt wie verrückt. Ich seh' dich doppelt, aber ich schätze, ich werde es überleben... Ist dir nichts passiert?«

»Mir geht es gut.« Sie stieß ihn sachte in die Rippen – als Ermahnung, auf seine Sprache zu achten –, denn Captain Blackwell ließ sich gerade neben ihr nieder.

Er untersuchte Nathans Kopf. »Er hat eine ordentliche Beule und wahrscheinlich eine leichte Gehirnerschütterung abbekommen, aber ich glaube, er wird sich bald erholen.«

»Gott sei Dank.«

Nicholas stand auf und riß sie nicht eben sanft auf die Füße. »Ich will wissen, wie Sie hierher gekommen sind. Und ich will die Wahrheit hören.«

Glory schluckte schwer. »Ich – ich...« Sie bemerkte, daß Nicholas' Miene mit jedem Moment finsterer wurde, und fuhr sich über die trocken gewordenen Lippen. »Ich habe der Bordwache erzählt, ich müßte Rosabelle treffen. Ich habe sie überredet, uns an Land zu lassen.«

»Haben Sie eine Ahnung, was Sie da getan haben?«

Sie richtete sich auf und reckte trotzig das Kinn vor.

»Nichts Schlimmes. Ich bin an Land gekommen, sonst nichts. Genau wie Sie.«

»Nicht ganz genau«, sagte er leise. »Sie haben einen meiner Männer dazu veranlaßt, einen Befehl zu mißachten. Ihretwegen wird er bestraft werden. Wie Ihr Diener.«

»Was?« kreischte Glory. »Aber sie haben doch gar nichts gemacht! Es war meine Idee, an Land zu gehen, nicht ihre. Daraus können Sie ihnen doch keinen Vorwurf machen!«

Nicholas antwortete nicht. Statt dessen zog er sie schweigend zum Landungsboot, übergab sie Jago und kletterte dann selbst an Bord. Niemand sprach ein Wort, während sich Jago und Nathan an die Riemen setzten. Glorys Hände zitterten so stark, daß sie sie in ihrem Schoß verbarg, um sie ruhig zu halten. Bestimmt wollte Nicholas ihr nur Angst einjagen. Er würde Vernunft annehmen, sobald sie das Schiff erreicht hatten. Sie würde ihn irgendwie überreden, allen dreien zu vergeben.

»Nicholas, bitte«, bat sie, sobald sie einen Fuß auf das Deck gesetzt hatte.

»Jago, bringen Sie die Dame in ihre Kabine. Verschließen Sie die Tür. Wenn Rosabelle zurückkommt, sagen Sie ihr, sie wird bei Madame LaFarge wohnen.«

Jago nickte.

»Wenn Sie damit fertig sind, führen Sie ihren Diener in die Arrestzelle. Er wird die Reise unter Deck beenden.«

»Neein!« schrie Glory. »Das dürfen Sie nicht. Es war meine Idee. Ich habe ihn dazu gezwungen!«

»Mr. Dodd.«

»Aye, Captain.« Jago schlang seinen breiten Arm um ihre

Taille und trug sie mühelos die Treppe zu ihrer Kabine hinunter. Er öffnete die Tür und setzte sie sanft, aber bestimmt darin ab.

»Tut mir leid, Miss Glory. Sie müssen das verstehen. Captain Blackwell hat keine Wahl. Die ganze Mannschaft weiß, daß er Ihnen befohlen hat, an Bord zu bleiben. Er hat's der Bordwache und Ihrem Diener extra gesagt. Sein Wort ist Gesetz. Er muß sich daran halten, sonst arbeiten die Männer nicht mehr für ihn. Sie haben ihm keine Wahl gelassen.«

»O Gott«, hauchte Glory. Tränen flossen ihr übers Gesicht. »Das habe ich doch nicht gewollt.«

»Captain weiß das. Ihm gefällt das genausowenig wie Ihnen.« Jago schloß die Tür, und Glory hörte, wie sich der Schlüssel im Schloß drehte.

In ihrem orangefarbenen Satinfummel ließ sie sich auf die untere Koje sinken und begann tief und herzzerreißend zu schluchzen. Sie hatte doch wirklich nicht gewollt, daß andere für sie büßen mußten. Jetzt würde Nathan den Rest der Reise im Arrest verbringen, und sie hatte keine Ahnung, was mit dem jungen Matrosen passieren würde. Und alles nur, weil sie ihren Kopf durchsetzen wollte. Sie war verzogen und eigensinnig, genau wie Nicholas gesagt hatte. Wieder ergossen sich Tränen über ihre Wangen. Der Kloß in ihrer Kehle drohte sie zu ersticken.

Es kam ihr vor, als habe sie sich Stunden im Bett gewälzt und umhergeworfen, bevor sie endlich einschlief. Als sie irgendwann erwachte, fühlte sie sich wie bleibeladen, und alles tat ihr weh. Sie stand auf und zwang sich, ihr Gesicht zu waschen und sich das Haar zu kämmen; dann zog sie ein weißes Baumwollnachthemd an.

Es gibt immer noch ein Morgen, sagte sie zu sich selbst. Sie würde es morgen noch einmal versuchen. Dann fiel ihr die kalte, harte Miene des großgewachsenen Kapitäns wieder ein. Und ihr war wieder zum Heulen zumute.

9. Kapitel

Schon beim Aufwachen, später als sonst, fühlte sich Glory erschöpft und machte sich Sorgen. Die Luft war heiß und feucht, und das Nachthemd klebte an ihrer Haut. Das Schiff knarrte und schwankte unter ihr, daher wußte sie, daß sie wieder unterwegs waren. Sie sehnte sich nach der kühleren Luft an Deck. Nachdem sie sich gewaschen hatte, zog sie eines ihrer schwarzen Tageskleider an. Als einziges Zugeständnis an die Hitze zog sie nur den dünnsten von all ihren Unterröcken an. Sie frisierte gerade ihr Haar, als es klopfte.

Der Schiffskoch bat um die Erlaubnis, eintreten zu dürfen. Mit gesenktem Blick und einem Tablett voller Biskuits und Kaffee kam der verhutzelte alte Mann hereingeschlurft. »Morgen, Miss Glory«, murmelte der Smutje so leise, daß sie ihn kaum verstehen konnte.

»Guten Morgen, Smutje«, antwortete sie ebenso halbherzig. Als er das Tablett abgesetzt hatte und sich zum Gehen wandte, faßte Glory seine verwitterte Hand. »Smutje, ich muß mit Captain Blackwell sprechen. Glaubst du, ich könnte –«

Ein lautes Knallen ließ sie mitten im Satz innehalten. Beim zweiten Knall wurden ihre Augen groß, und das Herz hämmerte ihr gegen die Rippen. »Smutje, sag mir, was da los ist.«

»Nichts, weswegen Sie sich Gedanken machen müssen. Es muß sein.« Wieder war das Knallen zu hören.

»Sag es mir!«

»Der Mann hat den Befehl des Captains mißachtet. Er wird –«

Glory wartete den Rest gar nicht ab. Sie stürmte an dem ergrauten alten Mann vorbei und hastete die Leiter hinauf. Die ganze Mannschaft hatte sich schweigend vor dem Großmast versammelt. Mac McDougal führte die geflochtene Lederpeitsche, die über den nackten Rücken des jungen Matrosen schnitt.

»O Gott.« Glory rannte quer über das Deck auf Nicholas zu, der stocksteif seiner Mannschaft gegenüber stand. Vor Tränen konnte sie kaum etwas sehen; sie strauchelte, lief aber weiter. Nicholas' düstere Miene verdunkelte sich noch mehr.

»Gehen Sie zurück in Ihre Kabine«, befahl er grob.

»Bitte, Captain«, flehte Glory. »Bitte, tun Sie das nicht. Es war mein Fehler, nicht seiner.«

»Mr. Pintassle!« rief er. »Begleiten Sie Miss Summerfield in meine Kabine. Sorgen Sie dafür, daß sie sie nicht verläßt. Ich werde mich mit ihr unterhalten, sobald ich hier fertig bin.«

»Nicholas, bitte«, schrie Glory. »Das dürfen Sie nicht tun!«

Joshuas Arm glitt unter ihren Ellbogen. »Bitte, Miss Summerfield«, sagte er leise. »Sie machen alles nur noch schlimmer.«

Sie starrte ihn nur an. Die Peitsche knallte. Sie dachte kurz daran, zu Mac zu laufen, ihn um Gnade anzuflehen, aber als hätte er ihre Gedanken erraten, trat Jago Dodd vor sie hin. Sein Leib bildete einen Wall, der ihr den gräßlichen Anblick versperrte und sie am Eingreifen hinderte.

»Gehen Sie mit ihm, Miss«, warnte Jago, und sie wußte, daß er sie unter Deck tragen würde, wenn sie sich weigerte.

Stumm nickend ging sie auf die Leiter zu, zögernd folgte ihr Joshua Pintassle. Er öffnete die Tür zur Kapitänskajüte für sie, folgte ihr aber nicht hinein. Sie wußte, daß er im Korridor Wache halten würde.

Minuten später endete der unheimliche Takt der Peitsche, und Glory schloß die Augen. Sie war dankbar, daß es vorüber war. Nervös die Hände ringend, stand sie vor Nicholas' Schreibtisch und wartete darauf, daß er erschien. Es dauerte nicht lange.

Er betrat die Kajüte und kam wütend auf sie zu. Seine grauen Augen waren schwarz vor Zorn. »Jetzt haben Sie zum zweiten Mal vor den Augen meiner Mannschaft meine Befehle mißachtet!« brüllte er. »Ich werde das nicht noch einmal dulden!«

Sein Zorn fachte ihren eigenen an.

»Sie hatten kein Recht, diesen Mann zu quälen. Mich müßten Sie eigentlich bestrafen. Ich habe Ihren abscheulichen Befehlen nicht gehorcht!«

Sie stellte sich seinem Blick. Ihr blondes Haar war zerzaust und flog ihr wirr ums Gesicht, genau wie in der vergangenen Nacht. Nicholas musterte sie mit finsterem Blick und mühsam gezügelter Wut.

»Ich hatte *jedes* Recht. Ich bin Herr über dieses Schiff. Ich habe dafür zu sorgen, daß die *Black Spider* sicher ihr Ziel erreicht. Dafür brauche ich eine Mannschaft, die mir gehorcht. Die Nachtwache hat meine Befehle mißachtet. Ihretwegen hatte ich keine andere Wahl, als den Mann zu bestrafen.« Ihre Unterlippe bebte, und Nicholas sah an ihrem Blick, welche Qualen sie litt. Er verschloß sein Herz davor.

»Mich sollten Sie bestrafen«, widersprach sie. »Nicht Nathan und nicht diesen armen Matrosen. Ich bin diejenige, die Ihre Befehle mißachtet hat.«

»Ausnahmsweise, Miss Summerfield«, entgegnete Nicholas kalt, »haben Sie einmal recht. Leider sind Sie eine Frau. Ich kann nicht –«

»Das macht keinen Unterschied. Darum geht es hier nicht. Wie viele Schläge hat der Junge bekommen?«

»Zehn«, sagte er leise.

»Dann geben Sie mir ebenso viele!«

Nicholas musterte sie eingehend. Sie schaute ihn trotzig an, doch sie konnte ihr schlechtes Gewissen und das Bedürfnis, für ihre Schuld zu büßen, nicht verhehlen. Es war, zusätzlich zu dem Zorn darüber, daß sie ihn vor seinen Männern bloßgestellt hatte, genau der Ansporn, der ihm noch gefehlt hatte. »Da steht ein lederner Zeigestock neben meinem Schreibtisch. Holen Sie ihn.«

Einen Augenblick wirkte sie verunsichert. Dann richtete sie sich auf, reckte das Kinn vor und ging, die steife Lederrute zu holen. Sie reichte sie ihm mit zitternden Fingern, und Nicholas wäre beinahe schwach geworden. »Drehen Sie sich um und legen Sie die Hände auf den Schreibtisch.«

Sie tat, wie er ihr befahl. Er hob die Rute über seinen Kopf und zog eine brennende Spur über das zarte Fleisch ihrer Hinterbakken. Sie zuckte nicht einmal. Er zwang sich, an den Mann zu denken, den er auf Deck hatte auspeitschen lassen, und ließ die Rute in einem zweiten stechenden Hieb niedersausen. Drei. Vier. Fünf. Seine Hand zitterte so sehr, daß er die Rute beim sechsten Schlag kaum noch halten konnte. Er hörte sie wimmern und warf die Rute beiseite, als hätte ihm das Leder die Hand versengt.

»Es reicht!« Er zog sie in seine Arme. »Das war genug!«

»Nicholas, es tut mir so leid.« Die heißen Tränen auf ihren Wangen durchtränkten die Brust seines Hemdes, als er sie an sich preßte.

»Es ist vorbei, Liebe«, flüsterte er. »Du hast genau wie die anderen für deinen Fehler bezahlt. Was geschehen war, ist vorbei; du brauchst dich nicht mehr schuldig zu fühlen.«

Sie schlang ihre Arme um seinen Hals und klammerte sich an ihn. »Ich wollte doch niemandem schaden.«

»Ich weiß, Liebe.« Er strich die silberblonden Strähnen von ihrer Wange, küßte dann ihre Stirn, ihre Augen, ihre Nase. »Ich weiß.« Als sie ihr tränenüberströmtes Gesicht hob, um ihn anzusehen, küßte er sie auf die Lippen, anfangs sanft und zärtlich, wie um den Schmerz zu stillen. Er wünschte, all das wäre nicht geschehen, wünschte, er könnte sie ewig in seinen Armen halten. Sie öffnete den Mund und ließ seine Zunge ein, und plötzlich vergaß Nicholas ihren hitzigen Streit, vergaß alles außer seinem Verlangen nach ihr. Es gab nur noch sie. Mit leisem Stöhnen ließ er den Kuß tiefer werden. Ihr Mund schmeckte süß, ihre Lippen waren warm und voll. Er nahm ihre Wangen in beide Hände, wischte die letzten Tränen fort, und der innige Wunsch, sie zu beschützen, ergriff von ihm Besitz.

Wie benommen strich er mit seinem Mund über ihren schlanken Hals, während er sie in seine Arme hob und zu seinem Bett trug. Er legte sie neben sie, und seine Zunge wanderte auf einem feurigen Pfad über ihre Haut. Seine Hände glitten am Mieder ihres Kleiders hinauf, umfaßten ihre Brüste und erregten durch den schweren Seidenstoff hindurch ihre Brustwarzen. Er hätte ihr dieses Hindernis am liebsten einfach vom Körper gerissen. Statt dessen begann er, vorsichtig die Knöpfe auf ihrem Rücken zu öffnen.

Glory war dort, wo sie am liebsten sein wollte – fest umschlungen in Nicholas' Armen. Nie hatte sie so etwas empfunden, nie hatte sie so brennende Begierde und ein so unwiderstehliches Verlangen nach einem anderen Menschen gefühlt. Sie wollte, daß Nicholas sie liebkoste, wollte seine Hände an den empfindsamsten, intimsten Stellen ihres Körpers spüren. Seine Lippen waren eine Droge, die ihr den Atem raubte und sie willenlos und durstig machte.

Er legte seinen Mund in ihre Halsbeuge, und Glory drängte sich an ihn. Obwohl sie seine Berührungen genoß, war sie insgeheim verunsichert. Sie benahm sich wie ein wollüstiges Weib, verzehrte sich nach seiner Berührung, wollte immer mehr. Seine Hände machten sich an den Knöpfen ihres Kleides zu schaffen, und sie wünschte nur, er würde sich beeilen, damit endlich nichts Trennendes mehr zwischen ihnen war. Sie konnte ihre Mutter hören: »Es ist widerlich und schmutzig.« Aber für Glory war es nicht widerlich. Es war wundervoll.

Als seine Lippen sich wieder auf ihren Mund gelegt und seine Zunge sich Eingang verschafft hatte, stöhnte Glory leise vor Lust. Sie knöpfte sein Hemd auf, fuhr mit ihren Händen hinein, wühlte in den festen Locken auf seiner Brust und fuhr mit den Fingerspitzen über den flachen, harten Kranz seiner Brustwarzen. Er stöhnte, und dieser Laut erregte sie noch mehr.

Als das Mieder ihres Kleider abglitt, drängten sich Glorys

volle Brüste über den Rand ihres Korsetts. Nicholas umfaßte eine mit jeder Hand und streichelte ihre Brustwarzen. Er bedeckte sie mit warmen, sinnlichen Küssen, forschte und schmeckte mit seiner Zunge, bis kleine Schauer über ihre Haut liefen. Sie konnte nicht genug von ihm bekommen, konnte den Gedanken nicht ertragen, daß er sich vielleicht zurückziehen würde. Eine Woge von Liebe zu ihm, die an Tollheit grenzte, ergriff sie, und sie betete, daß er ebenso empfand.

Das Schiff stampfte und wogte im Rhythmus ihrer Bewegungen. Nicholas schob ihre Röcke hoch und umfaßte ihr Hinterteil, während er sich noch inniger an sie drängte. Sie spürte, wie sich sein erregtes Glied gegen ihren Unterleib preßte, und fragte sich, wie es sich wohl in ihr anfühlen mochte.

Da er nicht vergessen hatte, wie wund ihre Haut noch war, wurden seine Berührungen sanfter, aber schon hatte ein winziger Stich sie zur Besinnung kommen lassen. Ihr fiel wieder ein, wie er sie das letzte Mal geküßte hatte – die brutale Lektion, die er ihr erteilt hatte –, und sie begann zu zweifeln. Was, wenn dies nur eine Fortsetzung der Bestrafung sein sollte? Was, wenn er seine Macht nur eindringlicher demonstrieren wollte, als er es mit Worten vermochte? Sie spürte, wie er die Knöpfe seiner Hose öffnete, und ein leises Schluchzen stieg aus ihrer Kehle.

Sowie er das Geräusch hörte, hielt Nicholas ein und blickte sie an. »Hab keine Angst, Liebe. Ich werde dir nicht weh tun.«

»Nicholas«, flüsterte sie mit gebrochener Stimme, »wenn das eine von deinen Lektionen ist, dann verzeihe ich dir das niemals.« Ihre unsichere Miene ließ ihn innehalten.

Wie eine Welle eisigen Meerwassers donnerte die Wirklichkeit über ihn hinweg. Plötzlich wurde ihm bewußt, wo er war – und was er da eigentlich tat. Mit resigniertem Stöhnen rollte er sich zur Seite und fuhr sich mit einer Hand durch sein lockiges schwarzes Haar.

Sie setzte sich neben ihm auf, ohne ihm jedoch in die Augen sehen zu können. Schamhaft hielt sie das Kleid vor den Busen, ihre Wangen waren reizend gerötet und ihre Lippen von seinen Küssen geschwollen. Das flachsfarbene Haar strömte in weichen Wellen über ihre Schultern.

Er atmete tief ein, um sich zu beruhigen, drehte ihr Gesicht mit der Hand zu sich hin und zwang sie, ihn anzusehen. »Ich habe dich vom ersten Augenblick an begehrt, als ich dich sah. Ich habe versucht, mich von dir fernzuhalten, aber ich kann es nicht mehr. Es gibt nur eine Lektion, die ich dich lehren möchte – die der Liebe.«

»O Nicholas.« Sie schlang ihre Arme um seinen Hals, und er drückte sie fest an sich. Dann preßte er seine Lippen auf ihre und küßte sie voller Hingabe. Er brauchte seine ganze Willenskraft, um sich von ihr zu lösen.

»Nichts möchte ich lieber tun, als dich lieben, gleich hier und jetzt. Aber meine Männer sind draußen, und sie sind überzeugt, daß ich dich foltere.« Sein Mund verzog sich zu einem seltenen echten Lächeln. »Wenn ich nicht bald rausgehe, kann ich mich auf eine Meuterei gefaßt machen.« Seine Stimme klang kehlig, und sein Atem ging regelmäßig. Glory war glücklich, daß sie ihn so berühren konnte.

Sie erwiderte sein Lächeln. Sie liebte das sanfte Leuchten seiner sturmgrauen Augen, das sein Antlitz weicher, fast jungenhaft wirken ließ. Ihr Herz floß über vor Liebe zu ihm. Liebe. Es war nicht zu leugnen. Sie liebte Nicholas. Und sie flehte wieder zu Gott, daß er das gleiche für sie empfand.

Lautes Klopfen an der Kabinentür ließ Nicholas aufspringen. Er richtete seine Hose und knöpfte sein weißes Leinenhemd zu. Während er sich der Tür näherte, warf er einen Blick auf Glory, die sich fieberhaft bemühte, ihre Kleider wieder herzurichten.

»Wer ist da?« fragte Nicholas.

»Ich bin's, Mac, Cap'n. Die Männer machen sich Sorgen um Miss Glory. Sie woll'n sich überzeugen, daß du ihr nichts tust.«

Nicholas lächelte reuevoll und zwinkerte Glory zu. »Sie kommt in fünf Minuten raus. Ihr ist nichts passiert.« Leider, dachte er. Aber *ihm* war etwas passiert. Er spürte ein Brennen in seinen Lenden, das nicht so bald vergehen würde. Mit resigniertem Seufzen ging er zu Glory zurück, die ihr Haar über die Schulter nach vorn gezogen hatte und darauf wartete, daß er ihr Kleid zuknöpfte. Es war eine schlichte Geste, doch sie berührte ihn tief.

Er dachte an Nina, die Frau, mit der er gestern nacht ins Bett hatte gehen wollen. Obwohl er es sich nicht eingestanden hatte, war er froh gewesen, daß sie auf das Schiff zurückgekehrt waren. Er wollte nicht Nina. Auch nicht Ginger. Er wollte Gloria Summerfield – und niemand konnte sie ersetzen. Irgendwie würde er sein Gewissen schon beruhigen. Zum Teufel, wenn es gar nicht anders ging, würde er das Mädchen heiraten. Bei dem Gedanken wurde ihm ein bißchen schummrig. Als er den letzten Knopf geschlossen hatte, küßte er ihren schlank aufragenden Hals. Sie sah besorgt aus, als sie sich zu ihm umdrehte.

»Was ist los?« fragte er.

»Ich – ich habe mich gefragt... ich habe noch nie – ich weiß nicht... was los ist.«

»Wie fühlst du dich?«

»Das weiß ich auch nicht. Irgendwie nervös, oder so. Und so, als wollte ich gleich wieder von dir geküßt werden.«

Nicholas grinste erfreut. »Genau so soll es dir auch gehen. Aber sobald wir erst einmal miteinander geschlafen haben, wirst du dich anders fühlen. Du wirst dich ausgezeichnet fühlen, das verspreche ich dir.«

»Miteinander geschlafen?« Glorys Herz galoppierte. Wollte er sie etwa heiraten?

»Das, meine Süße, ist die natürliche Fortsetzung dessen, was wir eben getan haben.«

Glory schluckte schwer. »Ich verstehe.« Sie hatte gedacht, das natürliche Ergebnis dessen, was sie getan hatten, sei ein Heiratsantrag.

Er küßte sie auf die Nasenspitze. »Jetzt solltest du lieber hinausgehen. Die Meuterei, weißt du noch?«

Ihr Gesicht wurde blutrot, und sie nickte. Er legte eine Hand in ihren Nacken und zog sie zu einem letzten schnellen Kuß an sich. Dann strich sie ihre Kleider glatt, wartete einen Augenblick, bis sie sich gefaßt hatte, und ging zur Tür hinaus.

Später am gleichen Tag ankerten sie kurz vor Cape Fear, wo Jago Dodd und ein großer, hagerer Matrose Madame LaFarge und Rosabelle an Land setzten. Glory entdeckte, daß sie trotz ihres zweifelhaften Rufes Zuneigung zu den beiden Damen gefaßt hatte, und umarmte sie, bevor sie von Bord gingen.

»Ich hoffe, es entwickelt sich alles in Ihrem Sinne«, sagte sie. »Geben Sie dem Baby einen Kuß von mir.«

»Das verspreche ich«, antwortete Rosabelle. »Sie wissen, wo wir zu finden sind, falls Sie jemals eine Freundin brauchen.«

Glory reichte ihr ein strahlend gelbes, bemaltes Tuch. »Denken Sie an mich, wenn Sie es tragen«, sagte sie. »Ich werde Sie beide vermissen.« Rosabelle nahm das Geschenk mit einer tränenreichen Umarmung entgegen.

Madame LaFarge schenkte Glory eine kleine Kristallphiole mit teurem französischen Parfüm, das sie mit auf die Reise genommen hatte.

»Danke, Schätzchen. Ich vergeß Sie bestimmt nicht. Und ich schätze, Sie haben den Captain so weit, bis er in New York ist!« Sie lachte dröhnend, zwinkerte Glory zu und schlug sich auf die fleischigen Schenkel.

Glory hoffte, daß Madame LaFarge recht behielt.

»Eine gute Reise noch, Schätzchen. Ich würde ja sagen, schreiben Sie uns mal, aber ich und Rosy können nicht lesen, deshalb könnten wir nicht zurückschreiben.«

Glory nickte nur. Sie umarmte die dralle Frau ein letztes Mal, dann kletterten die beiden über die Reling zu den Landungsbooten hinab, die unten warteten. Es war keine leichte Aufgabe für die schwergewichtige Frau – ebenso wie für die schwangere –, aber schließlich hatten beide es geschafft, und Jago und der hagere Matrose ruderten sie an Land. Glory sah ihnen nach, bis sie über den Hügel und außer Sichtweite gewandert waren.

»Was wird wohl aus ihnen werden, Nicholas?« fragte sie, als er sich zu ihr gesellte.

»Für Rosabelle ist gesorgt. Ich habe Freunde am Cape, ein junges Paar, das keine Kinder bekommen kann. Sie erwarten Rosabelle bereits. Sie hat sich einverstanden erklärt, dort zu bleiben und für die beiden zu arbeiten, nachdem das Baby geboren wurde. Sie freuen sich darauf, ein Kind im Hause zu haben.«

»Und Madame LaFarge?«

»Sie wird tun, was sie glücklich macht – so wie immer.«

Glory lächelte zu ihm auf. Einen Moment lang trafen sich ihre Blicke. Er schien sie jetzt irgendwie anders anzuschauen, so wie damals in der Nacht auf der Straße; als wollte er etwas sagen, fände aber nicht die richtigen Worte. Und er wollte sie beschützen, so hatte es den Anschein. Sie lächelte still, erfreut über diese Wendung der Ereignisse.

An diesem Abend erschien Nicholas wieder nicht zum Essen.

»Guten Morgen, Captain«, begrüßte ihn Glory am folgenden Morgen steif. Er stand an der Reling und sah in seinen engen schwarzen Hosen und dem gewohnten schneeweißen Hemd gut wie eh und je aus. Er schaute auf die See, als würde er über ein wichtiges Problem nachdenken. Als er sich ihr zuwandte, schenkte er ihr ein warmes Lächeln, und Glorys Groll begann zu schwinden.

»Guten Morgen, Liebe. Gut geschlafen?«

Seine Worte klangen irgendwie vertraulich, und Glorys Wangen wurden warm und rot. »Ja, danke, das habe ich.« Es war gelogen. Sie war den ganzen Abend außer sich vor Wut gewesen, weil der Captain sie schon wieder ignorierte. »Ich habe dich beim Abendessen vermißt.«

»Ich mußte nachdenken.«

»Nachdenken?« fragte sie.

»Ja.«

»Ich verstehe.«

»Wirklich?« fragte er.

»Es geht mich ja gar nichts an.«

»Doch, das tut es. Ich dachte, vielleicht könnten wir heute abend nach dem Essen darüber sprechen.«

Glorys Puls raste. Nicholas Blackwell war der einzige Mann in ihrem Leben, der es schaffte, daß sie sich unsicher und schüchtern und zugleich ungeheuer weiblich fühlte. »Gut«, war alles, was sie herausbrachte.

»Ich fürchte, ich habe zu tun, deshalb werden wir uns nicht eher sehen.« Sein Blick wanderte von ihrem Gesicht hinab zu den Formen ihrer Brüste.

Sie spürte die Hitze in seinem Blick, und merkte, wie sie verlegen wurde – und wie es in ihrer Magengrube zu glühen begann. Sie bemühte sich, nicht zu vergessen, weshalb sie den Captain überhaupt hatte sprechen wollen. Im Augenblick dachte sie nur daran, wie er sie geküßt und wie sich seine starken, braunen Hände auf ihren Brüsten angefühlt hatten. Sie schluckte schwer, schaute hinaus aufs Meer und stellte sich dann seinem Blick.

»Kann ich nach unten gehen, um meinen Diener zu sehen?« fragte sie, bevor er weggehen konnte.

»Joshua wird dich hinunterbringen.« Nicholas lächelte nochmals und ging dann ohne ein weiteres Wort davon. Der Erste Steuermann tauchte wenige Augenblicke später auf.

»Es ist gar nicht so schlimm, wie es aussieht, Glory«, erklärte er ihr, während sie zur Achterdeckstreppe gingen. »Fast alle von uns haben schon irgendwann mal ein, zwei Tage in Arrest verbracht. Außerdem sind wir in weniger als einer Woche in New York.«

Die Zelle stellte sich als winziges Gelaß am hinteren Ende des Laderaums heraus. Die schwere Eichentür hatte eine große vergitterte Öffnung; eine Tranöllampe erhellte den Raum. Glory konnte Nathan verloren auf einer rissigen Holzpritsche sitzen sehen.

Ihr Herz flog ihm zu. »Kann ich hineingehen? Ich möchte allein mit ihm sprechen.«

»Natürlich.« Er schloß die Tür auf und ließ sie ein. »Ich komme Sie in ein paar Minuten holen.«

»Danke, Josh.«

Sobald sie drinnen war, wartete Glory, bis Joshuas Schritte verhallt waren, dann warf sie sich ihrem Halbbruder in die ausgestreckten Arme. »O Nathan. Es tut mir so leid. Ich hätte dich nie überredet, mich an Land zu bringen, wenn ich geahnt hätte, was passieren würde.«

»Ruhig, Glory. Es ist wirklich nicht so schlimm. Der Captain war hier unten, um persönlich nach mir zu sehen. Er hat mir ein Kartenspiel und etwas Hanf gebracht, damit ich das Garnflechten üben kann. Natürlich weiß er nicht, daß ich lesen kann.«

»Es dauert noch fast eine Woche, bis wir in New York sind; vielleicht kann ich ihn überreden, dich rauszulassen.«

»Ich glaube, das solltest du lieber nicht versuchen, Glory. Vielleicht wird er mißtrauisch, wenn er meint, daß du dich übermäßig um deinen Diener sorgst. Er darf auf keinen Fall die Wahrheit erfahren.«

Glory umarmte ihn nochmals. »Wahrscheinlich hast du recht. Du sollst nur wissen, wie leid mir alles tut.«

»Es wird alles gut, wenn wir erst einmal in New York sind.«

Glory nickte. »Ich liebe dich, Nathan.«

»Ich liebe dich auch, Glory. Und jetzt geh. Der Smutje bringt mir bald das Essen. Er hat mich zu einer Partie Ginrummy herausgefordert.«

Glory hörte Schlüssel klirren, als Joshua Pintassle zurückkam. Sie küßte Nathan auf die Wange und verschwand aus der Zelle.

Nicholas Blackwell stand in der Dunkelheit des Laderaums, ballte und öffnete die Fäuste immer wieder. Was für ein Narr war er gewesen! Er hatte mitangesehen, wie Glory an Joshuas Arm verschwunden war, und dann durch die vergitterte Tür den großen, gutaussehenden Neger beobachtet, der mit langen, kräftigen Beinen zwischen den engen Wänden seines Gefängnisses auf und ab ging. Warum hatte er das nicht eher bemerkt? Der Mann war kein Feldarbeiter. Auch kein Hausdiener. Seine Sprache, als er sich mit Glory unterhalten hatte, verriet, daß er gut erzogen war – und er war ausgesprochen gutaussehend.

Nicholas brannte vor Zorn. Schon wieder hatte sie ihn an der Nase herumgeführt. Er hatte von Anfang an gewußt, daß das Mädchen etwas im Schilde führte, aber er hätte niemals vermutet, daß sie mit ihrem dunkelhäutigen Liebhaber auf der Flucht war. Nicht, daß die Hautfarbe des Mannes einen Unterschied gemacht hätte. Das tat sie nicht. Die Männer, mit denen Nicholas segelte, kamen aus allen Ecken der Welt; jede Rasse, jeder Glaube, jede Farbe war unter ihnen vertreten. Er hatte zwei Jahre lang eine wunderschöne Mulattin als Geliebte in New Orleans unterhalten, die vielleicht die kultivierteste Frau war, die er je gekannt hatte. Wohlerzogen, charmant – genau wie dieser Mann, Nathan.

Es ging nicht um Vorurteile.

Gloria Summerfield hatte ihn zum Narren gehalten, ihn benutzt, um nach Norden zu gelangen – ihm sogar Leidenschaft vorgespielt. Und die ganze Zeit über hatte sie einen anderen Mann geliebt. Nicholas schloß die Augen, so blendete ihn der Zorn, der ihn überflutete. Wie hatte er nur so dumm sein können zu glauben, Gloria Summerfield sei etwas Besonderes? Sie war eine Frau, oder nicht? Genau wie seine Mutter. Genau wie Lavinia Bond und all die anderen Frauen, die er kennengelernt hatte. Gloria Summerfield hatte sich in sein Herz geschlichen und sich bei jeder Gelegenheit über ihn lustig gemacht.

Irgendwie, irgendwann, schwor Nicholas, würde er ihr das heimzahlen.

Nicholas hatte wenig Zeit, über seinen Rացheplänen zu brüten. Es wurde böiger; scharfe Winde schlugen in die Segel und zerrten an den Tauen, und der Himmel verdüsterte sich unheilverheißend.

»Mr. Pintassle«, befahl er, »lassen Sie die Royals und Skysegel aufgeien. Die Marssegel doppelt reffen.« Damit würde sich die Segelfläche um ein Drittel verkleinern.

»Aye, Captain.« Joshua lief los, um den Befehl auszuführen, während immer stärkerer Wind aufkam.

»Das wird 'n Sturm wie'n Veitstanz, Captain«, warnte MacDougal. »Ich hab' schon so welche mitgemacht – du auch. Die kommen so schnell, daß man nicht mal den Kopf zwischen die Schultern zieh'n kann, und sin' so stark, daß man glaubt, sie zerreißen das Schiff.«

Nicholas erinnerte sich noch gut an einen solchen Sturm. Er war auf der *Stark Wind* mit Kurs auf die Bahamas. Das Schiff war vor Grand Cay entzweigebrochen. Nur die Hälfte der Mannschaft hatte überlebt. Der goldene Ohrring, den er manchmal trug, war ein Zeichen dafür, daß er einen Schiffsbruch überlebt hatte. Der Gedanke, daß so etwas wieder geschehen könnte, ließ ihn schaudern.

»Nicholas?« Glorys kristallene Stimme ließ ihn herumfahren.

»Geh nach unten. Hier oben ist es nicht sicher.«

Der Wind fuhr in ihre Röcke und zerrte an ihrem Haar. Ihr Gesicht sah müde und mitgenommen aus. »Ich fürchte, mir geht es nicht besonders gut. Könnte ich einen Augenblick an Deck bleiben?«

Er wollte nein sagen. Er wollte sie leiden lassen, aber ihre Miene ließ ihn zögern. »Bleib neben dem Steuer und komm niemandem in die Quere. Nur ein paar Minuten. Wenn die See noch rauher wird, waschen die Brecher über Deck.«

Glory nickte. Sie fühlte sich im steifen Wind, der um ihre Wangen brauste, bald besser. So hatte sie den Ozean noch nie gesehen. Es gab tiefe Mulden, in die das Schiff stürzte, und schäumende Brecher, hoch wie kleine Hügel. Der Wolken rollten ebenso schwer und schnell vorüber wie die See.

Jago Dodd stand am Ruder. »Die See wird schnell rauher, Missy. Sie müssen bald nach unten.«

Glory nickte. Eine Viertelstunde verging, ehe sie Nicholas wieder sah.

»Ich dachte, du wärst schon unten.«

»Ich wollte gerade gehen.«

»Ich übernehme das Ruder, Jago. Sie sorgen dafür, daß sie sicher nach unten kommt.«

»Aye, Captain.« Jago nahm ihren Arm.

Glory schaute über die Schulter zurück, weil sie hoffte, daß Nicholas ihr eines seiner mutmachenden Lächeln schenken würde. Er schaute nicht einmal in ihre Richtung.

»Wird alles gut werden?« fragte sie Jago, während sie sich durch den schmalen, schwankenden Kajütgang vorarbeiteten.

»Schwer zu sagen. Der Sturm is' zu plötzlich aufgekommen. Wirklich ungewöhnlich zu dieser Jahreszeit. Irgendwas stimmt nicht. Der Captain fühlt das; die Mannschaft auch. Aber er is'n guter Mann, der Captain. Wenn einer die *Black Spider* durchbringen kann, dann er.«

»So schlimm ist es?«

»Noch nicht, aber so wie's aussieht, kann es das noch werden.«

»Danke, daß Sie ehrlich zu mir waren, Jago.«

»Hab' nie lügen können. Aber Sie brauch'n sich noch keine Sorgen zu machen. Die *Spider* is'n stabiles Schiff, und ihr Captain is'n verdammt guter Seemann. Und jetzt binden Sie alles gut fest und legen Sie beim Allmächtigen ein gutes Wort für uns ein.«

»Das werde ich, Jago«, lächelte Glory. »Und Sie passen auf Nicholas auf, ja?«

»Er hat mir geholfen, oder nicht? Jago Dodd vergißt so was nich'. Ich hab'n Auge auf ihn.«

»Danke, Jago.« Glory ging in ihre Kabine und verstaute alle losen Sachen, die sie finden konnte.

10. Kapitel

Auf Deck beobachteten Nicholas, Mac und Joshua das Wetter.

»Josh«, befahl Nicholas, »Sie gehen nach unten und versuchen, ein bißchen zu schlafen. Es wird eine lange Nacht.« Er wandte sich an Mac. »Die Marssegel dichtreffen.« Damit waren zwischen den Masten nur noch die vorderen und hinteren Stagsegel gehißt, mit denen das Schiff ruhig gehalten und verhindert werden sollte, daß sie breitseits zum Wind kamen und vor den Sturm liefen.

»Aye, Cap'n.« Mit Sorgenfalten auf der Stirn stiefelte Mac davon.

Beim Abendessen war der Wind so stark, und das Schiff rollte so schwer, daß die Mannschaft nur Schiffszwieback bekam und kalte Suppe aus ihren Tassen trank.

Nicholas stand neben Jago am Ruder, kämpfte gegen den tränentreibenden Wind an und sah das Wasser über das Deck laufen. Mit lautem Knallen platzte eines der Stagsegel in zwei Hälften und löste sich dann von der Raa; das Fock – und das Großmarssegel rissen sich los, flatterten einen Augenblick im Wind und flogen dann in das tosende Wasser, wo sie unter den Schaumkronen verschwanden.

»Bramsegelraaen senken«, befahl Nicholas, weil er hoffte, dadurch den Druck auf die Masten verringern zu können. Die Enden der Hölzer, an denen die Segel festgemacht waren, Raanokken genannt, tauchten bei jedem Leewärtsrollen in die See. »Spiere lösen.«

Die Männer kämpften sich über das wasserüberspülte Deck, um die Befehle des Captains auszuführen. Jago bemühte sich verzweifelt, die Kontrolle über das Ruder nicht zu verlieren.

»Oberbramsegel niederholen«, befahl Nicholas, während die nächste Welle über das Deck wusch. Als die Männer das erledigt hatten, befahl er, auch die Bramsegel niederzuholen.

Inzwischen waren die Wellentäler so tief, daß das Schiff immer wieder abwärts sauste und dann mühsam die schreckenerregende Wasserwand auf der anderen Seite zu erklimmen versuchte. Die *Spider* wurde hochgestemmt und durchgeschüttelt, rang mit Wind und Wasser, um nicht zu kentern. Riesige Brecher platzten auf das Deck.

»Sie nimmt Wasser, Cap'n«, berichtete Mac Nicholas. Er mußte brüllen, um sich gegen den Wind verständlich zu machen. »Schneller, als die Männer es abpumpen können.«

Nicholas folgte Mac zu den Männern an den Pumpen. Das Bild, das sich ihm unter Deck bot, ließ ihm das Blut gefrieren. Die Fracht war aus ihrer Verschnürung und Verankerung gebrochen, durch den Laderaum geschleudert worden und gegen die Wand gedonnert. Seewasser strömte durch einen Riß zwischen den Planken herein. Ein paar Männer versuchten fieberhaft, das Loch zu flicken und das Wasser abzupumpen.

Nicholas blieb nur einen Augenblick unten und kehrte gerade rechtzeitig an Deck zurück, um mitzubekommen, wie der Kreuzmast entzweibrach, als wäre er ein trockener Zweig.

»Achtung auf Deck!« brüllte er mit vorgehaltenen Händen gegen den Wind an. Der junge Matrose, der gegen seinen Befehl Glory an Land gelassen hatte, sprang gerade noch rechtzeitig dem Tod von der Schippe. Er grinste den Captain an, und Nicholas fiel ein Stein vom Herzen.

Die Erleichterung war nur von kurzer Dauer. Die *Black Spider* war zum Untergang verurteilt. Jetzt mußte sich Nicholas vor allem darum kümmern, daß die Mannschaft in Sicherheit kam.

»Die Landungsboote bereitmachen, Josh.«

»Captain?«

»Wir haben keine andere Wahl. Wir sind nicht weit von Hatteras. Die Männer sollen versuchen, an Land zu kommen. So haben sie die größte Chance.«

»Aye, Sir.«

»Lassen Sie den Mann aus dem Kerker. Ich kümmere mich um das Mädchen.«

Joshua nickte und begann, entsprechende Befehle zu erteilen.

In ihrer Kabine unter Deck klammerte sich Glory an der unteren Koje fest und betete, daß das Schiff nicht untergehen möge. Ihr Magen hob und senkte sich mit den Bewegungen des Schiffes; sie hatte sich bereits ein paarmal übergeben. Hätte sie nicht soviel Angst gehabt, sie hätte keinen Fuß mehr auf den Boden gebracht. Lautes Klopfen an der Tür brachte ihr Herz zum Hämmern. Als sie den Riegel hob und die Tür aufschwang, sah sie den Smutje im Kajütgang stehen.

»Wir gehen von Bord, Miss Glory. Der Cap'n kommt Sie in einer Minute holen. Nehmen Sie nur so viel mit, wie Sie tragen können.«

Bevor sie etwas sagen konnte, war er verschwunden. Von panischer Angst getrieben, floh Glory aus der Kabine. Nathan war in der winzigen Zelle unter Deck eingesperrt. Sie mußte sich davon überzeugen, daß er in Sicherheit war.

Sie packte die Zimmerlaterne, rannte den Kajütgang entlang bis zu der Leiter, die ans Achterende des Lagerraums führte, und kletterte hinunter. Als sie im Lagerraum angelangt war, arbeitete sie sich zu der winzigen Zelle vor. Die Tür stand offen; Nathan war fort. Erleichtert atmete sie aus und drehte sich um, um wieder hinauf an Deck zu gehen. Sie war erst ein paar Schritte weit gekommen, als sie die schwere Kiste auf sich zufliegen sah. Sie versuchte noch, ihr auszuweichen, aber es war zu spät, um sich wegzuducken. Ihr Schrei wurde von dem Tosen der See hinter der Schiffswand verschluckt. Mit lautem Krachen donnerte ihr Kopf gegen das Bullauge, dann hüllte Schwärze sie ein.

Der letzte der Männer kletterte über die Reling und in das wartende Landungsboot. »Bist du *sicher*, daß sie in einem von den Booten ist?« fragte Nicholas Mac zum dritten Mal.

»Verdammich, Junge. Ich wünschte, ich könnte Aye sagen, ich bin *sicher*; aber ich bin's nicht. Ihr Diener wollte nicht in Jagos Boot steigen, deswegen hab' ich ihm versichert, daß sie schon in einem anderen sitzt. Aber ich hab' sie nicht gesehen. Der Smutje sagt, er hat ihr gesagt, daß wir von Bord gehen. Wo sollte das Mädel sonst sein?«

»Ich weiß nicht, aber es gefällt mir nicht. Geh du voran. Ich mache noch einen Rundgang durch das Schiff.«

»Die Zeit wird knapp, Junge. Ich sollte lieber mit dir kommen.«

»Versuch du nur, das Boot nah genug am Schiff zu halten, damit ich es erreichen kann.« Die kleinen Gefährte waren im Sturm nur äußerst schwer lenkbar, das wußte Nicholas. Es war gefährlich, auf dem untergehenden Schiff zu bleiben, das sich schon so neigte, daß die Reling an der Wasserlinie lag. Aber eine bohrende Stimme sagte ihm, daß etwas nicht stimmte. Er konnte nicht sehen, ob Glory in einem der Boote war – aber irgendwie ahnte er, daß sie noch an Bord war.

»Ich werde mein Bestes tun, Junge.«

Nicholas nahm den Kampf gegen die Elemente und gegen den noch größeren Feind Zeit auf und arbeitete sich über das wellenüberspülte Deck vor zur Achterdecksleiter. Im Kajütgang stand knietief Wasser, aber alle Kabinen waren leer. Er versuchte zu überlegen, wohin sie gegangen oder was ihr wichtiger gewesen sein konnte als ihre eigene Sicherheit. Und plötzlich wußte er es – mit krank machender Gewißheit. Verrückt vor Sorge stieg er die Leiter hinunter zur Arrestzelle. Die Laterne hielt er hoch in die Luft. Ein paar schwere Kisten waren vor die Tür gestürzt. Als er eine von den kleineren beiseite schob, bemerkte er die glänzende schwarze Seide zu seinen Füßen.

Die Stimme hatte recht gehabt. Glory lag bewußtlos neben der Kiste. Der Schiffsrumpf war inzwischen zur Seite gekippt, und der Stauraum war bereits zur Hälfte mit Wasser vollgelaufen. Er kniete neben ihr nieder, stellte die Laterne ab und legte eine Hand auf ihre Stirn. Ihre Lider öffneten sich flatternd.

»Nicholas... Was ist... passiert?«

»Dazu haben wir jetzt keine Zeit«, antwortete er. »Wir müssen sofort hier raus.«

Sie versuchte, sich aufzusetzen, aber ihr Kleid hatte sich unter der Kiste verklemmt. Mit beiden Händen riß Nicholas den Stoff auseinander. Auch ihr Ärmel hatte sich verfangen. Er zog das Oberteil mit einer abrupten Bewegung auseinander, so daß die Knöpfe an ihrem Rücken absprangen, und sie schlüpfte aus dem Kleid. Als er ihr auf die Füße half, sank sie gegen ihn.

»Hier lang«, sagte er. Ohne auf das Pochen in ihrem Schädel zu achten, folgte sie ihm blind. Sie klammerte sich an seinem Arm fest und ließ sich von ihm an Deck führen. Der Ernst ihrer Lage traf sie wie ein zweiter Schlag.

Als sie die Reling erreicht hatten, merkte Nicholas, wie Glory nach Luft rang und ihre Hand fester um seinen Arm krallte. Er blickte sie nur kurz an und schaute wieder hinaus auf die Wogen, wo er seine schlimmsten Befürchtungen bestätigt sah. Das letzte Landungsboot trieb meterweit entfernt vom Schiff, und obwohl Mac, Josh und die Männer verzweifelt kämpften, schafften sie es nicht, wieder längsseits des Schiffes zu kommen. Die anderen Landungsboote sprangen und schaukelten noch weiter draußen.

»O Gott, Nicholas, was sollen wir bloß tun?«

»Wir müssen zu Macs Boot schwimmen. Wir werden unter Wasser gesaugt, wenn die *Black Spider* untergeht.«

Glory wurde blaß. Unendlich langsam schüttelte sie den Kopf. Ihr Gesicht schien nur noch aus riesigen, angstvollen blauen Augen zu bestehen. Nicholas schenkte ihr keine Beachtung, sondern drehte sie eilends mit dem Rücken zu sich und durchtrennte die Korsettschnüre mit dem Messer, das er in seinem Gürtel stecken hatte. Nur noch mit einem Spitzenhemdchen und einem dünnen Baumwollunterrock bekleidet, klammerte sie sich an ihn, als die nächste Woge über Deck brach. Nicholas hielt sie fest, damit sie nicht über Bord gespült wurde.

»Nicholas... ich... habe Angst«, sagte sie und fuhr sich mit der Zunge über die Lippen, obwohl ihr ganzes Gesicht vom Seewasser glänzte.

»Wir haben keine andere Wahl.« Er schnappte sich eine Leine. »Ich binde das um deinen Bauch, damit wir nicht zu weit getrennt werden. Ich werde dir helfen, wenn du müde wirst.«

Sie starrte ihn nur an.

Er packte ihre schmalen Schultern mit eisenhartem Griff und schüttelte sie mit aller Kraft. »Verdammt, Glory, das ist unsere letzte Chance!«

Sie antwortete so leise, daß ihre Worte beinahe vom Wind verweht wurden. »Ich kann nicht schwimmen.«

Nicholas stöhnte. »Du kannst Billard spielen, aber du kannst nicht schwimmen!«

Die bissige Bemerkung weckte ihre Lebensgeister wieder. »Verzeihen Sie, Captain Blackwell«, erwiderte sie trotzig. »Als ich an Bord kam, wußte ich nicht, daß wir um unser Leben schwimmen müßten.«

Nicholas mußte fast lächeln. »Also gut, wir versuchen etwas anderes.« Er suchte das trümmerübersäte Deck ab. »Wir machen ein Floß aus den drei Fässern hier, dann binden wir uns darauf fest.« Er verriet ihr nicht, daß sie das Floß nicht kontrollieren konnten. Sie hatte auch so schon genug Angst.

»Wie kann ich helfen?«

»Bleib einfach, wo du bist – und halt dich fest. Ich will nicht, daß du über die Reling fliegst, bevor ich fertig bin.«

Er machte sich an die Arbeit und band die Fässer mit jenen stabilen Knoten zusammen, die er als Junge von Mac gelernt hatte. Glory umklammerte den Mast, kämpfte gegen jede neue Woge an und versuchte nicht daran zu denken, wie sie auf einem so brüchigen Floß der teuflischen See trotzen wollten.

In kurzer Zeit hatte Nicholas die Fässer zusammengebunden. »Komm jetzt. Je länger wir warten, desto schlechter stehen unsere Chancen.« Er schleifte das Floß zu der tiefer liegenden Reling, die immer wieder ins Wasser tauchte, und Glory kletterte hinauf. Nicholas band eine Leine um ihren Leib, verknotete das andere Ende mit dem Floß und ließ einen Teil der Schnur um die Fässer laufen, damit sie sich daran festhalten konnten.

»Was du auch tust«, erklärte er ihr, »versuch, nicht herunterzufallen. Aber gerate nicht in Panik, wenn es doch passiert. Vergiß nicht, daß du immer noch mit dem Floß verbunden bist. Wenn die Fässer umkippen, was sie hoffentlich nicht tun werden, dann ziehst du dich an die Wasseroberfläche hoch und kletterst auf der anderen Seite rauf.«

In Glorys Ohren klang das alles schrecklich. Sie hatte noch nie einen Fuß in Wasser gesetzt, das tiefer als eine Badewanne war. Sie klammerte sich an den Seilen fest, die, wie sie wußte, über Leben und Tod entscheiden konnten. Nicholas kletterte neben ihr hinauf, ebenfalls mit einer Leine um den Leib versehen.

Mit ihrer ganzen Kraft hängte sie sich an die Leinen, als die nächste Riesenwoge über der gegenüberliegenden Reling aufragte. Das Wasser donnerte über das Deck. Glory schrie auf, und das kleine Floß wurde unter einer tosenden Wasserwand aufs Meer hinausgeschleudert. Nur Nicholas' starker Arm um ihre Schulter gab ihr die Kraft, nicht loszulassen. Glory hielt die Luft an, bis ihre Lungen brannten, und atmete selbst dann nicht aus. Sie flehte, daß ihnen ein kurzes und schmerzloses Ende gegönnt sein möge, und focht gegen den unbändigen Wunsch zu atmen an, bis das Floß wie ein Korken im Faß aus dem Wasser hüpfte. Glory füllte ihre Lungen mit der schweren, gischtfeuchten Luft.

Die nächste Woge schwemmte über sie hinweg, und das Ritual wiederholte sich, aber diesmal waren die Sekunden unter Wasser schneller vorüber.

Flach auf das Floß gepreßt und mit einem Stück Treibholz als Paddel versuchte Nicholas sein Bestes, das Floß in Richtung des schaukelnden Landungsbootes zu lenken. Trotzdem schienen sie immer weiter abzutreiben.

»Kann ich irgendwie helfen?« bot Glory an.

»Halt dich nur fest.« Er hatte gute Lust, sie zu würgen, weil sie einen solchen Narren aus ihm gemacht hatte, aber er würde damit warten, bis sie in Sicherheit waren. Er warf einen Blick auf die durchnäßte Frau, die sich in ihren beinahe durchsichtigen Sachen neben ihm an dem Floß festklammerte. Selbst kurz vor dem Ertrinken und voller Todesangst sah sie noch schön aus. Plötzlich hatte Nicholas mehr Angst um sie denn je und paddelte mit aller Kraft weiter.

»Bleibt ihm auf den Fersen, Jungs«, befahl Mac. Die Männer mühten sich ab, das Landungsboot in die Richtung zu rudern, in der das Behelfsfloß des Captains verschwunden war.

»Mac.« Joshua Pintassle legte sanft die Hand auf den Arm des alten Schotten. »Wir haben sie seit Stunden nicht mehr gesehen.

Wir haben keine Ahnung, wo wir suchen sollen. Er auch nicht. Er wird Kurs auf Hatteras nehmen. Der Wind treibt sie dorthin. Wenn sie auf dem Floß bleiben, dann stehen die Chancen, daß sie es schaffen, nicht schlecht. Und das müssen wir auch versuchen. Die Männer werden müde. Wir müssen versuchen, an Land zu kommen.«

Einen Augenblick lang wollte Mac ihm widersprechen. Er wollte weitersuchen, solange er noch ein letztes bißchen Kraft hatte. Er wußte, daß Nicholas genau das tun würde. Aber er mußte an die anderen denken. Die Sicherheit der Männer hatte Vorrang.

»Aye, Mr. Pintassle.« Mit schwerem Herzen befahl Mac, während er mit den Augen immer noch die schaumgekrönten Wellen absuchte, den Männern, an Land zu rudern. Das war noch nicht zu sehen, aber es mußte irgendwo im Westen liegen, und wenn sie das kleine Boot vorm Sinken bewahren konnten, dann würden sie es vielleicht schaffen.

Die Stunden verschwammen und dehnten sich endlos, bis sie nur noch aus schmerzenden Muskeln und brennenden Lungen zu bestehen schienen. Glorys hatte die geflochtene Leine so lange umkrallt, daß sie ihre Finger nicht mehr bewegen konnte. Sie und Nicholas hatten seit Stunden kein Wort gesprochen, um nicht die geringste Kraft zu vergeuden. Schließlich waren sie in einen Schlaf gefallen, der eher einer Ohnmacht geglichen hatte; als sie wieder erwachten, hatte sich das Meer beruhigt. Jetzt trieben sie unter einem wolkenlosen Himmel, und die Sonne brannte.

Nicholas zog sein zerfetztes, klatschnasses Hemd aus und legte es über Glorys Kopf und ihre nackten Schultern. Sein sonnengebräunter Körper war längst an die sengenden Strahlen gewöhnt. Glory brachte ein dankbares Lächeln zustande und sank dann wieder in erschöpften Schlaf.

Stundenlang trieben sie dahin. Nicholas suchte, in der Hoffnung, Land oder wenigstens eines der Landungsboote zu sichten, unermüdlich den Horizont ab. Als ihm die Lider so schwer wurden, daß er nicht mehr wach bleiben konnte, ergab auch er sich dem Schlaf.

Als er Stunden später erwachte, hörte er das rhythmische, schabende Krachen und Brüllen des Meeres, das auf Sand traf. Erst vermochte er das Geräusch nicht zu deuten; dann merkte er, daß das Floß sich nicht bewegte. Er drehte sich um und erblickte einen Sandstrand und das kurze, harte Marschgras, das die Küste markierte.

Nachdem er sich mit steifen, wundgescheuerten Fingern losgebunden hatte, löste er die Leine um Glory und schüttelte sie sanft. »Wir haben es geschafft, Liebe«, sagte er leise.

»Nathan? Nathan, bist du das?« Sie hob den Kopf und starrte ihn verständnislos an, als wäre er gar nicht da.

Nicholas fühlte sich, als hätte sie ihn in den Magen getreten. In den langen Stunden auf See, während der sie ums Überleben gekämpft hatten, hatte er nicht mehr an ihren Liebhaber gedacht. Tatsächlich wünschte er, er könnte ihn vergessen. »Tut mir leid, dich zu enttäuschen«, erklärte er bitter. »Ich bin es nur.«

Sie blinzelte ein paarmal und wollte dann sprechen, aber er hatte sich bereits umgedreht und schritt auf den Schatten einer nahen Kiefer zu. Er beobachtete, wie sie mit zitternden Fingern die Leine um ihren Leib losknotete, vom Floß kletterte und auf ihn zu kam. »Nicolas?«

»Bleib hier«, sagte er scharf. »Ich werde mich umschauen. Vielleicht kann ich herausfinden, wo wir sind.« Nur mit größter Mühe schaffte er es, höflich zu bleiben. Er hatte sein Leben riskiert, um sie zu retten, und sie dachte nur an Nathan. Verdammt, wie oft würde er sich noch zum Narren machen? Natürlich, als Captain des Schiffes und als Freund ihres Vaters hatte er keine andere Wahl, als für ihre Sicherheit zu sorgen, sagte er sich. Aber jedesmal, wenn er sie anschaute, wurde seine Wut aufs neue entfacht.

Er fühlte sich immer noch schwach, doch mit jedem Schritt, den er machte, kehrte etwas Kraft zurück. Er erforschte den Sandstrand und entdeckte, daß das kleine Eiland, auf dem sie gestrandet waren, durch ein Sumpfgebiet, das etwa eine Viertelmeile breit war, von einem größeren Landstreifen getrennt war. Er stapfte durch den Sumpf, wobei er sorgfältig nach Alligatoren und Giftschlangen Ausschau hielt, und gelangte schließlich ans andere Ufer. Das Gelände auf dem langsam ansteigenden Strand war weniger unwegsam als die Insel.

Es gab hohe Kiefern, weiche Grasnarben und sogar eine Reihe von Süßwasserteichen, die der Regen aufgefüllt hatte. Als er einem Wildwechsel landeinwärts folgte, war Nicholas überzeugt, daß er genug Wild zum Essen finden würde. Es war der ideale Ort, um sich auszuruhen, sich zu erholen und auf ein Suchschiff zu warten.

Nicholas wußte, daß früher oder später eine Suchmannschaft kommen würde. Wenn die *Spider* nicht termingemäß oder zumindest ein paar Tage später einlief, würde seine Gesellschaft ein Suchschiff ausschicken. Es wäre ein Leichtes, die Fahrt der *Spider* bis Cape Fear nachzuvollziehen. Und bestimmt hatte sich der Sturm vor Hatteras herumgesprochen. Wenn sie ein Signalfeuer machten, würde man sie finden. Daran hatte Nicholas keinen Zweifel.

Bis dahin war er tage-, vielleicht sogar wochenlang allein mit der kleinen falschen Füchsin, die er gerettet hatte. Die Abgeschiedenheit ihrer Insel bot ihm die ideale Gelegenheit, der verwöhnten Miss Summerfield die Lektion zu erteilen, die sie längst nötig hatte. Dann würde er mit ihr schlafen – so oder so.

Nicholas kehrte zu dem Strand zurück, wo Glory unter einem der wenigen Bäume auf der Insel schlief. Die Insel war ein ungastlicher Landstreifen, der aus Sandkrabben und stechendem

Marschgras bestand und wo es kaum Schutz vor dem Wind gab. Trinkwasser gab es nur aus einer kleinen, schlammigen und verdreckten Pfütze.

Nicholas lächelte in sich hinein. Er war gespannt, wie Miss Verwöhnt und Verhätschelt Summerfield die nächsten paar Tage überstehen würde.

Er lehnte sich an einen Felsen, ein paar Schritte von Glorys Schlafplatz entfernt, und wartete darauf, daß sie erwachte.

Als die Sonne weit genug gesunken war, um ihr den Schatten zu nehmen, spürte Glory die Hitze und das grelle Licht in ihren Augen und erwachte. Einen Augenblick lang rührte sie sich nicht, sondern suchte den wolkenlosen Himmel ab, der zwischen den Ästen über ihr zu sehen war; dann schaute sie hinaus auf die unbewegte, blaugrüne Meeresfläche. Ohne sich zu rühren, sann sie über die Schiffshavarie nach und wie sie dem Tod knapp entkommen waren, als sich etwas an ihrem Arm bewegte und etwas Knochiges ihr Bein berührte.

Sie schoß hoch. Dutzende riesiger Krabben, von denen manche fast zwei Fuß groß waren und die alle eine rote, hufeisenförmige Schale hatten, umgaben sie. Sie unterdrückte einen Schrei, sprang auf und lief los. Hüpfend suchte sie sich einen Weg durch die kleine Invasion, bis sie in sicherem Abstand war.

Am ganzen Leibe zitternd, suchte sie die Insel nach Nicholas ab, bis sie sein tiefes Lachen hörte. Es klang bitter und amüsiert.

»Was ist los? Haben dich deine kleinen Freunde aufgeschreckt?«

»Du... Widerling!« tobte sie. »Warum hast du mich nicht geweckt? Eine dieser... schrecklichen Kreaturen hätte mich beißen können.«

»Sie tun nichts«, beruhigte er sie. »Es sind Hufeisenkrabben. Harmlos. Sie kommen zur Paarung auf den Strand.«

Sie schauderte und schaute zurück auf die Tiere, die übereinander hinwegkletterten und -krabbelten. »Harmlos oder nicht, ich mag sie nicht.«

»Ich bin überzeugt, daß du hier eine Menge Dinge finden wirst, die du nicht magst.« Er lehnte lässig und mit selbstgefälliger Miene am Stamm einer Kiefer und hatte ein Bein über das andere geschlagen. »Du wirst dich daran gewöhnen müssen.«

Glory betrachtete ihn aufmerksam. Er wirkte irgendwie feindselig. »Ich versichere dir, daß ich mein Bestes tun werde, dir keine Unannehmlichkeiten zu bereiten.« Ein weiteres kaltes Lachen, anders als alles, was sie von ihm kannte. Sie zwang sich, es zu überhören. »Was, glaubst du, ist aus den anderen geworden?«

»Wenn ihre Boote nicht gekentert sind, dann haben sie es wahrscheinlich an Land geschafft.«

»In unserer Nähe?«

»Das bezweifle ich. Wir sind alle ziemlich auseinandergetrieben worden.« Seine Stimme klang spröde, und wieder fragte sie sich, warum er so wütend war.

Als sie ihre Umgebung betrachtete – den öden Strand ohne Unterschlupf und fast ohne Wasser –, dämmerte es ihr. Nicholas war ihretwegen in dieser gottverlassenen Einöde gelandet. Wenn er nicht an Bord der *Spider* geblieben wäre, um nach ihr zu suchen, hätte er mit seiner Mannschaft in einem der Landungsboote sein können. Sie hätten inzwischen vielleicht schon einen Hafen oder eine Stadt erreicht. Statt dessen war er auf diesem einsamen, unwirtlichen Landfetzen gestrandet, weil sie wieder einmal gegen seinen Befehl gehandelt hatte. Er machte sie für das verantwortlich, was geschehen war, und jetzt war er wütend. Stinkwütend, um genau zu sein.

Zum Teufel mit ihm! In alle Höllenschlunde mit ihm, tobte Glory insgeheim. Sie konnte nichts dafür, daß ihr diese Kiste auf den Kopf gefallen war. Sie war auf dem Rückweg in ihre Kabine gewesen, wo sie hatte warten wollen, genau wie er befohlen hatte. Herr im Himmel, sie wäre da draußen beinahe ertrunken, und er wollte den Beleidigten spielen. Wie sie je hatte glauben können, daß sie so ein arrogantes Stück wie Nicholas Blackwell liebte, war ihr unbegreiflich.

Glory suchte sich eine andere Kiefer in sicherem Abstand zu den rasselnden, wuselnden Krabben und ließ sich in deren Schatten nieder. Sie war durstig und hungrig, und alles tat ihr weh. Aber sie würde eher sterben, als ein Wort zu dem so allmächtigen Captain Blackwell zu sagen. Statt dessen setzte sie sich und zog die Beine unter das Kinn. Ohne sie zu beachten, stolzierte Nicholas davon.

Zum erstenmal bemerkte sie die Narben auf seinem Rücken, dünne, helle Linien, die im Lauf der Jahre verblaßt waren. Sie hatte solche Narben zu oft gesehen, um sie nicht als Spuren der Peitsche zu erkennen. Obwohl sie sich dagegen wehrte, empfand sie plötzlich Mitleid mit Nicholas. Dann dachte sie an den Jungen, den er auf dem Deck der *Spider* hatte auspeitschen lassen. Sie fragte sich, welches Vergehen Nicholas wohl begangen haben mochte. Der Gedanke ließ sie schaudern.

Als er zurückkam, hatte er die Arme voll Treibholz und machte mit Hilfe eines Feuersteins und Stahl ein kleines Feuer. Die Abendluft war warm, aber das verführerische Licht des Feuers lockte Glory aus den länger werdenden Schatten.

»Ich nehme nicht an, daß du Wasser gefunden hast, während du da draußen warst?« fragte sie gereizt. Sie war immer noch wütend, weil er sie so schlecht behandelte.

»Bei der Kiefer da hinten gibt es eine Pfütze mit Regenwasser.«

Bestimmt hatte er gewußt, daß sie durstig war. Ohne sich zu bedanken, tappte sie über den Sand auf das Wasser zu. Es sah brackig und keineswegs trinkbar aus, aber sie hatten kein anderes. Sie mußte sich damit begnügen. Sie schob die schleimige Schicht auf der Oberfläche beiseite, füllte ihre Hand und trank, bis ihr Durst gestillt war. Seufzend kehrte sie zum Feuer zurück.

Nicholas röstete etwas auf einem Spieß, den er aus herabgefallenen Ästen angefertigt hatte. »Hast du etwas zu essen gefunden?« fragte sie. Das würzige Aroma ließ ihr das Wasser im Mund zusammenlaufen.

»Kupferkopf-Wassermokassin«, antwortete er.

»Eine Schlange!« Das Wort kam aus ihrem Mund gezischt. »Ich kann keine Schlange essen. Das... das ist doch barbarisch. Warum keinen schönen Fisch oder so etwas?«

»Hast du einen gefangen?«

»Nein, das nicht, aber –«

»Dann gibt es entweder Schlange oder gar nichts.« Es schien ihm fast zu gefallen.

»O Gott«, sagte Glory und ließ sich neben ihm in den Sand sinken.

Als das Fleisch gar war, streckte er ihr den Spieß entgegen, bis sie schließlich ein kleines Häppchen zum Probieren abzupfte. Nicholas schnitt sich einen Brocken mit dem großen Messer ab, das er immer noch an seinem Gürtel trug. Er aß mit Genuß und leckte sich geräuschvoll die Finger. Glory nahm nur einen winzigen, zaghaften Bissen, der ihr fast in der Kehle steckenblieb. Es schmeckte gar nicht schlecht; aber bei dem Gedanken daran, von was für einer ekligen Kreatur es stammte, drehte sich ihr der Magen um, und sie hätte sich beinahe verschluckt.

»Ich glaube, ich warte lieber bis morgen, wenn es dir nichts ausmacht«, erklärte sie spröde. »Vielleicht kann einer von uns einen Fisch fangen.«

»Wie du meinst«, war seine ganze Reaktion. Er rollte sich vom Feuer weg, deckte die Augen mit dem Arm ab und schlief augenblicklich ein.

Von nagendem Hunger geplagt, versuchte Glory vergeblich, es ihm gleichzutun. Die Sterne schienen hell, und die leichte Meeresbrise hielt die Moskitos in Schach, aber trotzdem warf und wälzte sie sich ruhelos umher. Der Boden war hart und unbequem, und sie meinte, überall am Körper Sand zu haben. Sie dachte an Nathan und fragte sich, ob er es wohl an Land geschafft hatte. Wenn ihm irgend etwas zugestoßen wäre, dann hätte sie es bestimmt gefühlt. Das war immer so. Sie waren einander immer so nah gewesen. Sie drehte sich auf die Seite, ignorierte das sandige Knirschen zwischen ihren Zähnen und schlief endlich ein.

Nicholas erwachte früh und ging hinüber auf den größeren Landstreifen. Er brauchte ein Bad und eine Rasur und ein gutes, anständiges Essen. Als er den Strand erreicht hatte, bemerkte er, daß sie zusätzlich Glück gehabt hatten. In der Nacht hatte die Strömung Treibgut von der *Black Spider* an Land getragen. Der Strand war mit Kisten und Schachteln, Seilen und Spieren, Koffern und Seekisten übersät. Er lächelte in sich hinein. Sobald er der verdorbenen kleinen Blondine ihren Verrat heimgezahlt hatte, würde er einen kleinen Unterschupf bauen, und sie könnten einigermaßen angenehm leben. Bis dahin würde er seine Rache auskosten und dafür sorgen, daß sich das Mädchen so elend wie nur möglich fühlte.

Er dachte daran, wie sie ausgesehen hatte, als er aufgestanden war. Der Unterrock war ihr bis zu den Schenkeln hochgerutscht, und das blonde Haar hatte ihr ins Gesicht gehangen. Ihre glatte Haut sah rauh unter den Sandflecken aus. Sie war erschöpft und hungrig, und obwohl sie soweit wie möglich im Schatten zu bleiben versuchte, verriet der leicht rote Schimmer ihrer Haut, daß sie einen Sonnenbrand bekommen hatte. Sie sah heruntergekommen, erschöpft – und zauberhaft aus. Er mußte sich beherrschen, um sie nicht gleich hier im Sand zu nehmen.

Er blieb den ganzen Morgen am Strand, versuchte, etwas von dem Tau zu entwirren, das er unter dem Gerümpel am Strand gefunden hatte, um damit Hasenfallen zu bauen. Anschließend badete er und rasierte sich mit seinem Messer. Ein fettes, graues

Eichhörnchen hatte das Unglück, als erstes in seine Falle zu treten, und Nicholas schlachtete es augenblicklich. Nachdem er es gehäutet hatte, machte er ein kleines Feuer, briet und aß es.

Bei der Rückkehr auf die Insel spürte er nur leichte Gewissensbisse, als er Glory knietief im Meer stehen sah, wo sie versuchte, mit einem Stoffstreifen, an dem sie eine Haarnadel befestigt hatte, zu fischen.

»Schon was eingefangen?« fragte er voller Sarkasmus.

»Nur einen Sonnenbrand«, antwortete sie ihm, und Nicholas hätte beinahe gelächelt.

»Ich habe dir eine hübsche Möwe mitgebracht. Das sollte dich satt machen.«

Sie stöhnte laut auf und warf ihre Behelfsangel wieder aus. Sie hatte den hinteren Teil ihres Unterrocks zwischen ihre Beine gezogen und den Saum in den Bund gesteckt, so daß ihre Waden zu sehen waren. Nicholas spürte ein Ziehen in seinen Lenden. Teufel noch mal, das Mädchen war wahrhaft eine Füchsin. Er betete, daß sie in den nächsten Tagen weich wurde.

Verstohlen lächelnd schlenderte Nicholas hinter ihr ans Wasser. »Du hast keinen Köder«, sagte er. Er zog seine Stiefel aus und stapfte durch die niedrigen Wellen, bis er knietief im Wasser stand. Während Glory fischte, zog er das Messer aus der Scheide an seinem Gürtel, grub im Sand, bis er ein paar kleine Muscheln gefunden hatte, und brach die Schalen auf. Er watete zu Glory, nahm ihre schlanke Hand und legte die glitschigen Muscheln hinein.

»Hier. Damit sollte es gehen.«

Glory schrie auf, als sie die schleimige Masse fühlte und schleuderte die Muscheln ins Meer. Nicholas lachte schallend.

»Du bist keine große Anglerin, was?«

»Verdammt noch mal, Nicholas Blackwell. Wenn ich es nicht besser wüßte, würde ich schwören, daß du jeden Augenblick hier genießt.«

»Komm schon«, sagte er und zog sie in Richtung Strand. »Ich mache dir etwas zu essen.«

11. Kapitel

Nicholas kehrte zu ihrem Behelfslager zurück, machte Feuer und bereitete Glory ein »schmackhaftes« Mahl aus gebratener Möwe.

Glory kämpfte und kaute und würgte genug hinunter, um nicht zu verhungern, während Nicholas so tat, als würde ihm das zähe, harte Fleisch schmecken; der saftige Eichhörnchenbraten, den er sich zuvor genehmigt hatte, würde bis zum nächsten Morgen vorhalten.

»Ich gehe baden und mir die Haare waschen«, verkündete Glory nach dem Essen. »Es ist zwar Salzwasser, aber immer noch besser als dieser ganze Sand.«

»Geh nicht weiter rein als bis zu den Knien«, warnte Nicholas. »Zu dieser Jahreszeit gibt es hier Tigerhaie.«

»Haie?«

»So groß, daß sie einen Menschen auf einen Satz verschlingen können. Man hat schon Tigerhaie gefangen, die achthundert Pfund wogen.«

»O Gott, was denn noch?« Entmutigt sank Glory zurück in den Sand und schlug die Beine übereinander. »Ich kann mir die Haare nicht in knietiefem Wasser waschen. Die Wellen wirbeln zuviel Sand auf. Bestimmt kann ich ein bißchen tiefer ins Wasser gehen.«

»An deiner Stelle würde ich es nicht versuchen.« Er zog einen Mundwinkel hoch. »Du möchtest doch nicht, daß eines dieser langen, hübschen Beine kürzer wird als das andere?«

»Oooooh«, knurrte Glory kaum hörbar. »Ich weiß nicht, wie

lange ich das noch ertragen kann. Wann, glaubst du, werden die Rettungsschiffe nach uns suchen? Sollten wir nicht lieber ein Signalfeuer machen?«

»Sie werden frühestens in einer Woche entdecken, daß wir schiffbrüchig sind, und einen Suchtrupp organisieren; selbst wenn eines der Rettungsboote es bis in einen Hafen geschafft hat. Wir werden uns schon rechtzeitig um ein Signalfeuer kümmern.« Nicholas lehnte entspannt mit dem Rücken an einen Baumstamm, so als wäre dies alles nur ein unbedeutendes Abenteuer. Er hatte sich tagsüber rasiert, und sein schwarzes Haar glänzte im Flammenschein.

»Wie hast *du* es gemacht?«

»Was gemacht?«

»Dein Haar gewaschen.«

»Ich kann schwimmen, hast du das vergessen?«

»Aber was ist mit den Haien?«

»Sie bevorzugen hübsche junge Mädchen.«

Das Profil seiner arrogant geschwungenen Lippe zeichnete sich gegen das Feuer ab. »Ich weiß, daß Sie alles tun, damit ich mich schlecht fühle, Captain Blackwell. Und Sie sollen wissen, daß ich von einem Rüpel wie Ihnen nichts anderes erwartet habe.« Damit stapfte sie vom Feuer weg und ließ sich am Fuß einer entfernten Kiefer nieder. Die heiße Sonne und die kargen Mahlzeiten forderten ihren Tribut, und sie schlief schließlich ein.

Irgendwann nach Mitternacht begann der Wind zu heulen. Der Sand, der ihre Haut peitschte, weckte Glory auf. Sie ließ ihre Augen über die Insel wandern und sah Nicholas unter einem Baum, den breiten Rücken den stechenden sandigen Böen zugewandt. Wie gern wäre sie zu ihm gegangen, hätte sich in seine Armbeuge gekuschelt und sich so sicher und beschützt gefühlt wie damals. Aber all das war vergangen. Er hatte unmißverständlich klar gemacht, was er von ihr hielt. Sie rollte sich gegen den beißenden Wind zusammen und versuchte vergeblich, wieder einzuschlafen. Am Morgen, schwor sie, würde sie irgendeinen Unterschlupf bauen – ob der Captain ihr half oder nicht.

Der Wind hatte sich gelegt, als Glory spät am folgenden Vormittag erwachte. Nicholas hatte bereits Feuer gemacht.

»Hungrig?« fragte er. Er sah wieder frisch aus. Sie fragte sich, wie er es schaffte, so gut frisiert zu sein, während sie nur noch ein bemitleidenswertes, zerlumptes Häuflein war. Ihr Spitzenunterrock war in Fetzen, ihr Hemd schmutzig, rissig und fleckig, und ihr Haar... Herr im Himmel, würde ihr blondes Haar jemals wieder so aussehen wie früher?

»Was?« fragte sie lustlos. Die Hitze, der Wind und der Sand machten ihr jetzt schon zu schaffen. »Ach ja, ich denke schon.«

»Ich habe ein paar Krabben gekocht.« Er brach eine Zange ab und reichte sie ihr. »Du mußt nur noch einen Weg finden, das Fleisch herauszukriegen.«

Glory war zum Heulen zumute. Die verführerische Krabbe ließ ihr das Wasser im Munde zusammenlaufen, aber die feste kleine Schere wollte ihre Beute nicht herausrucken. »Wie hast *du* es herausgekriegt?« fragte sie.

»Ich habe sie mit den Zähnen geknackt.«

»Mit den Zähnen?«

»Mit den Zähnen.«

Warum glaubte sie ihm nicht? Verzweifelt vor Verlangen nach einem Bissen saftigen Fleisches biß Glory auf die widerspenstige Schale. Die Schale brach auf, aber Glory verlor auch ein kleines Stück ihres Vorderzahns.

Nicholas lachte leise. Er setzte sein Messer an einer zweiten Schere an, brach sie auf und reichte Glory das schneeweiße Fleisch. Noch nie hatte ihr etwas so gut geschmeckt. Sie verspeiste jeden Bissen, den er ihr gab, ohne darauf zu achten, daß ihr der Saft an den Armen herunterlief. Als sie satt war, fühlte sie sich zum erstenmal seit Tagen besser.

»Mein Gott, war das lecker«, sagte sie. Nicholas beobachtete, wie sie sich den Mund mit dem Saum ihres Unterrockes abwischte, sagte aber kein Wort.

»Ich dachte, wir könnten heute vielleicht einen Unterstand bauen«, schlug sie vor und wartete auf seine Reaktion.

»Wozu?«

»Wozu! Weil der Wind heute nacht unerträglich war und es früher oder später regnen wird.«

Nicholas zuckte nur mit den Achseln. »Wie du willst, aber erwarte nicht, daß ich dir helfe. Ich schlafe gern im Freien.«

»Würdest du mir wenigstens ein paar Äste abschneiden? Ich werde sie mit Stoff aus meinem Unterrock zusammenbinden.«

Obwohl er sich redlich Mühe gab, konnte sich Nicholas ein Grinsen nicht verkneifen. »Paß lieber auf, Miss Summerfield. Wenn du deinen Unterrock weiterhin so aufbrauchst, wirst du bald nackt hier draußen schlafen müssen.«

Wutentbrannt rammte Glory ihren schlanken Fuß in den Sand und stieß mit dem Zeh gegen einen Kiesel, der darunter verborgen lag. Sie biß die Zähne gegen den stechenden Schmerz zusammen. »Du bist der nervtötendste, abscheulichste Kerl, der mir je begegnet ist.«

Nicholas entkleidete sie mit Blicken, ließ seine Augen betont langsam von ihren verfilzten Locken zu den Zehen ihrer schlanken Füße wandern. Dann kamen sie auf den vollen Kurven ihres Busens zu ruhen, die sich unter dem Spitzenhemdchen abzeichneten.

»Und du, Glory, bist zweifellos der köstlichste Bissen auf der ganzen Insel. Nimm dich in acht, sonst vernasche ich dich statt der nächsten Möwe zum Abendessen.«

Glory wurde dunkelrot. Es war das erste Mal, daß er ihr auch nur etwas Aufmerksamkeit schenkte, seit sie auf der Insel gelandet waren. Sie war nicht sicher, ob sie beleidigt oder erleichtert sein sollte. Ohne jedes weitere Wort stolzierte sie entrüstet ans andere Ende der Insel. Sie kehrte erst zurück, als er genug Äste für den Unterstand gesammelt hatte, den sie bauen wollte.

»Viel Spaß dabei«, meinte Nicholas trocken. »Ich für meinen Teil gehe schwimmen.«

Ihre Augen wurden groß. »Aber was ist mit den Haien? Was ist, wenn dir etwas zustößt?«

»Ich werde mich bemühen, nicht gefressen zu werden.« Er ging ans Wasser und schlüpfte aus den Stiefeln; seine langen, braunen Finger machten sich an den Knöpfen seiner Hose zu schaffen.

Glory konnte die Augen nicht abwenden. Er ließ seine Hose hinuntergleiten und ging nackt und vollkommen schamlos ins Wasser. Seine langen Beine, seine schmalen Hüften und muskulösen Hinterbacken zogen ihren Blick magisch an. Die Narben auf seinem Rücken reizten sie, und wieder fragte sie sich, woher er sie wohl hatte. Als er bis zum Bauch im Wasser stand, drehte er sich zu ihr um. Glory wandte sich blitzschnell ab, aber ihr rosiges Gesicht verriet sie, und Nicholas lachte gnadenlos angesichts ihrer Verlegenheit.

»Kommst du auch?« rief er. »Ich verspreche dir, daß ich die Haie vertreiben werde.«

Wie gern wäre sie gekommen. Sie hätte ihr Haar waschen und den allgegenwärtigen Sand loswerden können. Aber um keinen Preis der Welt würde Gloria Summerfield mit einem nackten Mann ins Wasser gehen.

»Nein danke«, rief sie steif zurück und begann, an ihrem Windschutz zu arbeiten.

Sie hatte keine Ahnung, wo sie anfangen sollte, deshalb begann sie damit, die Spitzenstreifen aus ihrem Unterrock zu reißen. Als nächstes band sie die Äste, so fest sie konnte, zusammen. Sie baute an einer Stelle zwischen zwei Bäumen. Wenn sie nur etwas Schnur und ein paar Decken gehabt hätte. Sie seufzte resigniert und wandte sich wieder ihrer Aufgabe zu.

In der Abenddämmerung war sie fertig. Ihre Finger waren verkrampft und wund, und ihr Rücken schmerzte wie verrückt. Nicholas hatte von ferne zugesehen. Sie verfluchte ihn ohne Unterlaß. Als sie seine süffisante Miene bemerkte, betete sie, daß der Wind sich in dieser Nacht zum Sturm steigern mochte. Sie würde dem Captain keinen Zentimeter von ihrem Windschutz abgeben.

Der Wind wurde tatsächlich heftiger. Und zu Glorys Entsetzen flog ihr Windschutz auseinander wie Spreu in einem Wirbelsturm. Nicholas schlief nahebei und schaute nicht einmal auf. Müde und entmutigt schlief sie ein. Nicholas weckte sie zu einem Frühstück, das aus zähen Muscheln bestand – er behauptete, nichts anderes gefunden zu haben. Danach machte sich Glory daran, ihren Windschutz wieder aufzubauen. Wieder schaute Nicholas ihr zu, doch heute schien er irgendwie nicht bei der Sache zu sein.

Nicholas' Schadenfreude war verflogen. Seit Tagen beobachtete er Glory; er hatte erwartet, daß sie längst aufgegeben hätte. Doch sie setzte ihn in Erstaunen. Sie hatte sich mit fauligem Wasser begnügt, alles, wenn auch widerwillig, gegessen, was er ihr vorgesetzt hatte, und sich insgesamt besser gehalten, als viele Männer, die er kannte, es in dieser Situation getan hätten. In Wahrheit begann ihn sein Gewissen immer mehr zu plagen.

Er war schon einen Tag länger auf der ungastlichen Insel, als er vorgehabt hatte. Das Mädchen sah verwahrlost, erschöpft und hoffnungslos aus. Er war sicher gewesen, daß sie sich ihm nach kürzester Zeit zu Füßen werfen und ihn anflehen würde, sich um sie zu kümmern. Aber die Dinge waren nicht nach Plan verlaufen. Sie würde nicht aufgeben. Würde nicht angekrochen kommen. Er wußte nicht, wie lange er es noch ertragen konnte, sie leiden zu sehen.

Bis zum Nachmittag hatte sie ihren Unterstand wieder aufgebaut. Winzige Spitzenzipfelchen wehten im sanften Wind, und

Nicholas mußte unwillkürlich über ihren Einfallsreichtum und ihre Entschlossenheit lächeln.

Als sie gerade den letzten Ast festband, bemerkte er aus dem Augenwinkel in der Nähe des Sumpfes eine Bewegung, die seine Aufmerksamkeit erregte. Nicholas drehte sich um und erblickte die scharfen Hauer und die borstige Schnauze eines wilden Keilers, der das Unterholz nach dem einzigen Wassertümpel auf der Insel absuchte. Einen Augenblick lang nahm das Tier Witterung auf. Nicholas sah Blut auf einer verletzten Schulter. Da senkte das riesige Tier den Kopf und stürmte los – genau in Richtung der jungen Frau, die sich unter die Kiefern gesetzt hatte.

»Glory!« schrie Nicholas auf, zog sein Messer und rannte auf sie zu. Sie sah das Wildschwein, schrie auf und sprang erschreckt hoch. Ihre Augen waren angstgeweitet. Mit hochgerafftem Unterrock lief sie Nicholas entgegen. Er fing sie mit den Armen auf und zog sie beiseite, gerade als der Keiler sie erreicht hatte. Nicholas wirbelte aus der Reichweite der glänzenden Hauer und hieb sein Messer in den Rücken des Tieres. Das Wildschwein schnaubte und quiekte und stürmte dann in den Behelfsunterstand. Kiefernäste flogen durch die Luft; Blut befleckte die Zweige und färbte die Spitzen rot.

Nicholas riß sein Messer aus dem wild angreifenden Tier und versenkte die Klinge aufs neue, diesmal in den Hals des Keilers, direkt hinter dem Schädel. Das Tier hieb um sich, wühlte den Boden auf, zertrampelte den Unterstand und kippte schließlich auf die Seite. Noch im Todeskampf grunzte es und trat nach ihnen.

Nicholas atmete ein paarmal tief durch, um sich zu beruhigen. Schaudernd stellte er sich vor, was beinahe passiert wäre. Der Wildschweinkeiler war lebensgefährlich; seine rasiermesserscharfen Hauer konnten einen Menschen zerfetzen. Er schloß die Augen, doch die Vorstellung einer verstümmelten, sterbenden und mit Tierblut verschmierten Glory ließ ihm keine Ruhe.

Er sah sich nach ihr um und fand sie zusammengesunken am Fuß eines Baumes; sie hatte die Knie unter das Kinn gezogen, und ihr Leib bebte unter heftigem Schluchzen. Nicholas hatte sich noch nie im Leben so schlecht gefühlt. Während er mit langen Schritten über den Sand zu ihr hineilte, verfluchte er sich dafür, daß er ein solcher Idiot gewesen war. Er kniete neben ihr nieder und zog sie sanft in seine Arme.

In einem halbherzigen Versuch, sich zu befreien, drückte sie gegen seine Brust. »Geh weg und ... laß mich in Ruhe«, befahl sie abgehackt und unter Tränen.

»Nein.«

»Es ist mir egal. Es macht mir nichts aus, wenn du mich weinen siehst. Ich habe es satt, tapfer zu sein.« Eine Tränenspur zog sich über ihre Wangen. »Dieses widerliche Biest hat meinen Unterstand kaputt gemacht. Ich brauche ein Bad – und ich habe Hunger. O Gott, ich wünschte, Papa wäre hier.«

Nicholas hielt sie fester. So weit hatte er es nicht treiben wollen. Er hatte keinesfalls ihr Leben aufs Spiel setzen wollen. Als er sie so ohne jeden Stolz, mit bleichem Gesicht und bebendem Körper vor sich sitzen sah, fühlte er einen Beschützerinstinkt in sich aufwallen, der ihm ins Herz stach und ihm die Brust abschnürte, bis er kaum mehr atmen konnte.

Immer noch rollten Tränen über ihre Wangen. »Papa hätte gewußt, was zu tun ist.«

»Ich weiß, was zu tun ist«, flüsterte er ihr ins Ohr. Er hob sie in seine Arme und trug sie zum Sumpf, dann eine Viertelmeile durch den Schlamm und den Abhang hinauf, ohne auch nur ihr Gewicht zu spüren. Er hielt erst an, als er mitten in dem Süßwassertümpel stand, in dem er jeden Morgen gebadet hatte. Erst da hob sie den Kopf von seiner Brust und schaute sich um.

»Nicholas?«

»Es ist schon gut, Liebe«, erklärte er ihr. »Von jetzt an wird alles gut.« Sie hing immer noch an ihm. Er ließ ihre Knie los, und ihre Zehen sanken in den weichen Sand am Grund des Tümpels. Mit entschiedenen, aber sanften Handgriffen zog er ihr das Unterhemd über den Kopf, streifte ihr den schmutzigen Unterrock und die zerfetzte Unterhose über die Schenkel und half ihr, aus ihren Sachen zu steigen.

Er legte ihr die Hände um die schmale Taille und hielt sie, während sie unter Wasser tauchte, um sich den Sand aus dem Gesicht und dem Haar zu spülen. Als sie wieder aufstand, tropften Wasserperlen aus den feuchten, blonden Haarsträhnen, die ihr am Hals und an den Schultern klebten.

Nicholas fand, daß sie noch nie so schön ausgesehen hatte. Sein Blick heftete sich auf ihre vollen Brüste, die ein bißchen aufwärts deuteten, genau wie er es in Erinnerung hatte. Er verzehrte sich danach, sie in seinen Händen zu halten. Seine Arme umschlangen ihren Leib, und er zog sie an sich. Sie war immer noch ein bißchen benommen und sträubte sich nicht. Er hatte nicht vorgehabt, die Situation auszunutzen – wenigstens nicht gleich –, aber als er die Wärme ihres Körpers, die Sanftheit ihrer Haut spürte, stöhnte er und bedeckte ihre Lippen mit den seinen. Er spürte, wie ein Schauer des Verlangens über seinen Körper lief – und wie das Blut in seine Lenden strömte.

Als er den Kuß vertiefte, öffneten sich ihre Lippen. Vorsichtig wagte sie die ersten, zaghaften Berührungen mit der Zunge. Als sich ihre Arme um seinen Hals legten, spürte Nicholas ein Verlangen in sich, wie er es noch nie erlebt hatte. Er küßte sie auf die Wangen, auf die Augen, hinter die Ohren und folgte zärtlich den Linien ihres schlanken Halses.

Glory fühlte sich zum erstenmal seit Tagen gewärmt und umsorgt, umhegt und beschützt. Es war ihr vollkommen egal, daß sie nackt war, wo sie war oder wie sie hierher gekommen war. Nichts zählte, außer daß sie sauber und unverletzt war. Nichts zählte außer Nicholas' Armen. Eine leise Stimme flüsterte ihr zu: *Vergiß nicht, was er dir angetan hat*; aber so sehr sie auch versuchte, darauf zu hören, sie konnte an nichts anderes denken als an den sanften Druck seiner Lippen und seine zärtliche Berührung.

So wob sie ihre Finger durch die Strähnen seines schwarzen Lockenhaares und drängte sich an ihn. Ihr ganzer Körper prickelte, und ihr war ganz heiß. Er strich mit den Lippen über ihre Haut, zog eine Spur warmer Küsse über ihre Brust, umschloß schließlich mit den Lippen ihre Brustwarze und begann, sie mit der Zunge zu umspielen. Glory stöhnte und legte den Kopf in den Nacken. Sein Mund liebkoste, leckte und sog, und bislang unbekannte Gefühle setzten Glorys Blut in Brand.

Er küßte sie wieder, fordernd diesmal. Als seine Hände an ihrem Körper abwärts glitten, ihre Hinterbacken umfaßten und sie fester an sich zogen, spürte sie, wie sein hartes Glied sich gegen sie preßte.

Sein Arm glitt unter ihre Knie, er hob sie aus dem Wasser und trug sie auf einen Grasfleck am Rande des Teiches. Er ließ sie nur kurz allein, während er sich auszog, dann kehrte er an ihre Seite zurück und ließ sich neben ihr nieder.

»O Gott, wie habe ich dich begehrt«, flüsterte er ihr mit rauchiger Stimme ins Ohr.

Sie drückte ihre Hände in halbherzigem Protest gegen seine Brust, doch er nahm ihre Lippen gefangen und senkte seine Zunge in ihren Mund. Erregung fuhr wie Flammen durch ihren Leib. Glory drückte sich an ihn. Sie hatte ihre Ängste vergessen und alle Zweifel ausgelöscht. Sie wollte nur noch, daß er sie berührte. Ihr ganzer Körper schmerzte vor Anspannung und Begierde. Vorsichtig, so daß er sie nicht mit seinem Gewicht belastete, legte er sich auf sie und teilte ihre Schenkel mit seinem Knie.

Es fiel ihm schwer, sich zu beherrschen. Er wollte in sie dringen, ganz und gar in sie eintauchen. Daran, wie angespannt jede Faser ihres Körpers war, erkannte er, daß sie das gleiche wollte.

Langsam glitt er in sie hinein, bis er das Hindernis spürte, mit dem er nur halb gerechnet hatte. Daß sie noch Jungfrau war, bereitete ihm plötzlich Gewissensbisse – doch zugleich freute es ihn.

»Es tut nur einen winzigen Augenblick weh«, erklärte er ihr, nachdem er sein schlechtes Gewissen besiegt hatte. »Danach wird alles wunderschön, das verspreche ich dir.«

Sie zog sich ein kleines bißchen zurück, wirkte zum ersten Mal ängstlich. »Nicholas?« flüsterte sie unsicher.

»Vertraue mir«, sagte er.

Und sie vertraute ihm. Sie schlang ihre Arme um seinen Hals und drückte sich an ihn, suchte seinen Mund und öffnete ihren, damit seine Zunge eindringen konnte. Er schob seine Hände unter ihre Hüften und stieß zu. Unter dem Druck seiner Lippen verstummte ihr Schmerzensschrei. Eine Träne floß über ihre Wange bis in die winzige Vertiefung unter ihrer Kehle.

»Ist alles in Ordnung, Liebe?« fragte er und hielt sich zurück, bis ihr Schmerz nachließ.

»Ja«, flüsterte sie, immer noch verunsichert.

Er umfing ihre Backen mit seinen Händen und küßte sie wieder; dann begann er, sich in einem langsamen Rhythmus zu bewegen, der sie ihre Schmerzen vergessen ließ, bis es für sie nur noch den Mann gab, der sie in seinen Armen hielt. Instinktiv bewegte sie sich entgegengesetzt im gleichen Rhythmus, erwiderte seine Stöße, bis seine Muskeln schweißnaß glänzend hervortraten und er ihren Namen ausrief.

Ein mächtiges und angsterregendes Gefühl ergriff sie bei seinen letzten Stößen, aber bevor sie herausfinden konnten, was es war, erschauerte Nicholas am ganzen Leib, verharrte einen Augenblick über ihr und rollte dann zur Seite. Er zog sie mit sich in seine Armbeuge. Seine Augen blieben geschlossen, bis sein Atem wieder regelmäßig ging.

Glory zog mit dem Finger die Linie seines Kinns nach und

fragte sich, was sie wohl tun könnte, damit er sie wieder küßte. Sie wünschte, sie würde sich so entspannt fühlen wie er. Als er ihre Brust berührte, zuckte sie zusammen, als hätte sie sich verbrannt, und hörte ihn tief und leise lachen.

»Ich habe dich enttäuscht. Das tut mir leid.« Das ironische Lächeln verriet, daß er das nicht wirklich meinte. »Ich habe dich so lange begehrt, daß ich nicht warten konnte.«

»Wie könnte etwas so Wundervolles enttäuschend sein?« antwortete sie, ohne auf die leise, mahnende Stimme zu hören, die ihr sagte, daß solche Intimitäten ins Ehebett gehörten und daß Frauen so wunderbare Empfindungen, wie sie sie gehabt hatte, nicht spüren sollten. Statt dessen wanderte ihr Blick von seinen jetzt hellen, glänzenden grauen Augen zur weiten Fläche seiner Brust und weiter zu der Fläche unter seinem Nabel. Röte überflutete ihre Wangen, als sie sein erschlafftes Glied sah, das sich in ein Nest schützender schwarzer Locken zurückgezogen hatte.

Sie wandte den Kopf ab, aber das verbotene Objekt hatte wieder begonnen, sich aufzurichten.

Nicholas lachte kehlig. Liebevoll liebkoste er ihre Handfläche mit seiner Zunge und brachte dann einen Finger nach dem anderen an seinen Mund. Glory spürte Begierde in sich aufflammen, bis sich ihr Magen zusammenzog und ihr das Herz im Halse klopfte. Sie schaute ihm ins Gesicht und sah, wie dunkel und hungrig seine Augen wieder geworden waren.

»Jetzt bist du dran«, erklärte er ihr, und bevor sie fragen konnte, wie er das meinte, hatte er seinen Mund auf ihren gepreßt, sich auf sie gerollt und sie in das weiche Gras gedrückt. Sie spürte, wie seine warme, feuchte Zunge mit ihrer spielte. Ein winziger Laut entrang sich ihrer Kehle; wieder wurde ihr heiß, heißer noch als vorhin.

Diesmal war er weniger sanft und forderte mehr. Er entfachte eine Glut in ihr, die alles, was sie kannte, in den Schatten stellte. Mit jeder Bewegung, jedem Stoß schlug er sie mehr in seinen

Bann. Sie wand sich unter ihm, erwiderte jeden seiner Stöße mit wilder Hingabe – bis sich die Lust gleich einer Blüte in ihr öffnete und ein Feuerwerk von Empfindungen ihr die Sinne raubte. Sie schrie seinen Namen, klammerte sich an ihn, und er folgte ihr in die Erlösung.

Eine Weile blieben sie im weichen grünen Gras liegen. Sie konnte kaum glauben, was geschehen war; Nicholas dagegen strahlte ruhige Zufriedenheit aus. Irgendwann liebten sie sich wieder; dann trug Nicholas sie in den kühlen Teich hinein.

»Wie fühlst du dich?« fragte er, als das Wasser um ihre Hüften spülte. Ihr fiel ein, daß er sie das schon einmal gefragt hatte.

»Wie eine Katze im Fenster«, antwortete sie ihm. Sie lächelte leicht, damit er nicht merkte, daß sie ein schlechtes Gewissen hatte. »Als hätte ich eben meine Sahne aufgeleckt und würde jetzt auf meinem Kissen in der Sonne liegen.«

Er lachte fröhlich. Plötzlich fiel ihr auf, wie selten sie ihn lachen gehört hatte.

»Du solltest das öfter tun«, sagte sie, als sie aus dem Wasser stiegen.

»Was denn?«

»Lachen.« Sie saßen in der Sonne, bis die warme Luft sie getrocknet hatte, dann zogen sie sich ihre wieder sauberen und trockenen Kleider an. Jetzt, nachdem der Sand abgewaschen war, genoß Glory die freizügige, knappe Kleidung, auch wenn sie sich ein bißchen nackt vorkam. Nicholas trug nur seine Hose. Glory schaute gerne zu, wie sich seine Brustmuskeln bei jeder Bewegung strafften und entspannten. Sie liebte den mahagonifarbenen Glanz seines dunklen Gesichtes. Er schien sich in dieser primitiven Umgebung wohl zu fühlen.

Als sie ohne jeden Erfolg versuchte, ihr blondes Haar zu entwirren, packte Nicholas sie an der Hand und zog sie zum Strand hinunter.

»Komm. Ich möchte dir etwas zeigen.«

Sie ließ sich von ihm den überwucherten Pfad entlangziehen, auf dem Streifenhörnchen und Eichhörnchen wild herumtollten, und blieb wie gebannt stehen, als sie Dutzende von Kisten und Koffern sah, die am Rand des Strandes lagen. Sie lachte begeistert. Sie rannte zu den Kisten, öffnete die Deckel, unter denen sie Decken und Werkzeuge, Mehl, Kaffee und Salzfleisch entdeckte. Ein paar Kisten enthielten Zuckerhüte, die die *Spider* auf Barbados an Bord genommen hatte.

»In einer der anderen Kisten sind Orangen«, erklärte er ihr. »Schnur, Segeltuch, vielleicht sogar etwas, das man als Kamm nehmen könnte. Wir haben eigentlich alles, was wir brauchen, außer natürlich unseren Kleidern.« Er grinste. »Aber darüber brauchen wir uns von nun an keine Gedanken mehr zu machen.«

Glory spürte, wie ihr die Farbe in die Wangen stieg, aber als sie wieder auf die Kisten sah, wurde ihre Miene ernst. »Wann hast du all das gefunden?«

Nicholas schaute weg. Plötzlich schien er ihrem Blick auszuweichen. »Heute morgen«, sagte er und schalt sich selbst, daß er nicht den Mut hatte, ihr die Wahrheit zu sagen. Doch der Gedanke, sie könne das Vertrauen zu ihm verlieren, nachdem sie sich ihm heute morgen so hingegeben hatte, war ihm unerträglich.

Er ist kein guter Lügner, dachte Glory. Er hatte das Zeug vor Tagen gefunden. Sie spürte, wie sie blutrot wurde vor Zorn und kämpfte gegen den Drang an, ihm ins Gesicht zu schlagen. Doch dann fiel ihr ein, wie er sie vor dem Keiler gerettet und wie er sie geliebt hatte. Sie konnte einfach nicht wütend auf ihn sein. Wenn er ihr verzeihen konnte, daß er ihretwegen an diesem gottverlassenen Ort gestrandet war, dann konnte sie ihm genausogut vergeben, daß er sie ein paar Tage lang hatte darben lassen.

In Wahrheit, gestand sie sich ein, liebte sie ihn so sehr, daß sie ihm fast alles vergeben hätte.

Sie lächelte ihn an, und seine dunkle Miene hellte sich auf.

»Wie wäre es mit einer Orange?« fragte sie. »Ich bin halb verhungert.« Er schälte ihr eine. Der fruchtige Duft ließ ihr das Wasser im Mund zusammenlaufen. Ihre Finger berührten sich, als er ihr die Orange reichte, und ein winziger Schauer lief ihr über den Rücken. Sie teilte das Obst in zwei Hälften und fütterte ihn, bis ihr die süßen Säfte über die Finger rannen. Er leckte ihre Hand ab, und seine Augen verdunkelten sich wieder.

»Ich glaube, wir sollten lieber unser Lager aufgeschlagen«, sagte er. »Bevor wir wieder *abgelenkt* werden.« Sie wußte, woran er dachte.

Sie senkte die Lider und nickte zustimmend. »Kann ich erst noch eine Orange haben?«

Während er ihr noch eine der köstlichen Früchte holte, wirkte er ein bißchen schuldbewußt. »Heute abend«, versprach er, »koche ich dir das beste Essen, das du je gegessen hast.«

Glory flehte insgeheim, daß es nicht wieder Möwe geben würde.

Nachdem er in der Nähe eines Teiches ein bequemes Lager aufgeschlagen hatte, kehrte Nicholas zurück auf die Insel und häutete den Keiler. Er hob eine Grube am Strand aus, legte sie mit Steinen und Holz aus, das bald zu Holzkohle werden würde, schlug das Schwein in große Blätter ein und begrub es unter einer zweiten Schicht von Holzkohle. Zwischen einigen Werkzeugen fand er ein paar Töpfe und eine Blechtasse, die er mit Sand reinigte, dann ging er zum Strand, von wo er mit einem Topf voller Muscheln zurückkehrte. Ein Salat von zarter Wasserkresse aus einem der Teiche rundete das Mahl ab.

Glory fand alles köstlich und aß, bis sie keinen Bissen mehr hinunterbekam.

»Du wirst fett werden, wenn du weiter so ißt«, neckte sie Nicholas. »Aber dann habe ich noch mehr, was ich lieben kann.«

Glory richtete sich auf. Sie hoffte inständig, daß er sie liebte, und sei es nur ein bißchen. Sie fragte sich, ob er beabsichtigte, sie zu heiraten. Bestimmt hätte er sie nicht so verführt, wenn er keine ehrbaren Absichten hatte. Schließlich war sie ihm ausgeliefert gewesen, und er hatte das gewußt. Außerdem war er ein Freund ihres Vaters. Am liebsten hätte sie ihn gleich gefragt, aber Nicholas Blackwell war kein Mann, den man zur Eile treiben konnte. Er würde ihr zu gegebener Zeit mitteilen, was er vorhatte. Mittlerweile war geschehen, was geschehen war. Glory beabsichtigte, jede Minute zu genießen, die sie gemeinsam verbrachten.

»Morgen«, sagte er gerade, »baue ich den Unterstand, den du dir gewünscht hast.«

»Wieso hast du plötzlich deine Meinung geändert?« Sie konnte sich die Frage nicht verkneifen.

Wieder wich er ihrem Blick aus. »Ich bin einfach zu der Überzeugung gekommen, daß du recht hast, sonst nichts.«

Sie bohrte nicht nach. In jener Nacht liebten sie sich unter den Sternen, und Glory war so glücklich, daß sie fast zu platzen glaubte. Nicholas schien es ebenso zu gehen. Er hielt sie die ganze Nacht. Schützend hatte er einen Arm um sie gelegt, als wollte er nicht, daß sie sich zu weit von ihm entfernte.

Es gab reichlich Wild am Strand, und überall wuchsen wilde Zwiebeln, Wasserkresse und anderes Wildgemüse. Der Unterstand, den Nicholas ihr versprochen hatte, stellte sich als kleine, überdachte Hütte heraus. Nicholas brauchte zwei Tage, um sie zu bauen, aber als er fertig war, hatten sie eine gemütliche Laube, die ihnen Schutz vor Sonne, Wind und Sand bot. Gekocht wurde immer noch draußen. In der Hütte bedeckten Kiefernnadeln den sandigen Boden, die, mit einer Schicht Decken überzogen, ein breites, bequemes Bett abgaben. *Ein* Bett, stellte Glory verlegen fest. Offensichtlich hatte Nicholas nicht vor, auch nur die grundlegendsten Anstandsregeln zu wahren. Dieser Gedanke festigte ihre Überzeugung, daß er beabsichtigte, um ihre Hand anzuhalten. Hätte sie sich nicht so um Nathan gesorgt, wäre Glory überzeugt gewesen, daß sie im Paradies gestrandet waren.

Sie saßen vor dem Frühstücksfeuer und tranken Kaffee aus ihrer einzigen Blechtasse, als Nicholas anbot, ihr das Schwimmen beizubringen.

12. Kapitel

»Was hältst du davon?« bohrte er nach. »Ich lasse dich keine Sekunde lang allein.«

»Ich weiß nicht. Morgen vielleicht.« Sie wandte den Blick ab.

»Warum nicht gleich?«

»Ich... ich war immer ein bißchen wasserscheu.« Sie zwirbelte den mittlerweile verschlissenen Stoff ihres grauweißen Unterrockes zwischen den Fingern. »Ich schätze, ich bin nicht gerade ein Wildfang. Als kleines Mädchen habe ich lieber mit Puppen gespielt oder gestickt, als draußen herumzutollen – abgesehen vom Reiten natürlich. Papa hat mich zum Reiten überredet, und ich war von Anfang an begeistert. Aber das war für mich etwas anderes.«

»Und was ist mit dem Billard?« neckte er sie. »Nicht gerade eine typisch weibliche Beschäftigung.«

»Das Billardspielen war auch Vaters Idee. Ich hätte mir nie träumen lassen, etwas so Undamenhaftes zu tun.« Sie drehte sich um und schaute ihm direkt ins Gesicht. »Was ist mit dir?« fragte sie, in der Hoffnung, das Gespräch weiter vom Thema Schwimmen ablenken zu können. »Was hast du als Junge gerne gemacht?«

Ein Mundwinkel hob sich zu einem nachsichtigen Lächeln, das ihr deutlich machte, daß sie ihm nichts vormachen konnte.

»Ich war zu beschäftigt damit, mich um meinen Vater zu kümmern, als daß ich eine richtige Kindheit gehabt hätte.« Er stocherte in dem erlöschenden Feuer herum, bis ein Funkenregen in die warme Morgenluft aufstieg. »Er trank, um die Untreue meiner Mutter zu vergessen. Dann trank er, weil er die Nörgeleien meiner Stiefmutter nicht ertrug. Außerdem hatte er ein schlechtes Gewissen, weil er ihr erlaubte, mich so schlecht zu behandeln. Sie ließ sich immer wieder etwas einfallen, um mich zu bestrafen. Einmal erzählte sie Vater, ich hätte absichtlich ihre Margeriten zertrampelt, obwohl sie wußte, daß ich auf der Veranda gespielt hatte und hinuntergefallen war. Sie schloß mich zwei Tage lang ohne etwas zu essen und fast ohne Wasser in meinem Zimmer ein.«

Glory legte die Hand auf seine Wange. Es machte sie glücklich, daß er ihr zu vertrauen begann.

»Ich habe oft im Bett gelegen«, erzählte er ihr, »und gebetet, daß sie sterben möge und Vater und ich frei wären. Dann fühlte ich mich schuldig, weil ich mir etwas so Schreckliches wünschte.«

Glory fühlte Tränen in sich aufsteigen, als sie an den kleinen Jungen dachte, der nie so etwas wie Mutterliebe erfahren hatte. Sie wollte die Arme um ihn legen, ihm etwas von seinem Schmerz nehmen, aber sie wollte auch, daß er ihr vertraute, daß er ihr erzählte, was er in seinem Herzen verbarg. »Mac sagte, daß du mit zwölf Jahren von zu Hause fortgelaufen bist.«

»Ich flüchtete aufs Meer.« Er stieß wieder in die Glut. »Es war ein hartes Leben, aber ich habe es lieben gelernt. Ich liebe es immer noch.«

»Und dein Rücken?« Sie fuhr mit dem Finger über eine der fast unsichtbaren Narben.

Nicholas überraschte sie mit einem Lächeln. Er schien erleichtert zu sein, daß sie nicht mehr über seine Kindheit sprachen. »Ich habe den gleichen Fehler wie dein junger Matrose begangen. Ich habe den Befehl des Kapitäns mißachtet. Ich war jung und hitzköpfig. Ich hatte mich mit einem Maat von der Backbordwache gestritten. Ich forderte ihn zum Kampf heraus. Der Captain verbot es uns. Wir prügelten uns nachts, und mein Gegner brach sich den Arm. Ich hatte meinen Kampf gewonnen, aber der Captain hatte einen wertvollen Mann verloren. Ich habe bekommen, was ich verdient hatte – genau wie der Matrose, der dir geholfen hat.«

»So habe ich noch nie darüber gedacht. Auf der Plantage wurden die Sklaven dafür ausgepeitscht, daß sie frei sein wollten. Ich habe das nie für recht gehalten.«

»Auf einem Schiff wird ein Mann ausgepeitscht, wenn er das Schiff oder die Menschen darauf in Gefahr bringt. Es geschieht nicht oft. Wenn es geschieht, dann meist aus gutem Grund. Der Junge hätte standhaft bleiben müssen.«

Glory nickte. »Und ich hätte an Bord bleiben sollen.«

»Wenn ich mich recht erinnere, hast auch du für deinen Fehler bezahlt.«

Glory senkte den Blick. Die Strafe, die sie erhalten hatte, war ihr ein bißchen peinlich. Nicholas, so schien es, war ein Mann, der Gerechtigkeit walten ließ. Er war streng, aber nicht hart. »Disziplinierst du die Frauen immer mit so harter Hand?« neckte sie ihn.

»Nur wenn es nötig ist.« Er lächelte, und ein hungriger Funke glühte in seinen sturmgrauen Augen. »Von nun an gedenke ich, deine Segel gut getrimmt und die Hand fest auf deinem Ruder zu halten.«

Glory errötete bis an die Haarspitzen. Als wollte er das Gesagte beweisen, drückte Nicholas sie in den Sand und küßte sie innig. »Ich kann mich nicht daran erinnern, daß ich jemals eine Frau so begehrt habe wie dich«, sagte er. »Ich kann scheinbar nicht genug kriegen.«

Glory wußte genau, was er meinte.

Die Tage am Strand vergingen wie im Fluge. Sie liebten sich, verbesserten ihr primitives Heim oder hielten nach dem Schiff Ausschau, das Nicholas' Überzeugung nach bald eintreffen mußte. Er hatte alles für ein riesiges Signalfeuer vorbereitet, das er aber erst anzünden wollte, wenn sie ein Segel gesichtet hatten.

»Nicholas?« Glory näherte sich ihm leise und bog die schweren Palmettoblätter zur Seite, die ihr den Weg versperrten. Nicholas kniete unter den Blättern und stellte eine Hasenfalle auf.

»Ja, Liebe?«

»Ich möchte schwimmen lernen.«

Nicholas lächelte erfreut. »Es wird dir gefallen, das verspreche ich dir.«

»Wenn du dein Versprechen so gut hältst wie letztes Mal, dann brauche ich mir keine Sorgen zu machen.«

Sie verbrachten den Tag im warmen Wasser des Ozeans, und als Glory erst einmal ihre Ängste überwunden hatte – und Nicholas gelobt hatte, nach Haien Ausschau zu halten –, lernte sie schnell. Da es ihr unangenehm war, nackt zu schwimmen, trug sie ihr Leibchen und die dünne Baumwollunterhose. Nicholas hielt die Hand unter ihren Bauch, während sie mit untergetauchtem Gesicht vor ihm trieb und mit den Beinen strampelte. Ihr wohlgeformtes Hinterteil wackelte bei jedem Zug so verführerisch, daß er sich sehr auf seinen Unterricht konzentrieren mußte.

Der dünne Stoff ihrer Hose, die im Wasser fast durchsichtig war, klebte an jeder Wölbung und verstärkte seine Qualen. Fest entschlossen, den Unterricht nicht abzubrechen, hielt er ihren schlanken Leib in seinen Händen, schluckte schwer und versuchte, woanders hinzuschauen, doch sein Blick wurde immer wieder von dem verführerischen Körper angezogen. Ein leises Stöhnen kennzeichnete die Kapitulation vor seiner Begierde. All ihren Protesten zum Trotz trug er sie ans Ufer und liebte sie leidenschaftlich.

Der Schwimmunterricht wurde später fortgesetzt.

Schließlich konnte Glory alleine schwimmen, allerdings warnte Nicholas sie davor, sich zu weit hinauszuwagen. Gelegentlich schwamm sie sogar unbekleidet, wenn Nicholas versprach, ihr nicht zuzuschauen. Schwimmen, verkündete sie, sei ein äußerst undamenhafter Sport, den man nicht ohne Kleider ausüben sollte. Heute war eine jener seltenen Gelegenheiten. Nachdem Nicholas ihr gelobt hatte, sich blind zu stellen, legte Glory ihre Sachen ab und paddelte vor dem Strand herum, wo sie ihr Flachshaar unter Wasser tauchte und fröhlich herumplantschte. Dann hörte er ihren Schrei.

Das Gellen jagte ihm eisige Schauer durch den Körper. Noch ehe sie ein zweites Mal schrie, war er auf den Beinen und rannte über den Strand. Er zückte das Messer, umklammerte es mit der Hand und suchte mit Blicken das ruhige Wasser ab. Gerade als er sich in die Wellen stürzte, entdeckte er die tödlichen Fangarme und den gallertartigen Leib einer Portugiesischen Galeere.

Er schob das Messer wieder in die Scheide, kraulte durch die Wogen und zog Glory fort von den giftigen Tentakeln der Qualle.

»Nicholas?« wimmerte sie mit tränenerstickter Stimme. »Was – was ist passiert? Es… tut so… weh.«

»Es wird alles gut«, sagte er, um sie zu trösten. Wie wünschte er sich, ihren Schmerz lindern zu können. Er nahm sie in die Arme und trug sie ans Ufer. »Eine Qualle hat dich gestochen. Eine Portugiesische Galeere. Sie sind selten in dieser Gegend. Ich…« Er verstummte, doch sein Blick wich nicht von ihrem Antlitz. Sie so leiden zu sehen, schnürte ihm das Herz zu.

Nicholas legte sie auf dem Strand nieder und begann, ihre Wunden zu untersuchen. Eine ganze Seite ihres Körpers sah aus, als hätte sie sich an einem glühenden Eisen verbrannt. Rote Striemen überzogen das zarte Fleisch, und Nicholas fluchte unhörbar.

»Ich hätte dich nicht alleine ins Wasser gehen lassen sollen«, gab er sich leise die Schuld.

Glory stöhnte und versuchte, sich aufzusetzen. »Mir... mir wird schlecht.« Er stützte sie, während sie, am ganzen Leibe zitternd, ihr Frühstück von sich gab, als könne sie sich auf diese Weise von dem Schmerz befreien. »Es ist mir so unangenehm«, flüsterte sie.

»Sei nicht albern. Du kannst nichts dafür.« Die Worte kamen ein bißchen ruppiger als beabsichtigt aus seinem Mund. Hätte er nicht darauf bestanden, daß sie schwimmen lernte, würde sie jetzt nicht leiden müssen. Reuevoll trug er sie zurück zu ihrer Hütte, machte ihr neben der Wasserstelle ein Lager aus Kiefernnadeln, bedeckte es mit einem Tuch und bereitete dann einen Schlammumschlag für ihre Verbrennungen vor. Es waren schon Menschen am Stich einer Portugiesischen Galeere gestorben, aber die meisten litten nur Höllenqualen, bis ihr Körper das Gift ausgeschieden hatte.

Nicholas legte den Schlammverband an, während Glory sich die Lippe blutig biß. Sie versuchte, die Tränen zurückzuhalten, aber ohne Erfolg. In salzigen Bächen rannen sie über ihre Wangen.

Nicholas wiegte ihren Kopf in seinem Schoß. »Es tut mir so leid, Liebe. So leid. Wir können bloß warten, bis der Schmerz nachläßt.«

Sie nickte schwach. »Sprich mit mir. Erzähl mir von... von...« Sie schluckte schwer und fuhr sich über die trockenen Lippen. »Sprich einfach mit mir.«

»Ich werde dir von Bradford erzählen.« Er strich ihr das Haar aus dem Gesicht. »Er ist mein Stiefbruder. Ich habe in letzter Zeit oft an ihn gedacht.« Mit zitternder Hand wischte er die Tränen von ihrer Wange, doch ihr Tränenstrom floß weiter, daß es ihm fast das Herz zerriß. Er schluckte mühsam und zwang sich, weiterzusprechen. »Brad geht in Harvard zur Schule. Ich habe keine Ahnung, wie meine Stiefmutter einen solchen Sohn hervorbringen konnte, aber sie hat es getan. Das ist das einzige, wofür ich ihr dankbar bin.«

Glory lächelte. Tränen hingen an ihren langen, dunklen Wimpern, aber sie ließ sich davon nicht ablenken. »Wie... sieht er... aus?« Es kostete sie alle Kraft, nicht an den quälenden Schmerz zu denken.

»Er ist kleiner als ich, aber immer noch recht groß. Er ist hellhäutig und braunhaarig – und hat die freundlichsten braunen Augen, die du dir vorstellen kannst. Er ist ganz anders als ich. Brad ist sanft und fürsorglich. Jeder mag ihn.«

»Du kannst auch sanft sein«, sagte Glory.

Nicholas schüttelte den Kopf. »Ich bin überheblich, arrogant und anspruchsvoll. Du solltest das inzwischen wissen.«

Abermals lächelte sie schwach.

»Ich garantiere dir, ich kann einen gewissen Charme ausstrahlen, wenn ich möchte«, neckte er sie, »aber ich bin bestimmt nicht liebenswert.«

Das stimmt nicht, wollte sie sagen. Ich liebe dich. Doch sie schwieg. Er hatte nichts dergleichen zu ihr gesagt, und eine anständige Dame aus dem Süden würde so etwas niemals zuerst zugeben. Natürlich würde eine anständige Dame aus dem Süden auch nicht auf einer gottverlassenen Insel leben, wo sie nur ihren Unterrock trug und sich von Nicholas Blackwell lieben ließ, ohne daß ein Pfarrer sie getraut hätte.

»Ich glaube... du bist... oft liebenswert«, sagte sie statt dessen, bewegte sich dabei unachtsam und spürte heißglühende, sengende Schmerzensstiche. Sie biß die Zähne zusammen, schloß die Augen und krallte sich an seiner Hand fest, bis sich ihre Nägel in seine Haut bohrten.

»Ganz ruhig, Liebe.« Er hob ihren Kopf aus seinem Schoß. »Ich mache dir etwas Brühe. Wir müssen etwas in deinen Magen bekommen.«

Sie nickte und wandte sich ab. Dabei wußte sie genau, daß sie jederzeit lieber in seinem Schoß liegen als etwas essen würde.

Am Abend des fünften Tages hatte sich Glory im großen und ganzen wieder erholt. Sie badete im Teich und wusch sich die Haare, ging allerdings noch nicht wieder schwimmen. Als Nicholas sie am Lager beobachtete, spürte er, daß er sie wieder zu begehren begann wie seit ihrem Unfall nicht. Bis heute hatte er sich einfach zu viele Sorgen um sie gemacht. Als er sah, wie sie aus dem Teich stieg und die dünnen Kleider jede Kurve ihres Körpers nachzeichneten, stöhnte er leise und wandte den Blick ab.

Widerstrebend gestand er sich, daß er sich in die elegante blonde Frau verliebt hatte. Das hatte er weder geplant noch gewollt. Im Gegenteil, er hatte alles in seiner Macht Stehende getan, um das zu vermeiden. Aber es war geschehen. Er dachte Tag und Nacht an sie, sorgte sich um sie – und begehrte sie ununterbrochen.

Sie hatte ihren braunhäutigen Geliebten kein einziges Mal erwähnt, und da Nicholas ihr erster Mann gewesen war, war er zu dem Schluß gekommen, daß sie wahrscheinlich nur *geglaubt* hatte, den gutaussehenden Mulatten zu lieben. Der Mann war nur eine Schwärmerei gewesen, sagte er sich. Sobald sie wieder in der Zivilisation waren, beschloß er, würde er um ihre Hand anhalten. Sie würden auf seinen Landsitz bei Tarrytown in der Nähe von New York ziehen. Er konnte von dort aus seine Reederei leiten, und der Landsitz war der ideale Ort, um eine Familie zu gründen. *Seine* Familie. Bei dem Gedanken wurde es ihm warm ums Herz.

Wie ein Blitz durchfuhr Nicholas die Erkenntnis, daß ihm die Vorstellung, mit Glory verheiratet zu sein, *gefiel.*

Er hatte nie geglaubt, daß ihm so etwas widerfahren könnte; nicht nachdem die Ehe seinen Vater so zerstört hatte. Aber Gloria Summerfield war anders als alle Frauen, die ihm bislang begegnet waren.

Er vertraute ihr. Warum – nachdem sie ihm so übel mitgespielt hatte –, vermochte er nicht zu sagen. Er tat es dennoch.

Und sie vertraute ihm. Davon war er überzeugt. Sie liebte ihn ebenfalls. Wenn er überhaupt etwas von Frauen verstand – und das tat er.

Er dachte an die Zukunft, die sie teilen würden, und strich ihre Beziehung zu dem Mann namens Nathan aus seinem Gedächtnis. Wahrscheinlich hatte sie ihn schon völlig vergessen.

Wenigstens hoffte er das.

Aber seine Erfahrungen mit den Frauen und ein verbleibender leiser Zweifel hielten ihn davon ab, ihr seine Liebe zu gestehen.

13. Kapitel

Achtzehn Tage nach dem Untergang der *Black Spider* erspähte Glory südöstlich der Küste, an der sie gestrandet waren, ein Segel. Sie hüpfte auf und ab, zeigte aufgeregt aufs Meer. Sie strahlte Nicholas an und rannte an den Strand. Nicholas lief sofort zum Signalfeuer. Glory fuchtelte mit den Armen und rief laut in Richtung des Schiffes, das allerdings viel zu weit entfernt war, als daß die Mannschaft sie hätte hören können. Sobald das Feuer entfacht war, gesellte sich Nicholas zu ihr.

Glory hängte sich bei ihm ein. »Stell dir vor, Nicholas, auf uns warten saubere Kleider.«

»Und ein heißes Bad«, ergänzte er.

»Und Essen, das wir nicht erst fangen müssen.«

»Und ein Federbett«, fügte er mit warmer Stimme hinzu.

Sie legte den Kopf schief und schaute zu ihm auf. »In mancher Hinsicht werde ich diesen Fleck vermissen.«

Er lächelte warm und strich ihr mit dem Finger über die Wange. »Ich auch.«

Die von dem riesigen Signalfeuer in die Luft steigenden Flammen waren entdeckt worden, und das Schiff hielt direkt auf sie zu. Nicholas brachte Glory eine Decke, in die sie sich hüllen konnte, und sie errötete bezaubernd. Zum ersten Mal seit Tagen wurde ihr bewußt, wie notdürftig sie gekleidet war. Eine Zeitlang sagten sie beide nichts; sie standen nur schweigend am Strand, lauschten den Wellen, die sich von ihnen brachen, und schauten auf das große, näherkommende Schiff.

»Es ist die *Black Witch*«, brach Nicholas das Schweigen. Seine Augen glänzten stolz. »Sie ist mein Flaggschiff.«

»Sie ist schön.«

»Sie kann nur halb so viel Ladung wie die *Spider* aufnehmen. Ein Mann namens John Griffiths hat sie entworfen. Sie hat einen schärferen Bug und einen schlankeren Kiel als die meisten Schiffe; das macht sie so schnell. Wenn sie die übrige Mannschaft schon aufgelesen haben, dann sind wir in vier Tagen in New York.«

Glory schaute auf das elegante Schiff und gestattete sich zum ersten Mal seit dem Schiffbruch, an Nathan und die Mannschaft zu denken. Bis jetzt hatte sie sich geweigert zu glauben, daß Nathan etwas geschehen sein könnte. Nun, wo sich ihre Ängste in wenigen Minuten bestätigen konnten, machte sie sich Sorgen. Ging es ihm gut? War er sicher an Bord der *Black Witch*, mitsamt der übrigen Mannschaft? Sie flehte, daß dem so war. Sie war sich fast sicher. Dennoch... Sie konnte es kaum erwarten, auf das Schiff zu kommen und ihre Ängste zu begraben.

Doch so lange mußte sie nicht einmal warten. Zwei Landungsboote wurden gewassert, als die *Witch* näher kam, und als sich Glory die Augen mit der Hand abschattete, konnte sie Nathans hübsches, dunkles Profil im Bug des zweiten Bootes ausmachen. Mit wild klopfendem Herzen rannte sie in die Brandung, winkte und rief seinen Namen. Jago saß am Ruder, und sie konnte Mac und Josh Pintassle im Bug des anderen Bootes erkennen. Endlich erlöst, schlang Glory die Arme um ihren Leib und schickte ein stilles Dankesgebet zum Himmel.

Josh brachte das erste Boot an Land, und er und Mac sprangen zugleich ins Wasser. Glory warf sich Mac in die offenen Arme, umarmte erst ihn und dann Josh.

»Gott sei Dank seid ihr beide wohlauf«, sagte Mac grinsend. Er sah erleichtert aus.

»Ich wußte, daß der Captain durchkommt«, ergänzte Josh bewundernd. Das zweite Boot landete, als die Männer eben ihren Captain begrüßten und der Rest der Mannschaft ausschwärmte, um ihn willkommen zu heißen.

Bevor das Boot auf Sand lief, sprang Nathan schon in die Brandung. Glory warf sich ihm lachend und weinend zugleich in die Arme. »Ach Nathan ... Nathan. Gott sei Dank, daß es dir gut geht. Ich habe mir solche Sorgen gemacht.«

Nathan barg sein Gesicht in ihrem Haar, streichelte ihre Wange und wiegte sie an seiner Brust. Einen Augenblick hielt er sie vor sich hin und musterte sie vom Scheitel bis zur Sohle, um sicherzugehen, daß ihr nichts passiert war. Dann umarmte er sie wieder.

»Als die *Spider* unterging, dachte ich, du wärst in einem der anderen Boote«, sagte er. »Ich habe immer gehofft und gebetet, daß du am Leben sein mögest. Erst als uns die *Black Witch* an einem Strand weit südlich von hier aufgelesen hatte, erfuhr ich, was geschehen war. Seitdem war ich krank vor Sorge. Ich hätte es mir nie verziehen, wenn dir etwas zugestoßen wäre.«

»Mir geht es gut, Nathan. Captain Blackwell hat sich ausgezeichnet um mich gekümmert.« Sie spürte, wie Röte in ihre Wangen kroch, wandte den Blick strandwärts und sah Nicholas, der von ihr weg in Richtung ihres behelfsmäßigen Lagers ging, dicht gefolgt von Josh und Mac.

Zum hundertsten Mal, seit sie schiffbrüchig geworden waren,

fragte sich Glory, ob sie Nicholas hätte erzählen sollen, wer Nathan wirklich war und warum sie nach Norden wollten. Sie hatte darauf gewartet, daß er als erster über ihre gemeinsame Zukunft sprechen würde. Doch sie wollte nicht länger warten. Sobald sie auf dem Schiff waren, würde sie ihm alles erklären. Nach dem, was sie in den letzten Wochen geteilt hatten, würde er sie bestimmt verstehen.

»Sammelt alles auf, was wir brauchen können, und ladet es in die Landungsboote«, befahl Nicholas ein paar Matrosen, als sie das einfache Lager erreicht hatten. Mühsam beherrschte er seine Stimme.

»Ist alles in Ordnung?« fragte Josh. »Ich weiß, daß es schwer war –«

»Mir geht's gut!« entgegnete Nicholas gereizt. »Ich will bloß aus dieser elenden Einöde fort und zurück aufs Schiff.«

Josh musterte seinen Freund eindringlich. Nicholas ging steif davon und lehnte sich an einen Kiefernstamm, als müsse er sich stützen. Sein Gesicht wirkte bleich unter dem dunklen Teint, und die Haut schien sich über seinem eckigen Kiefer zu spannen.

Josh erteilte die notwendigen Befehle. Die Männer luden die Vorräte auf und kehrten zu den Booten zurück. Während sie über den Strand marschierten, hörte Josh, wie ein paar Matrosen leise kicherten, während andere zweideutige Bemerkungen machten. Keinem war entgangen, daß es nur ein Bett in der winzigen Hütte gegeben hatte.

Josh zog seine blonden Brauen zusammen, bis sie eine schmale Linie bildeten. Das gefiel ihm nicht. Er fragte sich, ob der Captain Glorys wegen so schlechte Laune hatte. Soweit es Frauen anging, hatte sich Nicholas Blackwell nie viel um Prinzipien geschert. Er hatte Glory von Anfang an gewollt. Auf der Insel war ihm sie auf Gedeih und Verderb ausgeliefert gewesen. Aber Glory Summerfield war keine leichte Eroberung. Ihr Vater war ein mächtiger Mann und einer der engsten Freunde des Captains gewesen. Bestimmt wußte Nicholas, daß er nun gezwungen wäre, sie zu heiraten. Aus welchem Grund auch immer, die Miene seines Freundes sagte ihm, das etwas nicht stimmte.

»Mr. Pintassle!« Nicholas' unwirsches Kommando riß Josh aus seinen Gedanken. »Machen Sie hin, Mann! Lassen Sie die Sachen einladen, damit wir in See stechen können!«

»Aye, Captain.«

McDougal schlug Nicholas auf die Schulter. »Nun mach mal nich' soviel Dampf, Junge. Du hast hier fast drei Wochen festgesessen. Ein paar Minuten mehr oder weniger machen da den Kohl nich' fett.«

Nicholas nickte nur. Es war ihm beinahe unmöglich, sich normal zu unterhalten. Selbst jetzt konnte er sehen, wie Glory an Bord des zweiten Landungsbootes kletterte und dabei die Hand eines anderen Mannes hielt. Als sie sich Nathan in die Arme geworfen hatte, hatte sich Nicholas gefühlt, als hätte sie ihm ein Messer in die Rippen gestoßen.

Seit seiner Kindheit, seit seine Mutter ihn verlassen hatte, hatte Nicholas nicht mehr geweint, doch jetzt mußte er gegen die Tränen ankämpfen, die in ihm aufstiegen. Die Brust war ihm so eng, daß er kaum atmen konnte. Wie hatte er nur so ein Narr sein können? Er war doch kein grüner Junge auf einem ersten Landgang! Er war ein erwachsener Mann. Einer, der angeblich die Frauen kannte – er hatte sich bestimmt mit mehr Frauen vergnügt als die meisten Männer! Mit Glory war er nur ein paar Wochen zusammen gewesen. Wie hatte er zulassen können, daß sie ihm so nahekam? Und ihn glauben machte, ihr läge etwas an ihm?

Wie hatte er sich so in sie verlieben können?

Nicholas und die anderen kehrten ans Wasser zurück und kletterten in die Boote. Während die Männer zum Schiff ruderten, schaute Nicholas über die Wellen hinweg zu Glory, die neben Nathan saß. Er hatte einen Arm um ihre Schulter gelegt, als wollte er sie vor den aufdringlichen Blicken der Matrosen in Schutz nehmen. Sie lächelte zu ihm auf, und ihre Augen waren voller Liebe. Sie versuchte nicht einmal, es zu verbergen.

Nicholas wandte sich ab und verfluchte sich für seine Dummheit. Wie hatte er glauben können, daß sie anders war?

Nicholas biß die Zähne zusammen und ballte die Fäuste. Und langsam verwandelte sich, wie so oft, seine Ohnmacht in Wut.

Die Frau hatte ihn betrogen. Was sie geteilt hatten, war für sie nur ein körperliches Vergnügen gewesen. In Wahrheit liebte sie den Mann namens Nathan. Das hatte er begriffen, als sie sich dem Schwarzen in die Arme geworfen hatte. Er sah es jetzt, als sie den attraktiven Mann anlächelte. Sie war Jungfrau gewesen, gut. Aber sie hatte ihm ihre Jungfräulichkeit nur geschenkt, damit er sie beschützte. Sie hatte ihn ausgenutzt, ihn in jeder Hinsicht zum Narren gehalten. Wahrscheinlich hatte sie sich die ganze Zeit nur lustig darüber gemacht, wie leicht er doch zu erobern und was für ein liebeskranker Idiot er war.

Hätte Nicholas in diesem Augenblick seine Hände um ihren schlanken Hals legen können, er hätte aus ihr den letzten Lebensfunken herausgepreßt. Die Wut, die er empfand, übertraf alles, was er bislang erlebt hatte. Zum ersten Mal verstand er, wie ein Mann seine Geliebte in einem Anfall von Zorn umbringen konnte – und wie sein Vater trunksüchtig hatte werden können, um die Frau zu vergessen, die er liebte.

Nicholas zwang sich, auf das schlanke Schiff zu blicken, das nur ein paar hundert Yards entfernt vor Anker lag. Langsam bekam er sich unter Kontrolle, und der Schmerz, den er empfand, verwandelte sich in ein dumpfes, peinigendes Pochen. Sie ist bloß eine Frau, genau wie die anderen, die du kennst. Genau wie deine Mutter. All den Haß, genährt von Einsamkeit und Verzweiflung, den er seit Jahren in seinem Innersten eingeschlossen hatte, kehrte Nicholas nun gegen Glory.

Eisige Ruhe senkte sich über ihn, und er drehte sich wieder zu ihr um. Sie lachte leise, doch der kristallene Klang, den er so geliebt hatte, klirrte plötzlich in seinen Ohren. Sein Mund gefror zu einer dünnen, kalten Linie. Nicholas spürte, wie sich seine eisige Ruhe in brutale Entschlossenheit verwandelte.

Er atmete tief durch, um ruhig zu bleiben, lehnte sich gegen das Dollbord und schaute auf die *Black Witch*, die mit jedem Ruderschlag näher kam. Ein unfrohes Lächeln verbog seine Mundwinkel.

»Lassen Sie den Anker lichten, Mr. Pintassle. Machen wir uns auf den Weg.« Nicholas wandte sich von Josh ab und einem Mann zu, der neben ihm stand. »Von jetzt an übernehme ich das Kommando, Captain Durant. Und vielen Dank für alles.« Captain Durant, ein großer, magerer Mann mit Seemannsbart, stand am Ruder. Er trug eine makellose marineblaue Uniform, deren Messingknöpfe und Goldlitzen in der Nachmittagssonne blitzten.

»Ich wünschte, ich hätte sie alle sicher aufbringen können«, sagte Durant. »Mac sah das fehlende Boot untergehen. Er konnte sie nicht mehr erreichen. Er ist sicher, daß keiner von ihnen überlebt hat. Es hat keinen Sinn weiterzusuchen. Alles in allem waren die Verluste erstaunlich gering.«

Nicholas nickte. »Ein Schiffbruch ist immer eine Katastrophe. Ich danke Gott, daß nicht mehr Männer sterben mußten.«

»Nicholas?« Glory trat vor, die steife Wolldecke über ihre zerlumpten Sachen haltend. Mac und Nathan folgten ihr.

»Ah, da ist ja meine hübsche Kabinengenossin, Miss Summerfield.« Er wandte sich seinem Zweiten Steuermann zu. »Mac, ich begleite ihre Ladyschaft zu meiner Kabine. Du bringst ihren... *Diener* nach unten. Wenn mein Gedächtnis mich nicht trügt, sollte er die Passage in Arrest verbringen.«

Nathans Kopf fuhr hoch, und Glory stockte der Atem. »Nicholas, das kann doch nicht dein Ernst sein! Nach allem, was er durchgemacht hat, hat er bestimmt mehr als genug gebüßt.«

»Mac«, wiederholte Nicholas.

Mac starrte den Captain lange an, dann seufzte er resigniert. »Aye, Captain. Komm lieber mit, Junge«, sagte er zu Nathan. »Es wird nicht lang dauern.«

Nathan berührte warnend Glorys Arm und bedeutete ihr mit Blicken, die Sache auf sich beruhen zu lassen. Dann folgte er Mac unter Deck.

»Komm mit mir«, befahl Nicholas, der sich nun auf Glory konzentrierte.

»Nicholas, ich muß dir etwas gestehen«, sagte sie, während sie ihm über das Deck folgte.

Er drehte sich zu ihr um. »Ich glaube, es wäre besser, wenn du mich als Captain ansprechen würdest.« Bevor sie etwas erwidern konnte, marschierte er zur Achterdeckstreppe, kletterte hinunter und stampfte weiter durch den Kajütgang. Glory folgte ihm widerstrebend. Ohne ein Wort öffnete er die Tür zur Kapitänskajüte. Der Raum war prächtig eingerichtet und viel geräumiger als der, den er an Bord der *Spider* belegt hatte.

Glory trat ein. »Es tut mir leid, daß ich dir Umstände bereite, *Captain.*«

»Keine Angst, das tust du nicht.«

Glory konnte nicht fassen, in welchem Ton er mit ihr sprach: hart, knapp, fast gehässig. »Ich muß dir etwas erklären«, wiederholte sie schlicht.

»Wirklich? Ich fürchte, daß ich dir deinen Auftritt verderbe, aber ich weiß bereits über dich und Nathan Bescheid.«

»Wirklich?«

»Ich habe es fast von Anfang an gewußt.«

Ihr fiel ein Stein vom Herzen. »Ich habe mich davor gefürchtet, es dir zu erzählen. Ich habe mich davor gefürchtet, daß du nicht verstehen würdest.«

»O doch, das tue ich, deshalb brauchst du dir um mich keine Sorgen mehr zu machen.« Er durchquerte den Raum und öffnete einen mit Schnitzereien verzierten Kleiderschrank aus Mahagoni. »Du wirst Kleider und Unterwäsche darin finden. Wenn du etwas ändern mußt, findest du Nadel und Faden in der obersten Schublade des Schreibtisches. Und wenn du mich jetzt entschuldigen würdest, ich habe zu tun.«

»Aber was wird aus Nathan?«

»Er bleibt, wo er ist.« Ohne einen Blick zurück drehte Nicholas sich um und ging aus dem Raum. Die Tür schlug er ein wenig fester zu als notwendig gewesen wäre, fand Glory.

Fassungslos starrte sie ihm nach. Was in aller Welt war mit ihm los? Bestimmt wurde er nur von seinen Aufgaben in Anspruch genommen. Ihre Beziehung konnte sich doch nicht in einer einzigen Stunde so von Grund auf verändert haben. Sie würde nach dem Abendessen mit ihm sprechen, beschloß sie. Wenn das Schiff erst wieder auf Kurs war, wäre er vielleicht entspannter. Vielleicht würde er Vernunft annehmen und Nathan aus dem Arrest lassen.

Dann fiel ihr wieder der grimmige Kapitän ein, der die *Black Spider* kommandiert hatte – ein Mann, der nichts mit dem freundlichen, warmherzigen Menschen gemein hatte, den sie auf der Insel zu lieben gelernt hatte. Und ihr kamen die ersten Zweifel.

Nicholas kam nicht zum Abendessen. Glory quälte sich unruhig durch das üppige Mahl, das in der eleganten Offiziersmesse serviert wurde. Ganz offensichtlich war die *Black Witch* Nicholas' wertvollster Besitz. Sein unfehlbarer Geschmack spiegelte sich überall in der Ausstattung, angefangen bei den massiven, beschnitzten Balken bis zu den geschmiedeten Messingleuchtern an den Wänden. Sie hoffte, daß er ihnen Gesellschaft leisten würde, und so ließ sie ihren Blick immer wieder in Richtung Tür schweifen. Sie wartete darauf, daß er in den Raum trat und sie mit seinem warmen Lächeln beschenkte.

Zuvor, nachdem Nicholas die Kapitänskajüte verlassen hatte, war sie die Kleider durchgegangen. Sie waren ihr alle ein paar Inches zu kurz. Sie nähte sie nur in der Taille etwas ab, damit sie ihr paßten. Es war ihr ein Rätsel, was diese Kleider in seiner Kabine zu suchen hatten. Eifersucht durchfuhr sie bei dem Gedanken, daß eine andere Frau diesen Raum mit ihm geteilt haben könnte. Aber sie war gezwungen, diese Kleider zu tragen, und so schob sie den Gedanken beiseite, wem sie wohl gehören mochten.

Zum Abendessen hatte sie ein Kleid aus elegantem grünen Brokat gewählt. Das schulterfreie Oberteil war mit weichen, ausladenden Rüschen besetzt, die den tiefen Ausschnitt umrahmten und ihr an den Ärmeln beinahe bis zu den Ellbogen reichten. Das Mieder betonte ihre schmale Taille. Glory hatte ihr hellblondes Haar zu beiden Seiten ihres Halses in weiche Chignons gedreht. Der Effekt war verblüffend. Sie hatte fast vergessen, wie hübsch sie aussehen konnte. Ihr entging weder Joshs wohlgefälliger Blick, noch, wie Captain Durant auf ihr Dekolleté sah.

Sie hoffte, daß Nicholas ihre Aufmachung gefallen würde. Sie machte sich Sorgen um Nathan und vor allem darüber, wie Nicholas ihre Zukunft geplant hatte. Sie wollte nicht darüber nachdenken, wie er sie vorhin behandelt hatte. Er war einfach beschäftigt gewesen, sonst nichts.

Josh und Captain Durant leisteten ihr auf höchst angenehme Weise Gesellschaft während des Essens, an dem auch der Erste Steuermann der *Black Witch* teilnahm. William Allen war ein Seemann von Mitte Dreißig mit dunklem, breitem Gesicht.

So interessant die Männer auch waren, Glory fiel es schwer, ihrem Gespräch zu folgen. Sie brannte darauf, mit Nicholas zu sprechen, alles zwischen ihnen klarzustellen. Vielleicht würde er heute nacht um ihre Hand anhalten. Alle in der Mannschaft hatten begriffen, daß sie auf dem Strand in einem Bett geschlafen hatten, das wußte Glory inzwischen: Sie hatte die gierigen Blicke und das verstohlene Lächeln der Männer bemerkt. Bestimmt war Nicholas das nicht entgangen.

Gegen Ende des Mahles gab Glory es auf, nach ihm Ausschau zu halten. Sie lehnte ein Glas Sherry ab, schützte Kopfschmerzen vor und kehrte in ihre Kabine zurück. Enttäuscht und entmutigt schickte sie sich an, ins Bett zu gehen. Sie hatte gerade ihr Haar ausgebürstet, als ein Schlüssel in dem schweren Metallschloß knirschte und die Tür aufschwang.

Nicholas stand in der Tür, eine Waltranlaterne aus Messing in der Hand. Glory spürte wie jedesmal, wenn sie in seiner Nähe war, wie sich Wärme in ihr ausbreitete. Sie lächelte freundlich und stand von ihrem Stuhl vor dem verzierten Spiegel auf. »Ich bin so froh, daß du gekommen bist«, sagte sie und ging auf ihn zu.

»Wirklich?« Er zog eine Braue hoch. Er drehte ihr den Rücken zu und begann, sein Hemd aufzuknöpfen.

Glorys Augen wurden groß, als er das Hemd aus seiner Hose zog. »Was machst du da?«

»Ich gehe zu Bett«, erklärte er ruhig.

»Aber... aber wo willst du schlafen?«

»Genau da, wo ich die letzten Wochen geschlafen habe. Bei dir.«

»Nicholas, du kannst doch nicht«

»Captain«, korrigierte er.

Glorys Mund war wie ausgetrocknet. »Du kannst doch nicht ernsthaft an Bord des Schiffes bei mir schlafen wollen. Die ganze Mannschaft würde es wissen.«

»Sie weiß es bereits.« Er setzte sich in einen gepolsterten Ledersessel und zog sich die Stiefel von den Füßen.

»Nicholas, ich kann nicht glauben, daß du mich derart erniedrigen willst. In vier Tagen sind wir schon in New York. Wir können heiraten, und dann –«

»Heiraten!« Sein höhnisches Lachen schallte durch den Raum. Im Schein der Laterne konnte sie die harten Falten auf seinem Gesicht erkennen. »Wie um alles in der Welt kommst du darauf, daß wir heiraten werden?«

Glorys Hand zuckte unwillkürlich an ihre Kehle. Plötzlich bekam sie keine Luft mehr. »Als das Schiff unterging... als du mich liebtest, dachte ich...« Sie schluckte schwer. »Ich dachte... du würdest mich lieben.«

»Lieben«, wiederholte er gehässig. »Du klingst allmählich wie Lavinia.«

Glory sank aufs Bett. Sie brachte kein Wort mehr heraus. Langsam schüttelte sie den Kopf, als wolle sie die haßerfüllten Worte nicht wahrhaben.

»Zieh dich aus«, befahl Nicholas.

»Wie bitte?«

»Ich sagte, zieh das Kleid aus, sonst reiße ich es dir vom Leib.«

Glory fuhr sich mit der Zunge über die Lippen. Ihre Kehle war so trocken, daß sie kaum ein Wort hervorbrachte. »Das kannst du nicht wollen.«

»Du kannst deinen Kopf darauf verwetten, daß ich das will. Und jetzt zieh dich aus.«

Sie schüttelte wortlos den Kopf.

Nicholas streifte sich die Hose von den Beinen, schleuderte sie mit einer Fußbewegung beiseite und baute sich dann nackt und dreist vor ihr auf.

»Also gut«, sagte er. »Wie du willst.« Er packte ihre Arme und riß sie hoch. Im selben Augenblick stieß er Glory rückwärts auf das Bett. Sie versuchte zu schreien, aber er brachte sie mit seinen Lippen zum Schweigen. Während er sie mit seinem Gewicht auf die dicke Matratze preßte, schob er ihren Brokatrock und die weißen Unterröcke hoch. Glory wehrte sich schwach. Ihr Verstand weigerte sich zu begreifen, was er tat. Sie liebte Nicholas Blackwell. Sie wollte nicht gegen ihn kämpfen. Er vertiefte seinen Kuß – und Glory spürte, wie sich gegen ihren Willen Verlangen in ihr regte. Sie stöhnte und drängte sich an ihn.

Nicholas wich zurück. »Ganz recht, du hübsche kleine Hure, du bekommst genau, was du willst!«

Die Worte waren wie eine Ohrfeige und brachten sie augenblicklich zur Vernunft. Sie versuchte, sich aufzusetzen, aber er drückte sie zurück auf die Matratze. Jetzt begann Glory, sich ernsthaft zu wehren. Das war nicht der Mann, den sie liebte. Das hier war ein Fremder. Ein Wahnsinniger. Sie wand und drehte sich unter ihm. Sie spürte die kalte Luft auf ihrer nackten Haut. Tränen rannen über ihr Gesicht, ihr Blick war verschwommen. Nach einer Weile hielt Nicholas inne.

Sie blinzelte und sah sein Gesicht über sich, wütend, kalt – und da war noch etwas, das sie nicht zu deuten vermochte, etwas, das beinahe aussah wie Trauer.

Wortlos stand Nicholas auf und zog seine Hose an. Er nahm Hemd und Stiefel in die Hand, ging aus der Tür und schlug sie donnernd hinter sich zu.

Glory zog die Knie unters Kinn und schlang ihre Arme schützend um sich. Sie kämpfte gegen den peinigenden, sie durchdringenden Schmerz an, bis die Schritte im Gang verhallt waren. Dann brach sie in quälendes Schluchzen aus, unter dem ihr zierlicher Körper erbebte.

Nicholas beobachtete, wie der Ozean schäumend unter dem Schiff hinwegrollte. Er stand im Dunkeln an der Reling; nur eine schmale Mondsichel trat von Zeit zu Zeit zwischen den Wolken hervor und warf ihr Licht auf die dahinziehenden Wellen.

»Hier steckst du also.« Mac McDougal trat leise neben ihn.

»Mir ist nicht nach Reden, Mac«, sagte Nicholas. Er starrte ins Dunkel und hatte die Hände um das feste Holz gekrallt, als schien er sich nur so davon abhalten zu können, sich ins Meer zu stürzen.

»Ich hab' mich nich' oft in deinen Kram gemischt, Junge. Aber ich seh' dir an der Nasenspitze an, daß was nich' stimmt. Glory is'n gutes Mädel, Nicky. Du solltest sie ordentlich behandeln.«

»Halte dich da raus, Mac. Ich warne dich.« Er schaute seinen Freund finster an. »Das geht dich nichts an.«

»Du bist für mich wie ein Sohn, Junge. Ich bin immer stolz auf dich gewesen. Ich möcht' mich jetzt nicht deinetwegen schämen müssen.« Mondlicht erhellte das zerfurchte Gesicht des Schotten.

Nicholas entgingen die mißbilligenden Falten nicht, die er nur selten zuvor gesehen hatte. Er wandte den Blick ab und starrte wieder hinaus aufs Meer. Er hörte, wie Mac tief seufzte, und spürte die verwitterte Hand seines Freundes auf seiner Schulter. Mac sagte nichts weiter. Er drehte sich um und ging zu seiner Kabine zurück. Seine Schritte hallten dumpf über das Deck. Bei dem Geräusch wurde es Nicholas noch schwerer ums Herz.

14. Kapitel

Den ganzen nächsten Tag kam Glory nicht aus der Kabine. Josh brachte ihr mittags ein Tablett mit Essen. Abends kam er noch einmal. Glory bedankte sich mit einem Lächeln und erklärte ihm, daß sie sich von den Strapazen des Strandlebens erholen müsse.

Als es spät wurde, begann Glory, sich Sorgen zu machen. Würde Nicholas heute nacht wieder zu ihr kommen? Sie wußte es einfach nicht. Was sie einmal füreinander empfunden hatten, zählte nicht mehr. Der Mann, der gestern abend in ihre Kabine gestürmt war, war ein Fremder gewesen, den sie genausowenig kannte wie das Land, in das sie reiste.

Sie vermochte seine Gedanken nicht zu lesen und malte sich

ängstlich aus, was er als nächstes tun würde. Voller Grauen beobachtete Glory die Tür. Sie versuchte, noch ein Kleid zu ändern, doch ihre Hand zitterte so stark, daß sie die Nadel weglegen mußte.

Wie ein Blitz durchfuhr sie eine Ahnung, und sie schob für alle Fälle den schweren Sekretär vor die Tür. Sie mußte ihre ganze Kraft aufbieten, um das massive Möbel zu bewegen, aber als die Aufgabe vollbracht war, fühlte sie sich ein wenig erleichtert.

Sie fand nur ein reinseidenes Nachthemd im Schrank. Ihr wäre zwar etwas Einfaches lieber gewesen, aber sie zog es dennoch über ihren Kopf. Wieder fragte sie sich, wem es wohl gehört hatte. Hatte Nicholas die Frau hier in diesem Bett verführt? Hatte er dieser Frau dieselben leidenschaftlichen Worte zugeflüstert wie ihr?

Sie kletterte in die breite Koje, aber der Schlaf wollte sich nicht einstellen. Jedesmal, wenn sie die Augen schloß, sah sie im Halbschlaf Nicholas vor sich, so wie sie ihn am Strand erlebt hatte: ein großer, gut gebauter Mann, lachend oder mit einem Lächeln auf dem Gesicht und einem Leuchten in den Augen, das von tiefer Liebe sprach. Davon war sie überzeugt gewesen. Bei der Erinnerung schnürte sich ihre Kehle zu. Einsam warf und wälzte sie sich auf dem kalten Bett herum.

»Du klingst allmählich wie Lavinia... wie Lavinia... wie Lavinia.« Wie ein böses Echo hallten ihr die Worte im Ohr. Sie schloß die Augen und versuchte, sich vor der grausamen Stimme zu verschließen. Jedes Geräusch im Gang zerrte an ihren angespannten Nerven. Als ein Schlüssel im Schloß knirschte, schoß sie hoch.

Der Riegel wurde hochgeschoben, und die Tür krachte dröhnend gegen den Sekretär. Nicholas' leises, sardonisches Lachen drang durch den schmalen Türspalt. Im ersten Augenblick vermochte Glory das dumpfe Rumpeln nicht zu deuten, das kurz darauf folgte. Als der Sekretär zu beben begann und sich bewegte, begriff sie, daß Nicholas sich immer wieder mit der Schulter gegen die Holztür warf.

Glory stürzte aus dem Bett und stemmte sich gegen den Sekretär. »Geh weg. Nicholas. Laß mich in Ruhe.«

»Weg von der Tür, Glory«, warnte er. »Ich komme so oder so hinein. Wenn es sein muß, hole ich die ganze Mannschaft, um die Tür aufzubrechen.«

Glory sank in sich zusammen. Sie trat von dem Sekretär zurück, Nicholas nahm ein letztes Mal Anlauf und schob die Tür weit genug auf, um ins Zimmer zu gelangen. Als er eintrat, baute sie sich mit trotzig vorgerecktem Kinn vor ihm auf. Kaum konnte sie ihre Tränen zurückhalten.

»Ich kann dich nicht aufhalten, Captain. Ich bin nur eine Frau. Wenn du entschlossen bist, mir deinen Willen aufzuzwingen, dann kann ich dich nicht daran hindern.«

Nicholas musterte sie eindringlich. »Gegen deinen Willen, meine Süße? Das glaube ich kaum.«

Glory rührte sich nicht. Nicholas trat näher und verschlang mit seinen flackernden Augen ihre vollen Brüste unter dem hauchdünnen Seidenstoff. Noch ein Schritt, und er nahm ihr Gesicht in beide Hände. Unerträglich langsam senkte er seinen Mund auf ihre Lippen und brandmarkte mit seinen Küssen ihre Seele. Sie kämpfte gegen das Verlangen, das ihr so vertraut war, und nahm sich fest vor, keine Reaktion zu zeigen.

Nicholas ließ sich davon nicht beirren. Glory schloß die Augen. Sie war wieder am Strand; der Mann, den sie küßte, war Nicholas. Ihr Nicholas. Der Mann, den sie liebte. Die Hände, die ihr Gesicht umfaßten, waren die sanften Hände, die sie so liebgewonnen hatte, Hände, die jeden Fleck ihres Körpers kannten. Hände, die für sie gesorgt hatten, die sie beschützt und ihr das Leben gerettet hatten.

Als seine Zunge an ihrem Ohr zu spielen begann, konnte sie nur mühsam ein Stöhnen unterdrücken. Er setzte Küsse auf ihren Hals, während er ihr das Kleid von den Schultern streifte. Als er den Kopf senkte, um mit dem Mund die harte Knospe ihrer Brustwarze zu umfangen, drängte sich Glory ihm unwillkürlich entgegen. Ihre Finger fuhren durch das schwarzgelockte Haar in seinem Nacken. Sie merkte nicht, daß sie weinte, bis Nicholas den Kopf hob und ihr in die Augen schaute.

Im ersten Moment erkannte sie ihn kaum, so verschlossen war seine Miene. Dann wischte er mit zitternder Hand die Tränen fort und hob sie vorsichtig hoch. Ihr blondes Haar hing ihm über die Schulter, während er sie mit langen Schritten zum Bett trug. Er ließ sie nur kurz allein, um sich auszuziehen, und kehrte dann an ihre Seite zurück.

»So wunderbar«, sagte er. »Werde ich dich je vergessen können?«

Die Worte spiegelten ihre Gedanken wider, und sie hauchte seinen Namen. Ich liebe dich so sehr, dachte sie. Ununterbrochen wiederholte sie diesen einen Gedanken, doch kein Laut drang über ihre Lippen.

Obwohl sie sich leidenschaftlich liebten, so als wäre es das letzte Mal, war er voller Zärtlichkeit, genau wie damals am Strand. Sie spürte, wie liebevoll seine Lippen sie berührten, spürte seine Hingabe und seine Not. Was morgen geschah, zählte nicht; ihr Nicholas war zurückgekehrt, wenn auch nur für ein paar kostbare Stunden. Selbst wenn es nur für diese eine Nacht war, der Mann, den sie liebte, war bei ihr, offenbarte und schenkte sich ihr. Seine Hände wanderten über ihren Körper, berührten sie, streichelten sie, entfachten immer neue Leidenschaft in ihr, und ihr brach beinahe das Herz dabei. Wie sollte sie nur ohne ihn leben? Sie wollte es nicht einmal versuchen.

Sie fragte sich, woran er wohl denken mochte. Würde er sie ebenso vermissen wie sie ihn? Und warum wollte er sie so vollkommen vernichten? Als sie erschöpft nebeneinander lagen, zog er sie in seine Arme, wie er es so oft getan hatte. Er blieb bei ihr.

Selbst als sie so tat, als schliefe sie, küßte er ihre blonden Haare und strich ihr sacht über die Wange. Sie war vollkommen erschöpft, doch sie weigerte sich einzuschlafen, obwohl sie es in seinen Armen gekonnt hätte. Sie wollte diese kostbaren Stunden nicht verschenken, die vielleicht nie wiederkehren würden.

Einmal während der langen Nacht, als sie überzeugt war, daß er eingeschlafen war, öffnete sie die Augen und entdeckte, daß er ebenfalls wach lag. Sein Blick war voller Trauer. Glory wünschte, er würde sie ein letztes Mal lieben.

Als könnte er ihre Gedanken lesen, legte er seine Lippen auf ihre Wange. Glory drehte sich zu ihm um und flüsterte seinen Namen. Da küßte er sie, und in diesem Kuß lag all die Liebe, die er empfand. Glorys Herz fühlte sich an, als müßte es zerspringen. Sie erwiderte seinen Kuß, klammerte sich an ihn und wünschte, die Sonne möge niemals aufgehen. Sie betete, daß eine Flutwelle das ganze Schiff verschlingen und ihren Qualen ein Ende machen möge.

Einmal noch liebten sie sich, und diesmal schliefen sie beide danach ein. Als Glory aufwachte, war Nicholas schon gegangen.

Weder in dieser noch in der nächsten Nacht kam er in ihre Kabine. Glory sah ihn erst wieder, als das Schiff in den Hafen von New York einlief. Der Himmel wölbte sich grau über ihr, während sie an Deck stand und den leichten, pelzbesetzten Mantel über ihrem Seidenkleid festhielt, damit der Wind nicht darunterfuhr. Die steifen Röcke flatterten ihr um die Beine, als sie zum Ruder ging, um sich von ihren Freunden zu verabschieden.

»Adieu, Jago.«

»Sie sind 'ne tolle Frau, Miss Glory. Ich bin stolz, Sie kennengelernt zu haben.«

»Danke, Jago. Für alles.«

»Falls Sie mich irgendwann einmal brauchen sollten«, sagte Josh Pintassle, »lassen Sie es mich nur wissen.«

»Danke, Joshua.« Sie küßte ihn auf die Wange. »Ich werde Sie nie vergessen.«

Einen Augenblick sah es so aus, als wollte er noch etwas sagen, aber dann drehte er sich um und ging davon. Sie schaute ihm nach, bis sie Nicholas entdeckte, der an der Reling stand. Nachdem er der Mannschaft barsch ein paar Befehle erteilt hatte, wandte er sich in ihre Richtung; obwohl er sie nicht sah, versetzte ihr sein Anblick einen schmerzhaften Stich. Gleich darauf bemerkte er sie. Er rührte sich nicht von der Stelle und starrte sie an, als wollte er sich ihr Bild in allen Einzelheiten einprägen.

Ihr Herz krampfte sich zusammen. Der Schmerz war so stark, daß sie fürchtete, in Ohnmacht zu fallen. Sie schluckte schwer, ging an die gegenüberliegende Reling und hielt sich an dem glatten Holz fest. Möwen kreischten und flatterten über ihr, und auf den Docks an der South Street herrschte lebhaftes Durcheinander. Alles um sie her verschwand hinter einem dichten Tränenschleier. Sie blinzelte schnell. Niemand sollte ihre Tränen sehen.

Nicholas stelle sich neben sie, doch sie schaute ihn nicht an. Sie fürchtete sich vor dem, was sie in seinem Gesicht entdecken mochte. War sein Blick voller Verachtung – oder voller Liebe, nach der sie sich so verzehrte? Obwohl er neben ihr stand, vermißte sie ihn bereits, so als hätte sie ihn am Strand zurückgelassen.

»Ich lasse... Nathan hoch bringen«, erklärte er ihr trocken. Seine Stimme klang gequält. »Du kannst jederzeit von Bord gehen. Mac wird dich begleiten, wohin du willst.«

»Meine Tante lebt in New York«, antwortete sie mit soviel Selbstbeherrschung, wie sie aufbringen konnte. »Florence Summerfield Stacey. Die Schwester meines Vaters. Sie wohnt in der Nähe der Battery.« Sie starrte hinaus auf das geschäftige Dock. Sie hatten so viel miteinander geteilt und wußten doch so wenig voneinander. Am Strand hatte es nur sie beide gegeben; sie hatten nicht über andere sprechen müssen, um ihr Leben auszufüllen.

Einen Moment lang schwieg er, als suche er nach den rechten Worten. »Sobald unser Schiff wieder Ladung genommen hat, kehre ich nach Barbados zurück.«

»Barbados?« Glory schloß ihre Augen fest. Der Schmerz war unerträglich. Hoffentlich hörte er nicht, wie ihre Stimme zitterte. Sie mußte sich zwingen, zu ihm aufzuschauen, denn sie konnte nicht gehen, ehe sie ihm nicht noch einmal in die Augen gesehen hatte.

»Ja«, sagte er. Er starrte unverwandt auf das Wasser. »Ich arbeite eine Weile in der Karibik. Das Wetter ist dort viel schöner.« Seine Augen wirkten leer, als hätte er jeden Ausdruck daraus getilgt, und sein Mund war zu einer dünnen, schmalen Linie erstarrt. Seine Miene zeigte eine ihr bislang unbekannte Trauer.

»Ich werde dafür sorgen, daß du das Kleid zurückbekommst«, sagte sie leise.

»Betrachte es als Geschenk.«

»Adieu, *Captain*«, flüsterte sie, denn ihren Nicholas gab es nicht mehr. Dann stellte sie sich plötzlich auf die Zehenspitzen und küßte ihn auf die Wange. Sie wirbelte in ihren gebauschten rosa Röcken herum und eilte zu Mac. Joshua Pintassle kam die Vorderdecksleiter herauf, gefolgt von Nathan, der keineswegs mitgenommen aussah. Er mußte ein paarmal gegen das grelle Licht anblinzeln. Glory warf sich ihm in die Arme.

»Glory.« Er drückte sie an sich.

»Geht es dir gut?« fragte sie mit zittriger Stimme.

»Mir ist nichts passiert.« Er schaute zum Captain hinüber und dann wieder auf sie. »Du siehst nicht gut aus. Bist du krank?«

»Nein. Bloß ein bißchen müde.«

»Was ist inzwischen passiert? Hat der Captain um deine Hand angehalten?«

Ihr schoß durch den Kopf, welchen Ruf der Captain als Pistolenschütze und Messerkämpfer genoß, und sie stellte sich vor, wie sich Nathan mit ihm um ihre Ehre duellierte. »Ja«, log sie. »Ich habe ihn abgewiesen.«

»Was hast du? Bist du sicher? Das gibt todsicher einen Skandal!«

»Der Skandal ist mir egal.«

»Vater hätte dich gezwungen, den Mann zu heiraten.«

»Ich will ihn nicht heiraten, Nathan. Und darauf kommt es doch schließlich an, nicht wahr?«

»Es kommt nur darauf an, ob du glücklich wirst, Glory.«

»Was er *dir* angetan hat, ist Grund genug, seinen Antrag abzulehnen«, erklärte sie ihm.

»Ein paar Tage im Kerker sind ein geringer Preis für die Freiheit.« Seine sanften braunen Augen schauten sie fragend an. »Was ist auf der Insel zwischen euch beiden vorgefallen? Du weißt, es könnte... Komplikationen geben.«

Glory spürte, wie ihr das Blut in die Wangen schoß. »Ich bin an allem schuld. Ich hätte nein sagen können. Und was die *Komplikationen* betrifft... wir können nur hoffen, daß sie uns erspart bleiben.«

»Bist du wirklich fest entschlossen?«

»Nathan, bitte. Laß uns gehen.« Sie richtete die Schultern auf, hob ihre Röcke an und steuerte auf die Laufplanke zu, wo Mac geduldig mit niedergeschlagener Miene auf sie wartete. Sie ahnte, daß sie wohl kaum zuversichtlicher wirkte, und reckte das Kinn vor. Sie würde sich keinesfalls umdrehen, sagte sie sich, als sie die Planke zum Dock hinabschritt. Diesen Triumph gönnte sie Nicholas Blackwell nicht.

Sie nahm Macs Arm und starrte nur geradeaus, während sie sich einen Weg über die geschäftige South Street suchten. Als sie jedoch um die Ecke zur Wall Street bogen, konnte sich Glory einen letzten Blick auf die *Black Witch* nicht versagen. Nicholas stand an der Reling, hatte einen Fuß auf das Holz gestützt und hielt sich mit einer Hand an den Wanten fest. Der Wind blähte die Ärmel seines weißen Leinenhemdes. Selbst aus dieser Entfernung konnte sie das dunkle dichte Haar auf seiner Brust erkennen. Sie wußte, daß er ihr nachschaute, und fragte sich, was er wohl denken mochte. Warum konnte er sie nicht lieben? O Gott, wie sehnte sie sich danach!

Sie wußte, daß sie ihn eigentlich hassen sollte, doch sie empfand nur Liebe. Und Schmerz. Gräßlichen, niederschmetternden, unerträglichen Schmerz. Schmerz, wie sie ihn noch nie gekannt hatte. Und tiefere Trauer als an jenem Tag, an dem ihr Vater gestorben war. Wie sollte sie nur weiterleben? Warum sollte sie weiterleben wollen? Sie fürchtete, daß ihre Knie nachgeben könnten und hängte sich fester in Macs Arm ein, während sie sich von ihm durch die hektischen Straßen ziehen hieß.

Sie drängten sich zwischen Lieferwagen und Schubkarren, Pferden und Fußgängern hindurch. Ein Auktionator stand inmitten von Fässern, Ballen und Gerümpel vor dem Tontine Coffee House und versuchte, mit seinem atemberaubend schnellen Singsang die lärmende Menge vor ihm zu übertönen. In diesem Gebäude, erklärte ihr Mac, handelten Makler und Versicherungsagenten Schiffskontrakte aus und versicherten die Ladungen.

Glory fiel es schwer, seinen Erklärungen zu folgen und auch nur einen Fuß vor den anderen zu setzen. Da sie keine Koffer bei sich hatten und das Haus ihrer Tante nur ein paar Straßen weit entfernt lag, hatten sie beschlossen, zu Fuß zu gehen. Glory nutzte die Gelegenheit, um ihre Gedanken zu ordnen. Ihre Tante wußte nicht, daß sie kommen wollte, aber die alte Dame verließ die Stadt nur selten und wäre höchstwahrscheinlich zu Hause. Sie waren einander nicht oft begegnet, aber Glory hatte ihre Tante Flo immer gemocht. In gewisser Hinsicht fühlte sie sich ihrer Tante mehr verbunden als ihrer Mutter. Vielleicht, weil sie beide Julian Summerfield aus tiefstem Herzen geliebt hatten.

Glory hatte ihre zerbrechliche grauhaarige Tante bei der Beerdigung gesehen, war aber so durcheinander gewesen, daß sie kaum mit ihr gesprochen hatte. Tante Flo schien das verstanden zu haben. Glory wußte, daß sie auch für Nathans Befreiung und die Flucht Verständnis haben würde.

Schließlich gelangten sie an die Vortreppe des großen Backsteinhauses. Nathan klopfte mit dem schweren Messingklopfer an die verzierte Holztür. Ein kleiner, schmalgesichtiger, verknöcherter Butler öffnete.

»Bitte richten Sie Mrs. Stacey aus, daß Ihre Nichte sie sprechen möchte«, begann Glory kleinlaut.

Ohne jedes Lächeln führte der Diener sie in den Empfangssalon. Der im früher beliebten Föderalistenstil eingerichtete Raum hatte eine hohe Decke und war mit Schnitzereien sowie Ziertüren ausgeschmückt, die nirgendwohin führten, aber den Raum symmetrisch wirken ließen.

»Ich werd' mal lieber die Anker lichten, Mädel«, sagte Mac. »Kommen Sie zurecht?«

Glory war dem Schotten, der sie fürsorglich ansah, sehr dankbar. Sie nickte. »Mir geht es ausgezeichnet.«

»Warum kann ich das bloß nich' glauben?« Mac starrte auf Spitzen seiner Stiefel, die auf dem glänzenden Parkettboden abgetreten und schäbig aussahen. »Der Junge benimmt sich wie ein Idiot, Mädel. Das sieht ihm gar nich' ähnlich. Tut mir leid, daß das nich' geklappt hat.«

»Danke für Ihr Mitgefühl, Mac.« Sie küßte ihn auf seine rauhe Wange. Der Schotte drehte sich um und floh, ehe ihre Tante den Salon betrat.

»Glory! Um Himmels willen, was in aller Welt tust du in New York?« Florence Staceys gütige blaue Augen, die denen ihres Vaters so ähnlich waren, strahlten vor Freude. »Und du hast Nathan mitgebracht.« Sie umarmte beide. »Ist deine Mutter auch da?« Sie schaute sich um, bis Glorys Antwort sie innehalten ließ.

»Du mußt uns helfen, Tante Flo. Nathan geht bald wieder auf die Schule, aber wir brauchen eine Unterkunft... bis ich ein Postschiff finde, das mich heimbringt.« Sie hoffte, daß ihre Tante sie wenigstens ein paar Wochen bei sich aufnehmen würde. Der Rückkehr nach Summerfield Manor fühlte sie sich noch nicht gewachsen. Sie brauchte Zeit, um mit sich ins Reine zu kommen. »Ich fürchte, es ist eine lange Geschichte.«

»Ich habe alle Zeit der Welt. Jeremy wird euch eure Zimmer zeigen. Ihr könnt euch frisch machen, dann können wir uns unterhalten. Ihr könnt natürlich bleiben, solange ihr wollt.«

Glory umarmte ihre Tante stürmisch. Am liebsten hätte sie die alte Dame nie mehr losgelassen. Sie kämpfte gegen ihre Tränen und wandte sich ab, um dem schmalgesichtigen Butler zur Treppe zu folgen.

Florence Stacey schaute ihr nach. Sie hätte das Mädchen im Salon fast nicht wiedererkannt. Das zu kurze Kleid, die müde herabhängenden Schultern, die leere, traurige Miene. Etwas war geschehen, das hatte Florence begriffen. Sie atmete tief durch. Es war nicht das erste Mal, daß jemand aus der Familie zu ihr kam, wenn er in Schwierigkeiten geraten war. Sie freute sich, daß man ihr so vertraute.

Sie beobachtete, wie Glory müde Stufe um Stufe erklomm, als hätte sie Blei in den Beinen. Sie liebte das Mädchen, als wäre es die leibliche Tochter, die ihr nie vergönnt gewesen war. Florence Stacey schwor sich herauszufinden, was vorgefallen war.

An jenem Abend erzählte Glory ihrer Tante, was ihre Mutter Nathan angetan hatte und wie sie beide Charleston auf der *Black Spider* verlassen hatten. Sie erzählte von dem schrecklichen Sturm und davon, wie Captain Blackwell ihr das Leben gerettet hatte. Sie erzählte die Geschichte so unpersönlich wie möglich, verschwieg Nathans Arrest und sparte alles aus, was auf der Insel zwischen ihr und Nicholas vorgefallen war.

Nathan spürte, daß Florence sich allein mit Glory unterhalten wollte. Deshalb schützte er nach dem Essen Kopfschmerzen vor, entschuldigte sich und ging auf sein Zimmer.

»Laß uns doch ins Wohnzimmer gehen«, schlug Florence vor, »und ein schönes Glas Sherry trinken.«

»Gerne«, stimmte Glory zu.

Als sie auf dem gemütlichen Queen-Anne-Sofa Platz genommen hatten, beschloß Florence, nicht lange um den heißen Brei zu reden. »Du hast mir erzählt, was in den letzten Wochen alles passiert ist. Wir werden deine verlorengegangenen Kleider ersetzen. Wir werden Nathan wieder zur Schule schicken, und ich werde deiner Mutter schreiben. Vielleicht kann ich sie zur Einsicht bringen. Vielleicht schenkt sie Nathan die Freiheit, so wie es dein Vater gewollt hätte. Bis dahin kannst du bei mir bleiben. Ich habe das Gefühl, daß du noch nicht heimfahren möchtest.«

»Nein, Tante Flo. Ich glaube, ich kann diesen Menschen noch nicht gegenübertreten. Es ist soviel geschehen.« Sie nahm einen ausgiebigen Schluck Sherry und senkte den Blick. Die Flüssigkeit floß warm durch ihre Kehle, und in Glorys Augen brannten Tränen.

»Ja, das stimmt. Aber was du erzählt hast, erklärt nicht, warum du so furchtbar traurig bist. Möchtest du es mir nicht verraten?«

Glorys Kopf fuhr hoch. Sie schaute in das gütige Gesicht ihrer Tante. »Sieht man mir das so deutlich an?«

»Ja, mein Schatz. Leider.«

Glory nahm einen weiteren großen Schluck, strich verlegen über den Rock des rosa Kleides, das Nicholas ihr überlassen hatte, und lehnte sich in ihren Sessel zurück.

»Der Mann, der mir das Leben gerettet hat, Captain Blackwell... Wir lebten fast drei Wochen als Schiffbrüchige allein auf einer einsamen Insel. Ich habe mich in ihn verliebt.« Sie fuhr mit dem Finger über den Rand des Kristallglases und sah einen Moment lang Nicholas vor sich, so wie sie ihn am Strand erlebt hatte: schön, lächelnd, liebevoll. Sie mußte unwillkürlich lächeln. »Um die Wahrheit zu sagen, ich glaube, ich habe mich schon kurz nach unserer ersten Begegnung in ihn verliebt. Das war auf dem Ball an meinem neunzehnten Geburtstag. Er war so arrogant – und so schneidig. Alle Frauen schwärmten für ihn. Alle außer mir natürlich. Ich war entschlossen, ihn nicht zu mögen. Er war Vaters Freund. Ich glaube, Vater hoffte, daß ich ihn heiraten würde.« Sie versuchte, den dicken Kloß hinunterzuschlucken, der ihr in der Kehle saß. »Als wir gerettet wurden, hätte ich nichts auf der Welt lieber getan.«

»Und warum hast du es nicht getan?« fragte ihre Tante leise. Sie legte ihre geäderte Hand auf Glorys geschmeidige Finger.

»Er wollte mich nicht. Wahrscheinlich hat er den Schiffbruch einfach für eine günstige Gelegenheit gehalten. Wahrscheinlich wollte er sich nur amüsieren, bis er wieder in die Zivilisation kam. Ich weiß es nicht. Die Zeit, die wir zusammen am Strand verbrachten, kam mir vor wie ein einziger Traum. Er sorgte für mich, beschützte mich. Ich war überzeugt, daß er das gleiche empfinden würde wie ich.« Glory sah auf, und Tränen rannen ihr über die Wangen. »Er lächelte immerzu, und er brachte mir das Schwimmen bei, und er pflegte mich, als ich krank wurde, und… ach, Tante Flo, ich habe ihn so geliebt.« Ihre Kehle war wie zugeschnürt, so daß sie nicht weitersprechen konnte. Sie schlang die Arme um den Hals ihrer kleinen Tante, legte das Gesicht an ihre Schulter und begann herzzerreißend zu weinen. Ihr schlanker Leib bebte unter den tiefen, schmerzerfüllten Schluchzern.

»Mein armes, armes Kind.« Florence drückte ihre Nichte an sich, tätschelte ihr den Kopf und ermutigte sie, ihren Tränen freien Lauf zu lassen. Glory versuchte nicht mehr, sie zurückzuhalten. Sie hätte es auch nicht gekonnt. Ihre Tante wiegte Glory wie ein kleines Kind in ihren Armen und wartete, bis all ihre Tränen vergossen waren.

»Du kannst so lange bleiben, wie du willst. Ich habe mir immer ein Kind gewünscht, aber der Himmel hat deinem Onkel Leonard und mir keines geschenkt. Deshalb bist du für mich wie eine Tochter.« Sie streichelte ihrer Nichte die Wange, tröstete sie und wünschte, sie könnte den Schmerz des Mädchens lindern. »Ich kann den Gedanken kaum ertragen, daß dich dieser Mann so verletzt hat. Aber er muß einen guten Kern haben, sonst hättest du dich nie in ihn verliebt. Eines Tages wirst du darüber hinwegkommen und einen anderen finden, den du liebst. Bis dahin werden wir alles gemeinsam durchstehen.«

Glory wischte sich die Tränen fort. Sie schaute in das schmale, alte Gesicht ihrer Tante. »Ich weiß nicht, ob ich es überhaupt durchstehen werde. Ach, wäre ich nur gestorben, als das Schiff sank.«

»Sag so was nicht. Sag das niemals. Hast du mich verstanden?«

Glory biß sich auf die zitternde Lippe. »Ja, Tante Flo.«

»Gut. Und jetzt wisch dir die Tränen ab. Du mußt schlafen gehen.«

Glory nickte nur und ließ sich von der alten Dame auf ihr Zimmer führen. In ihrem Schlafzimmer, einem luftigen Raum, in dem ein Himmelbett stand und gestärkte Chintzvorhänge an den Fenstern hingen, half Florence ihr beim Ausziehen. Dann befahl sie ihr, das Glas warme Milch zu trinken, das Jeremy heraufgebracht hatte, und deckte sie zu. Die kleine Frau blieb ruhig neben Glory sitzen, bis das Mädchen schließlich eingeschlafen war. Die ganze Nacht träumte Glory von Nicholas und warf sich unruhig im Bett herum. Als sie erwachte, fühlte sie sich wie zerschlagen.

Während der nächsten Wochen hatte Glory das Gefühl, in dichtem Nebel zu leben. Nathan kehrte zur Schule zurück, und ihre Tante löste all ihre Versprechungen ein. Sie schenkte Glory schöne neue Kleider und soviel Liebe und Verständnis, wie sie sich nur wünschen konnte. Aber das reichte Glory nicht. Sie mußte immerzu an Nicholas denken. Anfangs erinnerte sie sich an die schönen Dinge: daran, wie er für sie gesorgt und sie beschützt hatte, wie sie einander geliebt hatten, welche Gefühle er in ihr geweckt hatte. Sie erinnerte sich daran, wie er gelacht und wie die Sonne in seinem lockigen Haar geglänzt hatte. Oder wie er in der Brandung schwamm, wie das Wasser in dünnen Rinnsalen an seiner breiten dunklen Brust herablief, wie die Haare auf seiner Brust glitzerten. Wie vermißte sie ihn!

O Nicholas, klagte sie ohnmächtig, wie konnte ich mich nur so täuschen? Wie konnte ich dich lieben, obwohl du mich nicht liebtest? Sie überlegte, wo er sein mochte, fragte sich, was er wohl tat, stellte sich vor, wie er mit gespreizten Beinen und windgeblähtem Hemd an Deck stand und dem Rollen und Schaukeln des Schiffes trotzte.

Aber die schönen Erinnerungen bewirkten, daß sie sich nur noch elender fühlte, deshalb zwang sie sich, sie allmählich zu vergessen. Absichtlich erinnerte sie sich immer wieder an die Nacht, in der er sie beinahe vergewaltigt hätte, an die entsetzlichen Dinge, die er zu ihr gesagt hatte. Ihr fiel wieder ein, wie er sie in den ersten Tagen nach dem Schiffbruch behandelt hatte. Sie rief sich seine Launen ins Gedächtnis. Seine Arroganz und seinen entsetzlichen Verrat.

Mit Unterstützung ihrer Tante versuchte sie, ein neues Leben zu beginnen. Doch sie war nicht mit dem Herzen dabei. Da sie keine Lust hatte, an einer Soirée oder einem Ball teilzunehmen, merkte sie erst nach Wochen, daß keine einzige Einladung eingegangen war. Niemand hatte ihnen während dieser Wochen einen Besuch abgestattet. Nicht einmal Tante Flos engste Freundinnen. Erst als sie die Dienerschaft belauschte, die unter der Treppe tratschte, wurde ihr klar, daß man sie aus der Gesellschaft ausgestoßen hatte.

»Man sagt, daß sie ein liederliches Stück sein soll.« Glory erkannte die kratzige Stimme des Zimmermädchens. »Angeblich hat sie in seiner Kabine geschlafen. Sie soll keinen Funken Anstand haben.«

Glory hielt sich am Geländer fest. Die Knie wurden ihr plötzlich weich, und ihr Herz krampfte sich zusammen.

»Sie haben auf einer verlassenen Insel in einem Bett geschlafen«, ereiferte sich eine andere Stimme. »Gussy Simpson hat mir alles erzählt.«

»Sie hat schon einen Spitznamen in der Stadt.« Glory biß sich auf die Unterlippe. »›Das Kapitänsflittchen‹. So nennt man sie.«

»Es ist egal, *wie* die Leute sie nennen«, mischte sich Jeremy Wiggins ein. »Miss Summerfield ist ein guter Mensch. Sie behandelt uns freundlich und mit Respekt. Der Kapitän ist an allem schuld. Der Mann ist ein Schuft und ein Frauenheld. Ganz offensichtlich hat er ihre Unschuld ausgenutzt. Ich hoffe, daß er eines Tages bekommt, was er verdient hat.«

Glorys Magen verkrampfte sich, und ihre Knie zitterten so, daß sie fürchtete, umzufallen. Sie ließ sich auf die Stufen sinken.

»Du hast ganz recht, Jeremy«, pflichtete ihm Flory Whitman, die Haushälterin, bei. »Dieser Kerl gehört ausgepeitscht.«

O Gott, wie hatte das geschehen können? Wie hatte Nicholas ihr das antun können? Er muß gewußt haben, was passieren würde. Entweder hatte er sie absichtlich bloßgestellt, oder sie war ihm vollkommen gleichgültig.

Sie blinzelte schnell, um die Tränen zurückzuhalten. Es rührte sie, wie loyal die Angestellten ihrer Tante waren. Sie spürte plötzlich Zuneigung zu Jeremy Wiggins – und zum ersten Mal echten Haß auf Nicholas Blackwell. »Wie lange weißt du schon, was die Leute reden?« fragte sie ihre Tante abends nach dem Essen. »Deshalb gehst du nie aus, nicht wahr? Meinetwegen.«

»Es ist gar nicht so schlimm. Diese aufgeblasenen Snobs. Sie haben mich vor die Wahl zwischen ihnen und dir gestellt, und ich habe mich für dich entschieden. Das ist alles. Wenn meine Nichte ihnen nicht gut genug ist, dann bin ich es auch nicht.«

Glory ließ sich auf das weiche Samtsofa sinken. »Woher wissen sie es?«

Florence setzte sich neben sie. »Das weiß ich nicht genau. In allen Zeitungen wurde über den Schiffbruch geschrieben. Ein Journalist hat ein paar Überlebende aus der Mannschaft befragt. Sie haben ihn über die Details aufgeklärt. Es war keine große Kunst, herauszufinden, daß du fast drei Wochen allein mit dem Captain warst. Der Mann hat einen miserablen Ruf, das kann ich dir versichern.«

Diesmal war Glory eher nach einem Zornesausbruch als nach Tränen zumute. »Nicholas Blackwell ist ein Schurke und ein Frauenheld. Es war töricht von mir zu glauben, daß er sich etwas aus mir machen würde. Das weiß ich inzwischen. Leider habe ich es zu spät gemerkt.«

»Zu allem Unglück«, fügte ihre Tante hinzu, »hat man auch noch herausgefunden, daß Nathan dein Halbbruder ist. Offenbar hast du ihn auf der Straße irgendwem so vorgestellt.«

»Mrs. Wentworth, am Tag nach unserer Ankunft. Ich konnte einfach nicht mehr lügen. Ich bin stolz auf ihn. Ich werde ihn nie wieder verleugnen.«

Florence tätschelte ihr die Hand. »Der Klatsch wird sich legen«, sagte sie. »Das ist immer so. Der Name Summerfield hat Gewicht. Bis du heimfährst, ist alles vergessen.«

»Ich fürchte, das wird nicht so einfach gehen.«

»Ach? Warum nicht?«

Als Glory nicht antwortete, holte Florence geräuschvoll Luft. »O mein Gott. Du willst doch nicht sagen, daß du...«

»Ich bin schwanger, Tante Florence.«

Keinen Monat später waren sie auf dem Weg nach Boston. Glory wurde langsam breiter in der Taille. Erst hatte sie das Gefühl gehabt, Nicholas habe ihr einen letzten gemeinen Streich gespielt. Aber als die Wochen ins Land gingen und sich das Kind zu bewegen begann, verflüchtigte sich ihre Abneigung dem Ungeborenen gegenüber. Es war auch ihr Kind. Er oder sie war nur das unschuldige Opfer des grausamen Spiels, das Nicholas mit ihr getrieben hatte. Sie haßte nur einen Menschen – Nicholas. Den Mann, der ihr Leben zerstört hatte.

Florence besaß ein Backsteinhaus in Boston. Ihr verstorbener Gatte Leonard hatte es von seinen deutschen Eltern geerbt. Er hatte das alte Gebäude so geliebt, daß Florence es nicht einmal nach seinem Tode über sich gebracht hatte, das Haus zu verkaufen. Jetzt war sie froh darum.

»Wir geben dir einen neuen Namen. Behaupten, du seist eine junge Witwe und dein Mann sei bei einem Jagdunfall ums Leben gekommen. Weil du einen leichten, weichen Südstaatenakzent hast, werden wir behaupten, du seist meine Nichte aus Savannah – das ist nahe genug an der Wahrheit. Du bist Mrs. –«

»Hatteras«, ergänzte Glory mit Humor. »Das scheint mehr als passend, da dort mein Unglück seinen Anfang nahm.«

»Mrs. Gloria Hatteras also.« Tante Flo ließ ein kleines, ermutigendes Lächeln aufblitzen.

Glory entdeckte, daß ihr Boston gefiel, obwohl es dort schon kühl geworden war. Die Tage waren frisch und klar, und die Herbstluft war belebend. Im Laufe der Wochen wurde es immer kälter, doch Glorys Laune besserte sich täglich. Jetzt hatte sie das Baby, auf das sie sich freuen konnte.

Nur die Warnung des Arztes machte ihr Sorgen: »Das Kind scheint etwas eigenartig zu liegen«, hatte er ihr erklärt. »Offenbar hat es nur wenig Halt. Sie müssen viel ruhen und sehr vorsichtig sein. Mit Ihrer Gesundheit steht es ebenfalls nicht zum besten. Von jetzt an essen Sie drei Mahlzeiten täglich und schlafen soviel wie möglich.«

Sie befolgte seine Anweisungen genau, und Tante Flo bemutterte sie ununterbrochen.

Die ersten Wochen waren die schlimmsten gewesen. Jeden

Morgen hatte sie sich schlecht gefühlt, sie hatte bleich und kränklich ausgesehen und zuviel Gewicht verloren. Obwohl die morgendliche Übelkeit inzwischen ausblieb, fühlte sie sich immer noch nicht so kräftig, wie ihr lieb gewesen wäre.

Sie saß, in ein bequemes Trauerkleid aus Crêpe gekleidet, unten im Wohnzimmer und übte sich im Häkeln, einer Kunst, die sie kurz vor ihrer Flucht erlernt hatte. Draußen vor dem Fenster konnte sie Kinder sehen, die auf der Straße Ball spielten. Ein warmes Feuer knisterte im marmornen Kamin.

»Hallo, Liebes.« Ihre Tante betrat den Raum am Arm eines großen, braunhaarigen Mannes, der einen eleganten dunkelgrauen Gehrock über einer burgunderroten Weste und marineblauen Hosen trug.

»Glory, Liebes, das ist George McMillan. Er ist ein guter Freund von Onkel Leonard.«

George McMillan schien Mitte Dreißig zu sein. Ein paar graue Haare, die ihn aber eher distinguiert als alt aussehen ließen, verrieten sein Alter. Er war schlank, hatte einen trainierten Körper und sah ausgesprochen gut aus. Sein Lächeln wirkte warm und einladend, und zum erstenmal seit Wochen spürte Glory, wie sich Interesse in ihr regte.

»Sehr erfreut, Mr. McMillan.«

Ausgesprochen galant führte er ihre Finger an seine Lippen, und Glory mußte unwillkürlich lächeln. Wie lange war es schon her, seit sie jemand als Frau behandelt hatte. Nein. Als Dame. Sie merkte, daß ihr das gefehlt hatte.

»Bitte«, sagte McMillan mit voller, warmer Stimme, »ich würde mich geehrt fühlen, wenn Sie George zu mir sagen würden.«

Sie saßen stundenlang beisammen und unterhielten sich über alles mögliche, vom Wetter angefangen bis zur Tagespolitik. Da Glory Zeit im Übermaß hatte, war sie eine begeisterte Leserin des *Boston Transscript* und des *Liberator* geworden, einer Zeitung, die sich engagiert für die Abschaffung der Sklavenhaltung einsetzte. Als Glory noch auf Summerfield Manor gelebt hatte, hatte sie sich vor allem damit beschäftigt, welches Kleid sie auf dem nächsten Ball tragen sollte. Nach allem, was sie durchgemacht hatte, kam ihr das alles oberflächlich vor.

Am meisten beschäftigten sie die Belange der Schwarzen. Dabei interessierte sie insbesondere eine Gruppe unter der Führung von Lloyd Garrison und Frederick Douglass, die sich »Untergrund-Eisenbahn« nannte. Diese Gruppe half entlaufenen Sklaven auf dem Weg nach Norden und bei ihrem Neuanfang in Freiheit.

Wie sich herausstellte, war auch George McMillan ein erbitterter Feind der Sklaverei.

»Es würde mich freuen, wenn Sie mich zu unserem nächsten Treffen begleiten würden, Mrs. Hatteras. Es findet in der Kirche in der Park Street statt. Es ist heutzutage nicht gerade populär, entlaufenen Sklaven zu helfen. Ich weiß nicht, ob Sie den Mut dazu haben, aber wir brauchen Menschen wie Sie. Vor allem Südstaatler. Es ist tröstlich zu wissen, daß dort nicht alle Menschen den gleichen antiquierten Vorstellungen anhängen.«

Danach kam George oft zu ihnen. Sie nahmen gemeinsam an einigen Treffen teil, bis Glorys Leib unförmig wurde und sie nicht mehr so aussah, als sei sie nur ein bißchen übergewichtig. Schwangere Frauen waren in der Öffentlichkeit nicht gern gesehen, und Glory wollte die Bostoner auf keinen Fall so vor den Kopf stoßen wie die New Yorker vor wenigen Monaten.

Obwohl sie soviel wie möglich ruhte, fuhr sie doch oft in der Kutsche durch die Straßen Bostons. Das Backsteinhaus stand an der Beacon Street, nicht weit von der Common Street entfernt. Sie ließ den Kutscher an der King's Chapel vorbei über die Tremont Street fahren und dann nach Westen in Richtung Charles River abbiegen. Am Hafen war sie nur ein einziges Mal gewesen. Die hohen, in der leichten Brise schaukelnden Masten der Schoner und Postschiffe weckten schmerzhafte Erinnerungen, die sie erfolgreich begraben geglaubt hatte. Sie konnte Nicholas fast vor sich sehen, wie er über das Deck marschierte oder am Ruder stand, wie er mit seinen grauen Augen den Himmel nach Vorzeichen für einen Sturm absuchte und wie er sich breitschultrig gegen die heftigen Bewegungen des Schiffes stemmte.

Wieder fragte sie sich, wo er wohl war und was er tat, ob er je an sie dachte und ob er sie so vermißte wie sie ihn. Nur dies eine Mal ließ sie ihren Gefühlen freien Lauf, obwohl sie in Wahrheit Nicholas Blackwell in jeder Minute vermißte. Ihr Herz verzehrte sich nach ihm; ihr Körper sehnte sich nach seiner Berührung.

Aber sie haßte Nicholas Blackwell auch. Jeden Tag mehr. Meist fühlte sie sich nur wie betäubt. Und verbittert. Und vollkommen leer. Sie hoffte inständig, daß sich alles ändern würde, wenn das Kind erst da war.

15. Kapitel

»Master Brad! Welch froher Anblick für meine alten Augen. Kommen Sie rein, kommen Sie rein.« Der alte, weißhaarige Schwarze winkte Bradford St. John in die Eingangshalle des elegant eingerichteten Stadthauses nahe dem Broadway.

»Hallo, Isaac.«

»Der Captain freut sich bestimmt, Sie wiederzusehen.« Der alte Diener senkte den Blick. Sein drahtiges weißes Haar blieb unbewegt, als er langsam den Kopf schüttelte. »Er ist in letzter Zeit nicht er selbst.« Seine ohnehin schon kummervolle Miene wurde noch besorgter. Sie verriet Brad alles, was er wissen mußte.

»Das habe ich gehört.« Brad machte sich Sorgen um seinen

Stiefbruder. Nicholas war erst seit ein paar Wochen wieder in New York, aber seither hatte er sich vollkommen zurückgezogen, was ihm gar nicht ähnlich sah. Die wenigen Freunde, die er in sein Haus gelassen hatte, berichteten von Zornesausbrüchen, Launen und plötzlich auftretenden Anfällen von Verzweiflung. »Wo ist er?«

»Er ist in seinem Arbeitszimmer. Ich sag' ihm, daß Sie da sind.« Der alte Mann schlurfte langsam durch die Eingangshalle.

Bradford hielt ihn am dünnen Arm zurück. »Ich kenne den Weg. Danke, Isaac.« Isaac war ein freier Farbiger. Er diente Nicholas, seit Bradford denken konnte. Der Alte kannte Nicholas Blackwells Temperament besser als jeder andere. Wenn Isaac sich Sorgen machte, dann stand es noch schlimmer, als Bradford befürchtet hatte.

Während Brad durch den nur schwach beleuchteten Gang wanderte, der üblicherweise hell und fröhlich wirkte, überlegte er, ob diese Düsternis die Stimmung des Hausherrn widerspiegelte. Nachdem er leise an die schwere Holztür geklopft hatte, hob Brad den Riegel und öffnete die Tür. Nicholas war so in Gedanken versunken, daß er das Klopfen offenbar nicht gehört hatte. Er saß vor dem Kamin, starrte in die Flammen und hielt einen halbvollen Brandyschwenker in der ungewöhnlich mageren Hand.

»Hallo, Nicholas«, sagte Brad leise.

Als sein Bruder sich umdrehte, hellten sich seine Augen auf, und sein grimmiges Gesicht entspannte sich. Im nächsten Augenblick war Nicholas aufgestanden und kam mit großen Schritten auf Brad zu. Er streckte die Hand aus, die Brad schüttelte, und als würde Nicholas das nicht genügen, umarmte er seinen Stiefbruder herzlich.

»Du siehst noch schlechter aus, als man mir erzählt hat«, neckte ihn Brad, obwohl er es ernst meinte.

Nicholas mußte fast lächeln. »Was tust du in der Stadt?«

»Ich bin in Tarrytown, weil ich Mutter über Weihnachten besuche. Die Stadt ist nicht weit weg, und ich habe dich in den letzten Monaten vermißt.«

»Ich dich auch«, bestätigte Nicholas. »Setz dich. Ich schenke dir einen Brandy ein.«

Brad nahm auf dem Ledersofa Platz. Nicholas reichte ihm einen Kristallschwenker und setzte sich wieder in seinen Polstersessel vor dem Feuer.

»Du siehst kräftig aus«, bemerkte Nicholas, und Brad lächelte, denn er wußte, daß er nie so kräftig aussehen würde wie sein Stiefbruder. Selbst jetzt strahlte Nicholas Blackwell trotz seiner Magerkeit und seines abgezehrten, verhärmten Gesichts Kraft und Persönlichkeit aus. Der acht Jahre jüngere Brad hatte Nicholas immer bewundert. Nicholas zahlte Brads Schulgeld für Harvard, Nicholas besaß den Landsitz, auf dem er und seine Mutter lebten. Für Brad war Nicholas eher ein Vater als ein älterer Bruder.

»Wie machst du dich in Harvard?« fragte Nicholas. »Ausgezeichnet wie immer, nehme ich an. Du weißt, wie stolz ich auf dich bin, Brad.«

»Ich komme zurecht. Mutter geht es gut – falls dich das interessiert. Um dich mache ich mir Sorgen.«

»Um mich! Warum solltest du dir Sorgen um mich machen?«

»Natürlich hast du recht«, bestätigte Brad ironisch. »Du bist ein viel zu großer Schuft, als daß man sich um dich sorgen müßte.« Er zwang sich zu einem Lächeln. »Du sollst es in der Karibik ja recht wild getrieben haben.«

Nicholas lachte verbittert. Noch nie hatte Brad ihn so hart und rauh lachen gehört. »Anfangs schon«, bestätigte Nicholas. »Später nicht mehr. Ich fürchte, mein Interesse am schönen Geschlecht ist erloschen.«

Brad nippte an seinem Brandy. Er hoffte, daß ihn der Alkohol entspannen und ihm Mut verleihen würde. Ihm entging nicht, daß sein Bruder schon wieder in die Flammen starrte. »Ich habe von dem Schiffbruch gehört.« Vorsichtig tastete Brad sich an das Thema heran, über das er sprechen wollte.

Nicholas schaute ihn an. »Wie du sehen kannst, habe ich ihn überlebt.«

»Ja.« Brad tippte mit dem Zeigefinger an sein Glas. »Diese junge Dame, die bei dir war – Gloria Summerfield, nicht wahr? Sie hat ganz schön von sich reden gemacht. Sie war bestimmt kein leichter Brocken für dich.« Er lachte leise, weil er hoffte, dem Mann vor dem Feuer eine Reaktion entlocken zu können. »Ich war überzeugt, daß du sie heiraten würdest. Schließlich ist sie Julians Tochter.«

Nicholas' Miene verhärtete sich. Seine hohlen Wangen lagen im Schatten der Flammen. Er sah gespenstisch aus.

»Aber andererseits hast du natürlich nie ein Hehl daraus gemacht, was du vom Heiraten hältst.«

Nicholas antwortete nicht, er starrte weiter in die Flammen.

»Das Mädchen wurde aus der New Yorker Gesellschaft verstoßen, weißt du davon? Man nannte sie ›das Kapitänsflittchen‹. *Flittchen.* Wie abscheulich, so etwas über ein junges Mädchen zu sagen.«

Nicholas spannte sich an. Brad sah den Puls am Hals seines Bruders hämmern.

»Sie ist schließlich nach Boston gezogen«, setzte Brad nach. »Wahrscheinlich wegen des Kindes.«

Nicholas' Kopf schoß hoch. »Was für ein Kind?«

»Fast niemand weiß davon. Ich habe Wind von der Sache bekommen, weil ich in Harvard bin, und ich ging dem Gerücht nach. Schließlich ist es dein Kind.«

»Meines! Red keine Unsinn.«

»Ach so. Dann ist sie *tatsächlich* ein Flittchen.«

Nicholas richtete sich auf und ließ seinem Zorn freien Lauf. »Halt dich da raus, Brad. Das geht dich nichts an.«

»Es war wahrscheinlich ganz gut, daß du sie nicht geheiratet hast. Nachdem sie auch noch erklärt hatte, daß dieser Mischling ihr Halbbruder sei. Nathan heißt er, nicht wahr? Anscheinend gab es Ärger auf ihrer Plantage. Er sollte wohl wieder aufs Feld geschickt werden, deshalb ist sie mit ihm durchgebrannt. Sie hat Mut, das muß man ihr zugute halten. Der Bruder geht hier in der Stadt zur Schule. Er will ausgerechnet Botaniker werden.«

Das Glas in Nicholas' Hand zersprang in tausend glitzernde Scherben, und die bernsteinfarbene Flüssigkeit tropfte auf seine Füße. Erst als Brad vom Sofa aufsprang und seine Hand packte, merkte Nicholas, daß er blutete.

»Mein Gott, Nicholas!« Brad zog ein Taschentuch aus seiner Westentasche und wickelte es seinem Bruder um die Finger. »Was hast du denn gedacht?«

Nicholas starrte ihn sprachlos an. Er war blaß geworden und fühlte sich wie vor den Kopf geschlagen. Dann konzentrierte er sich auf Brad. Er merkte, wie betroffen sein Bruder war, und las die Frage, die immer noch im Raum stand, von seinem Gesicht ab. Als er schließlich zu reden begann, klang seine Stimme flach, leblos, tot.

»Ich habe geglaubt, Nathan sei ihr Geliebter. Daß sie ihn und nicht mich lieben würde. Daß sie mich getäuscht und hintergangen hätte. Und daß sie genau wie all die anderen Frauen sei, die ich kenne.«

»Aber das war sie nicht.«

»Nein.«

»Du hast einen Fehler gemacht«, sagte Brad. »Das kann jedem einmal passieren.«

Nicholas schüttelte den Kopf. Sein Gesicht war aschfahl. »Es war mehr als nur ein Fehler. Glory war das Beste, was mir je widerfahren ist; und ich habe ihr Leben zerstört.«

Brad legte ihm sanft die Hand auf die Schulter. »Es ist noch nicht zu spät, Nicholas.«

Nicholas schaute nicht auf. Ein dünner Schweißfilm glänzte auf seiner Stirn, und die Hand, die er auf sein Knie gestützt hatte, zitterte. »Sie wird mir niemals verzeihen, Brad.«

»Das kannst du nicht wissen. Außerdem mußt du an das Kind denken. Es ist auch deines.«

»Ich weiß nicht, Brad. Ich habe ein solches Durcheinander angerichtet.« Nicholas stand auf, und das blutige Taschentuch fiel auf den dicken Teppich. Er machte sich nicht die Mühe, es aufzuheben.

»Das Mädchen braucht dich, Nicholas«, sagte Brad leise.

Nicholas wandte sich zu ihm um. Sein Mund drückte Entschlossenheit aus; als würde die Entscheidung, die er gerade gefällt hatte, sein ganzes Leben verändern.

»Längst nicht so dringend, wie ich sie brauche«, bekannte Nicholas. Dann lächelte er, und diese kleine Geste ließ ihn so verletzlich wirken, wie Brad ihn noch nie gesehen hatte. Nicholas legte ihm eine Hand auf die Schulter, und sie gingen gemeinsam zur Tür.

»Danke, Brad. Für alles. Du bist der beste Freund, den man sich nur wünschen kann.« Er umarmte seinen Stiefbruder kurz. »Aber jetzt mußt du mich entschuldigen. Ich muß packen.« Wieder lächelte er breit, und Brad fühlte sich an den entschlossenen Nicholas erinnert, den er so liebte. »Gleich morgen früh fahre ich. Ich glaube, ich habe in Boston noch etwas zu erledigen.«

In den Wochen vor Weihnachten spürte Glory, wie ihr Lebenswille langsam zurückkehrte. George McMillan war aus ihrem Backsteinhaus nicht mehr wegzudenken. Glory merkte, daß sie seine Heiterkeit, seinen Charme und seine Intelligenz mochte. In gewisser Hinsicht forderte George sie mehr heraus als jeder Mann vor ihm. Ihm lag etwas an ihrer Meinung, und er betrachtete sie als ebenbürtig. Immer enger hatte er sie in die Arbeit der Untergrund-Eisenbahn einbezogen, bis er schließlich, wie nicht anders zu erwarten, eine Woche vor Weihnachten mit einem jungen Paar im Schlepptau aufgetaucht war.

»Glauben Sie, Ihre Tante würde sie ein paar Tage in ihrem Keller verstecken? Auf die beiden wartet Arbeit in Kanada, aber sie brauchen ein paar Tage Rast.«

»Bringen Sie sie in den Salon, George. Ich spreche mit Tante Flo.« Dabei hatte sie das längst getan. Ihre Tante hatte ihr jede erdenkliche Hilfe zugesagt. Glory hatte den Verdacht, daß die alte Dame hoffte, ihre Nichte könne ihre mißliche Lage vergessen, indem sie anderen half.

Als Glory nach ein paar Minuten zurückkehrte, stellte sie sich den entlaufenen Sklaven vor. Das junge schwarze Paar tat es ihr gleich. Die beiden hießen Jackson und Belin.

»Die Abkürzung von Belinda«, erklärte die hübsche dunkelhäutige Frau. Sie hielt sich am Arm ihres muskulösen Gatten fest und schaute zu ihm auf. Aus ihren Augen strahlte tiefe Liebe, und das Lächeln auf ihren Lippen war voller Vertrauen und Bewunderung. Er erwiderte ihr Lächeln mit einem warmherzigen Blick, in dem ein Anflug von Begierde lag und der so mächtige Erinnerungen in Glory weckte, daß sie sich abwenden mußte.

»Wir sind Ihnen sehr dankbar, Missus«, meinte der große Schwarze. »Meine Frau und ich haben viel durchgemacht, bis wir hier angekommen sind. Aber jeder Tag hat sich gelohnt, und wenn er noch so hart war. Selbst die Luft schmeckt frei im Norden.«

Glory lächelte und legte ihre Hand auf seinen Arm. »Kommen Sie. Sie werden im Keller schlafen. Früher oder später wird jemand zu Besuch kommen.« Sie gelangten über die schmale Stiege nach unten. »Ich werde Ihnen nachher etwas zu essen hinunterbringen. Sie finden hier ein schönes breites Bett und jede Menge Decken.« Sie lächelte das junge, glücklich verliebte Paar verständnisvoll an. »Ich glaube, Sie werden es sehr gemütlich finden.«

Belin ergriff Glorys Hand und drückte sie an ihre vollen Lippen. »Danke, Missus. Ich und Jackson werden das Ihnen und den anderen nie vergessen.«

»Wir freuen uns, helfen zu können. Und jetzt ruhen Sie sich aus. Wir sehen uns morgen früh.« Oben an der Treppe wurde sie von George erwartet. Seine ruhige Miene verriet ihr seine Bewunderung.

»Sie wissen, in welche Gefahr Sie sich begeben?« warnte er sie zum zehnten Mal. Obwohl man im Norden allgemein für die Abschaffung der Sklaverei war, war die »Gesellschaft gegen Sklaverei« in Neuengland immer wieder angegriffen worden. Man hatte Mitglieder verprügelt, Zeitungen verbrannt und wiederholt Versammlungen gesprengt.

»Ich kann nicht länger neutral bleiben. Mein Bruder ist Mischling. Wie kann ich eine Institution dulden, die ihn zum Sklaven machen würde.«

»Sie sind eine unglaubliche Frau, Glory.«

Sie legte ihre schlanke Hand an seine Wange. »Und Sie sind ein guter Mann, George.«

Zwei Tage vor Weihnachten zog das junge schwarze Paar weiter. Glory, die nun keine Angst mehr vor der Entdeckung zu haben brauchte, konnte sich endlich wieder entspannen und auf die Feiertage freuen. Sie war jetzt im siebten Monat, und ihr runder Bauch trat hervor, doch ansonsten hatte sie nur wenig Gewicht zugelegt. Das Kind bewegte sich oft. Glory liebte ihre kostbare kleine Last. Insgeheim hoffte sie, daß es ein Junge war, ein Sohn, der genauso hübsch werden würde wie sein Vater.

Wieder ermahnte sie sich, daß sie sich ja eigentlich nichts mehr aus Nicholas Blackwell machte. Sie konnte unmöglich jemanden lieben, der sie so grausam behandelt hatte. Der Mann, den sie geliebt hatte, hatte nur in ihrer Einbildung existiert. Jener Mann, der ihr Leben ruiniert und sie sitzengelassen hatte, war der wahre Nicholas Blackwell – ein grausamer, gewissenloser Mensch, der die Frauen um seines Vergnügens willen zugrunde richtete und sie dann fortwarf wie wertloses Spielzeug. Doch dieses Wissen spendete ihr in den einsamen Winternächten nur wenig Trost.

Glory war fest entschlossen, Tante Flo nicht mehr mit ihren Problemen zu belasten. Sie half ihr statt dessen, das Haus zu schmücken. Stechpalmen- und Mistelzweige mußten gesammelt werden, Cranberries und Puffmais aufgefädelt und eine Girlande für die Tür geflochten werden. George kam mit einer riesigen Tanne zu ihnen, die sie am heiligen Abend schmückten.

Für die Feiertage wählte sie ein dunkelgraues Samtkleid aus, das mit seiner hohen Taille über ihren runden Leib paßte. Die Ärmel bauschten sich oberhalb der Ellbogen und lagen an den Unterarmen eng an. Die dunklen Kleider drückten nicht mehr nur die Trauer um ihren Vater, sondern auch die um ihren imaginären Ehemann aus. Da Nicholas aus ihrem Leben gegangen war, kam ihr das gar nicht so eigenartig vor.

Nach ihrem weihnachtlichen Festmahl, das aus Bratente mit einer Maisbrotfüllung und Pekannuß-Soße bestanden hatte, begaben sich Glory, George und Tante Flo wieder in den Salon. Glory saß in einem kunstvoll verzierten Mahagonisessel und nippte an einem Becher mit heißem Kakao, während George die letzten Girlanden an den Baum hängte. Die ersten Schneeflocken dieses Winters legten sich auf das Fensterbrett, und Sternsinger wanderten fröhlich singend über die Kopfsteinpflasterstraßen. George sah in seinem burgunderroten Frack mit Samtkragen besonders gut aus. Die wenigen Silbersträhnen in seinem hellbraunen Haar glänzten im Schein des lodernden Feuers. Es roch nach Zimt und Kuchen. Nachdem er die letzte Papiergirlande angebracht hatte, gesellte sich George zu Glory, wandte sich jedoch an Flo.

Er wirkte nervös und ziemlich durcheinander, und Glory fragte sich, warum.

»Florence, ich habe den ganzen Abend nach den richtigen

Worten gesucht. Da Sie Glorias engste lebende Verwandte sind, sollte ich Sie wahrscheinlich erst um Ihre Erlaubnis fragen. Aber lieber würde ich ohne große Vorreden Glory dies hier überreichen.« Er griff in seine Westentasche und zog eine kleine Samtschatulle heraus.

Glory sah zu ihm auf, nahm das Geschenk mit zitternder Hand entgegen und klappte den Deckel auf. Auf einem Bett aus weißem Satin glänzte ein feingeschmiedeter Diamant- und Saphirring.

»Ich weiß, daß seit dem Tod Ihres Gatten zu wenig Zeit vergangen ist, als daß ich um Ihre Hand anhalten könnte«, erklärte George. Sein Tonfall verriet, wie nervös er war. »Doch bitte ich Sie, einstweilen diesen Ring als Zeichen meiner Freundschaft anzunehmen – und mir zu versprechen, daß Sie den Antrag, den ich Ihnen machen möchte, zumindest bedenken werden.«

Glory traten Tränen in die Augen. Mit verschleiertem Blick sah sie zu ihm auf und schüttelte wortlos und langsam den Kopf. Dann reichte sie ihm die Schatulle zurück. »Es gibt so vieles, das Sie nicht wissen.«

»Das macht nichts«, widersprach er heftig. »Ich liebe Sie. Wenn Florence meint, daß ich zu Ihnen passe, dann möchte ich Sie zur Frau nehmen.«

»Ich fürchte, das ist unmöglich«, fuhr eine tiefe, männliche Stimme von der Tür her dazwischen. Jeremy hatte sich mit herausgestreckter Brust vor dem Mann aufgebaut und versuchte, ihn am Betreten des Zimmers zu hindern.

»Nicholas!« entfuhr es Glory. Das Wort war nur ein Hauch.

»Ich habe ihm gesagt, daß er nicht herein kann«, rechtfertigte sich Jeremy. »Er sollte draußen warten.«

»Es ist schon recht, Jeremy«, beschwichtigte Florence, die auf dem Polstersofa saß. »Ich habe Captain Blackwell erwartet.«

»Wer ist dieser Mann, Glory?« George stand vor ihr.

Glory brachte kein Wort heraus. Ihr Blick verharrte wie gebannt auf der großen, dunklen Gestalt in der offenen Tür. Nicholas trug einen eleganten schwarzen Gehrock, ein gestärktes weißes Hemd und einen weißen Stehkragen, über dem seine braune Haut noch dunkler wirkte. Er stand so kerzengerade und selbstbewußt da, wie sie ihn in Erinnerung hatte. Nur sein Gesicht hatte sich verändert. Winzige Falten standen auf seiner Stirn, und sein Mund wirkte weicher, fast verletzlich. Sein Blick ruhte auf ihr, als wäre niemand außer ihr im Raum.

»Glory?« George McMillan faßte ihre eisige Hand. »Ist alles in Ordnung? Ist dieser Mann ein Freund von Ihnen?«

Glory fuhr sich mit der Zunge über die trockenen Lippen. Sie konnte sich kaum auf das konzentrieren, was George sagte. Plötzlich versetzte ihr das Kind in ihrem Bauch einen Tritt, als wollte es sie daran erinnern, was Nicholas ihr angetan hatte, und Glorys Verblüffung verwandelte sich in kalten, finsteren Zorn.

»Captain Blackwell... so sollte ich Sie doch ansprechen, nicht wahr?« Sie richtete sich auf, das Kinn trotzig vorgereckt. »Captain Blackwell ist lediglich ein Bekannter, mehr nicht.«

»Kommen Sie doch herein, Captain«, sagte Florence. »Ich bin Glorias Tante Florence. Dies ist George McMillan.« Keiner der beiden Männer streckte die Hand aus. Knisternde Spannung lag in der Luft.

»Nachdem Sie uns auf so grobe Weise gestört haben, Captain Blackwell«, sagte George, »könnten Sie mir wenigstens erklären, warum Mrs. Hatteras und ich nicht heiraten sollten.«

»George, bitte«, flehte Glory. »Ich werde Ihnen später alles erklären.«

»Ich erkläre es Ihnen auch gerne sofort«, beschied ihm Nicholas, arroganter als je zuvor. »Mrs. *Hatteras* kann Sie nicht heiraten, weil sie mich heiraten wird.«

»Was?« Glory sprang auf. »Hast du den Verstand verloren? Du kannst mich nicht einmal leiden. Weshalb um alles in der Welt solltest du mich heiraten wollen?«

»Glory, Liebling«, mischte sich ihre Tante ein, »bitte reg' dich nicht auf. Denk an das Kind.«

Florence wandte sich an George, der sich beschützend vor Glory gestellt hatte. »George, es wäre wohl besser, wenn Sie uns alleine ließen. Wir haben etwas zu besprechen.«

George schaute Glory an. »Wünschen Sie das ebenfalls?«

Sie wollte verneinen, wollte ihm sagen, daß sie ihn brauchte. Daß sie es nicht ertragen konnte, in einem Zimmer mit Nicholas Blackwell zu sein. Sie hatte längst beschlossen, George die Wahrheit über das Kind in ihrem Bauch zu sagen, aber sie wollte den geeigneten Zeitpunkt dafür abwarten. Sie wollte ihn nicht vor Nicholas bloßstellen.

»Wahrscheinlich wäre es am besten, wenn Sie heimgingen«, sagte sie statt dessen. »Ich werde Ihnen morgen alles erklären.«

George ergriff ihre kalten Hände. »Was Sie mir auch sagen werden, es wird nichts ändern«, versicherte er ihr leise. »Ich liebe Sie. Ich will Ihnen und dem Kind ein Heim geben.«

Glory drückte seine Hände. »Das kommt alles so schnell. Lassen Sie mir etwas Zeit, George.«

Er nickte, küßte sie auf die Wange und verließ, nachdem er kurz innegehalten und Nicholas warnend angesehen hatte, steif das Haus.

Nicholas schaute ihm nach. Das alles hatte er nicht gewollt. Er hatte sanft sein wollen, hatte alles erklären und Glory um Vergebung bitten wollen, um schließlich um ihre Hand anzuhalten. Er seufzte leise. Sobald es um Gloria Summerfield ging, spielte ihm seine Eifersucht übel mit. Ehe er ihr begegnet war, hatte er gar nicht gewußt, daß er zu solchen Gefühlen fähig war.

»Warum setzen Sie sich nicht, Captain?« lud ihn Tante Flo mit vollendeter Höflichkeit ein.

»Nicholas«, verbesserte er. Er trat an den Stuhl neben Glory. »Ich weiß, daß heute Heiligabend ist«, entschuldigte er sich. »Ich bin so schnell gekommen, wie ich konnte.«

Glory lachte bitter. »Wo warst du? Auf Island?... Warum bist du hergekommen, Nicholas?«

Wie sollte er es ihr nur erklären? Wo sollte er beginnen? Wie könnte er sich ihr je verständlich machen? Obwohl er sich seit seiner Abreise aus New York auf diesen Augenblick vorbereitet hatte, fehlten ihm jetzt die Worte. Er schämte sich so sehr, daß er am liebsten aus dem Raum geflohen wäre, ohne sich auch nur einmal umzusehen.

Aber Nicholas war kein Feigling. »Ich bin gekommen, um mich für das zu entschuldigen, was ich dir angetan habe. Es hat keinen Zweck, dich lange um Verzeihung zu bitten. Entweder verzeihst du mir oder nicht, deshalb werde ich das hier nur einmal sagen. Ich war ein Narr. Ich habe das Schlimmste von dir geglaubt und dir nicht einmal Gelegenheit gegeben, mir alles zu erklären. Jetzt kenne ich die Wahrheit. Das Kind in deinem Bauch ist von mir. Ich möchte dich heiraten, Glory. Ich möchte, daß unser Kind seinen rechtmäßigem Namen trägt.«

Glory starrte ihn fassungslos an. »Wie kommst du darauf, daß es deins ist?« fragte sie trotzig. Sie bemerkte, daß er nicht einmal mit der Wimper zuckte.

»Weil du Jungfrau warst. Weil alles, was ich ursprünglich geglaubt habe, stimmt.«

»Ich *war* Jungfrau, Nicholas. Woher willst du wissen, daß es seither keinen anderen gab? Wie kannst du so sicher sein, daß es dein Kind ist?«

Er wollte sie berühren. Sie in seine Arme ziehen. »Ist das Kind, das du trägst, von mir?« Diesmal wußte er ohne jeden Zweifel, daß sie nicht lügen würde.

»Zur Hölle mit dir! Zur Hölle!«

»Es ist mein Kind, nicht wahr?«

»Ja.«

Nicholas spürte, wie ihn eine Woge nie gekannter Freude überschwemmte. »Morgen heiraten wir. Dann ziehen wir auf mein Landhaus in Tarrytown. Meine Stiefmutter lebt zur Zeit dort, aber sie kann ins Stadthaus ziehen. Sie ist sowieso lieber in der Stadt.«

»Wie kannst du es wagen?« fauchte Glory. »Wie kannst du es wagen, am Heiligen Abend in meine Wohnung einzudringen und dich aufzuführen, als gehörtest du hierher? Verschwinde aus diesem Haus, Nicholas. Früher einmal hätte ich alles gegeben, um diese Worte aus deinem Mund zu hören. Aber das ist vorbei. Ich liebe dich nicht mehr. Nichts, was du sagst oder tust, kann mich jemals dazu bringen, dich zu heiraten.«

Sein Mund wurde schmal, aber sein Blick war traurig, nicht hart. »Dann wirst du also diesen McMillan heiraten?«

Sie zögerte nur einen Augenblick. »Ja. Ihm ist egal, wer der Vater des Kindes ist. Er will mich trotzdem.«

»Das kann ich gut verstehen«, erklärte er leise. Mit beherrschter Miene stand er auf und ging zur Tür. Glory kämpfte gegen das plötzliche Bedürfnis, ihn zurückzuhalten.

Im letzten Moment drehte er sich um und schaute sie noch einmal an. »Liebst du ihn?«

Sie fuhr sich mit der Hand an die Kehle. »Was?« flüsterte sie.

»Liebst du ihn?«

Sie schluckte schwer. »George McMillan ist der freundlichste, verständnisvollste Mann, der mir je begegnet ist. Er behandelt mich wie eine Dame. Er achtet meine Meinung. Er ist gütig, sieht gut aus und –«

»Liebst du ihn?«

»Ich werde ihn heiraten.«

Einen Augenblick stand er stocksteif da. Dann lächelte er, und sein Gesicht hellte sich auf wie damals am Strand. In diesem Moment sah er fast spitzbübisch aus, und Glory spürte, wie das Eis, das ihr Herz umgab, zu schmelzen begann.

»Du wirst *mich* heiraten«, prophezeite er. Dann drehte er sich um und verschwand aus dem Zimmer.

Die Uhr tickte laut. Glory blieb wie angewurzelt stehen.

»Ist alles in Ordnung, mein Liebling?« fragte Tante Florence. Mit raschelnden Seidenröcken eilte sie zu ihrer Nichte.

»Ja, Tante Flo.« Glory vermochte kaum den Blick von der Tür abzuwenden. Ihre Stimme klang schwach und zitterte. »Ich bin nur müde, sonst nichts. Entsetzlich müde.«

»Wir werden uns morgen über alles unterhalten. Wenn du ausgeruht bist. Du wirst dich besser fühlen, wenn du geschlafen hast.«

Glory nickte. Sie ließ sich von ihrer kleinen Tante fortziehen, dann die Treppe hinaufführen und ins Bett bringen.

»Tante Flo?«

»Ja, Liebes?«

»Warum hast du Jeremy gesagt, daß du Captain Blackwell erwartet hättest?«

»Weil ich das habe. Ich wußte, daß du und dein Vater euch nicht beide im selben Menschen so irren konntet.«

16. Kapitel

»Hast du sie gesehen, Junge?« Mac blieb neben ihm stehen. Nicholas stand, immer noch in seinen schwarzen Gehrock gekleidet, an der Reling der *Black Witch* und starrte auf das spiegelglatte Wasser.

»Ich habe sie gesehen.« Sie waren im Bostoner Hafen, in der Nähe des Marinehafens von Charleston, vor Anker gegangen. Auf den Trockendocks lagen ein paar Schiffe, die wie Geisterschiffe aussahen, denn die Arbeiter waren am Weihnachtsabend zu Hause.

»Und wie hat sie ausgesehen?« Mac konnte seine Aufregung kaum verbergen. Nicholas drehte sich zu ihm um, und Mac fiel auf, daß die Blässe, die seinen Freund während der letzten Monate gekennzeichnet hatte, verflogen war.

»Sie sah wunderschön aus«, erklärte ihm Nicholas. »Sie ist vielleicht ein bißchen zu blaß, aber trotzdem wunderschön.«

Als er nicht weitersprach, drängte Mac: »Erzähl schon, Junge, was hat sie gesagt?«

Nicholas sträubte sich ein wenig, doch seine grauen Augen strahlten. »Sie sagt, daß sie George McMillan heiraten wird.«

»Wer ist George McMillan? Und wie, zum Teufel, kannst du dich darüber so freuen?« Mac trat vor Aufregung von einem Bein aufs andere.

Nicholas lächelte. Ihm fiel auf, wie oft er das in letzter Zeit wieder gekonnt hatte. »Weil ich ihr erklärt habe, daß sie *mich* heiraten wird. Und genau das wird sie auch tun.« In seinen Augen blitzte jene Entschlossenheit auf, die aus einem verängstigten kleinen Jungen, der von zu Hause fortgelaufen war, den Herrn über ein riesiges Schiffahrtsimperium gemacht hatte.

Mac versetzte ihm einen Hieb auf den Rücken. »Das ist mein Nicholas! Sie liebt dich, Junge. Früher oder später wird sie dir verzeihen.«

Nicholas' Lächeln erlosch. »Da bin ich mir nicht so sicher, Mac. Aber McMillan liebt sie auch nicht, deshalb kann sie genausogut mich heiraten. Sie wird alles haben, was sie sich nur wünschen kann. Außerdem trägt sie mein Kind. Ich werde dafür sorgen, daß er anständig erzogen wird.«

»Du bist überzeugt, daß es ein Sohn wird?«

»Ein Junge wäre mir natürlich lieb, aber ein kleines Mädchen wie Glory... wie könnte ich da enttäuscht sein?«

»Du bist ein guter Kerl, Nicholas. Ich habe das immer gewußt. Nur du selbst hast es eine Weile vergessen.«

Nicholas nickte. »Ich glaube, ich lege mich schlafen. Ich werde morgen meine ganze Kraft brauchen, wenn ich mich dieser streitbaren Blondine stelle.«

Mac kicherte nur. Nicholas holte tief Luft, füllte seine Lungen mit der salzigen Seeluft. Die Sterne funkelten über ihm; es hatte aufgehört zu schneien. Die Luft war so kalt und klar, daß die silberne Mondsichel zum Greifen nah schien. Er fühlte sich wieder jung und voller Hoffnung. Er war froh, am Leben zu sein.

»Ich habe mit Reverend Markham in King's Chapel gesprochen. Er wird uns sofort nach dem Weihnachtsgottesdienst trauen.« George McMillan nahm Glorys Hände.

»Aber ich bin noch in Trauer.«

»Bestimmt würde Ihr Vater das verstehen. Sie müssen an das Kind denken. Außerdem kann sich niemand mehr zwischen uns stellen, wenn Sie erst meine Frau sind.«

»Wahrscheinlich haben Sie recht, George. Es kommt bloß alles so... plötzlich.« Glory schaute zu ihrer Tante hinüber, die mit besorgter Miene auf dem Sofa saß. »Tante Flo?«

»Nur du selbst kannst entscheiden, was das Beste für dich und das Kind ist.« Sie sah McMillan an. »Sie sind einer der besten Menschen, die mir je begegnet sind, George McMillan. Sie wären ein guter Gatte für meine Nichte, und ich wäre stolz, Sie zu meiner Familie zählen zu dürfen. Aber Glory muß sich überlegen, was für sie und für das Kind am besten ist. Captain Blackwell ist der Vater des Kindes. Er hat sie gebeten, ihn zu heiraten. Sie sollte dieses Angebot nicht leichtfertig ausschlagen.«

»Wie üblich hat mich Captain Blackwell keineswegs gebeten«, widersprach Glory. »Er hat es mir befohlen. Das ist etwas ganz anderes.«

»Du bist eine dickköpfige junge Frau, Glory. Der Zorn über etwas Vergangenes sollte nicht deine Entscheidungen für die Zukunft beeinflussen.«

»Ich kann ihn nicht heiraten, Tante Flo. Ich könnte ihm nie wieder trauen. Ich würde in ständiger Angst davor leben, daß er mich wieder so grausam behandelt.«

»Und George?« drängte sie.

»George ist mir ein Freund und Gefährte.« Sie sprach über George McMillan, als wäre er nicht anwesend. »Er respektiert mich und ich respektiere ihn. Ich werde ihm eine gute Frau sein.«

Florence seufzte. »Dann mußt du Georges Antrag annehmen.«

Glory drehte sich zu dem gutaussehenden Mann mit den warmen braunen Augen um. »Ich brauche nur ein paar Minuten zum Umziehen. Eine Frau heiratet schließlich nur einmal im Leben.«

George begleitete sie zur Treppe. »Sie machen mich zum glücklichsten Menschen auf der ganzen Welt.«

Glory nickte nur. Ihre Kehle war wie zugeschnürt, und Tränen brannten ihr in den Augen. Sie sollte lächeln, nicht weinen, dachte sie, sie müßte glücklich und nicht traurig sein. Es geschah alles viel zu schnell, versuchte sie sich zum hundertsten Mal einzureden. Als sie die Treppe hinaufeilte, war sie sich des Kindes deutlicher bewußt als je zuvor. Tat sie wirklich das Richtige? Es war genausogut Nicholas' Kind wie ihres. Dann sah sie plötzlich den gefühllosen Kapitän vor sich, der sie verführt und verstoßen hatte. Der brutal sein konnte wie niemand, dem sie zuvor begegnet war. George McMillan würde ihr Kind aufziehen; nicht Nicholas Blackwell. Sie richtete die Schultern auf und eilte in ihr Zimmer.

»Ich möchte Mrs. Hatteras besuchen«, erklärte Nicholas dem kleinen Butler, der ihm den Eingang versperrte.

»Mrs. Hatteras ist nicht zu Hause.« Der Butler versuchte, die Tür zuzuwerfen, aber Nicholas hatte schon seinen Stiefel in den Spalt gestellt.

»Wo ist sie?«

Er erhielt keine Antwort.

Nicholas drückte die Tür so heftig auf, daß er den Butler beinahe umstieß. Er stampfte durch das Haus, bis er sich davon überzeugt hatte, daß der Mann die Wahrheit gesagt hatte, dann kehrte er in die Eingangshalle zurück. Jeremy hatte sich nicht vom Fleck gerührt, sondern war kerzengerade stehengeblieben.

»Ich habe Sie schon einmal gefragt. Ich werde die Frage noch ein einziges Mal freundlich stellen. *Wo ist Glory?*«

Jeremy schaute schnell auf die Uhr. Eben schlug sie die halbe Stunde. »Sie ist zur Kirche gegangen.«

»Welche Kirche? Und sagen sie lieber die Wahrheit.«

»King's Chapel. Aber Sie kommen zu spät. Sie ist bereits mit Mr. McMillan verheiratet.«

Nicholas fluchte, daß es wie ein Zischen klang. Er biß die Zähne zusammen und stürzte zur Tür hinaus. King's Chapel war nur ein paar Straßen weit entfernt. Er lief die Beacon Street hinab und bog auf die School Street ab. Die alte Kirche stand an der Kreuzung zur Tremont Street, nur noch zwei Blocks entfernt. Nicholas rannte die Straße entlang, daß die Stiefel auf die Pflastersteine knallten. Er stürmte die Treppe hinauf in die leere Vorhalle. Vorn in der Kirche sah er Glory neben McMillan am Altar stehen. Er hörte den Priester sprechen – die Zeremonie hatte gerade erst begonnen.

Nicholas hielt sich an einer Kirchenbank fest, bis er wieder zu Atem gekommen war und sich das Herzklopfen etwas gelegt hatte. Glory klammerte sich an McMillans Arm. Ihr Gesicht war wächsern und ihr Lächeln wirkte wie angeklebt, als fürchtete sie, daß es sich jeden Augenblick auflösen könnte. In ihrem eleganten, pflaumenfarbenen Samtkleid sah sie noch zerbrechlicher aus als gestern. McMillan, der einen schwarzen Schwalbenschwanz und ein Rüschenhemd trug, lächelte sie an. Nicholas spürte, wie Eifersucht in ihm aufwallte. Er atmete tief durch und zwang sich zur Selbstbeherrschung. Dann schritt er den Gang hinunter bis vor den Altar.

»Verzeihung, Sir, aber hier liegt eine Verwechslung vor«, erklärte er dem Priester ruhig. »Sie haben den falschen Bräutigam.«

»Wer sind Sie?« Der Priester starrte Nicholas verständnislos an.

»Woher wissen Sie, daß wir hier sind?« wollte George wissen.

Glory hatte nur Augen für Nicholas Blackwell, der groß und imposant und mit einem Lächeln, das ganz allein ihr galt, vor ihr stand. Eine unbändige Freude loderte in ihr auf, daß sie sich fast schämte. Denn es machte sie auch wütend, daß er immer noch so eine Wirkung auf sie ausübte.

»Mr. Markham«, erklärte sie mit vorgetäuschter Ruhe, »würden Sie bitte mit der Zeremonie fortfahren?«

»Nicht, ehe wir uns unterhalten haben.« Nicholas packte sie am Arm und zog sie sanft zur nächsten Kirchenbank, wo sie gerade außer Hörweite der anderen waren.

»Lassen Sie sie los«, verlangte George McMillan, der sie eingeholt hatte. Glory hätte am liebsten geschrien. Erst wollte sie keiner haben; jetzt rauften sich gleich zwei Männer um sie. Tante Flo saß auf der anderen Seite des Mittelganges, und Glory war sicher, daß sie ein verstohlenes Lächeln auf den Lippen der alten Dame entdeckt hatte.

»Laß mich mit ihm reden, George«, beschwichtigte sie McMillan. »Es dauert nur einen Augenblick.«

George ließ ihren Arm los, und Nicholas führte sie in die Kirchenbank.

»Ich will, daß du mich heiratest«, begann Nicholas.

»Nein.«

»Du trägst schließlich mein Kind. Du mußt mich heiraten, Glory, und sei es allein deswegen.«

»George wird ihm ein guter Vater sein. Er hat genug Geld; ich übrigens auch. Es wird dem Kind an nichts fehlen.«

Nicholas spürte Zorn aufflammen. »Darum geht es doch gar nicht, oder? Ich will das Kind, und selbst wenn du es mir nicht glauben solltest, ich will auch dich. Du wirst mich heiraten, dabei bleibt es.«

»Und wie willst du mich dazu zwingen?«

Nicholas sah sie scharf an. Er hatte gehofft, daß sie sich einsichtig zeigen würde, und zu anderer Zeit wäre das bestimmt so gewesen. Aber er hatte nicht mit McMillan gerechnet. »Wenn du mich nicht augenblicklich heiratest, dann mache ich dir einen Riesenskandal. Ich habe das schließlich schon einmal gemacht. Ich werde überall in Boston herumerzählen, daß das Kind von mir ist. Ich werde euch allen die Chance nehmen, jemals glücklich zu werden.«

Ihr verzweifelter Blick zeigte, wie verraten sie sich fühlte. Es war ihm, als stieße sie ihm mit diesem Blick ein Messer ins Herz.

»Das würdest du deinem Kind antun?«

»Was glaubst du?« fragte er. Und schrie innerlich auf, als sie antwortete.

»Natürlich würdest du das tun. Du würdest alles tun, um deinen Kopf durchzusetzen. Das hast du immer getan.«

Wie gern hätte er ihr gesagt, daß sie sich irrte. Daß er sie oder das Kind nie mehr verletzen würde. Daß er sie gehen lassen würde, wenn sie George McMillan wirklich liebte. Daß er, wenn sie erst verheiratet wären, den Rest seines Lebens alles wiedergutmachen wollte, was er ihr angetan hatte. Aber kein Wort kam über seine Lippen – es stand zuviel auf dem Spiel. Seine Liebe zu ihr. Ihre Liebe, die er wiederzuerwecken hoffte. Das Kind, das sie in ihrem Leib trug.

»Dann beenden wir die Zeremonie«, sagte er nur.

Glory kehrte zum Altar zurück, ohne George McMillan in die Augen zu schauen. »Der Captain hat recht, Mr. Markham. Ich wollte gerade den Falschen heiraten. Bitte fangen Sie noch einmal an. Das ist Nicholas Blackwell – mein Bräutigam.«

George eilte zu ihr. »Glory, was sagst du da? Hat dich dieser Wahnsinnige bedroht?«

»Es ist sein Kind, George. Ich kann es nicht ändern.«

»Glory, bitte, es muß eine andere Lösung geben.«

»Nein, George. Ich will dir nicht weh tun. Ich bitte dich für alles, was passiert ist, um Verzeihung. Ich hoffe, du denkst nicht schlecht von mir.«

»Ich liebe dich, Glory. Wie sollte ich schlecht von dir denken?«

»Es ist wohl am besten, wenn du uns jetzt allein läßt.«

Doch George McMillan ließ sich nicht so einfach wegschikken. Er richtete sich zu voller Größe auf und drehte sich zu Nicholas um. »Captain Blackwell, ich verlange Satisfaktion.«

»O Gott, bitte nicht«, flüsterte Glory. Nicht auch das noch! »Bitte, George«, flehte sie. »Tu es nicht. Er wird dich umbringen. Duellier dich nicht mit ihm, bitte!«

»Hören Sie auf die Dame, George«, bestätigte Nicholas ohne jede Arroganz. »Sie sind bestimmt ein guter Mensch. Sie brauchen nicht zu sterben.«

»Ich fordere Satisfaktion. Sind Sie nicht nur ein Schuft, sondern ein Feigling dazu?«

Nicholas kämpfte den aufsteigenden Zorn nieder. Vor einem Monat noch hätte er keine Sekunde lang gezögert. Jetzt sah er Glory an, die kurz vor einem Nervenzusammenbruch zu sein schien, und dann wieder auf George McMillan. Er wünschte, er könnte ihr weiteres Leid ersparen. McMillan hatte sich vor ihm aufgebaut und wartete auf eine Antwort. Offensichtlich würde der Mann nicht nachgeben. »Können Sie bis morgen früh warten?« erklärte er mit einer Lässigkeit, die er nicht empfand. »Schließlich ist heute mein Hochzeitstag.«

McMillans Gesicht wurde blutrot vor Zorn.

»Morgen früh bei Tagesanbruch. Direkt unterhalb von Breed's Hill liegt ein kleiner Hain. Wir treffen uns dort.«

»Wie Sie wünschen.«

George drehte sich um, stürmte den Mittelgang hinunter und warf sich mit solcher Wucht gegen die Kirchentür, daß Glory fürchtete, sie würde zerbersten.

»Bitte, Nicholas«, sagte sie flehentlich. »Tu das nicht.«

»Jetzt werde ich nur eines tun – dich heiraten.« Er nahm ihre kalte Hand und schob sie in seine warme Armbeuge. Glory spürte den glatten Stoff seines schwarzen Serge-Rockes unter ihren kalten Fingern. Sie war wütend und verängstigt. Am liebsten hätte sie sich umgedreht und wäre davongelaufen.

»Machen wir weiter?« fragte Nicholas den Priester, bevor sie ihre Idee in die Tat umsetzen konnte. Seine Augen waren so sanft, wie sie sie nur selten gesehen hatte. Sein Blick und seine starke Hand halfen ihr, die tobende Angst zu besiegen.

»Vertrau mir, Liebe. Alles wird gut.«

»Ich habe dir schon einmal vertraut«, antwortete sie. Er zuckte merklich zusammen.

Die Zeremonie ging ruhig vorüber. Glory nahm kaum etwas wahr. Nicholas legte ihre steifen, kleinen Finger in seine große Hand, und sie spürte seine Kraft und seine Ausstrahlung. Etwas davon schien in sie zu fließen und verlieh ihr den nötigen Mut. Tante Flo saß still und aufrecht und tupfte sich die Tränen aus den Augenwinkeln.

Als der Priester nach dem Ring fragte, zog Nicholas zu Glorys Überraschung eine kleine Samtschatulle aus seiner Tasche.

»Ich wollte dir schon gestern abend einen Antrag machen, aber… ich hoffe, er gefällt dir.«

Er streifte ihr den Ring mit dem geschliffenen Diamantsolitär über den Finger. Das Feuer in dem Stein leuchtete in allen Regenbogenfarben. Glory verriet ihm nicht, wie gut ihr der schlichte und doch so kostbare Ring gefiel. Es machte sie nur noch wütender, daß er ihren Geschmack so genau getroffen hatte.

Als die Zeremonie zu Ende war, kehrten sie in das Haus zurück, wo ein Weihnachtsessen auf die Frischvermählten wartete. Es gab Gänsebraten in Austernfond, frisch gedämpftes Gemüse, hausgemachte Preiselbeersoße und Hackfleischpastete. Mit keinem Wort wurde erwähnt, daß Glory inzwischen ihren Bräutigam ausgetauscht hatte.

Glory sprach kein einziges Mal mit Nicholas. Sie war wütend und grollte ihm. Schon wieder hatte er sich, ohne sie zu fragen, in ihr Leben gedrängt. Alles, wofür sie sich eingesetzt hatte – ihre Unabhängigkeit, das Leben, das sie sich in Boston aufgebaut hatte, ihre Überzeugungen – stand auf dem Spiel, weil er sich einmischte.

Sie liebte ihn nicht mehr, davon war sie überzeugt. Alles, was sie einmal für ihn empfunden hatte, war längst verloren. Widerstrebend mußte sie sich eingestehen, daß er sie immer noch aufwühlte. Aber das war nur körperliche Lust, keine Liebe. Sie hatte inzwischen gelernt, sich vor ihrer Leidenschaft in acht zu nehmen. Ihr Vater war ein leidenschaftlicher Mensch gewesen; sie hatte diese Eigenschaft von ihm geerbt. Sie weigerte sich, darüber nachzudenken, daß George McMillan niemals irgendwelche Leidenschaften in ihr geweckt hatte.

Wohin sie auch ging, Nicholas ließ sie keinen Moment aus den Augen. Er war nie mehr als ein paar Schritte von ihr entfernt, und sein Blick war warm und freundlich. Er und Tante Flo unterhielten sich angeregt. Ihre Tante hatte mehrmals vergeblich versucht, Nicholas von seinem Duell mit George abzubringen. Glory fürchtete, daß die alte Dame Nicholas' Charme immer mehr erlag.

Nach dem Essen unterhielt sich Nicholas mit Jeremy. Glory beobachtete sie und fragte sich, worüber sie wohl sprechen mochten.

»Jeremy?« Nicholas paßte den Butler im Foyer ab. »Ich würde mich gerne kurz mit Ihnen unterhalten.«

Der kleine Butler nickte steif. Den ganzen Abend war er mürrisch gewesen. Ganz offensichtlich hatte er ein schlechtes Gewissen, weil er Glorys Heiratspläne verraten hatte.

»Bestimmt glauben Sie, daß Sie Glory einen Bärendienst erwiesen haben«, sagte Nicholas. »Sie glauben, sie würde als Frau von George McMillan glücklicher werden.«

Der kleine Mann starrte unverwandt zur Decke, irgendwo hinter Nicholas' Schulter.

»Ich kann Ihnen nur versichern, daß ich sie liebe. Ich wünsche mir mehr als alles andere in der Welt, daß sie glücklich wird. Wenn ich nicht fest davon überzeugt wäre, daß ich sie glücklich machen kann, dann hätte ich sie nicht zu dieser Heirat gezwungen. Bitte glauben Sie mir das. Sie brauchen sich keine Gewissensbisse zu machen. Ich verspreche Ihnen, daß Sie Ihre Tat nicht bereuen werden.«

Jeremy Wiggins war verblüfft. In all seinen Dienstjahren hatte sich noch nie ein Herr von gleich zu gleich mit ihm unterhalten. Noch nie hatte es ein Mitglied der Oberschicht für nötig erachtet, einem Diener seine Handlungen zu erläutern – nicht einmal George McMillan hatte das getan. Jeremy sah zu, wie der großgewachsene Kapitän auf den Platz neben seiner Braut zurückkehrte und ihre Hand in seinen Schoß zog. Er begann den Mann zu bewundern, den er eigentlich hatte hassen wollen. Er hatte das unbestimmte Gefühl, daß er, ohne es zu wollen, das Richtige getan hatte.

Je später es wurde, desto nervöser wurde Glory. Nicholas dagegen, der neben ihr auf dem Polstersofa im Wohnzimmer saß, wirkte vollkommen entspannt. Er bemühte sich nicht, sie in das Gespräch einzubeziehen, sondern plauderte höflich mit Tante Flo, ganz als wären er und Glory tatsächlich das glücklich getraute Paar, das sie zu sein schienen. Glory mußte sich beherrschen, um nicht aus dem Zimmer zu laufen. Wie konnte er nur so selbstzufrieden sein! Himmel, der Mann hatte ihr die Unschuld geraubt, ihren Ruf ruiniert und sie gegen ihren Willen zu einer Heirat gezwungen! Wer vermochte zu sagen, was für Gemeinheiten er sich ausdachte?

Alle paar Minuten wanderte ihr Blick zur Treppe hin. Bestimmt würde er nicht auf seinem ehelichen Recht bestehen, solange sie ein Kind im Leib trug. Aber es gab Männer, die das taten. Sollte das Kind tatsächlich so schwächlich sein, wie der Arzt befürchtete, dann konnte es Schaden nehmen, wenn sie sich liebten. Bestimmt würde Nicholas sie verstehen, wenn sie ihm von ihren Ängsten erzählte. Bestimmt lag ihm die Sicherheit des Kindes ebenso am Herzen wie ihr.

Aber als sie einen Blick in diese hellgrauen Augen wagte, sah sie den alten Hunger darin, und Angst überfiel sie wieder. Wären Tante Flo und die wenigen Diener im Haus in der Lage, ihm Einhalt zu gebieten? Oder würde er sie aus dem Haus schleppen und verlangen, daß sie mit ihm in seiner Schiffskabine schlief? Sie wußte, wie grausam er sein konnte. Sie konnte ihm nicht trauen.

Glory schluckte schwer und spielte nervös an den Falten ihres pflaumenfarbenen Rockes, bis sie Nicholas' warme Hand an ihrer Wange spürte. Er drehte ihr Gesicht zur Seite, bis sie ihm in die Augen sehen mußte.

»Wovor hast du Angst?« fragte er leise.

»Wie kommst du darauf, daß ich Angst habe?« Sie reckte trotzig ihr Kinn. Aber sie warf unwillkürlich einen kurzen Blick zur Treppe hin, und der Blick in Nicholas' grauen Augen wurde wärmer.

»Du hast früher gern bei mir gelegen«, neckte er sie, doch Glory lächelte nicht.

»Ich... ich mache mir Sorgen um das Kind.«

»Das Kind?« fragte er ungläubig.

Sie versteifte sich, denn plötzlich wurde ihr klar, wie lächerlich das klingen mußte. »Es tut mir leid. Du mußt mich für verrückt halten. Bestimmt interessierst du dich nicht für eine Frau mit einer Figur wie ein Mehlsack.«

Er lachte leise. Es klang wie leises, fernes Grollen in seiner breiten Brust. »Vielleicht glaubst du das, aber du kannst sicher sein, daß dem nicht so ist.« Sein Blick senkte sich auf ihre Brüste, die während der Schwangerschaft voller geworden waren. »Du siehst wunderschön und sehr fraulich aus, und ich begehre dich genauso wie früher. Aber ich werde dich zu nichts zwingen.«

»Es wäre nicht das erste Mal«, widersprach sie mit plötzlich erwachsendem Kampfgeist.

»Es war falsch von mir, das zu tun.« Er legte seine Handfläche auf ihren Bauch, und die Wärme seiner Hand breitete sich durch ihren ganzen Körper bis zu den Zehen aus. »Du brauchst keine Angst zu haben. Ich werde erst in dein Bett kommen, wenn du dazu bereit bist.« Liebevoll betrachtete er ihr Gesicht. »Ich will dieses Kind ebensosehr wie du. Ich werde nichts tun, womit ich ihm schaden könnte. Heute nacht kehre ich auf mein Schiff zurück. Du kannst dich die ganze Woche auf die Reise nach Tarrytown vorbereiten. Ende nächster Woche werden wir dort ankommen. Ich möchte, daß du dich in unserem neuen Heim eingerichtet hast, bevor es dir zu beschwerlich wird.«

»Aber ich…«

»Was denn?«

»Es ist nicht so wichtig.«

»Sag schon.«

»Nein.«

»Bitte.«

Das Wort klang aus Nicholas' Mund so ungewohnt, daß sie sich erweichen ließ. »Du wirst mich für feige halten.«

»Niemals.«

»Ich habe nur daran gedacht, was ist… wenn das Kind kommt. Wäre es dir recht, wenn Tante Flo mir beistehen würde?«

»Natürlich. Auch deine Mutter, wenn du möchtest.«

Ihre Mutter. Seltsam. Sie hatte kaum an ihre Mutter gedacht, seit sie Summerfield Manor verlassen hatte. Sie waren sich einander wohl doch immer fremd geblieben. Ein paarmal hatte sie ihr geschrieben, aber nie hatte sie das Kind oder die Umstände erwähnt, die sie in die Ferne getrieben hatten. Es waren oberflächliche, bedeutungslose Briefe gewesen.

In den Antwortbriefen hatte ihre Mutter gefordert, daß sie nach Summerfield Manor zurückkommen solle – zusammen mit Nathan. Sie habe Pflichten, hatte ihre Mutter gemahnt, und trage Verantwortung. Zwischen den Zeilen las Glory heraus, daß sie ihre Beziehung zu Eric Dixon wieder zum Leben erwecken sollte. Damit die beiden Plantagen zusammenwachsen konnten. Nach allem, was Glory durchgemacht hatte, erschien ihr das lächerlich.

Sie wandte den Blick ab. »Danke«, sagte sie lediglich.

»Es war ein langer Tag für dich. Ich gehe zwar äußerst ungern, aber ich glaube, du braucht deinen Schlaf.« Er lächelte. »Bringst du mich wie eine richtige junge Braut zur Tür?«

Ihr Kopf schoß hoch. »Wenn du mir versprichst, dich morgen früh nicht mit George McMillan zu duellieren.«

Seine Miene verdüsterte sich. »Er hat mir keine andere Wahl gelassen. Nichts soll mehr zwischen uns stehen. Niemand soll sagen, du hättest einen Feigling geheiratet.«

»Nicholas, ich flehe dich an.«

»Nein.«

»Das bist du mir schuldig. Ich habe dich noch nie um etwas gebeten. Jetzt bitte ich dich.«

Er streichelte ihre Wange und atmete langsam und tief durch. »Wir sehen uns morgen.«

»Nachdem du George umgebracht hast?« fragte sie. Sie konnte sich kaum noch beherrschen. »Wenn du ihm etwas antust, Nicholas, dann werde ich dir das nie vergeben.«

»Schlaf gut, Liebe.« Er eilte mit großen Schritten aus dem Raum.

Glory stieg die Treppe zu ihrem Zimmer hoch, hin- und hergerissen zwischen Wut und Verzweiflung. Wenn sich Nicholas im Morgengrauen mit George duellierte, würde George bestimmt verwundet oder getötet. George war ein Gentleman, kein Kämpfer. Es überraschte sie, daß er überhaupt mit einer Waffe umgehen konnte. Sie hatte Nicholas angefleht, doch wie üblich hatte er sie ignoriert. Sie schlug mit der Hand so fest aufs Geländer, daß das Geräusch durch das leere Treppenhaus schallte. Zum Teufel mit ihm! Zur Hölle mit ihm! George hatte ganz recht, er war ein Schweinehund, und doch... wenn sie ihn ansah, spürte sie die gleiche unwiderstehliche Anziehungskraft wie eh und je. Was hatte Nicholas Blackwell an sich, das ihren gesunden Menschenverstand so vollkommen außer Kraft setzte?

Glory konnte keine Antwort darauf finden, während sie sich zum Schlafengehen bereit machte. Als sie schließlich zwischen die vorgewärmten Decken schlüpfte, hatte sie eine Entscheidung gefällt: George McMillan war ein guter, anständiger Mensch. Außerdem war er ihr Freund. Sie würde nicht tatenlos zusehen, wie Nicholas Blackwell ihn ermordete. Ob sie schwanger war oder nicht – sie würde morgen früh am Breed's Hill sein.

17. Kapitel

»Sind Sie bereit, Gentleman?« McMillans Sekundant, ein schmächtiger, blaßgesichtiger Mann, der anscheinend ein paar Jahre jünger war als George, stand vor den beiden Duellanten.

»Noch können wir die Sache abblasen«, sagte Nicholas zu dem Mann, der ihm mit entschlossener Miene und einer Pistole in der Hand gegenüberstand. »Man hat überall zur Kenntnis genommen, wie Sie sich für die Ehre der Dame einsetzen. Sie brauchen keine weiteren Beweise zu liefern, indem Sie sich umbringen lassen.«

»Ich weiß nicht, ob Ihnen schon der Gedanke gekommen ist,

daß Sie derjenige sind, der heute sterben wird, Captain. Glorys Ehemann wird bereits für tot gehalten. Ich werde statt der Witwe Hatteras nun die Witwe Blackwell heiraten.«

Nicholas nickte. »Wenn das Ihr letztes Wort ist, sollten wir die Sache hinter uns bringen.«

Die Männer stellten sich Rücken an Rücken auf. Unter ihren Füßen knirschte eine dünne Schneedecke. Der Himmel war wolkenüberzogen und kündete von einem nahen Sturm. Ein eisiger Wind durchschnitt die Dezemberluft und drückte Nicholas' Hosen fest gegen seine Schenkel. Nicholas war eine knappe Handbreit größer als McMillan, obwohl der Braunhaarige keineswegs klein zu nennen war.

»Heben Sie die Pistolen.« Der Blaßgesichtige gab das Kommando. Mac, der Nicholas als Sekundant diente, stand angespannt neben ihm. Sein Gesicht war in der beißenden Kälte noch röter als sonst. Die beiden Sekundanten entfernten sich und stellten sich beide unter eine gespensterhaft blattlose Platane. Bis auf das Seufzen des Windes war der Wald um die Lichtung unheimlich still.

»Ich fange jetzt zu zählen an.« Die Stimme des Jüngeren hallte über die schneebedeckte Lichtung. »Eins. Zwei.«

»Stehenbleiben! Und zwar alle beide, da wo ihr seid.« Glory trat unter einem Baum auf der gegenüberliegenden Seite der Lichtung hervor. Die altertümliche Pistole in ihrer Hand war auf die beiden Männer gerichtet, die Arme hielt sie an die Seiten ihres runden Bauches gedrückt, und der Wind zerrte an ihrem schweren Wollrock. »Wenn einer von euch noch einen Schritt macht, dann schieße ich, und im Augenblick ist es mir vollkommen egal, wen ich treffe!«

Nicholas unterdrückte ein Lächeln. Soweit er wußte, hatte sie keine Ahnung, wie man eine Waffe abfeuerte. Aber sie hatte ihn schon mehr als einmal überrascht. Er wußte aus Erfahrung, daß man sie nicht unterschätzen durfte.

»Geh heim, Gloria«, versuchte George McMillan sie zu überreden. »Wenn alles vorbei ist, komme ich zu dir.«

»Verstehst du nicht, George?« Sie ging mit immer noch erhobener Pistole auf die beiden Männer zu. »Er wird dich umbringen. Du kennst ihn nicht.«

»Aber du kennst mich?« warf Nicholas so leise ein, daß nur sie ihn hören konnte.

»Ich kenne dich immerhin so gut, daß ich um Georges Leben fürchte. Ich will nicht, daß ihm etwas passiert.«

»Diese Sache geht nur Captain Blackwell und mich etwas an, Glory«, betonte George. »Bitte, geh jetzt heim.«

Keiner der Männer hatte sich bewegt. Aus dem Augenwinkel sah Nicholas, wie Mac um die Lichtung herumschlich. »Tu, was er sagt, Glory«, fügte er hinzu, um sie abzulenken. »Du kannst nichts mehr daran ändern. Denk an das Kind.«

»Ich warne euch. Werft die Waffen weg, oder ich schieße.«

Wieder mußte Nicholas fast lächeln. »Es wäre den Versuch vielleicht wert, nur um zu sehen, auf wen du zielen würdest. Aber andererseits gibt es daran wohl kaum einen Zweifel.«

»Das ist eine sehr scharfsinnige Schlußfolgerung, wenn man bedenkt, was ich deinetwegen in den letzten Monaten durchgemacht habe. Und jetzt laßt ihr beide die Waffen fallen und verschwindet.«

Das Heulen des Windes hatte das Knirschen von Macs Stiefeln im Schnee verschluckt. Er schlang die Arme um Glory, riß ihr Handgelenk hoch. Der Schuß ging in die Luft.

»Also auch du, Mac!« weinte sie. Sie kam sich vollkommen verlassen vor. »Könnt ihr denn wirklich nicht verstehen? George McMillan ist ein guter Mensch. Er ist mein Freund. Ich kann nicht zusehen, wie er stirbt.«

»Hören Sie mal, Mädel. Der Cap'n is' auch 'n guter Mensch. Er will nur das Beste für euch beide. Selbst wenn wir die beiden jetzt trennen, werden sie sich woanders wiedertreffen. Kommen

Sie mit mir zur Kutsche. Sie sollten zu Hause auf Ihren Mann warten.«

Glory fühlte sich plötzlich entsetzlich müde. Sie begriff, daß Mac recht hatte, und reichte ihm die leergeschossene Pistole. Sie ließ sich von ihm über die Lichtung zu ihrer Kutsche führen und kletterte hinein. Mac sagte etwas zu dem Kutscher, dann rollte sie davon.

Sobald sie außer Sichtweite waren, befahl Glory dem Kutscher anzuhalten. Sie zog den pelzbesetzten Umhang um sich, stülpte sich die Kapuze über den Kopf, ließ sich vorsichtig auf den vereisten Boden hinab und lief zur Lichtung zurück. Sie hatte die Männer nicht aufhalten können, aber sie würde auch nicht weggehen, ehe sie wußte, wie das Duell ausgegangen war.

»Können wir jetzt fortfahren?« drängte George McMillan. Seine Stimme klang bleiern. »Je eher wir diese Sache hinter uns gebracht haben, desto früher kann ich zu meiner Verlobten zurückkehren.«

Ein Muskel zuckte in Nicholas' Kiefer, aber er sagte nichts. Die Männer hoben erneut die Waffen. Mit einander zugewandtem Rücken schritten sie die Distanz ab.

»Eins. Zwei. Drei.« gab der Sekundant vor. »Vier. Fünf. Sechs.«

Nicholas faßte die Pistole fester; der Walnußknauf lag glatt in seiner Hand.

»Sieben. Acht. Neun. Zehn.«

Nicholas drehte sich zu seinem Gegner um, sah den Arm des Mannes hochschwenken. Er versuchte die Flugbahn abzuschätzen und wich im selben Moment ein wenig zur Seite, als der Feuerstein auf Stahl traf. Er spürte einen beißenden Schmerz im linken Arm und murmelte einen leisen Fluch. Er begriff, daß er den Wind nicht ausreichend berücksichtigt hatte.

Jetzt war er an der Reihe.

George McMillan stand kerzengerade vor ihm. Seine Miene

war grimmig. Wenn er fortliefe, würde ihn seine Feigheit in ganz Boston zum Gespött machen. Nicholas hob die Waffe und richtete den dünnen Metallauf auf das Herz seines Gegners. McMillan rührte sich nicht, sondern starrte ihn nur an. Nicholas mußte den Mut des Mannes anerkennen. Er zog den Hammer mit dem Daumen zurück, bis das grausige Klicken durch die morgendliche Stille schnitt, dann zielte er mit dem Lauf ein gutes Stück über McMillans Kopf – und feuerte in die Luft.

Nicholas bemerkte, wie sich unter einem nahen Baum etwas bewegte. Er wandte gerade noch rechtzeitig den Kopf, um mitzubekommen, wie Glory inmitten flatternder schwarzer Wollröcke zu Boden sank. Er fluchte insgeheim und lief zu ihr, gefolgt von Mac, George und dem Blaßgesichtigen. Blut färbte den Ärmel seiner Jacke dunkel und tropfte in den Schnee, als er sich niederkniete und seine Hand auf Glorys Stirn legte.

»Sie is' bloß ohnmächtig geworden, Junge«, erklärte ihm Mac.

»Ich werde sie tragen«, bot ihm George leise an. »Sie können sie in meiner Kutsche heimbringen.«

Nach kurzem Nachdenken erklärte sich Nicholas einverstanden. George nahm Glory in seine Arme und trug sie zu seiner Kutsche, die in einiger Entfernung wartete. Mac untersuchte Nicholas' Wunde, stellte fest, daß es bloß ein Streifschuß war, dann folgten sie beide George. Als Nicholas bei der Kutsche angelangt war und den Schlag aufzog, sah er Glory auf der samtbezogenen Bank sitzen. Sie schaute ihn mit großen blauen Augen an.

George zog Nicholas beiseite. »Ich werde mit meinem Sekundanten zurückfahren. Schicken Sie den Kutscher heim, wenn Sie ihn nicht mehr brauchen.«

»Danke.«

»Sorgen Sie gut für sie, Captain.«

»Darauf gebe ich Ihnen mein Wort.«

George atmete unsicher ein. Sein Blick war ausdruckslos. Als er sich abwenden wollte, hielt Nicholas ihn zurück.

»Eines sollen Sie wissen«, sagte Nicholas. »Hätten die Dinge anders gelegen, dann hätte sie keinen besseren Mann als Sie finden können.«

»Danke, Captain.« Mit hoch erhobenem Kopf drehte sich George um und ging davon.

Nicholas stieg in die Kutsche und setzte sich neben Glory. Sie schaute ihn nicht einmal an. Die Kutsche rollte los, doch das Geräusch der Räder wurde von der dünnen Schneedecke verschluckt. Glory schwieg und ließ ihre angegriffenen Nerven vom Rütteln und Schaukeln der Kutsche besänftigen.

»Warum hast du ihn nicht erschossen?« fragte sie schließlich.

»Wenn du mich besser kennen würdest, wüßtest du, daß ich nicht herumrenne und zum Spaß Leute erschieße. Der Mann wollte dich nur beschützen. Dafür konnte ich ihn kaum umbringen.«

Sie schaute Nicholas an und erinnerte sich plötzlich an den Mann, den sie auf dem Strand geliebt hatte. Einen Mann, der gewiß ebenso empfunden hätte. Erst jetzt fiel ihr das Blut an seinem Arm auf. »Du bist verletzt!«

»Höre ich da die besorgte Stimme einer Ehegattin?« Er lächelte, dann verzog sich sein Gesicht zu einer Grimasse des Schmerzes.

»Ich würde mich um jeden Verletzten kümmern, selbst um einen Schurken wie dich. Und jetzt lehn dich zurück und verhalte dich ruhig, bis wir einen Arzt rufen können.«

»Ich mache mir eher Sorgen um dich. Fühlst du dich wohl?«

»Mir geht es gut, danke.«

»Bestimmt?«

Es machte sie stolz, daß er sich so um sie sorgte, aber das wollte sie sich nicht eingestehen. »Bestimmt.«

»Von jetzt an, Madam, wird nicht mehr in der Kälte herumgeschlichen. Du wirst ruhen und dich umsorgen lassen.« Er legte seinen Handrücken an ihre Wange. »Das ist ein Befehl.«

Sie mußte unwillkürlich lächeln. »Du bist sehr gut im Befehlegeben.«

»Und du bist sehr schlecht darin, sie zu befolgen.«

»Das wird sich wohl nie ändern.«

»Stimmt. Aber wahrscheinlich liebe ich dich gerade deswegen.«

Glory riß die Augen auf. Ihre blassen Wangen wurden flammendrot. »Sag dieses Wort nie wieder zu mir!« fuhr sie ihn an.

»Was denn?« fragte er ehrlich verwirrt.

»*Liebe.* Du weißt nicht einmal, was das bedeutet.«

Jetzt wurde er ebenfalls wütend. »Aber George McMillan hätte es gewußt?«

»Jawohl, das hätte er. George McMillan ist ein Gentleman.«

»Wenn McMillan ein so wunderbarer Mensch ist, warum liebst du ihn dann nicht?«

Glory biß die Zähne zusammen. Sie wollte ihn keine Sekunde länger anschauen, deshalb drehte sie sich weg und sah auf die vorbeiziehenden Häuser. Eine Haustür wurde aufgerissen, ein kleiner Junge stürzte heraus und schnappte sich die Milchflasche, die neben dem Eingang stand. Dann floh er zurück in die Wärme.

Nicholas drehte mit der Hand ihr Gesicht zu sich hin, bis sie ihm in die Augen blicken mußte. »Doch nicht etwa, weil du immer noch in mich verliebt bist?«

Glory wurde noch zorniger. »Ganz bestimmt nicht. Captain Blackwell. Als wir uns zum erstenmal getroffen haben, war ich jung und töricht. Jetzt bin ich eine erwachsene Frau.«

Ein Mundwinkel verzog sich zu einem Lächeln. »Das wird sich zeigen, Liebe. Wir werden sehen.«

Die Woche verging wie im Fluge. Glory erzählte Tante Flo von dem Duell, und Florence versicherte ihr, daß sie recht daran getan habe, Nicholas zu heiraten. Glory war vom Gegenteil überzeugt. Sie hatte keine andere Wahl gehabt, sagte sie sich immer wieder. Er hätte ihr Leben ruiniert – wie auch das von George und dem Kind. Sie hatte Tante Flo nichts von seiner Drohung erzählt. Ihre Tante hätte versucht, sich einzumischen, und damit alles nur noch schlimmer gemacht. Nein, sie hatte die einzig vernünftige Entscheidung getroffen. Aber seit sie wußte, wie skrupellos Nicholas sein konnte, fühlte sie sich elender als je zuvor.

Als die Zeit der Abreise aus Boston gekommen war, brach ihr der Abschied fast das Herz.

»Komm, komm, hör auf zu weinen«, schalt Tante Flo sie mit halb erstickter Stimme. »In ein paar Monaten wird das Kind geboren, dann komme ich zu dir nach Tarrytown.«

»Es tut mir so leid, Tante Flo.«

»Gib ihm eine Chance, Liebling. Jeder macht mal einen Fehler.«

Glory sank auf dem Polstersofa zusammen. »Ich verstehe ihn einfach nicht, Tante Flo. Vielleicht habe ich ihn nie verstanden. Ich traue ihm nicht. Und ich liebe ihn bestimmt nicht mehr. Das würde ich auch gar nicht mehr wollen.«

Tante Florence tätschelte ihr die Hand. »Mein Instinkt sagt mir, daß er ein guter Mensch ist.«

»Ich wünschte, ich könnte das glauben.«

»Es wird Zeit, Liebe«, rief Nicholas vom Eingang her. »Die Kutsche wartet schon.«

Sie küßte ihre Tante auf die faltige Wange, wischte sich die Tränen aus den Augen und ging zu Nicholas in die Eingangshalle, wo er sie behutsam in einen pelzbesetzten Umhang hüllte. Minuten später war die Kutsche bei den Docks angelangt. Nicholas scheuchte Glory über die Laufplanke an Deck der *Black Witch* und in die warme, prachtvoll eingerichtete Offiziersmesse.

Messing- und Kristalleuchter verbreiteten flackerndes Licht an den Wänden, als Glory die Tür aufdrückte. Mac bat sie herein und zog ihr den Stuhl neben seinem an dem langen, beschnitzten Mahagonitisch zurück. Vergoldete Spiegel an beiden Enden der Messe reflektierten das Licht, das die silbernen Kerzenhalter auf dem eleganten Büffet verbreiteten. Die Erinnerung an Nicholas, an ihre Rettung von der Insel und die traurige Zeit, die sie an Bord dieses Schiffes verbracht hatte, drohte sie zu überwältigen. Obwohl sich Mac überaus aufmerksam verhielt, hatte Glory Heimweh, noch ehe sie den Hafen verlassen hatte.

»Überstürzen Sie nichts, Mädel«, riet ihr Mac. »Er liebt Sie. Geben Sie ihm eine Chance, das zu beweisen.«

»Ich will nicht, daß er mich liebt, Mac. Und ich will ihn nicht lieben. Er hat mich zu dieser Heirat gezwungen. Ich habe nur des Kindes wegen eingewilligt.«

»Sie hab'n noch 'n langes Leben vor sich, Mädel. Betrüg'n Sie sich nich' selbst drum.«

Als Glory nicht antwortete, wechselte Mac das Thema. Sie frischten ihre Bekanntschaft auf, während ihre Koffer an Bord gebracht wurden und Nicholas das Schiff zum Ablegen bereitmachen ließ.

»Was ist aus Josh geworden?« fragte sie. »Ich habe ihn nicht gesehen, als wir an Bord gekommen sind.«

»Der Junge is' zum Kapitän befördert worden. Er kommandiert jetzt die *Black Diamond.*«

»Und Jago?«

»Dodd is' Joshs Zweiter Steuermann.«

»Es ist so viel passiert«, sagte Glory seufzend. Sie nippte an ihrem Tee und stellte die Tasse dann wieder auf der eleganten Porzellanuntertasse ab.

»Stimmt, Mädel. Gutes und Schlechtes.« Macs Blick senkte sich auf den prallen Bauch unter dem schwarzen Reisekleid aus Bombasin. »Sie sind erwachs'n geworden, Mädel. Sie mußt'n sich 'n bißchen damit beeil'n, aber Sie sind trotzdem erwachs'n geworden.«

Glory lächelte traurig. »Da haben Sie wohl recht.«

Sobald das Schiff auf See war, brachte Mac Glory in die reich ausgestattete Kapitänskabine. Sie schlummerte eine Weile, später nahm sie zusammen mit Nicholas ein ruhiges Abendessen im Salon ein. Schließlich begleitete er sie zur Kabine zurück. Sie zögerte nur einen Augenblick, bevor sie eintrat.

»Wo wirst du schlafen?« fragte sie, als Nicholas ihr in die von Lampen erhellte Kabine folgte. Sie versuchte, ihre Stimme unbeteiligt klingen zu lassen. Die Worte erinnerten sie auf unangenehme Weise an ihre erste Nacht in diesem Bett, an eine hitzige Auseinandersetzung und an die Erniedrigung, die sie empfunden hatte, als ihr Körper auf seinen reagiert hatte. Der Gedanke ließ sie erschauern.

»Bei dir«, sagte er nur. Aber sein Blick war dunkel geworden, als hätte er ihre Gedanken gelesen.

Sie schob schützend ihre zitternde Hand vor das Leben in ihrem runden Leib. »Brichst du dein Wort so schnell?« Hoffentlich hatte er das Beben in ihrer Stimme nicht bemerkt.

»Ich habe versprochen, daß ich erst mit dir schlafen werde, wenn du dazu bereit bist. Ich habe versprochen, daß ich nichts tun werde, womit ich dem Kind schaden könnte.« Er strich eine blaßblonde Strähne von ihrer Wange. »Ich gedenke, diese Versprechen zu halten. Aber du bist meine Frau. Je eher du lernst, mir zu vertrauen, desto besser ist es für uns beide.« Er neigte den Kopf und küßte sie auf die Stirn. »Und jetzt dreh dich um, damit ich dir das Kleid aufknöpfen kann.«

Glory schluckte, und ihre Wangen wurden heiß und rot. »Du willst mir doch wohl nicht beim Ausziehen zuschauen.«

»Du bist meine *Frau*«, wiederholte er, fast als würde er das Wort genießen. »Du trägst mein Kind. Es ist nur natürlich, daß sich dein Körper verändert. Du brauchst dich deswegen nicht zu schämen.« Bevor sie widersprechen konnte, hatte er ihren Rükken zu sich gedreht und begonnen, das Oberteil und den Rock aufzuknöpfen. Nachdem er ihr aus dem Mieder geholfen hatte, zog er ihr den Rock über den Kopf. Danach kamen die Unterröcke, einer nach dem anderen, bis sie nur noch ein Unterhemd und einfache weiße Baumwollunterhosen trug.

Nicholas drehte sie wieder um, doch sie wich seinem Blick aus. »Du siehst bezaubernd aus«, erklärte er ihr, wobei er einen Finger unter ihr Kinn legte. »Nichts ist so weiblich wie eine schwangere Frau.«

»Ich glaube dir nicht. Du willst mich nur trösten.«

»Wirklich?« Er zog eine schwarze Braue hoch. »Weißt du, wie sehr ich dich begehre?«

Als sie nicht antwortete, preßte er ihre Hand auf die Wölbung seiner Hose, die seine Begierde verriet. Glory fuhr zusammen. Ängstlich machte sie einen Schritt zurück.

Nicholas lachte tief und leise. »Du brauchst keine Angst zu haben, Liebe. Ich habe in den letzten Monaten ständig daran gedacht, dich zu lieben. Aber ich kann warten, bis das Kind da ist – das heißt, wenn du mir einen kleinen Kuß gibst.«

Glory riß die Augen auf und schüttelte den Kopf. »Nein.«

Nicholas zog die breiten Achseln hoch. »Wie du willst.« Er ging zum Schrank und öffnete die schwere Holztür. Ein paar von Glorys Kleidern waren ausgepackt und hineingehängt worden. Aus einer Schublade zog er ein weiches Nachthemd aus Batist, dann half er ihr, das Unterhemd auszuziehen, und streifte das Nachthemd über ihren Kopf. Sie warf einen Blick über ihre Schulter, als er ihr Kleid aufhängte, und plötzlich wurde sie neugierig – und ein bißchen eifersüchtig.

»Als ich zum erstenmal hier war: Wem haben die Kleider gehört, die ich mir geborgt habe?«

Er verkniff sich ein reuiges Lächeln. »Ich habe geahnt, daß du das fragen würdest.«

»Und?«

»Und, *Frau*«, erklärte er langsam, »sie gehörten einer ehemaligen... Bekannten. Einer, die längst aus meinem Leben verschwunden ist. Von nun an wirst du nur noch deine Kleider in diesem Schrank finden.«

»Lebt diese *Bekannte* zufällig in Tarrytown?«

»Sie lebt in New York – zusammen mit ihrem Mann.«

»Eine verheiratete Frau?«

Nicholas zuckte lediglich mit den Achseln.

»Ach richtig, ich hatte vergessen, daß du eine Schwäche für anderer Männer Frauen hast.«

Nicholas kam auf sie zu. Sein Blick war finster geworden. »Das war früher. Die Frau bedeutete mir selbst damals nichts. Inzwischen sogar noch weniger.«

Glory musterte ihn eindringlich. Sie wollte ihm glauben und wußte doch nicht, ob sie es konnte.

»Gib uns Zeit, Liebe. Um des Kindes willen, wenn nicht um meinetwillen.«

Sie nickte zaghaft, und er entspannte sich wieder. »Wahrscheinlich bin ich bloß müde.« *Und reichlich durcheinander*, wollte sie hinzufügen. Statt dessen trat sie an die breite Koje und sank darauf nieder.

»Du wirst dich besser fühlen, wenn du erst ausgeschlafen bist.« Er lächelte voller Wärme. Dann trat er an den Sekretär, schnürte seinen Kragen auf und streifte das Hemd ab, so daß er mit nacktem Oberkörper vor ihr stand. Sie konnte das Spiel seiner Muskeln beobachten, während er seine Hose aufknöpfte und sie von seinen langen, festen Beinen zog.

Glory schluckte schwer. Plötzlich war ihr Mund trocken. Als er aus seinen Kleidern trat, jagte ihr das Rascheln des Stoffes einen Schauer über den Rücken. Sie spürte etwas, das sie seit Monaten nicht mehr empfunden hatte. Sie versuchte, sich abzuwenden, doch ihr Blick wollte sich nicht von den schwarzen Locken zwischen den flachen, dunklen Brustwarzen lösen. Allzugut wußte sie noch, wie sanft sich seine braune Haut unter ihren

Händen angefühlt hatte und wie die lockigen Haare auf seiner Brust.

Mit weit aufgerissenen Augen beobachtete Glory, wie er nackt auf ihr Bett zukam. Seine Schritte wurden durch den dicken Schottenmusterteppich gedämpft.

»Du wirst doch nicht so schlafen wollen!« entrüstete sie sich.

»Warum nicht? Ich schlafe immer nackt. Das wirst du doch nicht vergessen haben.«

»Aber... aber das war vorher.«

»Ja, das war vorher. Bevor wir geheiratet haben. Jetzt bist du meine Frau.«

»Aber... aber –«

»Ich breche mein Versprechen nicht.«

»Und wenn du dich nicht beherrschen kannst?«

Nicholas grinste breit. So hatte ihn Glory nur selten gesehen.

»Es gibt nur einen Weg, das herauszufinden.« Er setzte sich neben sie. Er legte seinen muskulösen Arm um sie, ließ sich ins Bett fallen und zog sie an sich. Sie spürte seine harten Schenkel an ihren.

»Gute Nacht, Liebe«, flüsterte er und barg sein Gesicht in ihrem Haar.

»Gute Nacht, Captain.«

»Nicholas«, korrigierte er leicht verärgert.

»Nicholas«, wiederholte sie folgsam. Dann schloß sie die Augen und stellte sich schlafend. Nicholas kuschelte sich eine Weile an sie – bis sie entsetzt merkte, daß sein Glied steif wurde. In diesem Augenblick stöhnte er leise und drehte ihr den Rücken zu. Leise lächelnd schlief Glory schließlich ein.

Als sie morgens aufwachte, war die Koje neben ihr leer. Die See war rauh, und sie spürte einen stechenden Schmerz im Magen. Erst glaubte sie, sie wäre hungrig, aber das Stechen kam von weiter unten. Bald verstärkten sich die Nadelstiche zu ausgewachsenen Messerhieben, die Glory fast den Atem raubten. Sie stand auf, um Hilfe zu holen, doch plötzlich schoß Wasser zwischen ihren Beinen hervor, das sich in Lachen auf dem Boden sammelte und ihr Nachthemd durchtränkte.

Angstgeschüttelt zog sie die Kabinentür auf, ohne auch nur den Morgenmantel überzuziehen. Sie taumelte durch den Kajütgang, wo sie auf Nicholas traf, der ein Frühstückstablett trug. Sie sah noch seine entsetzte Miene und hörte das Tablett zu Boden fallen, dann wurde es schwarz um sie.

18. Kapitel

»Da ist nichts mehr zu machen, Junge.«

Nicholas schaute von dem blutigen, leblosen Bündel in seinen Armen auf die Frau, die im Bett lag. Sie war leichenblaß; die Decke hob sich kaum, so flach ging ihr Atem.

»Wird sie sich erholen?«

»Ich weiß nicht viel über Frauen, Junge. Aber so wie's aussieht, glaub' ich das schon. Das Kind war zu schwach, nicht die Mutter.«

Nicholas stand am Fuß seiner Koje und hielt den winzigen, in ein Handtuch gehüllten Leichnam seines Sohnes in der Hand. Die Welt schien versunken und wie ausgelöscht. Draußen wehte ein regnerischer Wind über die kalte See, und der wolkenbedeckte Himmel war so trostlos und grau wie Nicholas' Gedanken.

»Gib ihn mir«, drängte Mac leise. »Ich sorg' dafür, daß der Schiffszimmermann ihm einen anständigen Sarg baut.«

Nicholas versuchte, den Kloß in seiner Kehle hinunterzuschlucken. Alles war so schnell geschehen. Was war schiefgelaufen? Gestern noch war ihm die Zukunft so strahlend, so hoffnungsvoll erschienen. Mit einem Kind hätten er und Glory die Liebe vielleicht wieder aufleben lassen können, die sie an dem einsamen Strand füreinander empfunden hatten. Aber das Kind war tot. Was konnte die Zukunft ihnen jetzt bringen?

Nicholas kämpfte gegen das Brennen in seinen Augen und gegen die entsetzliche Müdigkeit an. »Mahagoni«, flüsterte er. »Er soll ihm etwas Festes bauen. Die See ist so groß... und er ist so klein.«

Mac legte seine verwitterte Hand auf Nicholas' Schulter. »Wir nehmen die hübsche alte Kommode aus der Offiziersmesse.«

»Ja«, sagte Nicholas, den Blick starr auf einen winzigen Blutstropfen in dem Tuch geheftet. »Sie wird einen guten Sarg abgeben.« Mac streckte die Hand nach dem Bündel aus. Plötzlich war Nicholas der Gedanke, es wegzugeben, unerträglich.

»Das Leben ist kein Kinderspiel, Junge.«

»Nein, das ist es wohl nicht.« Nicholas schaute auf die schlafende Frau in seiner Koje. Schweißnasses Haar klebte ihr an den Schläfen; ihre Finger krallten sich in die Decke unter ihrem Kinn. »Wie soll ich es ihr beibringen, Mac? Was soll ich ihr nur sagen?«

»Da gibt es keine passenden Worte, Junge. Wenn es soweit ist, dann wirst du dein Bestes geben.«

Vorsichtig reichte Nicholas Mac das Bündel und steckte dann liebevoll das Tuch um den Leichnam des winzigen Kindes fest. Er konnte dem alten Schotten nicht in die Augen blicken. Er wußte, er würde Mitleid darin finden. Langsam und mit festen Schritten verließ Mac die Kabine. Nicholas blies die Lampe neben dem Bett aus, und der Raum versank in dem gleichen trostlosen Grau, das den Himmel draußen überzog.

Sein Herz war schwerer als je zuvor, als er neben Glory Wache hielt und ihre kalte Hand zwischen seinen Händen wärmte. Stundenlang saß er reglos da, bis seine Arme und Beine so verkrampft waren, daß er aufstehen und sich strecken mußte. Die

Luft im Zimmer war muffig und hatte den kupfernen Geruch von Blut und Tod. Nicholas graute vor der Aufgabe, die vor ihm lag. Er ging an Deck, um frische Luft zu schnappen. Er mußte einen klaren Kopf bekommen – und neuen Mut fassen. Ein paar Minuten später kehrte er in die Kabine zurück. Glorys Augen öffneten sich flatternd, als er eintrat.

»Nicholas?«

»Ich bin schon da, Liebe.« Er kniete neben ihr nieder, umfaßte ihre Hand und hob sie an seine Lippen.

»Das Kind?« Die andere Hand rutschte an die flache Stelle unter der Decke, die noch vor Stunden rund und voller Leben gewesen war.

»Ich wünschte, ich könnte dich irgendwie trösten oder irgend etwas daran ändern, aber das kann ich nicht. Das Kind ist gestorben, Glory.«

»Nein.« Sie schüttelte den Kopf. »Ich glaube dir nicht. Heute morgen hat es sich noch bewegt. Es hat gelebt; es war –«

»Er ist zu früh gekommen, Glory. Er war einfach noch zu klein.«

»Ein Junge?«

»Ja.«

»Aber er kann nicht tot sein, Nicholas. Bitte. Ich tu alles, was du willst, wenn du mir sagst, daß er nicht tot ist.« Ihre Miene war so schmerzerfüllt, daß Nicholas den Blick abwenden mußte.

»Es tut mir leid«, sagte er. »So leid.«

»Neiiin!« schrie sie. Sie versuchte, sich aufzusetzen, schlug mit Armen und Beinen um sich. Nicholas hatte Mühe, sie im Bett zu halten. Schließlich gab sie den Kampf auf. Kurz betrachtete sie sein Gesicht, dann sank sie in ihr Kissen zurück. Er wartete, bis sie sich ausgeweint hatte. Schweigend saß er neben ihr, hielt ihren Kopf in den Händen und fuhr ihr mit den Fingern durchs Haar. Nicholas kam es vor, als weinte sie eine Ewigkeit. Als er es nicht mehr ertrug, zog er sie in seine Arme.

»Geh weg!« schrie sie auf. »Geh weg und laß mich in Ruhe! Du bist an allem schuld, verstehst du? Nur du!«

»Hör mir zu, Glory.«

Sie wand sich aus seinem Griff. »Dir zuhören? Dir zuhören? Jedesmal, wenn ich dir zugehört, wenn ich dir vertraut habe, ist etwas Entsetzliches passiert. Ich werde dir bestimmt nicht mehr vertrauen. Nie mehr!«

Nicholas richtete sich auf. Ihre Worte waren auf schreckliche Weise wahr. Er musterte ihr Gesicht, hoffte, darin zu lesen, wie er sie erreichen könnte. Verzweifelt suchte er nach einem Strohhalm, an dem er sich festhalten konnte. Er fand nichts.

In diesem Augenblick begriff Nicholas, daß all seine Träume, ihr Herz zu gewinnen, mit dem Kind gestorben waren. Sie würde ihm nie wieder vertrauen, ihn nie wieder lieben. Er bekam kaum Luft, so eng war ihm die Brust. An der Tür blieb er stehen und sah sie noch einmal lange an. Dann schleppte er sich mit müden Schritten hinaus.

Sie bestatteten das Baby auf See. Nicholas fand das angemessen; immerhin war der Junge sein Sohn. Er wußte, daß Glory ein friedliches Grab an einem abgeschiedenen Hügel lieber gewesen wäre. Selbst dieser kleine Trost blieb ihr versagt.

Eine Woche nach der Bestattung liefen sie in New Rochelle ein, wo Glory und Nicholas von Bord gingen. Nicholas mietete eine Kutsche, und sie fuhren nach Tarrytown. Während der ganzen Reise sprach Glory kaum ein Wort. Sie wirkte schwach und zerbrechlich und weinte beim geringsten Anlaß.

Bei ihrer Ankunft in Blackwell Hall stellte sich heraus, daß Brad bereits dafür gesorgt hatte, daß seine Mutter in das Stadthaus nahe dem Broadway gezogen war. Offenbar hatte Brad keinen Zweifel daran, daß Nicholas mit einer Gattin zurückkehren würde. Nicholas dankte seinem Bruder insgeheim für dessen Umsicht.

Blackwell Hall, der große Landsitz am Fuße eines Hügels über dem Hudson, war wie verwandelt, wenn Nicholas' Stiefmutter nicht anwesend war. Irgendwie fröhlicher, freundlicher. Nicholas besaß das Gut seit fünf Jahren, allerdings hatte er nie länger als ein paar Tage darin gewohnt. Manchmal fragte er sich, warum er das Haus überhaupt gekauft hatte, denn eigentlich war es für seinen Geschmack zu verspielt. Das mächtige Steingebäude war im neugotischen Stil errichtet. Die Marmorplatten waren von den Häftlingen in Sing-Sing gehauen worden. Innen gab es Kuppeldecken, imitierten Steinstuck aus bemaltem Holz und riesige Buntglasfenster. Das Mobiliar stammte größtenteils aus Europa und war mit teurem Brokat und schwerem Samt überzogen. Elegante Samtvorhänge zierten die Fenster.

Nicholas hatten damals vor allem die Ländereien gereizt. Die schönen französischen Gärten, der baumbestandene englische Rasen, der sich am Hang bis zum Fluß erstreckte, vor allem aber die Koppeln und Ställe, in denen er eines Tages edle Rennpferde zu züchten gedachte.

Er hatte es für den idealen Ort gehalten, um sein Kind aufzuziehen. Daß sein Sohn tot war und niemals durch diese eleganten Räume laufen würde, schmerzte ihn noch mehr, seit er hier war. Er schaute durch den weiten Salon auf das blasse Gesicht seiner Frau, die mit gefalteten Händen und leerem Blick auf einem Stuhl saß, und fragte sich, wie alles so hatte kommen können.

»Ich will, daß die Heirat anulliert wird«, sagte Glory. Die Worte hallten schwach und hohl von den Marmorwänden. Sie hatte seit ihrer Ankunft vor zwei Wochen so wenig gesprochen, daß Nicholas ihre Stimme kaum erkannte. Sie stand, ganz in Schwarz gekleidet, in der Tür zum großen Salon und hatte die blassen Hände ineinander verschränkt.

»Warum?« fragte er, schob den Sessel zurück und stand auf. Das Holz schabte über das gebohnerte Parkett.

»Weil ich dich nicht liebe. Das Kind ist tot; wir brauchen nicht mehr zusammenzubleiben.« Sie sagte das so beiläufig, daß sich Nicholas' Herz zusammenzog.

»Wenn ich einverstanden wäre, was würdest du dann tun?«

»Nach Boston zurückkehren«, erklärte sie ihm ohne jedes Gefühl.

»Um George McMillan zu heiraten?«

Sie zuckte mit den Achseln. »Vielleicht.«

»Nein.« Sonst sagte er nichts. Als sie sich umwandte und so ruhig verschwand, als wäre gar nichts gesagt worden, stürmte er aus dem Haus, schlug die Tür hinter sich zu und marschierte auf die Ställe zu.

Nur die langen Ritte über Land halfen ihm über die eisigen Wintertage hinweg. Wenn er bei Einbruch der Dämmerung zurückkam, hatte sich Glory, wie üblich, in ihrem Zimmer im Obergeschoß eingesperrt. Jedesmal, wenn er ihr begegnete, sah sie dünner und blasser aus. Unaufhörlich sorgte er sich um sie. Er versuchte alles, um sie aufzuheitern, und hatte sie sogar gefragt, ob sie ihre Tante oder Nathan einladen wolle.

»Nein danke«, hatte sie geantwortet. »Bestimmt haben sie Wichtigeres zu tun. Außerdem ist mir nicht nach Unterhaltung zumute.«

Letztendlich konnte er kaum etwas tun. Als sie zum zweiten Mal um eine Annullierung bat, erwog er ernsthaft ihre Bitte, obwohl er selbst keinesfalls eine Trennung wollte. Er glaubte nicht, daß sich die Probleme mit einer Annullierung lösen ließen. Er wünschte nur, er wüßte, womit sonst.

Er war schon über einen Monat auf Blackwell Hall, als Bradford St. John eintraf. Nicholas hatte ihm mehrmals geschrieben, ihm von der traurigen Situation berichtet und ihn um seinen Rat gebeten. Statt einen Antwortbrief zu schicken, kam Brad persönlich.

Nicholas empfing ihn mit einer warmen Umarmung. »Mein Gott, ich freue mich so, daß du da bist.«

»Ich auch, Nicholas.«

»Komm herein.« Er winkte ihn ins Haus. »Ich möchte dir Glory vorstellen.«

Als sie die Tür zu ihrem Zimmer im oberen Stock öffneten, saß sie vor dem Kamin und häkelte einen Sesselschoner. Lediglich Handarbeiten und Bücher schienen sie zu interessieren. Das Licht tanzte auf ihrem allzu schmalen Gesicht, und ihr flachsfarbenes Haar war matt geworden.

»Glory«, sagte Nicholas leise, »Das ist mein Bruder Bradford. Ich habe dir von ihm erzählt, als wir schiffbrüchig waren, weißt du noch?«

Sie zögerte. »Ich... ich bin nicht sicher.«

Nicholas spürte, wie sich ihm das Herz zusammenschnürte. »Brad, das ist Glory, meine Frau.«

Sie streckte die Hand aus. Brad nahm sie und legte die zarten Finger an seine Lippen. »Es ist mir ein Vergnügen, Sie endlich kennenzulernen.«

»Ja... wie war Ihr Name noch mal?«

Nicholas fühlte Tränen aufsteigen.

»Brad. Bradford St. John.«

»Brad. Was für ein netter Name.« Sie schaute in ihren Schoß und hob die Häkelnadel wieder auf.

Nicholas winkte Brad zur Tür.

Glory sah ihnen nach. Nicholas warf ihr noch einen Blick zu, bevor er in den Gang trat, und zögerte, als wollte er noch etwas sagen. Er sah so gut und imposant aus wie eh und je, und einen Augenblick lang nur stellte sie sich vor, sie seien wieder am Strand. Dann wallten all der Kummer und all der Schmerz wieder in ihr auf, den sie in den letzten Monaten erlitten hatte, und sie schloß Nicholas aus ihren Gedanken aus, noch während er leise die Tür hinter sich zuzog.

Glorys Hände setzten das dünne Elfenbeinhäkchen wieder in Bewegung und woben feine Muster aus dem Garn. Sie schaukelte vor dem Feuer, die Augen fest auf ihre Arbeit gerichtet. Kurz bevor sie Summerfield Manor verlassen hatte, hatte ihre Mutter ihr das Häkeln beigebracht. Sie mußte sich immer noch konzentrieren, um keine Fehler zu machen, aber zumindest konnte sie über der Arbeit ihr Leid vergessen.

Glory breitete den Sesselschoner in ihrem Schoß aus. Sie war entschlossen, ihre Gedanken nicht von dem komplizierten Muster abschweifen zu lassen. Die Flammen im Kamin flackerten und zischten, und eine steife Brise rüttelte an den Fensterläden. Der düstere Himmel draußen verriet, daß ein Sturm aufkommen würde. Ohne daß sie es wollte, begannen Glorys Gedanken zu wandern. Sie schaute sich um: auf die gewölbte Decke und auf die Buntglasscheiben oberhalb der Fenster. Sie konnte sich genau vorstellen, wie der kleine dunkelhaarige Bub, der Nicholas so ähnlich sah, zu ihr gelaufen kam und an ihrem Rock zupfte. »Mama, kommst du raus und spielst mit mir? Ich hab' dich lieb, Mama.«

Ein Schauer überlief sie, und die Kehle wurde ihr eng. Sie hielt die Häkelnadel fester und preßte die Hände gegen ihren steifen schwarzen Rock. Warum hatte das passieren müssen? Sie hatte das Kind so herbeigesehnt, es so dringend gebraucht. War wirklich Nicholas am Tod des Kindes schuld, wie sie sich eingeredet hatte? Eine leise Stimme in ihr sagte nein. Es war dein eigener Fehler. Du hättest besser achtgeben müssen. Glory biß sich auf die Lippe und schaute wieder auf das feine Muster in ihrem Schoß. Entschlossen zu vergessen, was hätte sein können, nahm sie die Handarbeit wieder auf und zog das Garn mit dem Häkchen durch die Schlaufen.

Nicholas führte Brad die breite Treppe hinab in sein walnußholzgetäfeltes und mit Bücherregalen vollgestelltes Arbeitszimmer. Ohne auf das Zittern seiner Hand zu achten, schenkte er seinem Bruder einen Brandy ein. Brad ließ sich in einem Ledersessel nieder; Nicholas setzte sich ebenfalls.

»Ich weiß nicht mehr, was ich tun soll«, sagte Nicholas. Er nahm einen tiefen Schluck, um sich zu beruhigen, und wartete, bis sich die Wärme in seinem Leib ausgebreitet hatte. »Es scheint jeden Tag schlimmer zu werden.«

»Was hast du denn schon versucht?«

»Ich habe versucht, sie zum Ausgehen oder wenigstens zu einem Ausritt zu überreden. Ich habe köstliche Menüs bereiten lassen; sie kommt nicht einmal mehr zum Essen herunter. Ich habe gebettelt, gefleht, sie um Verzeihung gebeten. Sie macht mich dafür verantwortlich, daß das Kind gestorben ist, und vielleicht hat sie recht.«

»Glaubst du, daß du dafür verantwortlich bist?« fragte Brad.

»Möglicherweise. Es hat sie wohl wirklich aufgeregt, wie ich in Boston aufgetaucht bin. Wie ich dir schrieb, habe ich sie zu dieser Heirat gezwungen; es gab sogar ein Duell. Vielleicht hat sie das so durcheinandergebracht, daß sie das Kind verlor.« Nicholas wandte den Blick ab. »Ich weiß es einfach nicht, Brad. Glory ist jedenfalls davon überzeugt, daß ich dafür verantwortlich bin.«

»Macht das wirklich einen Unterschied?«

»Was soll das heißen?«

»Das soll heißen, auch du hast gelitten. Ich habe es aus deinen Briefen herausgelesen, obwohl du das nie offen gesagt hast. Das Kind ist tot. Wessen Schuld das war, zählt nicht mehr. Jetzt zählt nur noch die Frau da oben. Sie macht dich für den Tod des Kindes verantwortlich, weil sie den Gedanken nicht ertragen kann, daß sie selbst schuld sein könnte. Sie ertrinkt in ihrer Trauer, Nicholas.«

»Das sehe ich doch selbst! Ich weiß nur nicht, was ich dagegen unternehmen soll.«

»Was würdest du denn tun, wenn es um Mac – oder mich – gehen würde?« fragte Brad leise.

»Ich würde dich an den Hosenträgern aus dem Sumpf ziehen und dir einbläuen, daß das Leben weitergeht. Daß es voller Sorgen, aber auch voller Freude ist.«

»Und warum machst du das nicht mit ihr?«

»Weil ich mir geschworen habe, nie wieder die Stimme gegen sie zu erheben, keine Forderungen mehr an sie zu stellen und sie nie wieder schlecht zu behandeln.«

»Ich weiß, daß du dich schuldig fühlst, aber Glory ist deine Gattin, Nicholas, keine heilige Jungfrau. Sie muß einen richtigen Mann haben. So wie ich es begriffen habe, ist sie eine sehr eigenwillige junge Frau. Sie braucht einen Mann, der mit ihr umzugehen weiß. Sie hat sich in den Mann verliebt, der du bist, nicht in das verwässerte Abziehbild, das du jetzt zu sein vorgibst. Sei, wie du bist, Nicholas. Und sei Glory ein echter Ehemann.«

»Bei dir klingst das alles so einfach.«

»Nichts ist einfach.«

»Nein, wahrscheinlich nicht.«

»Diese junge Frau braucht dich, Nicholas. Du mußt stark genug für euch beide sein.«

Nicholas stellte seinen Brandyschwenker ab, schaute seinen Bruder einen Augenblick lang an und dachte über dessen Worte nach. »Wie kommt es bloß, Brad«, fragte er im Aufstehen, »daß du acht Jahre jünger und gleichzeitig zwanzig Jahre weiser bist als ich?«

»Das kommt, weil ich nicht verliebt bin.« Auch Brad erhob sich. »Willst du noch einen Rat?«

»Von dir jederzeit.«

»Sieh zu, daß du sie so schnell wie möglich in dein Bett bekommst. Was das betrifft, konnte dir noch keine Frau widerstehen.«

Nicholas lachte – zum ersten Mal seit Wochen. »Du bist wirklich einzigartig, Brad. Wirklich einzigartig.« Nicholas drückte die Hand seines Bruders. »Danke. Und wenn du mich jetzt entschuldigen würdest, wir sehen uns beim Abendessen. Ich habe etwas zu erledigen.«

Zwei Tage später drehte Nicholas den Messingtürknauf und platzte, über und über mit Schachteln beladen, in Glorys Zimmer.

Sie schaute auf, sagte aber nichts, sondern starrte ihn nur an, als hätte ein Fremder ihr Zimmer betreten. Sie saß im Schaukelstuhl vor dem Kamin und las. Nicholas blieb nur kurz stehen, um einen Blick in ihre Richtung zu werfen. Voller Mißtrauen verfolgte sie, wie er über den Teppich stapfte und die Schachteln auf das Bett fallen ließ.

Nicholas murmelte etwas in sich hinein. Er trat an den Rosenholzschrank in der Ecke, öffnete mit großer Geste die geschnitzten Türen und zog eines von Glorys schwarzen Tagekleidern aus Faille heraus. Allein der Anblick des trostlosen schwarzen Kleides und das Gefühl des steifen Stoffes ließen ihn wütend werden. Er biß die Zähne zusammen, packte das Kleid am Kragen und zerfetzte es.

Das Geräusch reißenden Stoffes ließ Glory aufspringen. »Was... was tust du da?«

»Etwas, das ich schon längst hätte tun sollen. Jetzt ist ein für allemal Schluß mit diesen gräßlichen Kleidern.«

»Aber... aber das kannst du nicht! Ich bin in Trauer!«

»Falsch. Du *warst* in Trauer. Ganz offensichtlich hast du genug getrauert.« Er riß ein zweites Kleid vom Kragen bis zur Taille auseinander. Glory starrte ihn fassungslos an. Er schenkte ihr gar keine Beachtung. Sie machte keine Anstalten, ihm Einhalt zu gebieten, als er ein drittes Kleid bis zum Saum zerteilte und es auf den Kleiderhaufen zu seinen Füßen fallen ließ, Glory blieb wie zur Salzsäule erstarrt stehen, umkrampfte das Buch in ihrer

Hand und blickte ihn unbewegt an, als könne sie ihren Augen nicht trauen.

Entschlossen, ihr irgendeine Reaktion zu entlocken, zerfetzte er ein weiteres Kleid.

Zögernd machte sie einen Schritt auf ihn zu. Die blauen Augen wirkten riesig in dem viel zu blassen Gesicht. »Aber was soll ich jetzt tragen?« fragte sie schließlich.

»Schau in die Schachteln auf dem Bett. Darin findest du ein Tages- und ein Abendkleid. Ich hoffe, sie passen dir einigermaßen.« Er hielt kurz inne und schenkte ihr ein blitzendes Lächeln. »Ich hatte immer ein ziemlich gutes Auge für die Figur einer Frau.« Er faßte in den Schrank, zog ein weiteres schwarzes Kleid von seinem Bügel und warf es auf den Haufen.

Glory ging zu den Schachteln, die auf dem Bett lagen. Dann schaute sie ihn über die Schulter hinweg an. »Warum tust du das?«

»Weil ich diese ganze Traurigkeit satt habe. Sie macht mich krank. Du hast genug gelitten. Wir haben beide genug gelitten. Solange ich lebe, will ich dich in keinem schwarzen Kleid mehr sehen.« Er drehte sich zu ihr um. »Übrigens möchte ich, daß du auch das ausziehst, das du gerade trägst.«

Glory schnappte nach Luft und fuhr sich mit der Hand an die Kehle. »Das ist nicht dein Ernst!«

»Meine Gnädigste, ich versichere dir, daß es mir ernst ist. Zieh es aus.«

»Jetzt?« Sie schien es nicht glauben zu können.

»Sofort.«

Sie richtete sich auf. Zum ersten Mal seit Wochen sah Nicholas ihren Kampfgeist aufflackern. »Nein.«

»Du ziehst es aus, oder ich reiße es dir vom Leibe.«

Sie funkelte ihn trotzig an, bis er einen großen Schritt auf sie zu machte. »Also gut!« rief sie erschrocken und machte einen Schritt rückwärts. »Schick Betsy hoch.«

»Du hast einen Ehemann, der deine Kleider aufknöpfen kann.«

Sie schaute zur Tür, als wolle sie fliehen.

»Schlag dir das aus dem Kopf«, warnte Nicholas.

Sie sah ihn wieder an und richtete sich dann auf. So würdevoll wie nur möglich schickte sie sich in ihre Niederlage und drehte ihm mit hoch erhobenem Kinn und durchgestreckten Schultern den Rücken zu. »Du weißt, daß du dich wie ein Verrückter aufführst«, erklärte sie ihm. »Was ist bloß in dich gefahren?«

Nicholas grinste so breit, daß Grübchen auf seine Wangen traten. Wäre Brad dagewesen, Nicholas hätte ihn geküßt. Nachdem er mit seinen schlanken Fingern die Knöpfe geöffnet hatte, trat er zurück. »Jetzt schicke ich Betsy hoch«, sagte er, um sein Glück nicht über die Maßen zu strapazieren. »Wir treffen uns dann unten.«

»Unten?«

»Wir reiten aus. Ich finde, es ist höchste Zeit, daß du dir dein neues Heim ansiehst.« Ohne eine Antwort abzuwarten, verließ Nicholas mit großen Schritten das Zimmer.

Glory erschien ein paar Minuten später in einem silberblauen Sergekleid, das ihre blauen Augen zum Leuchten brachte. Ihr Haar war hochfrisiert, und kleine Löckchen umrahmten ihr Gesicht. Sie war zwar noch blaß, doch zwei rote Flecken färbten ihre Wangen.

»Wenn du mich unbedingt an die frische Luft schleifen mußt, damit ich mir den Tod hole, dann will ich es lieber gleich hinter mich bringen.« Sie nahm seinen Arm und ließ sich von ihm aus dem Salon geleiten. Ihre behandschuhte Hand ruhte leicht auf dem Stoff seines grauen Wollmantels. Nicholas genoß ihre Berührung.

Er wickelte sie in einen pelzbesetzten Mantel und reichte ihr einen dazu passenden Muff. »Es wird nicht lange dauern.«

Da es in der Nacht geschneit hatte, half Nicholas ihr in seinen schwarz-goldenen Zweispännerschlitten. Er setzte sich neben sie und breitete eine Roßhaardecke über ihren Schoß. Glory saß aufrecht und starrte geradeaus.

»Ich erwarte, daß du zum Abendessen herunterkommst«, erklärte er ihr und nahm die Zügel auf. »Und zwar jeden Abend von heute an.«

Glorys Kopf fuhr herum.

»Von heute an wirst du mit mir speisen, nicht in deinem Zimmer.« Er ließ die Pferde antraben, und der Schlitten setzte sich in Bewegung.

»Ich hätte wissen müssen, daß du mich bald wieder tyrannisieren würdest.«

»Ich betrachte mein Verhalten in letzter Zeit als Vernachlässigung. Ich habe dich bereits viel zu lange vernachlässigt.«

»Und wenn ich mich weigere, herunterzukommen?«

»Dann komme ich hoch, nehme dich auf meine Schulter und trage dich runter. Die Diener werden sich bestimmt königlich amüsieren.«

»Das würdest du nicht!«

»Wirklich nicht?«

Sie wußte genau, daß er das tun würde. Und wußte nicht, warum ihr das plötzlich schmeichelte.

Die Schlittenfahrt verging im Nu. Nicholas fuhr die Grenzen seines Besitzes ab, und Glory merkte, daß ihr die Landschaft gefiel, die still unter einer weißen Decke lag. Jeder Baum, jede Hecke war mit frischem Schnee bestäubt, und ein winziges weißes Karnickel kreuzte ihren Weg, um gleich darauf in seinem Bau zu verschwinden. Glory deutete ihm aufgeregt hinterher, und Nicholas lächelte über ihre Begeisterung.

Sie sog die frostige Morgenluft ein, in der ein leichter Duft von Hickoryrauch aus einem nahen Schornstein lag. Nach den langen Tagen in der Enge ihres Zimmers schmeckte die frische Luft wunderbar.

Sie fragte sich, warum sich Nicholas plötzlich so anders verhielt, und mußte dann widerstrebend zugeben, daß er ihr so wesentlich besser gefiel. Er schien wieder er selbst zu sein – arrogant, dominant, schlichtweg aufreizend. Trotzdem, er hatte etwas an sich... zum ersten Mal seit Wochen dachte sie an Nicholas statt an das Kind, das sie verloren hatte.

Das gedämpfte Klingeln des Zaumzeugs und das leise Läuten der Schlittenglocken schläferten sie ein, und zufrieden lehnte sie sich zurück. Sie merkte es kaum, als Nicholas den Schlitten vor dem Marmorhaus anhalten ließ. Er übergab die Zügel einem wartenden Pferdeknecht, sprang ab und kam um den Schlitten herum, um ihr beim Aussteigen zu helfen. Ein leichter Schauer überlief sie, als er sich über sie beugte. Er roch nach Moschus und nach den Lederzügeln, die er gehalten hatte.

»Na, das war doch gar nicht so übel«, neckte er sie. Sein Atem dampfte in der kalten Morgenluft und legte sich warm an ihre Wange. Als seine Hände um ihre Taille glitten, um sie heraus zu heben, spürte sie einen Stich in ihrem Herzen, das heftig gegen ihre Rippen hämmerte.

Sie speisten mit Brad zu Abend, und Glory entdeckte, daß sie die charmante Unterhaltung genoß. Brad war hübsch und intelligent, wenn auch längst nicht so robust wie sein Bruder, wie es Glory schien.

»Wie war die Fahrt?« fragte Brad, und seine haselnußbraunen Augen leuchteten.

»Kühl«, antwortete sie, hinzufügend: »Aber es hat mir trotzdem gefallen.«

»Ausgezeichnet«, meinte Brad. »Die Winterluft weckt immer die Lebensgeister.«

»Du hast ja so recht«, warf Nicholas ein.

Glory hatte bemerkt, daß er sie den ganzen Abend beobachtete, doch nicht mehr mit diesem kummervollen, besorgten Blick, sondern mit einem Funkeln in den Augen, das von dem alten Hunger kündete. Sie weigerte sich zuzugeben, daß auch sie diesen Hunger empfand.

Am nächsten Tag fuhren sie nach Tarrytown hinein. Glory fühlte sich schon wieder kräftiger und gesünder. Zu ihrer Überraschung bestellte Nicholas eine komplette Garderobe: Röcke, Kleider, Schuhe, Jacken und Mäntel aus Serge, Flanell, Kamelhaar und Merino für tagsüber; aus Seide, Crêpe de Chine, Samt und Satin für abends; und alles in klaren, kräftigen Farben. Wie er ihr versprochen hatte, gestand ihr Nicholas nicht ein einziges dunkles Kleid zu.

Als sie auf dem Landsitz ankamen, fühlte sich Glory erschöpft, aber auch so aufgeregt wie seit Wochen nicht mehr. In dieser Nacht begleitete Nicholas sie nach dem Abendessen hinauf in ihr Zimmer. Der Gang war leer und wurde von flackernden Kerzen in Messingleuchtern erhellt. Sie spürte seine Hand auf ihrer Taille und seinen Atem in ihrem Haar.

»Danke für die Kleider«, sagte sie leise. »Sie werden bestimmt bezaubernd aussehen.«

»Wie bezaubernd sie auch sind, sie werden dir bestimmt nicht gerecht.«

Sie spürte, wie ihre Wangen warm wurden, und betrachtete ihn einen Augenblick. Die Sorgenfalten waren aus seinem Gesicht verschwunden, er wirkte auf verwegene Weise hübsch und sogar ein wenig jünger. Ohne zu überlegen legte sie ihre Hand an seine Wange. Unvermittelt zuckte sie zurück. »Ich gehe jetzt lieber hinein.« Sie drehte sich um und wollte weggehen.

»Noch nicht.«

Bevor sie protestieren konnte, nahm er sie in seine Arme und küßte sie. Obwohl es nur ein flüchtiger Kuß war, wurden Glory die Knie weich. Sie betete, daß Nicholas nichts bemerkt hatte, aber sein Lächeln verriet ihr, daß ihm nichts entgangen war.

Am nächsten Morgen weckte Nicholas Glory in aller Frühe und bestand darauf, daß sie mit ihm ausritt. Er wartete in rehbraunen Reithosen, glänzenden schwarzen Stiefeln, einem schneeweißen Hemd und einem Kaschmirrock am Fuß der Treppe auf sie. Glory trug ein neues, saphirgrünes Reitkleid aus Samt, das Nicholas gegen ein Extrahonorar besonders schnell hatte fertigen lassen. Sie mußte zugeben, daß es ihr gefiel, wieder schöne Kleider zu tragen. Sie wußte, daß ihr Vater damit einverstanden gewesen wäre. Dann dachte sie an das winzige Kind, um das sie ebenfalls trauerte, und mußte gegen den plötzlichen Wunsch ankämpfen, wieder Schwarz tragen zu wollen.

»Ich habe eine Überraschung für dich«, erklärte ihr Nicholas, nahm ihren Arm und führte sie aus dem Zimmer. Isaac, der alte schwarze Butler, der aus der Stadt auf den Landsitz gekommen war, stand im Foyer und hielt Nicholas' warmen schwarzen Überzieher. Er half Nicholas hinein. Der alte ehemalige Sklave erinnerte Glory an ihre Heimat. Sein warmes Lächeln sowie seine fröhliche Art heiterten sie immer wieder auf.

Glory, die einen pelzbesetzten Mantel über ihrem Reitkleid trug, ging an Nicholas' Arm. Sie traten aus dem Foyer und unter dem Säulengang ins Freie. Die Sonne strahlte durch die laublosen Bäume hindurch, es gelang ihr aber nicht, die kalte Winterluft zu erwärmen. Sie gingen direkt zu den Ställen hinüber, von woher leises Wiehern zu hören war, das Glory einen Freudenschauer über den Rücken jagte. Wie lange war es her, seit sie am Rande der Reisfelder über die Ländereien ihres Vaters geritten war? Wie lange hatte sie das berauschende Gefühl nicht mehr gespürt, das ein Ritt immer in ihr auslöste?

Nicholas führte sie an die Koppel neben der massiven Steinscheune, wo eine bezaubernde kastanienbraune Stute und ein winziges Fohlen über den verschneiten Boden galoppierten.

»Das ist Siren's Song«, verkündete er stolz. »Das Fohlen heißt Windsong. Sie gehören dir.«

»Mir?«

»Wir können das Fohlen zum Rennpferd heranziehen, oder wir behalten es zur Zucht, ganz wie du willst.«

»O Nicholas. Sie sind wunderschön. Ich weiß gar nicht, was ich sagen soll.«

»Wie wäre es mit danke?«

»Danke«, flüsterte sie.

»Natürlich wäre ein Kuß besser.«

Glory zögerte nur einen Augenblick. Sie stellte sich auf die Zehenspitzen, um ihm einen Kuß auf die Wange zu geben, doch im letzten Augenblick drehte Nicholas den Kopf, und seine Lippen trafen auf ihre. Er zog sie mit dem Arm an sich, und Glorys Herz begann wie rasend zu schlagen. Sie wußte, daß es sich nicht gehörte, im hellichten Tag einen Mann zu küssen – nicht einmal den eigenen Ehemann –, aber sie brachte es nicht über sich, die Umarmung abzubrechen.

Nicholas betörte sie mit seiner Zunge, bis sie den Mund öffnete. Er drang tiefer ein, bis ihr Schauer über den Rücken liefen. Sie hörte ein leises Stöhnen und begriff, daß sie selbst es war. Entsetzt und verlegen riß sie sich los. Sie war rot bis über beide Ohren.

»Komm«, meinte Nicholas so selbstzufrieden, daß es Glory schon eitel erschien. »Der Stallknecht wartet schon mit den Pferden.«

Sie ritten über die Landstraßen. Glory genoß es, auf einem so kräftigen Tier zu sitzen. Sie trieb den großen Fuchswallach immer weiter an, bis sie im leichten Galopp über die Felder ritten. Eine niedrige Buchsbaumhecke versperrte ihnen den Weg. Bevor Nicholas sie zurückhalten konnte, hatte Glory übergesetzt und zügelte auf der anderen Seite ihr Pferd. Er nahm die Hecke mit Leichtigkeit und hielt mit finsterer Miene neben ihr an. Er war verärgert, weil sie seine unausgesprochene Anordnung, sich am ersten Tag noch zu schonen, mißachtet hatte.

Er wollte gerade zu einer Predigt ansetzen, da bemerkte er ihr breites, spitzbübisches Grinsen – und seine hellgrauen Augen leuchteten erfreut auf.

»Wirst du denn nie gehorchen?«

»Hoffentlich nicht.«

Er beugte sich zu ihr und gab ihr einen kurzen, warmen Kuß. »Das hoffe ich auch.«

Sie ritten entspannt zurück zum Haus, wo Nicholas Glory aus ihrem Damensattel hob. Die kalte Luft hatte Glorys Wangen noch mehr gerötet als sein Kuß, und sie fühlte sich lebendiger als seit Wochen.

In dieser Nacht brachte Nicholas sie nach dem Abendessen zu ihrem Zimmer. Noch bevor sie die Tür erreicht hatten, nahm er sie in die Arme. Diesmal wurde sein sanfter Kuß fordernder. Er hielt ihre Wangen zwischen beiden Händen und preßte seinen Mund auf ihren. Als er seinen Griff löste, mußte Glory die Arme um seinen Hals schlingen, denn unter seinem Kuß waren ihr die Knie schwach geworden. Er küßte, reizte und liebkoste sie, bis sie nicht anders konnte, als ihren Mund zu öffnen. Sein Atem schmeckte nach Brandy und nach den Kirschen, die sie nach dem Dinner gegessen hatten.

Er küßte sie ausgiebig, dann löste er sich von ihr. Für einen kurzen Moment kam Glory sich verlassen vor.

»Hast du eine Ahnung, wie sehr ich dich brauche?« flüsterte er rauh.

Sie schüttelte nur den Kopf.

»Ich will, daß du wieder bei mir schläfst«, sagte er, drehte sich um und ging wieder die Treppe hinunter.

Wie schlafwandelnd betrat Glory ihr Zimmer. Betsy kam und half ihr beim Ausziehen; dann schlüpfte Glory unter die Decke auf ihrem riesigen Himmelbett. Ich verliebe mich schon wieder in ihn, dachte sie, während sie auf den Samthimmel über dem Bett starrte. Sie erbebte und spürte, wie ihr Tränen in die Augen stiegen. Ihre Liebe zu Nicholas Blackwell würde ihr nur noch mehr Leid einbringen. Sie dachte an die Zeit ihres Schiffbruchs zurück. Damals hatte er erst ihr Vertrauen und schließlich ihr Herz gewonnen. Dann hatte er sie sitzenlassen und absichtlich, ohne jeden Skrupel, ihren Ruf ruiniert. Er war nach Boston gekommen und hatte gedroht, das gleiche noch einmal zu tun – und seinem Kind die Zukunft zu verbauen. Sie wußte nur allzu gut, wie gewissenlos Nicholas sein konnte.

Unruhig wälzte sie sich herum. Ihr ganzer Körper war verkrampft und angespannt. Obwohl sie sich dagegen wehrte, wurde die Erinnerung an Nicholas' Kuß, an seine warmen Lippen, seinen herben männlichen Geruch in ihr wach. Früher oder später würde er seine ehelichen Rechte einfordern. Schon jetzt verzehrte sich ihr Körper nach seiner Berührung. Wenn er erst wieder Besitz von ihr ergriffen hätte, wäre seine Macht über sie größer als je zuvor.

Plötzlich konnte Glory nicht mehr liegenbleiben. Sie schlug die Decke zurück und ging ans Fenster. Der Schnee war geschmolzen, und der Vollmond schien auf die kahlen Bäume, deren schwarze Äste die Landschaft in lauter kleine Scherben zerschnitten.

Genau wie mein Leben, dachte sie. Wenn sie nur wüßte, wie sie die Stücke zusammenfügen könnte, dann bekäme sie vielleicht eine Ahnung, was sie tun sollte.

19. Kapitel

Am nächsten Morgen fuhr Nicholas in die Stadt. Er kam nur kurz in ihr Zimmer, um ihr das mitzuteilen.

»Ich habe mich schon zu lange nicht mehr ums Geschäft gekümmert«, hatte er gesagt. »Ich muß mich davon überzeugen, daß es keine Probleme gibt. Ich komme so bald wie möglich zurück.« Er lächelte sie voller Wärme an. Sie saß aufrecht in ihrem Bett und hatte das Tablett mit warmen Zimtbrötchen und Kaffee, das er ihr gebracht hatte, auf dem Schoß. »Stell bitte nicht allzu viel an.«

Sie hatte darüber gelächelt. Während sie jetzt ihre Morgentoilette machte, fragte sie sich, warum er ihr nicht eher gesagt hatte, daß er in die Stadt fahren wollte. Hatte er etwas vor, von dem sie nichts wissen sollte? Ging es um eine andere Frau? Sie wußte, wie groß sein Appetit war. Seit Monaten war er mit keiner Frau mehr zusammen gewesen – jedenfalls soweit sie das wußte. Ein erster eifersüchtiger Stich. Angst kroch ihr den Rücken hinauf.

Drei Tage später kehrte Nicholas zurück. Für Glory waren es drei lange einsame Tage. Es überraschte sie, wie sehr sie ihn vermißt hatte. Und sie weigerte sich, darüber nachzudenken, was er getan haben mochte.

»Ich muß den ganzen Monat über immer wieder weg«, sagte er nach seiner Rückkehr zu ihr. Sie saßen am Eßtisch, auf dem Wildbret, neue Kartoffeln und frisches, warmes Brot warteten. »Ich habe jemanden gefunden, der die Verwaltung für mich übernimmt. Max Faulkner. Er ist recht beschlagen. Sobald wir alles organisiert haben, kann ich das Geschäft von hier aus führen. Dann können wir die Rennpferde züchten, wovon wir neulich sprachen.« Er lächelte sie an, und seine Augen hefteten sich kurz auf ihre Brüste, die sich über dem grünen Samtkleid wölbten. »Mit einer Stute wie Siren's Song und ein paar guten Hengsten dürften wir in kürzester Zeit eine ganz schöne Herde beisammen haben.«

Glory lächelte ihn an. Sie wollte ihm so gerne glauben und war zugleich glücklich, ihn nur wieder bei sich zu haben.

Sie ritten bei jeder Gelegenheit aus, bis Glorys Wangen wieder rosig waren und ihre Beziehung enger geworden war als je zuvor. Glory war nicht sicher, ob sie das froh oder argwöhnisch machen sollte. Sie wußte nur, daß jeder Tag, den sie mit Nicholas verbrachte, sie mit Glück, aber auch mit Verzweiflung erfüllte.

Jeden Abend brachte er sie zu ihrem Zimmer. Jede Nacht forderte er einen Kuß von ihr, der jedesmal tiefer, drängender ausfiel. Als seine Hände an Glorys Mieder hinaufwanderten und seine Finger unter den Stoff glitten, um ihre Brust zu liebkosen, stöhnte sie leise auf und riß sich von ihm los.

»Du hast versprochen, daß du mich nicht zwingen würdest, ehe ich bereit wäre.«

Ein Mundwinkel hob sich zu einem verschmitzten Lächeln. »Und du weißt genau, daß du noch nicht bereit bist?«

Glory schluckte schwer. Ihr Körper war mit Sicherheit bereit. Ihr Kopf allerdings noch nicht. »Ich… ich… Ja. Ich meine nein. Ich bin bestimmt noch nicht bereit.«

Er strich mit der Fingerspitze über ihre Wange. »Ich werde mein Versprechen nicht brechen.« Er lächelte sie wieder an. »Aber wie manche Frauen weißt du vielleicht nicht immer, was du wirklich willst. Ich werde nicht zögern, zu gegebener Zeit die Entscheidung für dich zu treffen.«

»Aber…«

»Gute Nacht.«

Das war vor zwei Tagen gewesen. Er war wieder nach New York gefahren, diesmal für fünf Tage, wie er ihr erklärt hatte. Die Kälte hatte nachgelassen, und der Vorfrühling kam über das Land. Glory wandelte zwischen Beeten voll sprießender Narzissen durch den stillen französischen Garten und berührte gedankenverloren die fest verschlossenen Knospen, die noch auf wärmere Zeiten warteten. So lange war Nicholas nie zuvor weg gewesen. Glory wurde langsam bewußt, wie lieb sie ihn gewonnen hatte. Ohne ihn schienen sich die Tage endlos zu dehnen. Nachts dachte sie an seine Küsse, sehnte sich nach weiteren Zärtlichkeiten und quälte sich dann mit der Vorstellung, daß er in diesem Augenblick in den Armen einer anderen Frau liegen könnte.

Glory trat zwischen die grünblättrigen Pflanzen, deren weiße Knospen über ihr gelbes Kaschmirkleid strichen, und versuchte, sich endlich klar über ihr Leben zu werden.

»*Narcissus jonquilla*«, hörte sie eine vertraute tiefe Stimme mit weichem Südstaatenakzent sagen. »Sie sind wunderschön, wenn sie blühen, findest du nicht auch?«

Glory wirbelte herum. »Nathan!« rief sie aus und warf sich in seine Arme. Er drückte sie an sich, und sie merkte an seinem Herzklopfen, wie sehr er sich über das Wiedersehen freute. Dann stellte er sie vor sich hin und inspizierte sie vom Scheitel bis zur Sohle.

»Na, du siehst ja ganz ordentlich aus.«

»Und du, kleiner Bruder, kommst mir jedesmal, wenn wir uns sehen, ein bißchen größer vor.« Sie schloß ihn wieder in die Arme. Wie gut er in seinem dunkelbraunen Überrock aussah. Sie bemerkte, daß er nicht allein war.

»Das sind Freunde von mir, Glory. Valentine und seine Mutter Hilly.« Eine große, schlanke Schwarze stand am Rand des Gartens, einen kleinen Jungen an der Hand, der sein Gesicht in ihrem Kattun-Rock vergrub.

Glory ging auf sie zu, um sie zu begrüßen.

»Hallo, Missus«, begrüßte die Frau sie mit breitem Schwarzen-Akzent, den Glory seit Monaten nicht mehr gehört hatte.

»Hallo, Hilly. Und du mußt Valentine sein.« Sie kniete vor dem Jungen nieder, der sie mit seinen großen braunen Augen ängstlich anschaute. Seine Kleider waren geflickt und abgetragen, aber sauber. »Ich bin Glory, Valentine. Ich freue mich, dich kennenzulernen.« Er beschenkte sie mit einem strahlenden Lächeln und versteckte sich gleich wieder im Rock seiner Mutter.

»Sie brauchen deine Hilfe, Glory«, meinte Nathan. »In deinen Briefen hast du über deine Arbeit in Boston geschrieben. Dorthin wollen die beiden.«

»Kommt herein«, sagte sie, »ins Warme.«

Sobald sie im Wohnzimmer saßen und Kakao tranken, drängte sie Nathan, zu erzählen, was er mit den entlaufenen Sklaven zu tun hatte – denn offensichtlich waren das die beiden.

»Um die Wahrheit zu sagen, ich habe mich erst entschlossen, etwas zu unternehmen, als ich deine Briefe erhalten habe. Natürlich hatte ich in der Zeitung von der Untergrund-Eisenbahn gelesen. Aber es kam mir so riskant vor. Nachdem du mir darüber geschrieben hattest, beschloß ich, daß es das Risiko wert sei.« Er schaute zu den beiden Schwarzen hinüber, die auf dem Sofa am Kamin saßen. »Glaub mir, es hat sich bereits gelohnt.«

»Wie kann ich helfen?« fragte Glory.

»Wo ist dein Mann?« entgegnete Nathan. »Ich glaube, du solltest erst mit ihm darüber sprechen.«

Das überraschte Glory. »Ich hätte nicht gedacht, daß du einen Pfifferling auf Nicholas Blackwells Meinung gibst, nachdem er dich so schlecht behandelt hat.«

Nathan lächelte. »Erst dachte ich genauso. Aber nach eurer Hochzeit hat mich Nicholas in der Schule besucht. Er hat mir erklärt, was zwischen euch vorgefallen war. Er bat mich um Verzeihung und um Verständnis und hieß mich als neues Familienmitglied willkommen. Ich habe ihm gesagt, daß ich ihn respektiere und euch beiden Glück wünsche. Ich dachte, das hätte er dir ausgerichtet.«

»Nein. Nein, das hat er nicht.« Sie schaute auf die beiden vor dem Feuer. Sie war stolz auf Nicholas, weil er den Mut gehabt hatte, Nathan um Verzeihung zu bitten, aber sie fragte sich, warum er ihr nichts davon gesagt hatte. Aber andererseits sah ihm das so ähnlich. Manchmal hatte sie den Eindruck, er versuche, seine zärtliche, liebevolle Seite vor ihr zu verbergen. »Jedenfalls ist er in der Stadt. Er kommt frühestens in drei Tagen zurück. Valentine und Hilly können hierbleiben, bis er wiederkommt.«

»Bis dahin sollten sie sich ausgeruht haben. Mittwoch morgen kommt ein Wagen vorbei, mit dem sie die nächste Etappe zurücklegen.« Er sah sie eindringlich an. »Versprich mir, daß du Nicholas alles erzählst, selbst wenn sie schon fort sein sollten.«

»Das kann ich dir nicht versprechen, Nathan. Diese Arbeit ist mir wichtig. Ich habe schon überlegt, wie ich helfen könnte. Ich habe sogar mit dem Gedanken gespielt, George McMillan zu schreiben. Ich wollte bloß vermeiden, daß er falsche Schlüsse zieht. Du hast das Problem für mich gelöst. Zu gegebener Zeit werde ich Nicholas davon erzählen. Vorher nicht. Wenn ich den Eindruck gewinne, er will mir die Arbeit verbieten, dann werde ich ihm überhaupt nichts erzählen. Isaac wird mir bestimmt helfen. Wir beide bekommen das schon hin.«

»Ich finde, du solltest ihm alles erzählen, sobald er zurückkommt. Aber ich überlasse dir die Entscheidung.« Er grinste wieder. »Wie immer, nicht wahr?«

»Danke, Nathan.« Sie wandte sich an Hilly und Valentine. »Kommt, ihr beiden. Ich zeige euch eure Unterkunft.« Sie führte sie in eine gemütliche Kammer hinter der Küche. »Das hier sollte genügen.«

Sie begutachteten die flauschige Decke, den Wasserkrug auf der Walnußkommode und das breite, bequem aussehende Bett. »Danke, Missus«, meinte Hilly und lächelte erleichtert.

»Danke, Missus«, lispelte Valentine durch seine Zahnlücke.

»Ich tue das wirklich gerne. Bald komme ich mit eurem Abendessen wieder.« Sie schloß die Tür und folgte Nathan zurück durch die Küche ins Wohnzimmer.

»Wie lange kannst du bleiben?« fragte sie ihn.

»Leider muß ich morgen schon wieder zurück. Übermorgen beginnen die Prüfungen.«

»Dann wollen wir keine Zeit verlieren. Erzähl mir alles, was du gemacht hast.«

»Und was ist mit dir? Wie ist es, eine verheiratete Dame zu sein?«

Sie wünschte, er hätte das nicht gefragt. Wie konnte sie ihm erklären, daß sie sich keineswegs verheiratet fühlte. Sie schlief allein und fürchtete jede Nacht, daß ihr Gatte zu ihr käme. Sie senkte den Blick. »Mir geht es gut. Und jetzt erzähl' mir von der Schule.«

Als hätte er nur darauf gewartet, stürzte er sich in einen dreißigminütigen Monolog über die hortikulturellen Experimente, an denen er arbeitete.

In der Nacht bevor Nicholas heimkommen sollte, lag Glory auf ihrem Bett unter dem schweren Samthimmel. Die Flüchtlinge waren abgeholt worden, danach war Glory wieder allein in ihrem großen, leeren Haus. Der kleine Junge hatte peinigende Erinnerungen an das Kind heraufbeschworen, das sie verloren hatte. Aber noch schlimmer war, daß Hilly Glory erzählt hatte, wie sie ihren Mann verloren hatte, wie sehr sie ihn geliebt hatte und wie einsam sie ohne ihn war.

Glory starrte an den Betthimmel und versuchte, sich ein Leben ohne Nicholas vorzustellen. Sie zwang sich, an jenen Tag, an dem sie von Bord gegangen war, und an ihre Verzweiflung zurückzudenken. Würde ein Ehering ihn davon abhalten, sie wieder zu verlassen? Sie hatte seinen Sohn verloren; jetzt konnte sie ihn nicht mehr halten.

Den ganzen Tag ging sie im Garten umher und versuchte sich darüber klarzuwerden, was sie tun sollte. Der Hudson floß hinter den eben ergrünenden Trauerweiden vorbei, und Enten gründelten auf Futtersuche in seinem Wasser. Vielleicht sollte sie auf Summerfield Manor zurückkehren, dachte sie. Die Briefe ihrer Mutter waren in den letzten Monaten freundlicher geworden. Anscheinend vermißte ihre Mutter sie doch. Oder sollte sie wieder nach Boston gehen? Sollte sie Nicholas noch einmal darum bitten, die Ehe zu annullieren? Oder sollte sie auf die Stimme ihres Herzens hören und bei ihm bleiben, seine Frau werden und seine Kinder gebären? Dazu gehörte der größte Mut.

Mit jedem Tag, den sie mit Nicholas verbrachte, fühlte sie sich ihm enger verbunden. Sie war darüber hinweggekommen, wie schlecht er sie behandelt hatte, hatte sogar den Tod ihres Kindes verkraftet. Sie wollte ihn um keinen Preis noch einmal verlieren.

Bis zum Spätnachmittag hatte sich Glory so in ihr Problem hineingesteigert, daß sie launisch und nervös wurde. Als Nicholas abends aus der Stadt heimkehrte, schützte sie Kopfschmerzen vor und weigerte sich, mit ihm zu Abend zu essen. Bevor er zu Bett ging, kam er in ihr Zimmer, um nach ihr zu sehen, aber sie wich ihm aus. Sie stand in ihrem einfachen Baumwollnachthemd am Fenster und war entschlossen, ihn nichts von ihren Gedanken wissen zu lassen. Sie fühlte sich vollkommen niedergeschlagen.

»Bist du krank, Liebe?« Mit großen Schritten durchmaß er das Zimmer und legte ihr sanft die Hand auf die Taille.

»Ich habe bloß Kopfweh«, sagte sie leise, ohne sich zu ihm umzudrehen.

»Ist es bestimmt nichts Ernstes?«

Ihre Kehle war wie zugeschnürt. Ihr Herz begann zu klopfen, wenn sie nur seine tiefe Stimme hörte. Sie fühlte sich zu ihm hingezogen, begehrte ihn und liebte ihn, genau wie damals auf der Insel. »Es ist alles in Ordnung ... wirklich«, sagte sie leise und gepreßt. »Morgen geht es mir wieder gut.«

Er drehte sie zu sich um, und obwohl sie sich alle Mühe gab, rann eine einzelne Träne über ihre Wange.

»Erzähl es mir«, sagte er und wischte die Träne fort.

»Das kann ich nicht. Bitte, laß mich einfach nur allein.«

»Ich bin dein Mann, Glory. Mir kannst du alles erzählen.«

Sie schüttele nur den Kopf. »Es tut mir leid. Ich mache mich lächerlich. Bitte, laß mich allein. Morgen früh geht es mir wieder gut.«

»Verdammt, Glory, sag mir, was los ist!«

Glory drehte sich ganz zu ihm um, denn sein Zorn fachte den ihren an. »Also gut, ich werde dir sagen, was los ist! Ich will das alles nicht mehr. Ich will nicht hier sein. Ich will nicht bei dir sein. Ich will heim!«

»Aber warum denn?«

Tränen strömten ihr über die Wangen, aber sie schwieg.

»Du warst doch glücklich«, sagte er. »Ich dachte... Wenn ich dich irgendwie verärgert habe... dann sag es mir.«

Sie antwortete immer noch nicht.

»Sag es mir, verdammt noch mal! Warum willst du fort?«

Sie hob das Kinn, und ihr Zorn steigerte sich zu tiefer Wut. »Weil ich dir nicht vertraue. Ich kann nicht sicher sein, daß du nicht eines Tages durch diese Tür hinausmarschierst und nie mehr zurückkommst.« Sie schluckte ihre Tränen hinunter. »Aber mehr als alles andere *will ich dich nicht lieben.*«

Nicholas zog sie in seine Arme. Er drückte sie an sich und schlang seine Arme schützend um sie, während sie an seiner Brust weinte. Er strich über ihre blaßblonden Haare; dann sprach er mit leiser, eindringlicher Stimme zu ihr.

»Verstehst du nicht? Ich liebe dich mehr als mein Leben. Monatelang habe ich getrauert, nachdem du fort warst. Ich habe mir gewünscht, du wärst bei mir, und zugleich geglaubt, du würdest einen anderen lieben. Weißt du, was ich durchgemacht habe? Glaubst du ernsthaft, ich könnte das ein zweites Mal durchstehen?«

Sie hob das Gesicht und sah zu ihm auf. »Einen anderen lieben? Das verstehe ich nicht. Wen denn?«

»Wir haben so wenig miteinander gesprochen, Glory. Ich kann nicht glauben, daß du das nicht weißt.«

»Was denn?«

»Ich dachte, Nathan wäre dein... Ich wußte nicht, daß er dein Bruder ist.«

Glory drückte sich von ihm weg. »Du dachtest, Nathan wäre...? Was?«

»Ich dachte, du würdest ihn lieben. Als ich nach Boston kam, habe ich versucht, dir das zu erklären.«

»Nein, Nicholas, das hast du nicht.« Sie blickte ihn wütend an. »Wie konntest du so etwas von mir glauben? Daß ich mit dir schlafen würde, obwohl ich einen anderen liebe?«

»Ich weiß es nicht.« Er wand sich unter ihrem Blick. »Ich war ein Narr.«

»Nun, ich weiß es auch nicht. Begreifst du das nicht? Ich verstehe dich nicht, Nicholas. Und solange ich dich nicht verstehe, kann ich dir auch nicht glauben oder vertrauen. Vor allem aber kann ich nicht zulassen, daß ich mich in dich verliebe.«

»Verdammt, Glory, ich weiß nicht, was ich sonst noch tun kann.«

»Vielleicht wäre es am besten, wenn ich einfach fortginge.«

»Nein.«

»Vielleicht würde sich irgendwann alles klären.«

»Zwischen uns wird sich niemals etwas klären, solange du nicht wieder da bist, wo du hingehörst.«

Sie streckte trotzig das Kinn vor. »Und wo könnte das sein?«

»In meinem Bett. Ich kann dir nur auf eine Weise zeigen, wie sehr ich dich liebe.« Er nahm sie auf die Arme und legte sie auf das riesige Himmelbett.

Glory begann sich zu wehren, als er sich neben sie legte. »Bitte, Nicholas. Du machst alles nur noch schlimmer.«

»Ich habe dir schon einmal gesagt, daß ich entscheiden würde, wann die Zeit gekommen ist. Ich will dich lieben, Glory. Vielleicht kann dich mein Körper überzeugen, wenn es meine Worte nicht können.«

Er faßte ihr Kinn und küßte sie. Unter ihren Händen, die gegen seine Brust drückten, spürte sie sein Herz klopfen. Seine Lippen preßten sich warm und fest auf Glorys Mund. Ein leises

Stöhnen stieg aus ihrer Kehle. Sie mußte ihn aufhalten. Wenn es ihr jetzt nicht gelang, war sie verloren.

»Bitte, Nicholas«, flüsterte sie und versuchte, sich ihm zu entziehen. Wieder brachte er sie mit einem heißen, hungrigen Kuß zum Schweigen. Er roch nach Moschus und Brandy. Seine Zunge nahm Besitz von ihrem Mund und erforschte das samtige Innere.

Glory stockte fast der Atem. Immer zaghafter wehrte sie sich, als würde sie ahnen, daß sie nur verlieren konnte, wenn sie diese Schlacht gewann. Im Grunde, das wußte sie, begehrte sie ihn ebensosehr wie er sie. Er hielt sie zärtlich fest und zog ihr das Nachthemd über den Kopf, so daß ihr zitternder, nackter Leib schutzlos seinen Blicken ausgesetzt war.

»So wunderschön«, flüsterte er ihr ins Ohr. »Genau wie ich ihn jede Nacht vor mir gesehen habe.«

»Nicholas«, hauchte sie und wünschte, sie könnte die Worte aufhalten, »ich habe dich so vermißt.«

Er ließ ihre Hände los, die sich augenblicklich um seinen Hals schlangen. Sie fuhr durch sein schwarzgelocktes Haar. Er streichelte ihre vollen, weichen Brüste, liebkoste erst die eine, dann die andere. Seine Berührungen waren voller Zärtlichkeit. Als er seine Lippen über ihrer Brustwarze schloß, stöhnte Glory ganz leise und drängte sich ihm entgegen. Sie wollte mehr, immer mehr, und wünschte zugleich, es nicht zu wollen. Er küßte sie auf den Mund, auf die Nase, auf die Augen und folgte der Linie ihrer Schulter.

Mit zitternden Händen knöpfte sie sein Hemd auf und fuhr mit der Hand hinein, um seine warme Haut zu spüren. Als sie die festen Locken auf seiner Brust fühlte, durchlief sie ein Schauer, und tief in ihr begann es zu glühen. Sie wagte sich weiter vor, bis zu den Knöpfen seiner Hose, doch er hielt ihre Hand zurück.

»Noch nicht«, flüsterte er. Er berührte sanft ihren Busen, seine Hände glitten über ihren Körper, und behutsam bog er ihre

Beine auseinander. Langsam bewegte er sich tiefer, bis er zwischen ihren Schenkeln lag. Seine Küsse brannten eine glühend heiße Spur auf ihre glatte, weiche Haut, vom Nabel bis hinunter zur Quelle ihrer Leidenschaft, die verborgen in ihrem schützenden blaßblonden Nest lag. Als seine Lippen sich darum schlossen, durchfuhr Glory ein Hitzestrahl, der sie fast zum Wahnsinn trieb. Sie stöhnte und wand sich unter ihm, rief Nicholas' Namen und bettelte um mehr. Mit seinem Mund und seinen Händen verschaffte er ihr nie gekannte Lust. In immer mächtigeren Wogen überspülte sie die monatelang entbehrte Leidenschaft, bis sie schließlich erschöpft, und ein wenig verlegen wegen ihrer leidenschaftlichen Hingabe, vor ihm lag.

Ihr war kaum bewußt, daß er sie alleingelassen hatte. Sie bemerkte es erst, als er bei seiner Rückkehr mit seinem Gewicht die schwere Matratze niederdrückte. Als sie sich ihm zuwandte, sah sie, daß er sich ausgezogen hatte. Sie betrachtete seinen festen, muskulösen Leib, und wieder durchströmte sie heftiges Verlangen. Einen Moment schaute sie ihn nur an und schwelgte in dem Anblick, den sein dunkles Gesicht und der lang entbehrte, kraftvolle Körper ihr boten. Sie nahm sein Gesicht zwischen ihre Hände, zog ihn zu sich hinab und preßte ihre Lippen auf seinen Mund. Es war ein zärtlicher Kuß, doch sie spürte sein leidenschaftliches Begehren, das er zurückgehalten hatte, während er ihr Lust bereitete.

Während ihre Hände über den festen Leib strichen, wurde sein Kuß immer fordernder, bis sie schließlich hörte, wie er aufstöhnte. Ihre Finger glitten zu seinen harten Hinterbacken, sie spürte das Spiel der Muskeln unter ihren Händen. Dann legte sie sich auf den Rücken, und er führte sein hartes Glied an ihre Pforte.

»Bitte«, hauche sie. »Ich brauche dich so sehr.« Statt einer Antwort küßte er sie und drang im gleichen Augenblick mit seiner Zunge in ihren Mund ein, in dem sie sich ihm öffnete.

Lust durchströmte sie wie glühende Lava. Sie stöhnte und bäumte sich unter ihm auf, rief immer wieder seinen Namen, flehte um immer mehr. Und Nicholas versagte ihr nichts. Schweiß glänzte auf ihrer Haut; gemeinsam wurden sie von ihrer Leidenschaft fortgetragen. Immer tiefer drang Nicholas in sie ein, füllte sie aus, und jedesmal glaubte Glory, daß sie unmöglich noch größere Lust empfinden könnte. Gerade als sie sicher war, diese Folter keine Sekunde länger ertragen zu können, durchflutete sie qualvoll süße Verzückung und erlöste sie. Nicholas folgte ihr unmittelbar, während ekstatische Schauer seinen Körper erbeben ließen.

Eine Weile lagen sie ruhig beieinander und hingen ihren Gedanken nach. Nicholas hielt Glory fest umschlungen. Nicholas, beschwor sie ihn insgeheim. Ich habe solche Angst. Bitte liebe mich, wie du es mir versprochen hast. Ich verspreche dir, daß du es nicht bereuen wirst. Doch sie sagte nichts.

Sie liebten sich ein weiteres Mal. Und noch einmal; als bemühten sich beide verzweifelt, den Monaten der Einsamkeit ein Ende zu machen. Schließlich bettete sie ihren Kopf in seine Armbeuge und stellte sich schlafend. Sie hatte die Leidenschaft ihres Mannes erwidert und auf diese Weise eine Entscheidung gefällt. Sie war nun ganz und gar seine Frau. Was immer auch geschehen mochte, sie hatte ihren Weg gewählt. Doch die Erinnerung daran, wie glücklich sie allein auf ihrer Insel gewesen waren – und an die entsetzliche Zeit danach –, ließ sie nicht einschlafen. Sie fragte sich, ob Nicholas ebenfalls wach lag.

20. Kapitel

Am nächsten Morgen wußte Glory, daß sie irgendwann doch noch eingeschlafen war. Sie blinzelte gegen das Licht der Sonne an, das durch ein offenes Fenster drang. Sie dachte an den gestrigen Abend. Hastig drehte sie sich um. Nicholas lag, auf einen Ellbogen gestützt, neben ihr und sah sie offen aus seinen grauen Augen an. Er strich mit der Hand eine Strähne aus ihrem Gesicht, sagte aber nichts, als fühle er sich ein wenig unsicher.

»Willst du immer noch fort?« fragte er schließlich. Sie bemerkte die erzwungene Leichtigkeit seines Tonfalls. Seine Miene wirkte distanziert, wachsam, als fürchtete er sich vor ihrer Antwort, müsse aber dennoch fragen.

»Nein.«

»Fühlst du dich schlecht?«

Sie schüttelte den Kopf. Seine Miene entspannte sich, doch ihre Antwort war nur halb wahr. Denn sie fühlte sich schlecht, weil sie immer noch unsicher war, was ihre Liebe zu Nicholas betraf. Sie war immer so zuversichtlich, so selbstsicher gewesen. Jetzt konnte sie keinen Augenblick mehr Ruhe finden; jede Sekunde zweifelte sie an sich selbst.

»Ich bin deine Frau«, erklärte sie ihm mit einem mühsamen Lächeln. »Solange du mich haben willst.«

Er rollte sich mit einer leichten Bewegung auf sie. »Mindestens für immer.« Er senkte den Kopf und gab ihr einen Kuß, der fordernd war, aber auch ein Versprechen bedeutete und Abbitte für die Vergangenheit.

Wie sie sich wünschte, daß sie ihm glauben könnte.

Wieder liebten sie sich, erst zärtlich, dann leidenschaftlich, als wollten sie aufholen, was sie in der Zeit ihrer Trennung versäumt hatten. Als sie zur Ruhe kamen, legte Glory ihre Wange auf seine Brust und lauschte dem gleichmäßigen Rhythmus seines Herzens. Ihr blondes Haar breitete sich wie eine goldene Decke über seinen Oberkörper.

»Nicholas, da ist etwas, worüber ich mit dir sprechen möchte.« Sie rutschte höher und setzte sich auf.

Er wickelte eine blonde Locke um seinen Finger. »Ja, Liebe?«

»Es geht um das Kind.«

»Glory, wir müssen nicht jetzt darüber sprechen. Wir können auch warten, bis du dazu bereit bist.«

»Ich glaube nicht, daß ich jemals dazu bereit sein werde.«

Er führte ihre Hand an seine Lippen und gab ihr einen Kuß auf die Handfläche, als wolle er ihr durch diese Geste Mut machen.

»Ich hätte dir nicht die Schuld daran geben dürfen«, erklärte sie ihm. »Du konntest nichts dafür.« Sie schluckte schwer und wandte den Blick ab. Für einen Augenblick brachte die Erinnerung den Schmerz zurück.

»Glory.« Nicholas setzte sich neben ihr auf und hielt ihre kalt gewordene Hand fester.

»Bitte. Ich bin noch nicht fertig. Ich wußte, daß es Probleme geben könnte. Der Arzt hat mir erklärt, daß das Baby nicht richtig liegt. Er hat mich ermahnt, besonders vorsichtig zu sein. Ich habe niemandem davon erzählt, nicht einmal Tante Flo. Ich habe mich so auf das Kind gefreut, ich konnte mir einfach nicht eingestehen, daß etwas passieren könnte. Ich war so vorsichtig wie möglich, aber wahrscheinlich nicht vorsichtig genug. Es war meine Schuld, Nicholas. Meine Schuld, nicht deine.«

Sie merkte nicht, daß sie weinte, bis er sie in seine Arme zog. Tränen tropften von ihren Wimpern auf seine Brust, wo sie sich sammelten, ehe sie auf das Laken fielen.

Er wartete eine Weile, bis sie sich ausgeweint hatte, dann sah er ihr in die Augen.

»Hör auf, dir die Schuld dafür zu geben. Wir wissen nicht, was wirklich passiert ist. Wir werden Kinder bekommen. Wir arbeiten ja schon an einem zweiten.«

Sie lächelte ihn unter Tränen an. »Das tun wir wirklich.«

»Das tun wir.« Er legte seine Wange an ihre Stirn. »Und ich gedenke, die Arbeit bei jeder sich bietenden Gelegenheit fortzusetzen.« Er nahm ihr Gesicht in seine Hände und küßte sie voller Hingabe, als wollte er beweisen, wie ernst ihm das sei. Sie liebten sich langsam und schliefen dann noch einmal ein. Es war schon Nachmittag, als sie Arm in Arm die breite Mahagonitreppe hinunterschritten.

»Ich möchte, daß deine Sachen in mein Schlafzimmer gebracht werden. Dort gehören sie hin«, sagte Nicholas.

Mitten auf der Treppe blieb sie stehen. Seine Worte freuten und erschreckten sie zugleich. Je enger sie sich an ihn band, desto mehr Gewalt hatte er über sie. Dennoch, sie hatte ihre Entscheidung gefällt – obwohl eigentlich er, wie immer, die Entscheidung für Glory getroffen hatte. Zu ihrer Überraschung entdeckte sie, daß ihr das *beinahe* behagte. Ein lautes Klopfen an der Eingangstür riß sie aus ihren Gedanken. Issac öffnete, als sie gerade in der Eingangshalle angelangt waren.

Eine elegant gekleidete Frau, die Glory nur mit dem Wort »hübsch« hätte beschreiben können, hielt sich am Arm eines schmalgesichtigen, geckenhaften Mannes fest, der anscheinend wesentlich älter war als sie. Bevor Isaac die Frau aufhalten konnte, rauschte sie an dem verblüfften Butler vorbei. Glory blickte Nicholas an, dessen Miene sich verfinstert hatte, dann die Frau, die ihn unverfroren ansah und ihn mit einem süßlichen Lächeln bedachte, und schließlich auf den Gentleman, der herzhaft gähnte und die ganze Angelegenheit offenbar recht langweilig fand.

»Nicholas, Liebling«, gurrte die Frau. Ihre Stimme war tief und kehlig. Das tief ausgeschnittene, mit Rüschen besetzte Reisekleid verbarg ihren Busen nur unvollkommen. Ihr dunkles Haar glänzte im Sonnenlicht, das durch die immer noch offene Tür hereindrang, und die reine Haut wirkte weich und anziehend. Sie war ein bißchen kleiner als Glory, dafür ein wenig fülliger.

»Uns ist etwas ganz Schreckliches passiert«, fuhr die Frau fort. »Unsere Kutsche ist ein paar Meilen von hier zusammengebrochen. Stell dir vor, wir mußten auf einem Heuwagen weiterfahren. Der Kutscher sagt, daß wir die Reise frühestens morgen fortsetzen können. Ich habe Arthur gesagt, daß wir dich bestimmt nicht stören würden. Ich wußte einfach nicht, wohin wir uns sonst hätten wenden sollen.« Sie klappte den bemalten Fächer auf, der mit einem Band an ihrem Handgelenk befestigt war, und wedelte sich damit vor dem Gesicht herum. »Das tun wir doch nicht, oder? Dich stören, meine ich.«

Nicholas ließ sich mit der Antwort so lange Zeit, daß es Glory schon peinlich war.

»Wie könnten meine Frau und ich zwei alten Freunden unsere Hilfe verweigern?« antwortete er schließlich. »Isaac, bring Mr. und Mrs. Pedigru ins Rote Zimmer. Es wird ihnen bestimmt gefallen.«

»Danke, alter Knabe«, mischte sich Mr. Pedigru ein. »Keine Ahnung, was mit der Kutsche los ist. Eine Minute vorher war alles noch wunderbar, und plötzlich...« Er zuckte ratlos mit den Achseln. Glory wagte einen Seitenblick auf die Frau. Sie war überzeugt, ein zufriedenes Schmunzeln auf ihrem Gesicht zu erkennen.

»Nicholas«, ergriff Mrs. Pedigru wieder das Wort, »wo bleiben deine Manieren? Stell uns deiner bezaubernden Frau vor.«

Glory hatte eben dieselbe Bitte an ihn richten wollen. Dann verglich sie das üppige rosa Seidenkleid der Frau mit ihrem schlichten Sergegewand und dachte daran, daß sie noch unfrisiert war. Am liebsten wäre sie im Boden versunken.

»Verzeih mir, Kristen, wie gedankenlos von mir«, antwortete Nicholas sarkastisch. »Darf ich meine Frau Glory vorstellen? Glory, das sind Arthur und Kristen Pedigru.«

»Madame.« Arthur Pedigru verbeugte sich galant und küßte ihr die Hand.

»Ich freue mich, Sie beide kennenzulernen«, sagte Glory.

»Ist sie nicht charmant, Nicholas?« rief Kristen aus. »Also wirklich, wir haben sie uns ganz anders vorgestellt.«

Glory zuckte zusammen und fragte sich, wie sie das wohl meinte. Nicholas schien ebenfalls verärgert.

»Warum hast du sie nie in die Stadt mitgenommen? Bestimmt hat sie das trostlose Landleben inzwischen satt.«

»Ich fühle mich hier sehr wohl, Mrs. Pedigru«, versicherte ihr Glory. Dann fragte sie sich wie so oft, ob Nicholas sie absichtlich in dieser Zurückgezogenheit leben ließ.

»Bitte sagen Sie Kristen zu mir. Wir werden bestimmt gute Freundinnen werden.«

»Gut, Kristen.«

»Warum geht ihr nicht mit Isaac mit?« schlug Nicholas vor. »Bestimmt werdet ihr euch erst einmal ausruhen wollen. Wir können uns später wieder treffen. Um acht gibt es Abendessen. Ich werde der Köchin sagen, daß ihr mit uns eßt.«

»Das klingt gut«, stimmte Arthur zu. »Bis dann.«

Isaac befahl ein paar Dienstboten, die Koffer hinaufzutragen, und zeigte dann den beiden ihr Zimmer.

»Wer sind die beiden, Nicholas?« fragte Glory. Sie hoffte, daß die Pedigrus ihnen etwas Ruhe gönnten. Sie saßen im sonnigen Frühstückszimmer, obwohl es schon Nachmittag war. Glory trank Tee, Nicholas ein Glas Wein, dazu verzehrten sie kalten Braten, Obst und Käse.

»Es sind alte Bekannte. Ich kenne sie aus der Stadt.«

»Sonst nichts?«

Nicholas erwiderte ruhig ihren Blick, als würde er eine Entscheidung treffen. »Willst du das wirklich wissen?«

Sie richtete sich steif auf. »Ja.«

»Ich könnte dir erzählen, daß es Freunde der Familie sind. Das wäre genauso wahr wie vieles andere und doch gelogen. Kristen Pedigru ist die Frau, der die Kleider an Bord der *Black Witch* gehörten.«

»O Gott.« Glory fuhr sich mit der Hand an die Kehle und spürte, wie ihr Blut pulsierte.

»Ich habe dir schon einmal gesagt, daß sie mir nichts bedeutet.« Er legte ihre andere, kalt gewordene Hand zwischen seine warmen Handflächen. »Ich habe sie monatelang nicht gesehen. Ich habe sie auch nicht eingeladen. Ich liebe dich, nicht sie. Du mußt mir allmählich vertrauen.«

Glory starrte aus dem Fenster, schaute über den gepflegten Rasen hin zum Fluß. Ein paar schneeweiße Gänse grasten schnatternd am Ufer.

»Ich habe nie vorgegeben, ein Mönch zu sein, Glory. Ich bin ein Mann. Ich habe Bedürfnisse und Wünsche wie jeder andere Mann. Kristen war gewillt – nein, mehr als gewillt –, meine Bedürfnisse zu befriedigen.«

»Sie ist schön«, sagte Glory.

»Längst nicht so bezaubernd wie du.«

»Ich kann mir kaum vorstellen, daß du mit ihr zusammen warst und die gleichen Dinge getan hast...«

»Wie wir gestern nacht?«

Sie nickte schweigend.

»Glory, gestern nacht haben wir uns geliebt. Ich war mit anderen Frauen im Bett, aber ich habe außer dir keine von ihnen geliebt.«

Sie wollte ihm glauben, sehnte sich danach, ihm zu glauben. Sie würde sterben, wenn sie ihn wieder verlor. Trotzdem schwieg sie.

»Du glaubst mir nicht.«

»Ich... ich weiß nicht.«

Nicholas spürte, wie er wütend wurde. Er packte die Serviette in seinem Schoß und versuchte, ruhig zu bleiben, aber seine Stimme klang härter und kälter, als ihm lieb war. »Monatelang habe ich dich umworben, dich geliebt, versucht, dich auszusöhnen. Habe ich versucht, dir zu beweisen, was du mir bedeutest. Aber jeder Mensch hat seine Grenzen. Ich habe mir geschworen, daß ich mich niemals so an eine Frau klammern würde wie mein Vater; daß ich mich wegen keiner Frau selbst aufgeben würde. Deinetwegen habe ich diesen Schwur beinahe gebrochen. Ich bin es leid, dich von etwas überzeugen zu wollen, das du eigentlich wissen müßtest, wenn du auf die Stimme deines Herzens hören würdest.« Er warf seine Serviette auf den Tisch und schob seinen Stuhl zurück, daß die Beine über den Fliesenboden scharrten.

»Liebe mich so, wie ich bin, Glory. Oder gar nicht. Es liegt an dir.« Ohne einen Blick zurück stürmte er aus dem Zimmer.

Glorys Herz krampfte sich zusammen. Sie sah ihm nach, bemerkte, wie steif seine Schultern waren. In gewisser Hinsicht hatte er recht. Er hatte alles in seiner Macht Stehende getan, um ihr zu beweisen, daß er ihr vertraute und sie liebte. Er hatte sie kein einziges Mal hintergangen – nicht seit dem Schiffbruch. Trotzdem... sie konnte einfach nicht sicher sein.

Der Tag verging wie in dichtem Nebel. Glory trug sich mit dem Gedanken, zu Nicholas zu gehen und sich auszusprechen. Aber was sollte sie ihm sagen? Sie hätte lügen und ihm erklären können, daß sie ihm jedes Wort glaubte – so wie damals. Aber es wäre doch nur eine Lüge gewesen. Statt dessen zog sie zum Abendessen ein verführerisches Kleid aus eisblauem Satin mit besonders tiefem Dekolleté an. Vielleicht vertraute sie ihm nicht, aber sie liebte ihn. Sie würde ihn nicht an eine Frau wie Kristen Pedigru verlieren! Was Konkurrenz unter Frauen anging, konnte Glory niemand etwas vormachen. Heute nachmittag war Kristen Pedigru von einer bescheidenen Landfrau begrüßt worden. Heute abend würde sie die schöne Tochter von Summerfield Manor kennenlernen.

Nicholas wartete schon im Foyer, als Glory die Treppe hinabschritt. Wie sie gehofft hatte, standen Arthur und Kristen bei ihm. Die feindselige Miene der Brünetten verriet Glory, daß die erste Runde bereits an sie gegangen war.

Nicholas atmete hörbar ein, als er sie erblickte. Erst runzelte er die Stirn, als er den tiefen Ausschnitt bemerkte, dann lächelte er sie amüsiert an.

»Zur Schlacht gerüstet, wie ich sehe.« Er flüsterte ihr die Worte ins Ohr.

»Um manche Dinge lohnt es sich zu kämpfen.« Sie sah, wie seine Miene sich noch weiter aufhellte.

»Wie ich sehe, hat Nicholas immer noch einen ausgezeichneten Geschmack, was Kleider angeht«, sagte Kristen. Arthur schien ihre Worte gar nicht zu bemerken, doch Nicholas runzelte die Stirn. Glory nahm seinen Arm, entschlossen, die Anspielung einfach zu ignorieren.

»Wirklich, meine Teure«, bestätigte Arthur, »Sie sehen phantastisch aus. Captain Blackwell hat ein Auge für schöne Frauen.«

»Ich versichere Ihnen, Arthur«, erwiderte Nicholas trocken, »daß meine Gattin die einzige schöne Frau ist, für die ich mich interessiere.« Sein Blick ergänzte traurig: *Selbst wenn sie mir das nicht glaubt.*

»Wie schade«, bemerkte Kristen seufzend. »Da werden aber viele enttäuscht sein.«

Nicholas' graue Augen verdunkelten sich, bis sie fast schwarz waren.

Ein eisernes Band legte sich Glory ums Herz, als die Brünette Nicholas anlächelte, und Glory erfaßte eine nie gekannte Eifersucht.

Es gab gebratene Tauben und frisch gefangenen Heilbutt in schmackhaften Sahnesoßen, frisches Gemüse und ein leichtes Dessert. Glory hätte man genausogut Sägemehl servieren können. Nicholas verhielt sich ihr gegenüber höflich und aufmerksam, Kristen gegenüber höflich und distanziert. Entschlossen, sich die Sache nicht aus der Hand nehmen zu lassen, parierte Glory jeden Witz und jede Anspielung der Dunkelhaarigen, die um Nicholas' Aufmerkamkeit buhlte.

»Wie reizend«, bemerkte sie über Kristens Kleid aus goldenem Satin und Brokat. »Anscheinend hat nicht nur Nicholas ein Auge für Kleider – oder haben Sie es sich selbst gekauft?«

Kristen hob das entzückende Kinn. »Madame LaSerre in Paris. Arthur besteht darauf, daß ich nur das Beste vom Besten bekomme.«

»Das tut er bestimmt«, bestätigte Glory. »Jedenfalls, soweit er davon weiß.«

Nicholas warf Glory einen tadelnden Seitenblick zu, aber zugleich hob sich ein Mundwinkel. Sie fragte sich, woran er wohl dachte.

»Ich habe beschlossen, deinen Rat anzunehmen, Kristen«, kündigte Nicholas an, als sich das Mahl dem Ende zuneigte. »Glory und ich werden die nächste Zeit in der Stadt verbringen. Die Whitmores geben einen Ball. Ich glaube, das ist eine ideale Gelegenheit, meine Gattin in die Gesellschaft einzuführen.«

Glory nahm einen Schluck Wein, um sich ihre Überraschung nicht anmerken zu lassen und um ihre zitternden Finger zu beruhigen.

Kristen schien genauso überrascht. »Es wird bestimmt eine amüsante Feier.«

Glory fielen die entsetzlichen Wochen nach ihrer Rettung ein, als man sie gemieden und öffentlich lächerlich gemacht hatte. Sie fühlte sich schrecklich, fragte sich, ob Kristen Pedigru schon von dem »Kapitänsflittchen« gehört hatte. Ihr wissendes Lächeln verriet ihr die Antwort. Am liebsten wäre Glory augenblicklich aufgestanden und fortgelaufen.

»Wir werden Sie bestimmt besuchen«, sagte Glory statt dessen. »Natürlich nur, wenn Sie nicht zu beschäftigt sind.« Sie schaute auf Arthur, der nur kurz von seiner Meringe hochblickte.

»Unfug«, widersprach Arthur. »Mein kleines Häschen hat immer Zeit. Es tut mir leid, daß ich sie so oft allein lassen muß.«

»Ja, das ist wirklich schade«, bestätigte Glory und wandte sich an Kristen. »Was um alles in der Welt stellen Sie bloß an, während er fort ist?«

Kristen lächelte verkniffen. Sie warf einen Blick auf Nicholas, dessen Lippen augenblicklich schmaler wurden. »Um ehrlich zu sein, in letzter Zeit habe ich mich tatsächlich ein bißchen einsam gefühlt.« Sie seufzte und klimperte mit ihren langen, schwarzen Wimpern zu Nicholas hinüber. »Ich finde, ich sollte mich mehr um meine alten Freunde kümmern.«

Glory hätte sie umbringen können. Sie nahm einen Schluck Wein, um sich zu beruhigen. Schweigend beendeten sie das Mahl, bis Glory sich wegen angeblicher Kopfschmerzen zurückziehen wollte.

»Ich glaube, ich komme mit dir«, sagte Nicholas, ohne ihren Arm loszulassen. Sie mußte sich zusammenreißen, um ihren Gästen höflich lächelnd eine gute Nacht zu wünschen.

Gemeinsam stiegen sie die Treppe hinauf, Nicholas immer noch ihren Arm haltend, dicht gefolgt von Kristen und Arthur. Als sie vor ihrem Zimmer stehenbleiben wollte, zog er sie ohne zu zögern weiter zu seinem Schlafgemach.

»Das kommt gar nicht in Frage«, flüsterte er. »Sie sollen keine Sekunde daran zweifeln, daß wir zusammen schlafen.«

Sie wollte protestieren, doch er brachte sie mit einem Kuß zum Schweigen und drückte sie an die Wand, bis Kristen und Arthur um die Ecke bogen und im gegenüberliegenden Flügel des Hauses verschwanden. Da ließ er sie so unvermittelt los, daß sie beinahe das Gleichgewicht verloren hätte. Nicholas mußte sie stützen, damit sie nicht umfiel. In Hochstimmung und mit dunklen Augen führte er sie in sein Zimmer.

»Ich dachte, du hättest verstanden. Von nun an schläfst du hier.«

»Aber was ist mit meinen Sachen?«

»Ich habe sie nicht herbringen lassen, weil ich den Pedigrus nicht auf die Nase binden wollte, daß wir bis jetzt getrennt geschlafen haben. Sobald sie fort sind, ziehst du um.«

»Du erwartest doch wohl nicht von mir, daß ich bei dir übernachte, während dein... dein Liebchen am anderen Ende des Flures schläft?«

»Du kennst mich doch wohl gut genug, um zu wissen, daß ich genau das von dir erwarte. Kristen Pedigru ist nicht mehr mein Liebchen, aber du, meine Süße, bist meine Frau.«

»Nun, ich schlafe nicht bei dir, basta. Ich werde auf dem Sofa schlafen.« Sie stolzierte durch das Zimmer und streckte sich in vollem Gewand auf dem plüschigen Samtsofa aus.

»Meine Liebe«, hörte sie das tiefe Grollen, das sie so gut kannte, »du hast ein ziemlich schlechtes Gedächtnis.« Er marschierte durch den Raum, daß seine Absätze auf das Holzparkett knallten, hob sie hoch und ließ sie ohne weitere Umstände auf das Bett fallen.

»Da ich dieses Kleid gekauft habe«, verkündete er, »kann ich damit machen, was ich will. Im Augenblick sähe ich es am liebsten im Schrank. Aber wie du weißt, macht es mir überhaupt nichts aus, es in Fetzen zu reißen.«

Er funkelte sie an, während er seine Jacke abstreifte, dann legte er die grauwollene Weste und den breiten weißen Kragen ab, und schließlich zog er das weiße Hemd aus. »Ich bin es endgültig leid, dich ständig zu bitten und anzubetteln. Glory. Von jetzt an tust du, was ich sage.«

Sein nackter Oberkörper ragte über ihr auf; seine Augen waren sturmgrau. Er sah finster und zornig aus – und teuflisch gut dazu. Nie hatte Glory ihn mehr begehrt. Ohne es zu wollen, streckte sie die Arme nach ihm aus, sehnte sie sich nach seiner

Berührung, seiner Umarmung. Als er sich über sie beugte, fuhr sie ihm mit der Hand durchs Haar und zog seinen Mund an ihre Lippen. Nicholas stöhnte und küßte sie mit all der Leidenschaft, die sie sich nur wünschen konnte.

Als er sich aus der Umarmung löste und hastig die Knöpfe auf dem Rücken ihres Kleides aufzuknöpfen begann, schaute sie ihn über die Schulter hinweg an. »Wie kommt es«, flüsterte sie, »daß ich bei dir nie standhaft bleiben kann?«

»Wie kommt es, meine Liebe, daß du mich immer wieder meine Wut vergessen läßt, bis ich dich nur noch lieben möchte?«

Sie lächelte, denn ihr gefielen seine Worte. Er half ihr aus ihren Kleidern und zog sich dann selbst ganz aus. Das Bett knarrte unter seinem Gewicht, als er sich neben ihr niederließ.

»Du treibst mich noch zum Wahnsinn, und doch begehre ich dich wie keine andere Frau.«

Er versiegelte ihre Lippen mit seinem Mund, bevor sie antworten konnte. Ihr zufriedenes Seufzen verwandelte sich langsam in lustvolles Stöhnen.

Später ruhte Glory in Nicholas' Armbeuge. Ihr erhitzter Körper war mit feinem, kühlem Schweiß überzogen. Sie hörte Nicholas gleichmäßig atmen, spürte aber, daß er nicht schlief.

Die schweren Vorhänge ließen sein Gesicht im Schatten. »Sag mir, daß du mich liebst«, flüsterte er mit leiser, tiefer Stimme.

Glory fühlte, wie sich etwas in ihrer Brust zusammenschnürte, wie ihr Herz heftig zu klopfen begann. Als sie nicht antwortete, spannten sich die Muskeln in seinem Arm leicht an.

»Ich brauche noch etwas Zeit«, flüsterte sie schließlich.

Er antwortete nicht. Erst viel später entspannten sich die Muskeln in seinem Arm wieder.

Als Glory morgens erwachte, war Nicholas fort. Die Sonne stand hoch und leuchtend gelb am Himmel und versprach einen strahlend schönen Märztag. Glory wusch sich eilig; Betsy brachte ihr ein hellgelbes Kaschmirkleid und brannte Glorys Haar in Löckchen, die sie ihr hinters Ohr kämmte. Bei ihrer Wanderung durch das Haus stieß sie im Frühstücksraum auf Arthur, doch Nicholas und Kristen waren nirgendwo zu sehen.

Als nächstes versuchte sie es im Stall. Nicholas war weder dort noch auf der Koppel, doch einer der Knechte meinte, er hätte ihn vor ein paar Minuten gesehen. Glory schlenderte durch die Stallungen zurück und genoß den scharfen Geruch der Tiere, der sich mit dem süßen Duft des Heus mischte. Sie beschloß, es in der Zaumzeugkammer zu versuchen, zog die schmale Tür auf und entdeckte Kristen Pedigru, die in den starken Armen ihres Ehemanns lag. Nicholas fluchte leise und riß sich von Kristen los.

Kristen wirbelte zu ihr herum. Ihre runden Wangen brannten vor Scham. »Es ist nicht so, wie es scheint, das versichere ich Ihnen. Ich bin nur gestolpert. Nicholas hat mich gerade noch aufgefangen.« Lavendelduft schwängerte die Luft in der kleinen Kammer.

»Wie praktisch«, sagte Glory und krampfte ihre Finger in ihren Kaschmirrock.

»Wenn Sie mich entschuldigen würden, ich muß noch pakken.« Kristen drängte sich an Glory vorbei, die ihr nachsah, bis sie im Haus verschwunden war.

Nicholas tiefe, bittere Stimme ließ sie herumfahren. »Bestimmt willst du wieder das Schlimmste glauben«, sagte er. »Ich schwöre dir, sie hat sich von hinten angeschlichen, und ich glaubte, du wärst es. Mehr war nicht dabei. Ich werde mich nicht bis an mein Lebensende für etwas entschuldigen, das gar nicht passiert ist.« Kühl, distanziert und ein wenig herausfordernd erwiderte er ein paar Sekunden lang ihren Blick; dann richtete er sich auf. »Und jetzt sollten wir ins Haus zurückkehren und unsere Gäste verabschieden. Morgen fahren wir in die Stadt.« Mit zusammengepreßten Lippen ging er an ihr vorbei.

Glory sah ihm nach, bis er verschwunden war. Minutenlang rührte sie sich nicht vom Fleck. Dann lächelte sie. Sie hätte nicht erklären können, wie es geschehen war, hatte keine Ahnung, warum, doch zum erstenmal seit ihrer Rettung wußte Glory ohne jeden Zweifel, daß Nicholas die Wahrheit sagte.

Den ganzen Tag lang sah sie ihn kaum. Sie wünschten den Pedigrus eine gute Reise – Nicholas kühl und reserviert, Glory mit einem aufgesetzten Lächeln; dann verschwand Nicholas finster und grollend wieder in den Ställen. Glory ließ ihn in Ruhe. Er leistete ihr beim Abendessen Gesellschaft, sagte aber wenig und zog sich, gleich nachdem sie aufgegessen hatten, in sein Arbeitszimmer zurück.

Glory wartete auf ihn in dem großen Herrenschlafzimmer mit der dunklen Holztäfelung und den schweren burgunderroten Vorhängen. Man hatte ihre Sachen herübergebracht, und sie begann, sich langsam heimisch zu fühlen. Ihr gefiel der Raum und wie das Feuer in dem marmorumrandeten Kamin prasselte, und ihr gefielen die Samtvorhänge, die man um das Bett herum herablassen konnte.

Nur Nicholas fehlte ihr.

Als es später wurde, war sie nahe daran, schwach zu werden und zu ihm zu gehen. Statt dessen zog sie ihr schneeweißes, französisches Spitzennegligé an, türmte die weichen Kissen hinter ihrem Rücken auf und versuchte, sich auf ihr Buch zu konzentrieren. Als sie seine schweren Schritte auf dem Gang nahen hörte, legte sie das Buch beiseite und drehte die Lampe kleiner.

Nicholas öffnete die Tür, ohne zum Bett zu schauen. Er drehte ihr den Rücken zu, zog sich langsam aus und räumte seine Kleider weg. Es schien Glory, als ließe er sich dabei mehr Zeit als sonst. Sie mochte es, wie der Schein der Flammen auf seinen Muskeln spielte, und beobachtete ihn unter gesenkten Lidern hervor. Schließlich drehte er sich um und kam zu ihr. Am Fußende des Bettes blieb er stehen. Einen Augenblick rührte er sich nicht, sondern starrte sie nur verwundert an. Seine grauen Augen wurden dunkel, als sein Blick von ihrem Gesicht zu ihren vollen Brüsten glitt.

Mit ein paar schnellen Schritten war er bei ihr, zog sie in seine Arme und preßte sein Gesicht gegen ihre Wange.

»Du glaubst mir«, flüsterte er, und sein Atem strich warm über ihr Ohr.

»Ja.«

Er löste sich von ihr, um sie genau zu betrachten. Seine grauen Augen funkelten vor Freude, und ein sanftes Lächeln umspielte seinen Mund. »Ich verspreche dir, daß du es nicht bereuen wirst.« Er küßte sie, legte sich zu ihr und bewies ihr während der nächsten Stunden, daß sie richtig entschieden hatte.

Am nächsten Morgen herrschte hektisches Treiben, während alles für ihre Reise nach New York vorbereitet werden mußte. Ein Kutscher und ein Lakai in schwarz-roter Livree brachten den eleganten schwarzen Brougham, der eigens für Nicholas in England angefertigt worden war. Er half Glory hinein. Sie trug ein rostfarbenes Reisekleid, er einen grauen Schwalbenschwanz mit schwarzem Samtkragen.

Während die geschlossene Kutsche über die Alleen rumpelte und schaukelte, wünschte Glory, sie könnte mit ihren Gedanken noch weiter bei der wundervollen vergangenen Nacht verweilen. Statt dessen fragte sie sich unsicher, was in den nächsten Tagen auf sie zukommen würde. Nicholas erwartete, daß sie mit denselben Menschen verkehrte, von denen sie zuvor verstoßen worden war. Was würden sie zu ihr sagen? Wie sollte sie antworten? Würde man es wagen, sie wieder so zu schneiden?

»Woran denkst du?« fragte Nicholas, nachdem sie ein paar Meilen schweigend zurückgelegt hatten. »Du siehst aus, als würdest du die Last der Welt auf deinen Schultern tragen.« Er hatte einen Fuß lässig auf die freie Bank ihnen gegenüber gelegt.

Sie lächelte. Seine Nähe lenkte sie von ihren Gedanken ab. »An nichts, wirklich. Ich schaue mir nur die Landschaft an.«

Ganz offensichtlich glaubte er ihr nicht, obwohl das Land draußen langsam grüner wurde, und die einzelnen Häuser am Weg freundlicher und sauberer wirkten als noch vor ein paar Wochen. Bauern arbeiteten auf ihren Feldern und bereiteten den Boden für die Aussaat vor. Dann und wann hetzte ein Wachhund der Kutsche nach, kläffte die Räder an und entlockte dem Kutscher eine unverständliche Schimpftirade.

»Du machst dir Sorgen wegen des Balles«, sagte Nicholas nach einer Weile.

»Ich kann es nicht ändern.« Sie fuhr sich mit der Zunge über die Lippen, die plötzlich trocken geworden waren. »Müssen wir wirklich hingehen?«

»Ich will ihnen ein für allemal zeigen, daß du meine Frau bist. Daß ich dich liebe. Und ich werde es nicht zulassen, daß jemand schlecht über dich spricht.«

Glory schloß die Augen, lehnte sich in den samtbezogenen Sitz zurück und preßte sich in die Polster, als wünschte sie, darin verschwinden zu können. »Könnten wir nicht nur kurz vorbeischauen und dann wieder gehen?« Ihre Hand zitterte, als sie wieder an die grauenhaften Wochen nach ihrer Rettung zurückdachte. Wie hatte man sie damals gedemütigt, wie hatte sie sich geschämt!

»Nein. Ich will jeden Zweifel ausräumen. Wir werden ihnen endgültig den Mund stopfen.«

Glory wandte sich ab, da sie Tränen in ihren Augen spürte. »Ich weiß nicht, ob ich mutig genug bin, ihnen gegenüberzutreten«, bekannte sie leise.

Nicholas hob ihr Kinn an und schaute ihr in die Augen. »Ich werde keine Sekunde von deiner Seite weichen.«

Eine Träne rann über ihre Wange. Ihre Stimme war nur noch ein Flüstern. »Sie haben mich verabscheut, Nicholas. Sie haben entsetzliche Sachen über mich gesagt... Sie haben mich... ›das Kapitänsflittchen‹ genannt.«

Nicholas fuhr zusammen, und seine Brauen senkten sich tief über die Augen. »Ich könnte sie alle miteinander in die Tasche stecken. Wenn einer auch nur ein schlechtes Wort über dich sagt, werde ich ihn erschießen oder ruinieren!« Er ballte zornig blikkend die Faust, als wollte er sich mit der ganzen Welt anlegen. Dann rutschte er näher an sie heran und legte ihr schützend den Arm um die Schultern.

Glory lächelte ihn unter Tränen an, als sie seine Worte hörte und die sichere Hand spürte. Nie hatte sie ihn inniger geliebt.

21. Kapitel

Sie erreichten Nicholas' Stadthaus erst spät in der Nacht, da sie sich Zeit gelassen und unterwegs zu Abend gegessen hatten. Zu Nicholas' großer Überraschung und Freude erwartete Bradford sie an der Tür.

»Wurde auch Zeit, daß ihr kommt.« Brad grinste breit, und seine haselnußbraunen Augen strahlten fröhlich. »Ich warte schon den ganzen Abend.«

»Und weshalb bist du daheim?« fragte Nicholas mit hochgezogener Braue.

»Wir haben Ferien. Mutter hat mir erzählt, daß ihr kommen würdet.«

»Sie war bestimmt außer sich vor Freude.«

Bradford verdrehte die Augen. Nachdem er Nicholas kurz umarmt hatte, wandte er sich an Glory. »Sie sehen so bezaubernd aus wie eh und je. Nein, das stimmt nicht ganz. Sie sehen sogar noch bezaubernder aus als bei unserer letzten Begegnung. Sie fühlen sich inzwischen besser, nehme ich an?«

»Viel besser, Brad. Danke.« Brad half ihr aus der Kutsche; Lakaien eilten herbei, um das Gepäck abzuladen, während Nicholas Glory ins Haus führte. Elizabeth St. John Blackwell erwartete sie in einem schlichten, aber teuren grauen Seidenkleid an der Tür. Ihr dunkles Haar war durch einen Mittelscheitel geteilt und über ihren Ohren zu dicken Locken frisiert.

»Hallo, Nicholas«, begrüßte sie ihren Stiefsohn steif und förmlich. Sie war klein, breitgesichtig und wirkte mürrisch.

»Ah, Mutter. Du siehst gut aus. Das Stadtleben bekommt dir anscheinend.« Aus Nicholas' Stimme klang ein leiser Sarkasmus, den Glory seit Monaten nicht mehr gehört hatte.

»Es soll mir bekommen? Ich habe mich in meinem Leben nie elender gefühlt.« Sie blickte abschätzig auf Glory. »Und wen haben wir hier? Ich kann es mir allerdings schon denken.«

»Das ist meine Frau, Glory. Glory, meine Stiefmutter, Elizabeth St. John Blackwell.«

»Hallo, Mrs. Blackwell.« Glory streckte ihr eine schlanke Hand im weißen Handschuh entgegen.

Mrs. Blackwell musterte sie von Kopf bis Fuß. »Ich kann nicht gerade sagen, daß ich mich freue, Sie kennenzulernen, junge Dame. Seit dem Tag, an dem mein Stiefsohn mich in dieses Haus verbannt hat, habe ich Ihretwegen einen Skandal nach dem anderen durchstehen müssen.«

Glory ließ ihre Hand sinken.

»Es reicht, Elisabeth«, warnte Nicholas. »Glory kann nichts dafür. Und was das Haus angeht, du hast mich jahrelang angebettelt, dich in die Stadt ziehen zu lassen. Ich habe gedacht, ich mache dir eine Freude.«

»Ich hatte vergessen, wie schmutzig es in der Stadt ist. Wie laut und dreckig. Es ist überhaupt nicht so, wie ich es mir vorgestellt habe. Aber bestimmt interessieren dich meine Sorgen und Nöte nicht.«

Nicholas ballte die Fäuste.

»Warum richtet ihr euch nicht erst einmal ein?« mischte sich Brad vermittelnd ein. »Später könnten wir noch einen Schlummertrunk zusammen nehmen.«

»Das klingt gut, Brad.« Nicholas nahm Glory am Ellbogen und führte sie hinauf in eine Suite am Ende des langen, von Lampen erleuchteten Ganges. Kurz darauf brachten zwei schwarzlivrierte Diener ihre Koffer.

Sobald sie fort waren, wandte sich Glory an Nicholas. »Ist sie immer so?«

»Wie?« schnaubte Nicholas. »Schnippisch und unhöflich, verbittert und gemein? Nein, keineswegs. Für ihre Maßstäbe war das eine recht warmherzige Begrüßung. Manchmal spricht sie überhaupt nicht mit mir.«

Plötzlich tat er Glory leid. »Aber warum denn?« fragte sie und legte ihm eine Hand auf die Wange.

»Sie haßt mich für das, was ihr mein Vater angetan hat.«

»Was kann er nur getan haben, daß sie dich so –«

»Er war ein Versager. Sie hatte sich so viel erhofft – Wohlstand, Macht, Ansehen. Mein Vater hat sie enttäuscht.«

»Aber Papa sagte, daß Alexander Blackwell einer der reichsten Reeder im Norden gewesen wäre.«

»Das war er auch, eine Zeitlang wenigstens. Dann heiratete er Elizabeth St. John und trank sich zu Tode, um die Frau zu vergessen, die er liebte.«

»Deine Mutter?«

»Ja.«

»O Nicholas, das muß schrecklich für dich gewesen sein.«

»Ich war noch ein kleiner Junge, als Vater sie heiratete. Ich begriff nicht, warum sie Bradford liebte und mich nicht. Sie behandelte mich ungerecht oder ignorierte mich vollkommen. Natürlich war Brad damals erst ein Säugling. Er war das niedlichste Kind, das man sich vorstellen kann. Ich habe stundenlang an seiner Wiege gesessen und ihn nur angeschaut. Elizabeth scheuchte mich jedesmal aus dem Zimmer, wenn sie mich erwischte, aber ich schlich immer wieder hinein. Ich habe mehr als einmal Prügel gekriegt, weil ich ihr nicht gehorcht habe, aber das war es mir wert.« Sein Mund verzog sich zu einem bitteren Lächeln.

»Vater fühlte sich schuldig und trank immer mehr«, fuhr er fort. »Dadurch wurde alles immer schlimmer. Ich floh aufs Meer, als ich zwölf war. Den Rest kennst du.«

»Und nach allem, was sie dir angetan hat, sorgst du immer noch für sie und Brad?«

»Brad ist ein Juwel. Elizabeth hat ihn behandelt wie einen Abgott, aber trotzdem wurde er kein bißchen selbstsüchtig oder eingebildet. Er hat alles, was ich für ihn getan habe, verdient. Und was meine Stiefmutter betrifft, sie ist immer noch die Witwe meines Vaters. Ich kann sie schlecht auf die Straße setzen.«

»Manch einer hätte das getan.«

»Das ist die Ironie daran. Es ist ihr zuwider, daß ich für sie sorge – daß sie mir ausgeliefert ist, wie sie es nennt. Sie muß mein Geld nehmen, weil sie sonst nicht überleben könnte. Dafür haßt sie mich um so mehr.«

Glory schlang die Arme um seinen Hals und legte ihre Wange an seine. »Ich hatte eine so schöne Kindheit«, erzählte sie ihm. »Vater war immer für mich da. Meiner Mutter stand ich nie besonders nahe, aber tief in meinem Herzen wußte ich, daß sie mich liebte.«

Er küßte sie auf den Scheitel. »Ich liebe dich auch, Glory. Vergiß das nie.« Er schaute sie einen Augenblick an, als wünschte er, daß sie das gleiche zu ihm sagen möge. Glory schluckte schwer, versuchte den Mut dazu aufzubringen, doch die Worte wollten nicht über ihre Lippen kommen.

»Am besten wagen wir uns wieder in die Höhle des Löwen«, wechselte er abrupt das Thema. »Oder sollte ich lieber ›Löwin‹ sagen?« Er nahm ihren Arm und öffnete die Tür. »Diesmal kommt es mir irgendwie anders vor. Du machst es mir leichter.«

Sie spürte, wie ihr Herz aufging; es verlangte sie danach, ihn zu beschützen. Sie wünschte, sie fände den Mut, ihre Gefühle auszusprechen.

Arm in Arm traten sie auf den Gang und stiegen die Treppe hinunter.

Später in der Nacht, nachdem sie sich geliebt hatten, kuschelte sich Glory an ihn. Eine Weile lag sie ruhig, doch ihr schlechtes Gewissen ließ sie nicht schlafen. Als sie sich herumdrehte, bemerkte sie, daß Nicholas ebenfalls wach war.

Sie setzte sich im Bett auf. »Warum schläfst du nicht?«

»Warum schläfst du nicht?«

Sie fuhr sich mit der Zunge über die Lippen und entschied, daß sie ebensogut jetzt darüber sprechen konnte. »Weil ich dir etwas verheimlicht habe.«

Nicholas setzte sich neben ihr auf. »Du hast mich angelogen?« Im Mondlicht, das durchs Fenster fiel, sah sie die Schlagader an seinem Hals pulsieren.

»Nein, ich habe es dir nur nicht gesagt. Es handelt sich um eine Angelegenheit, die mir sehr am Herzen liegt, Nicholas. So sehr sogar, daß ich sie nicht erwähnt habe, weil ich befürchtete, daß du sie mir verbieten würdest. Und ich wollte nicht deinem Willen zuwiderhandeln.«

Nicholas sah sie aufmerksam an. »Weiter.«

»Während deines letzten Besuchs in der Stadt hat mich Nathan besucht. Er bat mich um Hilfe. Er hat darauf bestanden, daß ich dich um Erlaubnis bitte, das mußt du mir glauben. Aber ich habe ihn davon überzeugt, daß ich zu gegebener Zeit mit dir darüber sprechen würde.«

»Und jetzt hältst du die Zeit für gekommen?«

»Der richtige Zeitpunkt wäre wahrscheinlich gewesen, als du zurückkamst. Aber du...«

»Was denn?«

Sie fühlte, wie ihr die Röte heiß ins Gesicht schoß. Sie sah, daß Nicholas leise schmunzelte, und wußte, daß es ihm nicht entgangen war. »Aber du hast mich gleich in dein Bett... *gelockt.*«

Ein leises Lachen wie weit entfernter Donner antwortete ihr. »*Das* habe ich getan?«

»Man könnte es so nennen. Und dann tauchte Kristen Pedigru auf, und alles wurde noch verwickelter.«

»Also hast du beschlossen, mich zu hintergehen.«

»Nein! Ich wollte es dir sagen, aber...«

»Also wirst du es mir jetzt erzählen.«

Sie atmete tief ein. »Es ist das Wichtigste, was ich je getan habe. Ich weiß, daß du nicht damit einverstanden bist; ich bitte dich auch nicht um deine Unterstützung, sondern nur um die Erlaubnis, weitermachen zu dürfen.«

»Na, das ist ja etwas ganz Neues. Gloria Summerfield Blackwell bittet um meine Erlaubnis.«

»Nicholas, du machst es mir noch schwerer, als es ist.«

»Gut. Dann wirst du mir nächstes Mal vielleicht gleich die Wahrheit sagen.« Das klang hart, doch das Leuchten in seinen Augen verriet ihr, daß er nicht so wütend war, wie es den Anschein hatte. »Weiter«, drängte er, als sie schwieg.

Glory atmete tief durch, um sich zu beruhigen. »Ich gehöre zur Untergrund-Eisenbahn. Ich habe entlaufenen Sklaven geholfen, als ich in Boston lebte, und vor wenigen Tagen habe ich zwei auf Blackwell Hall beherbergt.« Sie rührte sich nicht, sondern wartete nur auf seinen Wutausbruch. »Du sagst gar nichts dazu? Ich habe dir gerade erzählt, daß ich in deinem Haus entlaufene Sklaven versteckt habe.«

»*Unserem* Haus«, verbesserte er. »Außerdem habe ich das schon gewußt.«

»Du hast das schon gewußt! Woher denn?«

»Isaac hat es mir erzählt. Er vergöttert dich, aber er würde niemals etwas hinter meinem Rücken tun.«

»Warum hast du nichts gesagt?«

»Weil ich wollte, daß du es mir von selbst erzählst.«

Ihre Finger spielten nervös mit dem Laken. Sie wich seinem Blick aus. »Es ist mir wichtig, Nicholas.«

»Das sagtest du bereits.«

Sie schaute ihn an. Die rauchgrauen Augen sahen sie unbewegt an, aber aus ihnen sprach kein Tadel. »Heißt das, ich kann weitermachen?«

»Könnte ich dich aufhalten?«

»Ich... ich weiß nicht.«

»Wenigstens bist du ehrlich. Ich habe dir schon einmal gesagt, Glory, ich treibe Handel mit den Staaten im Süden. Ich wäre ein Heuchler, wenn ich hinter ihrem Rücken gegen sie arbeiten würde. Andererseits wäre es eine noch viel größere Sünde, wenn du nicht auf dein Gewissen hören würdest. Ich werde dir nicht helfen, aber ich werde dir auch keine Steine in den Weg legen.«

»Ach Nicholas!« Sie rollte sich auf ihn und bedeckte, lächelnd und lachend zugleich, sein Gesicht mit Küssen. »Danke, danke, danke.« Sie spürte, wie sich die Muskeln seines Oberkörpers spannten, als er sie fester an sich drückte. Ihre Augen weiteten sich, als sie seine Erregung an ihren Schenkeln fühlte.

»Mit einem Danke allein gebe ich mich nicht zufrieden«, sagte er, und plötzlich war seine Stimme rauh. »Ich verlange Wiedergutmachung.« Dann küßte er sie, bis sie kaum noch Luft bekam und sie am ganzen Leib brannte. Schließlich drang er in sie. Sie spürte seinen glühenden, harten Speer in sich. Er füllte sie aus, glitt dann langsam hinaus und wieder hinein und fachte ihre Begierde mit jeder Bewegung noch mehr an. Glory preßte sich an ihn, wollte seinen Rhythmus übernehmen, wollte mehr, doch er hielt sie fest, verdammte sie zur Unbeweglichkeit, während er wieder und wieder in sie drang. Ihr ganzer Leib stand in Flammen. Sie stöhnte und wand sich, aber er ließ sie nicht los. Mit tiefen, gleichmäßigen Stößen trieb er sie und sich zum Höhepunkt.

Als das Feuer niedergebrannt war und ein angenehmes Glühen sie erfüllte, fuhr sie spielerisch mit einem Finger über seine Brust. »Wenn das die Strafe ist, sollte ich dich öfter hintergehen.«

»Ich würde es nicht drauf ankommen lassen«, warnte er sie. »Beim nächsten Mal bin ich vielleicht nicht so sanft.«

»Sanft!« Sie lachten gleichzeitig. Er küßte sie noch einmal kurz auf die Lippen und schloß sie in seine Arme.

Eine Weile lagen sie ruhig, dann hörte sie: »Sag mir, daß du mich liebst.«

Sie antwortete nicht. Es war immer noch zu früh. »Ich kann es nicht, Nicholas«, flüsterte sie. »Noch nicht. Bitte versuch, mich zu verstehen.«

»Ich gebe mir Mühe, Glory. Mehr, als du dir vorstellen kannst.«

»Ich muß dich ein paar Stunden allein lassen. Ich habe noch ein paar Sachen im Büro zu erledigen.«

Glory gähnte und räkelte sich unter der Decke. Nicholas war bereits aufgestanden und stand fertig angezogen vor ihr. Sein noch feuchtes schwarzes Haar kräuselte sich über dem Kragen.

»Ich komme bestimmt zurecht«, antwortete sie ihm lächelnd.

»Ich bin erst am späten Nachmittag zurück. Streng dich nicht zu sehr an, ich möchte, daß du auf dem Ball heute abend ausgeruht bist.«

Glorys Lächeln verblaßte.

Nicholas beugte sich über das Bett und hauchte ihr einen Kuß auf die Lippen. »Es wird nicht so schlimm werden. Das verspreche ich dir.« Er ging zur Tür. »Bis später.«

Ein paar Minuten nachdem er verschwunden war, klopfte es, und eine zierliche Frau Anfang Zwanzig trat ins Zimmer. Bis auf die weiße Schürze und die weiße Haube war sie ganz in Schwarz gekleidet.

»Morgen, Miss.«

Glory seufzte. »Guten Morgen.«

»Ich heiße Cheryl. Ich bin Ihre Zofe, während Sie hier sind.«

»Danke, Cheryl.« Cheryl half Glory beim Waschen, frisierte sie und war ihr dann beim Anziehen behilflich. Sie war außerordentlich geschickt und strahlte eine fast stoische Ruhe aus. Glory vermutete, daß sie dieses Benehmen im Umgang mit ihrer Herrin gelernt hatte.

Glory verbrachte den Tag ruhend und lesend, so wie Nicholas es vorgeschlagen hatte. Sie spazierte im Garten hinter dem Haus umher, genoß die Frühlingssonne und kehrte dann in ihr Zimmer zurück. Obwohl sie die ganze Zeit über alleine blieb, verging der Tag viel zu schnell. Nicholas kehrte vor Einbruch der Dunkelheit zurück, hatte aber noch zu tun, deshalb sah sie ihn nur kurz. Sie nahm einen kleinen Imbiß zu sich, ließ sich ein Bad heraufbringen und das Kleid für den Ball bereitlegen. Es war ein wundervolles weißes Satinkleid, von blauem Brokat eingefaßt. Das Dekolleté war gewagt tief ausgeschnitten.

Nachdem sie ihr Rosenöl-Bad genommen hatte, zog Glory ein feines Leinenunterhemd und ihr Mieder aus blauem Brokat an; dann kehrte Cheryl zurück, um ihr Haar in lange Ringellöckchen unter ihren Ohren zu frisieren. Es glänzte im flackernden Lampenlicht ebenso bezaubernd wie der weiße Satin. Cheryl beendete Glorys Toilette, indem sie Glorys Schultern mit einer nach Rosen duftenden Creme salbte.

»Also, Miss, Sie sehen wirklich toll aus. Die Männer werden nur Augen für Sie haben.«

»Danke, Cheryl.« Nur Augen für sie? Daran zweifelte Glory nicht. Sie würden es nicht erwarten können, »das Kapitänsflittchen« kennenzulernen. Sie spürte, wie sich ihr Magen verkrampfte und ihr die Farbe aus dem Gesicht wich. Sie mußte sich beherrschen, um nicht in Tränen auszubrechen. Nie und nimmer konnte sie ihnen gegenübertreten. Nie und nimmer!

»Ist alles in Ordnung, Miss?« fragte Cheryl, und Glory fühlte sich elender denn je.

Was sie so leicht zu durchschauen? Wie in Gottes Namen sollte sie Nicholas' Freunden etwas vorspielen, wenn sie nicht einmal ihrer Dienerin etwas vormachen konnte? »Es... Es ist alles in Ordnung, danke. Ich brauche Sie nicht mehr.« Leise verließ Cheryl den Raum.

Glory sank auf den gepolsterten Schemel vor dem goldgerahmten Spiegel. Wenn sie jetzt weinte, würden ihre Augen verschwollen und rot aussehen, und sie würde sich nur noch mehr bloßstellen. Ihr Magen krampfte sich wieder zusammen, und sie fühlte sich schrecklich.

In diesem Moment öffnete Nicholas die Tür. Er trug einen schwarzen Abendanzug.

Nicholas blieb in der Tür stehen. Sein Blick wurde unwiderstehlich von der wunderschönen Frau angezogen, die ihn vom anderen Ende des Zimmers aus ansah. Sie wirkte blaß, aber ihr blondes Haar glänzte, und ihre Haut schien so weich und zart zu sein, daß er gegen den Drang ankämpfen mußte, sie zu berühren. Ihre zarten, vollen Brüste hoben und senkten sich und verlockten ihn – wie sie jeden anderen Mann verlocken würden. Mühsam unterdrückte er seine aufkeimende Eifersucht. Dann mußte er lächeln. Er hatte eine schöne, begehrenswerte Frau geheiratet. Er würde lernen müssen, damit zurecht zu kommen. Im Bett konnte er ja auch hervorragend damit leben.

Er durchmaß den Raum und gab ihr einen leichten Kuß auf den Hals. »Guten Abend, Liebe.« Wieder betrachtete er sie voller Zufriedenheit. »Du siehst schöner aus, als ich es mir je hätte vorstellen können.« Seine Stimme war heiser geworden.

»Nicholas, ich fürchte, ich kann nicht mitkommen.«

Er zog eine Braue hoch. »Wirklich nicht?«

Sie wandte nervös den Blick ab. »Ich fühle mich nicht gut. Vielleicht bekomme ich meine Zeit.«

Nicholas lachte leise. »Du verblüffst mich immer wieder. Ich dachte, du sehnst dich nach Rache. Ich dachte, du würdest dir die Gelegenheit nicht entgehen lassen, ihnen zu zeigen, aus welchem Holz du geschnitzt bist. Dein Vater hätte das von dir erwartet, aber wenn du Angst hast...« Er zuckte mit den Achseln. »Mir wäre es lieber, wenn du mich begleiten würdest, aber wenn du... dich nicht gut fühlst, dann will ich dich zu nichts zwingen.«

Glory nagte unsicher an ihrer Unterlippe.

»Ich glaube, eine alte Freundin aus Charleston wird auch kommen«, fuhr er fort. »Lavinia Bond. Und natürlich kennst du Kristen und Arthur Pedigru.«

Farbe schoß ihr ins Gesicht. Nicholas ging langsam auf die Tür zu. »Ich schicke dir das Mädchen hoch. Es wird dir beim Ausziehen helfen. Ich möchte nicht zu spät kommen.«

Zögernd machte Glory einen Schritt auf ihn zu, ihre Hände zu Fäusten geballt. »Nicholas, warte.«

Er drehte sich um und gestattete sich ein kaum wahrnehmbares Schmunzeln. »Fühlst du dich besser?«

»Verdammt, Nicholas Blackwell. Du bist und bleibst ein Schuft.«

»Und du, meine Süße, bist und bleibst ein eigensinniger, verwöhnter Fratz, der genau so einen Schuft braucht.«

Sie lächelten sich an. Nicholas hielt ihr seinen Arm entgegen. »Gehen wir?«

»Du gewinnst wohl immer.«

»Nicht immer. Ich weiß noch genau, wie ich einmal eine Partie Billard verlor.«

Glory lachte leise und klangvoll. Verschmitzt lächelnd nahm sie seinen Arm.

»Da wäre noch etwas.« Nicholas faßte in seine Westentasche und zog eine kleine Samtschatulle hervor. Er klappte den Deckel auf und zog eine dünne Goldkette heraus. Ein blauer, in ein Bett von Diamanten gefaßter Saphirsolitär baumelte an ihrem Ende.

»O Nicholas.«

Er legte die Kette um ihren Hals und schloß sie. »Betrachte es als verspätetes Weihnachtsgeschenk.«

»Sie ist wunderschön, Nicholas. Ich liebe sie. Danke.« Sie küßte ihn auf die Wange. Er spürte ihre vollen Lippen und ihr weiches Haar. Er wünschte nur, sie hätte ihm erklärt, daß sie auch *ihn* liebte.

Sein Lächeln war etwas wehmütig geworden, als er ihre Hand in seine Armbeuge legte und sie zur Treppe gingen.

Die Kutschen standen wartend in einer langen Schlange vor dem Haus der Whitmores. Gelbes Licht strahlte aus jedem Fenster im Erdgeschoß und im oberen Stockwerk.

Glory, die ein weißes Satincape mit dem gleichen blauen Futter wie dem ihres Kleides trug, nahm Nicholas' Hand. Sein rotes, satingefüttertes Cape wehte hinter ihm her, während sie zum Haus hinaufgingen. Schwarz uniformierte Dienstboten nahmen ihnen die Umhänge ab, sobald sie das Haus betreten hatten. Über ihren Köpfen funkelten Kristallüster, und unter ihren Füßen glänzte der schwarz-weiß gemusterte Marmorboden. Nicholas hielt Glorys Hand fest in seine Armbeuge gedrückt. Er spürte, wie sie zitterte, und wünschte, er könnte ihr die Situation erleichtern.

Ihre Gastgeber, Morgan und Celeste Whitmore, begrüßten sie an der Tür zum Ballsaal.

»Captain Blackwell.« Morgan reichte ihm die Hand. »Wir freuen uns so, daß Sie kommen konnten. Sie kennen meine Gattin Celeste?«

»Natürlich.« Nicholas hob ihre Hand an seine Lippen. »Darf ich Ihnen meine Frau Glory vorstellen?«

Celeste Whitmore lächelte dünn. Morgan lächelte so vielsagend, daß Nicholas ihm am liebsten eine Ohrfeige versetzt hätte.

»Es ist mir eine Ehre, die Frau kennenzulernen, der es gelungen ist, Captain Blackwell an sich zu binden«, sagte Morgan.

»Wir waren schon sehr auf Sie gespannt, meine Liebe«, mischte sich Celeste ein. »Wirklich außerordentlich gespannt.«

»Vielen Dank für die Einladung.« Mehr brachte Glory nicht heraus.

»Warum gehen Sie nicht hinein?« schlug Morgan vor. »Trinken Sie etwas. Bestimmt sind die anderen genauso neugierig – ich meine *begierig* – darauf, Ihre neue Braut kennenzulernen.«

Nicholas verbeugte sich steif. Er war entschlossen, die Spitzen zu überhören, die seiner Frau bestimmt nicht entgangen waren. Er lächelte Glory betont liebevoll und warmherzig an. »Gehen wir, Liebe. Bestimmt wirst du meine *Freunde* genauso bezaubern wie mich.« Aus dem Augenwinkel bemerkte er Celestes überraschte Miene, bevor er Glory in den Saal führte.

Für Glory schien der Abend kein Ende nehmen zu wollen. Wenn Nicholas' Gegenwart ihr nicht immer wieder neue Kraft verliehen hätte, wäre sie schon nach kurzer Zeit aus dem Haus gelaufen. Er war immer zur Stelle, fand immer die richtige Antwort und verstand es, mit seinem Blick gehässige Bemerkungen abzuwehren. Langsam begannen sich die anderen Gäste zu wundern. Wenn er mit ihr tanzte, sah er immer nur sie an. Wann immer sich die Gelegenheit ergab, führte er sie auf die Veranda und sprach leise und vertraulich mit ihr. Einmal küßte er sie sogar. Sie war überzeugt, daß er das nicht ganz ohne Hintergedanken tat, denn sie bemerkte, wie ein paar matronenhafte Damen sie hinter aufgeklappten Fächern hervor beobachteten.

Als er sie losließ, hatte sie die Frauen vergessen, hatte sie beinahe sogar vergessen, wo sie war. Atemlos und sich ein wenig schwindlig fühlend, legte sie die Hand an sein weißes Hemd, um sich zu stützen. »Findest du es richtig, mich so zu küssen?«

Nicholas lachte. Sie spürte seine Brust leise unter ihrer Hand beben. »Es war nicht gerade das, was ich beabsichtigt hatte. Eigentlich hatte ich mir den Kuß keuscher gedacht.«

Glory errötete. »Du bist ein solcher Gauner.«

»Und du, Geliebte, bist so verdammt begehrenswert, daß ich augenblicklich mit dir ins Bett gehen könnte.«

»Warum tust du es dann nicht?«

»Noch nicht. Ich will genau wissen, woran wir sind. Kommst du zurecht, bis ich zurück bin?«

»Ich verspreche dir, daß ich nicht fliehen werde.«

Er küßte sie auf die Wange und kehrte in den Ballsaal zurück. Nach ein paar Schritten wurde er von Lavinia Bond abgefangen.

»Nicholas, Liebling, du solltest dich schämen. Wo hast du nur die ganze Zeit gesteckt?« Sie klimperte ihn über den schwarzen Spitzenfächer hinweg mit ihren dicken schwarzen Wimpern an.

»Ich bin inzwischen verheiratet, Lavinia. Weißt du das etwa noch nicht?«

»Jeder weiß das, Schätzchen. Wir wissen auch alle, daß du dazu gezwungen wurdest, mein Ärmster.«

»Dann sollten sich *alle* meine Frau genau ansehen. Ich glaube, es gibt hier keinen Mann, der mich nicht beneidet. Man brauchte mich wirklich nicht zu *zwingen*. Wenn du mich jetzt entschuldigen würdest, Lavinia.« Er wollte sie schon stehenlassen, drehte sich aber noch einmal um. »Steht nicht Victor da drüben? Ich werde ihm sagen, daß du ihn suchst.« Verstohlen lächelnd ging er davon.

Nicholas schlenderte durch den Raum und fing im Vorbeigehen Gesprächsfetzen auf.

»Offenbar stimmen die Gerüchte nicht«, urteilte eine dicke Dame in Samt.

»Jedenfalls sieht sie keineswegs aus wie die unanständige Kreatur, als die man sie hingestellt hat«, hörte er einen Mann mittleren Alters sagen.

»Ich persönlich finde sie sehr charmant«, bemerkte ein junger Dandy, wobei er sehnsüchtig zur Terrasse hinüber schaute.

Während Nicholas darauf wartete, daß ihm ein Glas Bowle eingeschenkt würde, hörte er, wie sich Colonel Marcus Wilby, ein faßleibiger Kaufmann, und Devon Howard, ein dünnlippiger Importeur mit wieselflinken Augen, leise unterhielten. Devon lachte leise über eine Bemerkung des Colonels. Nicholas konnte nur den Namen seiner Frau verstehen. Doch im nächsten Moment begann das Blut in seinen Adern zu kochen.

»Eines muß ich zugeben, das Kapitänsflittchen ist –«

»Guten Abend, Colonel«, sagte Nicholas mit falschem Lächeln. Er konnte seine Wut kaum zügeln. »Oh, verzeihen Sie, ich hoffe, ich habe Sie nicht unterbrochen.«

»Keineswegs«, antwortete der Colonel und räusperte sich verlegen. »Wie ich gerade sagte, ist... die Braut des Kapitäns ein wirklich ganz bezauberndes Wesen.«

Diesmal kam Nicholas' Lächeln von Herzen. »Sie wissen gar nicht, wie recht Sie haben. Ich kann mich wirklich glücklich schätzen.«

Das schien Devon Howard zu überraschen. »Tatsächlich? Dabei hat man gehört... also, wir waren uns nicht sicher, wie Ihre Hochzeit eigentlich zustande kam.«

»Das liegt doch auf der Hand, meine Herren. Ich war mit Glorias Vater befreundet. Die Hochzeit war seit langem geplant.«

»Ich verstehe.«

»Wir alle haben Julian Summerfield gekannt«, bemerkte der Colonel. »Ein prächtiger Mensch.«

»Und seine Tochter ist eine prächtige junge Frau«, ergänzte Nicholas freundlich. »Wenn Sie mich jetzt entschuldigen würden, ich muß mich um meine Gattin kümmern, bevor jemand versucht, meinen Platz einzunehmen.« Er lächelte zufrieden, da er die sich selbst gestellte Aufgabe ausgeführt hatte, und ging davon. Die beiden Männer starrten ihm nach.

Kurz darauf nahmen Glory und er Abschied von ihren Gastgebern.

»Na also, es war doch gar nicht so schlimm«, neckte er sie, während die Kutsche über das Kopfsteinpflaster rumpelte.

Glory erschauerte in seinen Armen. »Ich bin froh, daß es endlich vorbei ist.«

»Nächstes Mal wirst du dich bestimmt amüsieren.«

»Nächstes Mal?«

»Ich wollte dich nie zur Einsiedlerin machen, Glory. Es wird noch mehr Empfänge und Bälle geben. Nachdem die Menschen jetzt wissen, was ich für dich empfinde, werden sie dich bestimmt anders behandeln. Die meisten hast du schon für dich eingenommen; die anderen werden ihre Meinung ändern, sobald sie dich kennengelernt haben.«

»Das Tanzen hat mir gefallen«, gestand sie.

»Ich hoffe, du gewährst mir zu Hause einen letzten Tanz.«

Glory wurde purpurrot. Nicholas drückte sie fester an sich und gab ihr einen langen Kuß.

Der Tanz hatte begonnen.

22. Kapitel

Ein paar Stunden nach Sonnenaufgang ging Nicholas fort. Ihr war es unbegreiflich, wie er so früh aufstehen konnte, nachdem sie bis spät in die Nacht ausgewesen waren und sich danach noch lange geliebt hatten.

»Bitte sei mir nicht böse«, sagte er. »Ich komme rechtzeitig zurück, um dich zum Mittagessen auszuführen.« Er ging zur Tür und rief dann über die Schulter zurück: »Die Köchin wird das Frühstück bald fertig haben. Wenn es dir lieber ist, lasse ich es dir hochbringen.«

»Nein. Es ist schon gut.« Früher oder später würde sie Elizabeth St. John Blackwell allein gegenübertreten müssen. Sie konnte es genausogut heute hinter sich bringen. »Wir sehen uns heute mittag.«

Er warf ihr noch ein Lächeln zu und schloß die Tür hinter sich.

Glory stand ein paar Minuten später auf und läutete nach Cheryl, die ihr half, ein minzgrünes Merinokleid mit winzigen Stoffknöpfen auf der Vorderseite anzuziehen. Dann ging sie nach unten. In der Eingangshalle stieß sie auf Bradford, der auf dem Weg ins Eßzimmer war. Er lächelte ihr aufmunternd zu, und Glory erwiderte sein Lächeln.

»Jetzt muß es einfach ein schöner Tag werden«, sagte er und bot ihr seinen Arm. Gemeinsam betraten sie das Eßzimmer. Elizabeth thronte am Kopfende des Tisches. Sie saß kerzengerade und hatte die rundlichen Hände im Schoß gefaltet. Sie trug ein marineblaues Tageskleid; ihr weiches dunkles Haar hing ihr in kleinen Locken bis auf die Schultern.

»Guten Morgen, Mutter«, begrüßte Brad sie, rückte Glorys Stuhl zurecht und gab seiner Mutter dann einen Kuß auf die rundliche Wange.

»Guten Morgen, Mrs. Blackwell«, sagte Glory. Als sie keine Antwort erhielt, zog sie ihre Serviette aus dem silbernen Ring und breitete sie über ihren Schoß.

»Ich habe mich gefragt, ob Sie den Mut haben würden, mit uns zu frühstücken, ohne daß Sie mein Stiefsohn in seiner anmaßenden Art beschützt.«

»Mutter«, mahnte Brad. »Sollten wir Glory nicht wenigstens eine Chance geben? Sie ein bißchen besser kennenlernen, ehe wir über sie urteilen?«

Glory mußte lächeln, als sie Brad »wir« sagen hörte. Es war bewundernswert, mit welchem Taktgefühl er seine Mutter zu manipulieren versuchte. Er war wirklich der erwachsenste junge Mann, der ihr je begegnet war.

»Pah!« tat Mrs. Blackwell verächtlich. »Ich brauche sie nicht kennenzulernen. Ich weiß bereits mehr über sie, als mir lieb ist.« Sie reckte den Kopf hoch und brachte ihr Doppelkinn zum Verschwinden. »Sieh sie dir nur an! Sitzt hier wie die heilige Jungfrau persönlich. Aber schließlich hat sie ja einen Ehemann, der all ihre Fehltritte ausbügelt. Die Frau ist eine Schlampe. Wußtest du, daß sie an Bord seines Schiffes mit deinem Stiefbruder in einer Kabine geschlafen hat? Vor der ganzen Mannschaft! Schamlos ist sie. Ein schamloses, liederliches Weibsstück!«

Jetzt konnte Glory nicht mehr an sich halten. »Man hat mich gezwungen, dort zu schlafen. Ihr Stiefsohn glaubte, ich hätte ihn hintergangen, was aber nicht stimmte! Er hat absichtlich meinen Ruf ruiniert. Es ist nur gerecht, daß er alles in seiner Macht Stehende tut, um den Schaden wiedergutzumachen, den er angerichtet hat.«

Elizabeth schenkte ihr einen eisigen Blick. »Vielleicht hast du recht, Brad«, sagte sie zu ihrem Sohn gewandt, als wäre Glory gar nicht da. »Ich hätte wissen sollen, daß dein nichtsnutziger Bruder hinter diesem ganzen Skandal steckt.«

Glory schob ihren Stuhl mit solcher Gewalt zurück, daß er sich im Teppich verfing und auf den Boden krachte. »Wie können Sie es wagen! Wie können Sie es wagen, so über meinen Mann zu sprechen? Nicholas ist ein guter Mensch. Er hat einen Fehler gemacht, sonst nichts. Er war gut zu Ihnen, hat Sie versorgt und beschützt. Wenn Sie noch ein schlechtes Wort über ihn sagen, dann werde ich... werde ich –«

»Wirst du was?« fragte Nicholas von der Tür her. Seine Stimme klang belustigt – und sehr liebevoll.

Glory lief blutrot an. Als sie sich wieder zu Elizabeth umdrehte, bemerkte sie aus dem Augenwinkel Brads verstohlenes Schmunzeln. »Dann werde ich meinen Mann darum bitten, Sie zu verstoßen und aus dem Haus zu werfen. Das hätte er nämlich schon vor Jahren tun sollen.«

Elizabeths Streitsucht schwand dahin. »Aber ich wollte doch nicht –« Sie stand auf. »Bitte entschuldige mich, Brad, ich muß noch ein paar Menüs zusammenstellen.« Ohne einen Blick zurück marschierte sie hoch erhobenen Hauptes aus dem Zimmer.

»Es tut mir leid, daß Sie das alles mitanhören mußten«, entschuldigte sich Glory zerknirscht. »Sie können ja nichts dafür.«

»Schon gut, Glory. Mutter hätte das schon längst gebraucht. Leider haben weder mein Bruder noch ich den Mut aufgebracht, ihr die Meinung zu sagen.«

Glory sah Nicholas an, der den umgekippten Stuhl aufgerichtet hatte und nun darauf wartete, daß sie sich wieder setzte.

»Ich würde das natürlich nie tun«, erklärte sie. »Nicholas bitten, Ihre Mutter hinauszuwerfen, meine ich. Das geht mich nichts an. Aber sie hat mich einfach so wütend gemacht, daß ich mich nicht mehr beherrschen konnte.«

»Man erwartet von einer Frau, daß sie ihren Mann verteidigt«, sagte Brad und brachte damit Glory wieder zum Erröten.

Nicholas lächelte, doch er sagte nichts.

Die Diener trugen Kaffee auf und brachten Teller mit Eiern und Speck herein. Die Gerüche vermischten sich, und Glorys Magen begann zu knurren. »Ich dachte, du würdest erst gegen Mittag heimkommen«, sagte sie zu Nicholas, während sie ihre silberne Gabel aufnahm.

»Ich wollte Brad bitten, beim Mittagessen für mich einzuspringen. Die *Black Witch* und die *Black Diamond* sind eingelaufen. Ich möchte gern die Frachten neu verteilen.«

»Ich würde Glory liebend gern ausführen, wenn sie es erträgt, so lange von dir getrennt zu sein.« Glory mußte über seine Nekkerei lächeln.

»Ich glaube, ein paar Stunden werde ich schon überleben.«

»Ich fürchte, es wird länger dauern«, sagte Nicholas. »Wir können vielleicht einen Vertrag mit einem Fabrikanten aus Albany abschließen. Ich möchte Max Faulkner nach Albany begleiten, wo alle nötigen Absprachen getroffen werden sollen. Um sicherzugehen, daß er die Verhandlungen führen kann. Ich komme so schnell ich kann zurück. Dann können wir nach Tarrytown zurückkehren.«

Glory fühlte sich schon jetzt einsam. »Wie lange wirst du fort sein?«

»Vier Tage ungefähr, höchstens fünf. Ich würde am liebsten überhaupt nicht fahren, aber je eher Max die Geschäfte übernimmt, desto mehr Zeit haben wir später füreinander.«

Glory nickte. Schweigend beendeten sie das Mahl; dann stand Nicholas auf und gab ihr einen Kuß auf die Wange. »Ich packe schnell und komme dann gleich wieder herunter.«

Er kam mit einer kleinen Reisetasche zurück. Glory brachte ihn zur Haustür. »Ich werde dich vermissen«, sagte sie zu ihm.

»Ich dich auch. Mehr als du dir vorstellen kannst.« Er stand auf der breiten Klinkertreppe, sah sie an und strich ihr dann mit der Hand über die Wange. »Sag mir, daß du mich liebst.«

Sie wollte es. Wie gern hätte sie es getan. »Ich...« Sie fuhr sich über die Lippen. Damit würde sie sich ganz und gar an ihn binden. »Ich...« Nicholas küßte sie, bis ihre Knie schwach wurden.

»Mach keinen Ärger, bis ich zurück bin«, neckte er sie, doch ihr entging nicht, daß seine Stimme traurig klang. Glory sah ihm nach, wie er mit großen Schritten zur Straße eilte, wo zwei zueinander passende Braune wiehernd und stampfend vor der Kutsche warteten. Nicholas kletterte in den Brougham, und die Kutsche rollte an.

»Wie wär's mit einem Spaziergang?« fragte Brad, der zu ihr gekommen war und ihre traurige Miene bemerkt hatte. »Die Krokusse beginnen schon zu blühen.«

»Ja, ich habe sie gestern gesehen. Sie sind zauberhaft. Ein Spaziergang würde mir gefallen.«

Glory legte sich einen leichten Kaschmirschal um, denn die Luft war immer noch frisch. Sie nahm Brads Arm und ging mit ihm in den Garten. Die Sonne schien auf die Reihe blauer und weißer Krokusse. Glory dachte an die schönen Gärten um Blackwell Hall und merkte plötzlich, daß sie das Gutshaus in Tarrytown inzwischen als ihr Zuhause betrachtete.

»Erzählen Sie mir von Nicholas' Mutter«, sagte sie zu Brad, während sie durch den Garten schlenderten. »Von seiner leiblichen Mutter.«

Brad führte sie zu einer schmalen Steinbank am Ende des Gartens. Brad lächelte sie an, als würde er sich über ihre Frage freuen. »Vor ihrer Heirat mit Alexander Blackwell hieß sie Collette Dubois. Sie war eine wunderschöne französische Kreolin. Dunkel, genau wie Nicholas, und sehr exotisch. Natürlich habe ich sie nie kennengelernt. Auch Nicholas lebte nicht lang mit ihr zusammen. Er war erst sieben, als sie Alexander Blackwell wegen eines französischen Plantagenbesitzers verließ. Alex hat das nie verwunden. Nachdem Nicholas aufs Meer geflohen war, begann Alexander zu trinken und immer öfter von ihr zu schwärmen. Ich hörte seinem Gerede fasziniert zu. Sie mußte ein einzigartiger Mensch gewesen sein. Kein Wunder, daß Nicholas sie so liebte. Alexander erzählte, daß Nicholas immer wieder ihren Namen rief, wenn er sich in den Schlaf geweint hatte.«

Glory spürte einen Stich in ihrem Herzen. Sie konnte sich Nicholas gut als kleinen Jungen vorstellen, in dessen Augen die Tränen glänzten und der sich nach der Mutterliebe sehnte, die ihm nie zuteil geworden war.

»Ich glaube, Nicholas liebt sie immer noch«, fuhr Brad fort. »Ich weiß, daß Alexander nie aufgehört hat, sie zu lieben. Sie war berüchtigt für ihre Lebenslust. Nahm sich einen Liebhaber nach dem anderen, direkt vor der Nase ihres Mannes. Er hat versucht, nicht hinzusehen. Er liebte sie so sehr, daß er alles getan hätte, um sie zu halten.«

»Wußte Nicholas das?«

»Die anderen Kinder neckten ihn ihretwegen. Erst später hat er begriffen, warum.« Sie schwiegen eine Weile. Das Rotkehlchen flog von der Gartenmauer auf und flatterte über sie hinweg. »Glory, ich weiß, was nach dem Schiffbruch passiert ist. Ich meine die Sache mit Nathan.«

Tränen brannten in Glorys Augen. Sie mußte wegschauen, so schmerzte sie die Erinnerung. »Wie hat er das nur von mir glauben können, Brad? Wir waren einander so nahe. Ich habe geglaubt, daß er mich liebt. Ich habe ihm vertraut.«

»Nicholas hat noch nie eine Frau wie Sie kennengelernt, Glory. Seine Mutter hat ihn verraten; meine Mutter hat ihn mißhandelt. Er konnte keiner Frau trauen. Keiner einzigen. Als er erwachsen geworden war, fürchtete er sich davor, sich zu verlieben und so zu enden wie sein Vater. Er beschäftigte sich ausschließlich mit Frauen, die keine Bedrohung für ihn darstellten. Mit treulosen Frauen, an die er sich nicht zu binden brauchte und die keine Gefühle von ihm erwarteten. Ihre Falschheit vertiefte sein Mißtrauen nur noch. Es war ein endloser Kreislauf, bis Sie plötzlich auftauchten.«

»Ich? Warum ich?«

»Weil Sie ihn liebten. Und zwar wirklich. Sie waren aufrichtig und ehrlich. Vertrauenswürdig. Als er Sie zusammen mit Nathan sah, glaubte er, daß er sich in Ihnen getäuscht hätte. Daß Sie in Wahrheit nicht anders als die anderen wären. Aber da liebte er sie schon so sehr, daß er den Gedanken nicht ertrug, schon wieder betrogen zu werden.«

Glory merkte gar nicht, daß sie weinte, bis Brad ihr sein Taschentuch reichte.

Sie sah zu ihm auf und lächelte ihn unter Tränen an. Sie fühlte sich, als hätte er ihr eine zentnerschwere Last von der Brust genommen. *Sie verstand.* Zum ersten Mal, seit sie gerettet worden waren, verstand sie, warum Nicholas sich so benommen hatte.

»Er liebt Sie, Glory. Als er die Wahrheit über Sie und Nathan erfuhr, fühlte er sich elender als je zuvor in seinem Leben. Er begriff, daß er Ihnen Unrecht getan hatte. Und er hoffte, daß Sie beide trotzdem noch glücklich werden könnten.« Brad drückte ihre Hand. »Er möchte immer noch, daß Sie glücklich werden, Glory. Und auch wenn er es nicht zugibt: Er braucht Sie.«

Glory wischte sich die letzte Träne fort. »Danke, Brad. Sie wissen gar nicht, wieviel mir dieses Gespräch bedeutet hat.«

»Sie lieben ihn doch, oder?«

»Mehr als alles auf der Welt.«

»Haben Sie ihm das gesagt?«

Sie schüttelte den Kopf. »Aber jetzt kann ich es. Und das habe ich Ihnen zu verdanken.« Er half ihr beim Aufstehen.

»Er ist sich Ihrer immer noch nicht ganz sicher, Glory. Er muß wissen, was Sie empfinden. Warten Sie nicht zu lange.«

»Bestimmt nicht, Brad. Das verspreche ich Ihnen.«

»Er ist ein guter Mensch«, meinte Brad. »Der beste, den ich kenne.«

»Ich weiß. Wenn es Ihnen nichts ausmacht, Brad, dann wäre ich gerne ein bißchen allein.«

»Ich verstehe.«

Er ging aus dem Garten und ließ sie allein mit ihren Gedanken zurück. Wie sie sich wünschte, in den starken Armen ihres Mannes zu liegen und die Worte auszusprechen, die sie schon tausendmal in ihrem Herzen bewegt hatte. Sie schlenderte zwischen den Beeten hindurch und blieb am Ende eines Weges stehen, um eine vollkommen geformte Blüte abzubrechen. Laute Schritte und eine Männerstimme rissen sie aus ihren Gedanken. »Glory!«

Quer durch den Garten kam Nathan auf sie zugerannt. Seine Kleider waren dreckig und zerfetzt, sein Gesicht war schweißnaß.

Die samtigen Blütenblätter fielen aus ihrer Hand. »Mein Gott, Nathan, was ist passiert?« Sie schaute in die Richtung, aus der er gekommen war. »Was tust du hier? Wie bist du hierher gekommen?«

Er antwortete ihr schwer atmend und in abgehackten Worten. »Ich bin über die Gartenmauer geklettert. Ich wollte nicht, daß mich jemand sieht. Ich habe deinen Brief bekommen. Du hast geschrieben, daß du vorübergehend in Nicholas' Stadthaus wohnst.« Er sah sich ängstlich um. »Die Sklavenjäger, Glory. Sie haben in der Schule nach mir gesucht. Mein Zimmerkamerad hat mich gewarnt. Er hat mir einen Steckbrief mit meinem Namen gezeigt. Man hat eine Belohnung auf mich ausgesetzt.«

»O mein Gott.«

»Ich muß fort, Glory. Vielleicht kann Nicholas mir helfen. Ich muß nach Boston und dann nach Kanada.«

»Wie konnte Mutter nur so etwas tun?« fragte Glory.

»Ich weiß nicht. Sie hat mich nie gemocht, aber ich hätte nicht gedacht, daß sie so weit geht.«

»Hier bist du in Sicherheit, bis Nicholas heim kommt und wir überlegen können, was zu tun ist.«

»Da liegen Sie falsch, Miz Summerfield. Der Bursche hat das Gesetz gebrochen. Dafür muß er zahlen.«

Glory wirbelte zu der Stimme mit dem schweren Südstaatenakzent herum. Ein großer, dünner Mann mit fransigem Schnurrbart zielte mit einer Pistole auf Nathans Brust.

Glory schaute zum Haus hin. »Brad!« schrie sie und raffte die Röcke, um loszurennen. Ein zweiter Mann war mit zwei schnellen Schritten bei ihr und versperrte ihr den Weg. Er preßte seine Hand auf ihren Mund und packte sie so fest um die Taille, daß sie kaum Luft bekam.

»Lassen Sie sie los«, warnte Nathan. »Sie hat nichts damit zu tun.«

»Ich tu ihr nix«, antwortete der Mann, der sie festhielt, gespielt zuvorkommend. Er war groß und gut gebaut, hatte sandblondes Haar und ein fast jungenhaftes Gesicht. »Sie kommt mit uns zu den Docks.« Unter ihren Fingern spürte sie den groben Stoff seines handgewebten Hemdes und den muskulösen Brustkorb. »Wir woll'n doch nich', daß du uns Probleme machst, wenn wir dich an Bord bringen.«

»Wie haben Sie mich gefunden?« fragte Nathan.

»Wir ham uns ausgerechnet, daß du wegläufst, wenn du erst

erfährst, daß wir nach dir such'n. Wir ham vor der Schule gewartet. Hast uns selbst hergeführt.«

»Aber auf den Docks lassen Sie sie frei«, drängte Nathan. Der große Dünne trat vor und versetzte Nathan einen Schlag in den Magen, der ihn zusammensinken ließ.

»Geht dich'n Dreck an, was wir mit ihr machen, du Nigger. Und jetzt dreh dich um.« Nathan sah, noch um Luft ringend, auf und blickte direkt in die Pistole des Mannes. Langsam drehte er sich um. Der Mann band ihm die Hände zusammen und knebelte ihn.

»Kommen Sie freiwillig mit?« fragte der Mann, der Glory hielt, und musterte sie mit einem Glitzern in den Augen. »Oder müssen wir Sie auch knebeln?«

»Wenn es Ihnen um das Geld geht«, schlug Glory vor, »das zahle ich, falls Sie ihn laufen lassen. Sogar mehr als jede Belohnung.«

»Geht nich' nur ums Geld«, antwortete der Dünne. »Dieser Nigger hier hat das Gesetz gebrochen. Er denkt, daß er was Besseres is' als wir, sehen Sie das nich'?«

»Nein, das sehe ich nicht. Nathan ist ebensoviel wert wie Sie und ich. Nicht mehr, aber auch nicht weniger.«

»Schluß jetzt, Süße«, mischte sich der Jüngere ein. »So sollte 'ne weiße Dame nich' reden. Und jetzt los, sonst muß Spence deinem Niggerjungen noch mal Manieren beibringen.«

»Ich werde tun, was Sie sagen. Aber schlagen Sie ihn nicht.« Während sie auf die Gartentür zugingen, überlegte Glory fieberhaft, was sie tun könnte. Plötzlich kam ihr der Gedanke, daß Brad, selbst wenn es ihr gelang, ihn auf sich aufmerksam zu machen, die beiden Männer nicht aufhalten konnte. Das Gesetz über geflohene Sklaven gab den Sklavenjägern das Recht, Entlaufene auch aus dem Norden zurückzuführen. Diese Männer waren fest entschlossen, Nathan zurück nach Summerfield Manor zu bringen. Bis sie dort ankamen, war Nathan ihnen auf Gedeih und Verderb ausgeliefert. Die Sklavenjäger waren für ihre Grausamkeit berüchtigt. Es gab nur einen Weg, sicherzustellen, daß Nathan unverletzt auf dem Gut ankam – Glory mußte mit ihm fahren.

Aber was war mit Nicholas? warnte eine leise Stimme. Sie schaute zu Nathan hinüber, der gefesselt und geknebelt fortgeschleift wurde wie ein Verbrecher. Wie damals blieb ihr keine Wahl. Glory mußte ihm helfen. Sie würde tun, was sie tun mußte – und beten, daß ihr Mann verstehen würde.

Als sie aus der kleinen Gasse traten, erblickte Glory einen Karren, der einen halben Block entfernt wartete; ein dritter Mann mit dickem Backenbart und grauem Schornsteinzylinder saß darauf und hielt die Zügel. Als sie näher kamen, spürte Glory, wie sich die Hände des Jüngeren um ihre Taille legten und sie hochgehoben wurde. Er hielt sie unnötig nah an sich, und sein warmer Atem jagte ihr einen Schauer über den Rücken.

»Spence, du steigst hinten auf«, sagte er zu seinem Partner. »Wir woll'n doch nicht, daß sich die Dame die Röcke schmutzig macht.« Er zwinkerte ihr zu und kletterte dann auf den Kutschbock, so daß sie zwischen ihm und dem Mann mit den Koteletten eingeklemmt war. Rumpelnd fuhr der Karren los und holperte über das Kopfsteinpflaster. Nach wenigen Minuten waren sie bei den Docks angelangt.

»Was machen wir mit dem Mädel?« fragte Spence.

»Warum nehmen Sie mich nicht mit?« schlug Glory vor, obwohl Nathan zu zappeln begann und hinter seinem Knebel hervor protestierte. »Ich möchte sowieso nach Hause. Meine Mutter würde Ihnen wahrscheinlich eine Prämie zahlen, wenn Sie mich heimbrächten.«

»Klingt gar nich' so dumm«, stimmte ihr der Jüngere eifrig zu. »Hab' gehört, daß die zwei zusammen weggelaufen sind. Das Mädel wird auch gesucht. Sie hat ganz recht, ihre Mutter kann wirklich froh sein, wenn sie sie wiederkriegt.«

»Ich weiß nicht, Matt«, sagte Spence. »Frauen machen bloß Ärger.«

»Geld ist Geld«, entgegnete der Backenbärtige. »Is' egal, wo's herkommt. Das Mädel is' nun mal hier. Wir könn' sie sowieso nirgendwo verstecken, bis das Schiff morgen ablegt.«

»Also gut«, gab Spence nach. »Aber ihr beide seid für sie verantwortlich. Ich küß keinem Weib den Hintern, ganz wurscht, wieviel dabei rausspringt.«

»Kommt immer auf den Hintern an«, sagte Matt, dessen grüne Augen verschmitzt aufleuchteten. Doch noch etwas anderes sah sie in seinem Blick, das sie zutiefst beunruhigte, und woran sie lieber nicht denken wollte. Sie wäre diesen drei Männern mehr als zehn Tage lang ausgeliefert. Würden sie sie in Ruhe lassen?

»Komm schon, Süße.« Matt packte sie am Arm. »Schwing deinen hübschen Hintern über die Laufplanke. Wir ham 'n langen Weg vor uns.«

Die Kabinen auf der *Southern Star* waren winzig. Selbst die kleine Kammer, die Glory an Bord der *Black Spider* mit Rosabelle geteilt hatte, wirkte dagegen luxuriös. Die Einrichtung bestand aus einer seilbespannten Koje mit einer Maisstrohmatratze, einem Faß, das als Tisch diente, und einem kleinen Holzschemel. Eine Tranöllampe hing an einem Nagel an der Holzwand, die aus ungehobelten Brettern bestand. Sobald sie an Bord gegangen waren, hatte man Nathan an Hand- und Fußschellen gekettet und ihn unter Deck zu einem Dutzend anderer Entlaufener gebracht.

»*Schiff*«, höhnte Glory verächtlich. Ihre Stimme klang hohl in der fast leeren Kabine. Sie würde die *Southern Star* kaum als Schiff bezeichnen. Als Kahn oder Leichter vielleicht. Das Deck war verdreckt und vergammelt, die Segel waren schmutzig und zerrissen. Nathan hätte die Mannschaft wohl als fischigen Haufen bezeichnet. Sie würde sich in acht nehmen und sich so weit wie möglich von den Matrosen fernhalten müssen. Nicholas hatte sie vor solchen Männern gewarnt.

Nicholas. Glory sank auf die schmale Koje. Wenn sie nur an ihn dachte, stiegen ihr Tränen in die Augen. Sie sah immer noch sein Gesicht vor sich, wie er sie an diesem Morgen angelächelt hatte, spürte seine festen Lippen, als er sie zum Abschied geküßt hatte. Inzwischen war er sicher schon unterwegs nach Albany. Wenn er in die Stadt zurückkehrte, wäre sie längst auf dem Weg in ihre Heimat.

Aber der Süden war nicht mehr ihre Heimat. Nun war sie dort daheim, wo Nicholas war, wo immer das auch sein mochte. Wenn sie ihm nur eine Nachricht hätte hinterlassen können. Sie hätte irgend etwas unternehmen sollen, damit er erfuhr, wohin sie verschwunden war.

Glory lag in der durchhängenden Koje und dachte an Nicholas. Ein Gedanke drängte langsam, aber unaufhaltsam, alle anderen beiseite: Was würde Nicholas tun? Jedesmal, wenn die Frage auftauchte, folgte die Antwort schnell und unerbittlich und versetzte ihr einen schmerzhaften Stich: Er würde denken, sie sei fortgelaufen. Er würde denken, sie hätte ihn betrogen – genau wie seine Mutter. Sie wollte das nicht glauben, weigerte sich – denn jetzt begriff sie, daß ihm dieser Gedanke das Herz brechen würde. Sobald sie in Charleston anlegten, würde sie Nicholas auf schnellstem Wege eine Nachricht zukommen lassen. Trotzdem würden Wochen, vielleicht sogar Monate vergehen, ehe sie ihn erreichte. Was würde er in der Zwischenzeit tun? Würde er glauben, ihr sei etwas zugestoßen? Würde er sie suchen? Selbst wenn er es versuchte, hätte er keinen Erfolg. Irgendwann würde er schließlich davon überzeugt sein, daß sie ihn verlassen hatte.

Glory schloß die Augen. Sie wußte, was er dann tun würde. Sie *wußte* es. Er würde zu Kristen oder einer Frau wie Ginger McKinnes gehen. Er würde mit anderen Frauen schlafen, um sie vergessen zu können, um sich endgültig von ihr zu lösen.

Und diesmal würde Glory ihm nicht verzeihen.

Gleichgültig, wie sehr sie das wollte, gleichgültig, wie sehr sie es versuchen würde. Denn diesmal wäre der Vertrauensbruch zu groß. Noch so viel Liebe würde den Schaden nicht wiedergutmachen können. Noch so viel Verzeihen konnte sie nicht wieder zusammenbringen.

Glory warf den Kopf in der Dunkelheit herum. Tränen durchnäßten die kratzige, harte Wolldecke unter ihrer Wange. Wie sie ihn vermißte, wie sie ihn brauchte. Hätte sie ihm doch nur gesagt, wie sehr sie ihn liebte. Vielleicht hätte er ihr geglaubt und ihr so lange vertraut, bis er die Wahrheit erfahren hätte. Aber sie hatte es ihm nie gesagt, und nun war es zu spät.

Sie dachte an die Zeit des Schiffbruchs zurück. Das schien ewig her und bedeutungslos geworden zu sein. Nun zählte nur noch die Zeit, die sie gemeinsam in seinem Haus in Tarrytown verbracht hatten. *Unser* Haus, hatte er gesagt. Sie erinnerte sich an die gemeinsamen Ausritte, an seine sanfte Berührung, wenn er sie in seinen Armen hielt. Er hatte eben erst begonnen, sich ihr anzuvertrauen und ihr seine Gefühle zu offenbaren.

Jetzt war all das vielleicht zunichte gemacht.

Er würde heimkommen, entdecken, daß sie fort war, ihr leeres Zimmer, den kalten Kamin sehen. Auch sein Herz würde erkalten. Der Gedanke war ihr unerträglich. Es brach ihr fast das Herz, wenn sie sich sein verbittertes Gesicht vorstellte, während er langsam zu der Überzeugung kam, daß sie ihn verlassen hatte.

Wenn ich ihm nur gesagt hätte, was ich empfinde, dachte sie zum hundertsten Mal. Vielleicht wäre dann alles anders. Vielleicht würde er dann nicht an meiner Liebe zweifeln. Vielleicht würde er auf mich warten.

Aber sie hatte gezögert, es auszusprechen.

Und im Glauben, daß sie ihn verraten hatte, würde Nicholas sie betrügen.

Glory schloß die Augen vor Schmerz. Sie hatte keine Wahl gehabt, sagte sie sich. Nathan war ihr Bruder. Aber dafür hatte sie vielleicht ihren Mann verloren – für immer. Keine Worte, keine Rechtfertigungen würden diesen Vertrauensbruch wiedergutmachen. Niemals.

Bitte, lieber Gott, betete sie. Du warst immer so gut zu mir, hast mir alles gegeben, was ich wollte – oder wenigstens zu wollen glaubte. Doch ohne Nicholas bedeutet mir all das nichts mehr. Bitte laß ihn wissen, daß ich ihn liebe. Daß ich ihn nie verletzen würde. Er wirkt so stark, und er ist es meistens auch. Aber er braucht mich.

Und ich brauche ihn.

Glory ließ den Kopf auf die Arme sinken und weinte um alles, was sie verloren hatte – ihren Vater, ihre Kindheit, ihr Kind. Und nun ihren Mann. Sie betete, daß es anders kommen möge – doch sie konnte nicht recht daran glauben.

23. Kapitel

»Ich bin so schnell gekommen, wie ich konnte. Erzähl mir, was los ist.« Nicholas stand in der Eingangshalle. Er hatte noch nicht einmal seinen Mantel abgelegt.

Bradford kam auf ihn zu. »Komm. Gehen wir ins Arbeitszimmer.« Brad wollte vorangehen, doch Nicholas hielt ihn zurück.

»Wo ist Glory? Ist ihr etwas zugestoßen?« Nur mit Mühe hatte er seine Stimme unter Kontrolle. Sein Herz klopfte so stark, daß es unter seinen Rippen schmerzte.

»Wir wissen es nicht genau, Nicholas. Bitte. Laß uns ins Arbeitszimmer gehen. Ich schenke dir einen Brandy ein und erzähle dir, was passiert ist.«

»Ich weiß, was *passiert* ist«, rief Elizabeth St. John Blackwell von der Treppe her. »Dein kleines Flittchen hat es genauso gemacht wie deine Mutter. Sie ist mit einem anderen auf und davon.«

»Mutter, bitte«, flehte Brad. »Es ist ohnehin schon schwierig genug.«

»Ich will wissen, was hier vorgeht, Brad, und ich will es gleich wissen.« Draußen war es dunkel geworden. Der dritte Tag, seit Nicholas das Haus verlassen hatte, neigte sich dem Ende zu. Nur drei kurze Tage – und schon drohte seine Welt zusammenzubrechen.

»Im Arbeitszimmer«, wiederholte Brad, und diesmal gehorchte Nicholas. Brad schloß die Tür hinter ihnen, half Nicholas aus dem Mantel und schenkte seinem Halbbruder einen Brandy ein. Er nahm das Glas mit zitternder Hand entgegen.

»Glory ist verschwunden, Nicholas«, sagte Brad schlicht. »Wir wissen nicht, wo sie steckt.«

»Seit wann?«

»Nachdem du am Sonntag abgereist warst, gingen sie und ich im Garten spazieren. Sie sagte, sie wolle ein wenig allein sein, deshalb bin ich ins Haus gegangen. Seitdem habe ich sie nicht mehr gesehen.«

Nicholas sank in einen Ledersessel vor dem Kamin. Die Lampen tauchten den Raum in gelbes Licht und warfen tiefe Schatten unter seine Wangenknochen. »Und Elizabeth hat gesehen, wie sie mit einem Mann fortging?«

»Ich glaube ihr nicht, Nicholas. Du weißt, daß sie alles tun würde, um Unfrieden zwischen euch beiden zu stiften. Sie war oben und hatte sich hingelegt. Ich bezweifle, daß sie überhaupt etwas sah. Wahrscheinlich will sie sich nur für die Szene am Frühstückstisch rächen.«

»Wie hat sie den Mann beschrieben?« fragte Nicholas mühsam beherrscht.

»Mutter sagt, sie konnte ihn kaum erkennen. Er war groß. An mehr erinnert sie sich nicht.«

»Hat sich Glory irgendwie gewehrt?«

»Nein.«

»Was hast du bis jetzt unternommen?«

»Ich habe einen Boten nach Tarrytown geschickt. Auf dem Landsitz ist sie auch nicht. Wir haben in den Krankenhäusern und bei den Ärzten nachgefragt. Nichts.«

»Hast du mit ihrem Bruder gesprochen?«

»Nicht persönlich. Sein Zimmerkamerad sagte, er sei auf einer ausgedehnten Exkursion. Er hat die Stadt verlassen, bevor Glory verschwand.«

Nicholas nahm einen tiefen Schluck Brandy und wartete, bis die brennende Flüssigkeit in seinem Magen angelangt war. »Worüber hast du mit ihr gesprochen? Im Garten, meine ich.«

»Vor allem über dich. Sie hat sich nach deiner Mutter erkundigt, und ich habe ihr alles erzählt, was ich über sie weiß.« Brad nahm einen Schluck Brandy, nachdem er den Schwenker zwischen beiden Händen erwärmt hatte. Nicholas bemerkte die Sorgenfalten um Brads Mund und die tiefen Furchen auf seiner Stirn. »Ich habe die Polizei nicht eingeschaltet, weil über euch beide schon genug geklatscht wird. Mehr wäre für Glory vernichtend. Ich habe einen Detektiv angeheuert, der sich mit der Sache befaßt. Den besten, den ich finden konnte. Ich hoffe, es ist dir recht.«

»Gut«, antwortete Nicholas knapp.

»Ich will dich nicht anlügen, Nicholas. Ich mache mir Sorgen. Ich glaube, ihr ist etwas passiert.«

Nicholas lehnte seinen Kopf an die Rückenlehne. »Etwas ist passiert, ganz recht. Sie hat mich verlassen, Brad. Wahrscheinlich, um zu George McMillan oder einem anderen Mann zu gehen.«

»Das glaube ich nicht, und du solltest das auch nicht glauben. Glory liebt dich. Das hat sie mir an jenem Tag im Garten gestanden.«

Nicholas zog eine Braue hoch. »Ach wirklich? Warum hat sie es dann mir nicht gesagt?«

»Sie wollte es, Nicholas. Das hat sie mir gesagt.«

Nicholas atmete tief und unregelmäßig aus, dann nahm er noch einen Schluck Brandy. »Ich wünschte, ich könnte das glauben, Brad. Aber ich tue es nicht. Sie wollte mich von Anfang an nicht heiraten. Sie wollte die Heirat annullieren lassen, bat mich mehr als einmal darum. Ich glaube, sie hatte es satt, darum zu bitten.«

»Wenn du Mutter glaubst –«

»Das ist es nicht.«

»Was dann?«

»Ich glaube, sie liebt mich einfach nicht. Sie hat es vielleicht nie getan.«

»Und was ist, wenn du dich irrst, Nicholas? Was ist, wenn ihr wirklich etwas zugestoßen ist? Wenn sie deine Hilfe braucht?«

Der Gedanke schnürte ihm fast das Herz ab. Eine Weile saß er nur schweigend da, starrte in die Flammen und sah Glorys Gesicht vor sich. »Ich wünschte fast, es wäre so. Ich wünschte fast, ihr wäre wirklich etwas Schreckliches passiert und ihr Leben wäre in Gefahr. Aber ich kenne Glory. Sie wäre niemals mitgegangen, ohne sich zu wehren. Irgendwie hätte sie es uns wissen lassen.« Er trank seinen Brandy aus und stand auf. Dann nahm er seinen Mantel und ging zur Tür.

»Wohin willst du?«

»Weg.«

»Ich weiß, was du vorhast, Nicholas. Tu es nicht. Gib ihr Zeit. Versuch herauszufinden, was wirklich passiert ist.«

Er antwortete nicht, sondern eilte schweigend in die Eingangshalle. Er hörte Brads Schritte hinter sich.

»Du irrst dich«, beschwor ihn Brad. »Und wenn du dich diesmal täuschst, dann wird sie dir das nie verzeihen. Diesmal nicht.«

Nicholas' Hand verharrte auf der schweren Messingklinke.

Einen Augenblick blieb er stehen, weil er das Chaos in seinem Inneren ordnen wollte, das ihm fast das Herz brach. Dann öffnete er die Tür und verschwand in der Dunkelheit.

»Woll'n Sie mit uns essen?« fragte Matt Bigger. Er stand im Kajütgang direkt vor ihrer Tür, und seine Augen, die grün und nur ein wenig dunkler waren als Glorys Kleid, leuchteten hoffnungsvoll. Inzwischen kannte sie alle mit Namen. Der Dünne hieß Spencer James; der Ältere mit dem Backenbart Lester Fields.

»Ich... ich esse lieber hier.«

»Das sagen Sie schon seit Tagen«, meinte Bigger. Er grinste sie an. »Sie ham's doch bestimmt satt, immer in Ihrer Kabine eingesperrt zu sein?«

Sie spürte, wie sie schwach wurde. Bigger sah harmlos aus. Er war wahrscheinlich nicht viel älter als sie. Seinem Akzent nach stammte er irgendwoher aus dem Süden. Trotzdem traute sie ihm nicht. Da war etwas in seinem Blick...

»Ich würde gerne kommen. Wirklich. Aber ich bin müde und fühle mich auch ein bißchen seekrank.«

Bigger trat ein und zog die Tür langsam hinter sich zu. Die Lampe an der Wand flackerte und blakte. »Sie brauchen einen, der sich um Sie kümmert. Einen Mann, der für Sie sorgt und Sie beschützt.«

»Ich habe einen Mann«, erwiderte Glory und fragte sich im selben Moment, wo er wohl gerade sein mochte. Sie war seit fünf Tagen fort. Inzwischen war Nicholas bestimmt von seiner Reise zurück. Und hatte gemerkt, daß sie verschwunden war und – *und was*? fragte sie sich zum tausendsten Mal.

»Wenn Sie schon mal'n Mann gehabt ham«, sagte Bigger gerade, »dann brauch' ich ja nich' so vorsichtig zu sein.« Er grinste. Bis auf einen etwas dunkleren Schneidezahn waren seine Zähne strahlend weiß. Er wirkte sehr jungenhaft. »Wenn eine Frau erstmal eingeritten is', kann niemand wissen, wie viele Reiter sie gehabt hat. Warum kommst du nich' her, damit ich dir'n Kuß geben kann? Ich bin verdammt gut im Küssen, glaub mir.«

Glorys Herz begann zu pochen. »Bitte, Mr. Bigger. Ich bin eine verheiratete Frau.«

»Verheiratet, wie? Verheiratete Frauen sind meine Spezialität.« Er packte sie am Arm und zog sie an sich. Sie versuchte, sich wegzudrehen, doch er hielt sie fest und zwang ihr einen Kuß auf. Seine Lippen waren warm, und sein Atem roch nach Tabak. Sie dachte nur an Nicholas. Als er begann, ihr zwischen die Falten ihres dreckigen Rockes zu greifen, riß sie sich los.

Bigger tat überrascht. Er grinste dreist, als würde ihn ihr Widerstand nur um so mehr reizen, und kam wieder auf sie zu.

»Laß sie in Ruhe, Matt.« Lester Fields stand in der Tür. »Sie gehört zur Ladung, genau wie ihr Neger. Wir kriegen weniger Geld, wenn das Gut beschädigt ist.«

Matt Bigger starrte sie mit funkelnden Augen an. »Für 'ne Kostprobe würde ich schon 'n Abschlag in Kauf nehmen.«

»Ich und Spencer haben da auch noch'n Wörtchen mitzureden, und wir sagen, daß du sie in Ruhe läßt. Du kannst dir Weiber kaufen bis zum Umfallen, wenn wir unser Geld haben. Aber bis dahin bleib weg von dem Mädchen.«

Bigger machte einen Schritt zurück. »Schätze, du hast recht.« Er wandte sich wieder Glory zu. »Lohnt sowieso nich', wegen so 'ner parfümierten Zimperliese zu streiten.« Er grinste breit und entblößte seinen dunklen Schneidezahn. »Aber trotzdem schmeckst du mir. Deine Lippen sin' süßer als Kandis, wirklich.«

»Komm schon«, drängte Lester. »Lohnt sich nich', weiter drüber nachzudenken. Außerdem können die Jungs im Süden ziemlich eklig werden, wenn sie merken, daß man mit ihren Weibern rumgemacht hat.«

»Ade, Süße«, verabschiedete sich Bigger lächelnd.

Glory durchlief ein Schauder, als er die Tür schloß. Dann rollte sie das schwere Holzfaß davor.

Brad wurde durch lautes Klopfen an der Eingangstür geweckt. Genau wie alle anderen im Haus. Diener liefen um die Wette in die Eingangshalle, um dem höllischen Lärm ein Ende zu machen. Brad war gerade bis zur Treppe gekommen, als die Tür aufschwang. Nicholas trat ein. Seine Kleider waren dreckig, sein schwarzes Haar unordentlich. Ein mehrere Tage alter Bart verdunkelte sein braunes Gesicht. Mit langen Schritten eilte er die Treppe hinauf. Brad schnitt eine Grimasse, als ihm der Gestank abgestandenen Alkohols ins Gesicht wehte – und der Duft billigen Parfüms.

»Wo zum Teufel hast du gesteckt?« wollte Brad wissen. »Ich war krank vor Sorge.«

Nicholas marschierte weiter durch den Gang und in das Zimmer, das er gemeinsam mit Glory bewohnt hatte. Brad folgte ihm auf den Fersen.

»Ich sagte, wo zum Teufel –«

»Ich habe dich schon verstanden. Ich war in fast allen schmieren Tavernen von New York.«

»Und in Kristen Pedigrus Bett?«

»Nein.«

»Also, du riechst jedenfalls, als wärst du in irgend jemandes Bett gewesen.«

Nicholas blieb nur kurz stehen, um Brad einen Blick aus den Augenwinkeln zuzuwerfen. »Es ist nicht so, wie du glaubst. Ich habe herauszufinden versucht, was mit Glory geschehen ist. Ich habe in den Tavernen angefangen und dann beschlossen, mich einmal mit Nathans Zimmerkameraden zu unterhalten. Nach einiger Überredung hat er mir das hier gezeigt.« Nicholas fummelte in der Tasche seiner zerknitterten Weste herum und reichte Brad das Plakat, auf dem eine Belohnung für Nathans Ergreifen versprochen wurde.

»Mein Gott!« entfuhr es Brad.

»Nathan war auf keiner Exkursion. Er war auf dem Weg hierher, um Hilfe zu suchen.« Nicholas warf ein paar saubere Hemden, Hosen und seine Stiefel in eine Reisetasche. »Sie haben sie mitgenommen, Brad. Da bin ich mir ganz sicher.«

»Vor zwei Tagen warst du genauso sicher, daß sie dich verlassen hat. Wieso hast du deine Meinung geändert?«

Nicholas ließ die Schlösser der Tasche einschnappen. »Nachdem ich aus dem Haus war, bin ich lange durch die Straßen gelaufen und habe versucht, einen klaren Kopf zu bekommen. Ich mußte immer wieder an deine Worte und an unseren Schiffbruch denken. Ich wußte, daß du mit einem recht hattest: Wenn ich Glory zu Unrecht verdächtigte, dann würde sie mir das nie verzeihen. Trotzdem war ich nicht sicher. Ich trank zuviel und landete schließlich in einem Kabuff über der Fraunces-Taverne, wo ich meinen Rausch ausschlief. Ich habe die ganze Nacht von ihr geträumt, mußte immerzu an sie und an die Zeit denken, die wir zusammen verbracht haben – und daran, was ich für sie empfinde. Als ich aufwachte, war mir klar, daß sie bestimmt nicht heimlich fortgelaufen wäre. Sie ist zu ehrlich, zu aufrichtig dazu. Sie hätte es mir gesagt, Brad. Ich hatte nicht mehr den leisesten Zweifel daran. Von da an versuchte ich herauszubekommen, was wirklich passiert war. Als ich das Fahndungsplakat sah, war mir alles klar. Ich mußte jedem zweiten Säufer in New York einen ausgeben, um herauszufinden, auf welchem Schiff sie ist, aber nun weiß ich es.« Er grinste. »Jeder Matrose erinnert sich an eine Frau wie Glory.«

»Was willst du jetzt unternehmen?«

»Die *Black Witch* liegt im Hafen. Die *Black Diamond* dazu. Die Mannschaft ist auf Landgang, aber ich habe Mac, Josh Pintassle und Jago Dodd in der Tontine-Taverne aufgestöbert. Sie haben ein paar Männer zusammengetrieben. Wir nehmen die *Black Witch*. Sie ist das schnellste Schiff. Wir könnten fast so schnell in Charleston sein wie *Southern Star*, diese durchlöcherte Badewanne.«

»Ich komme mit«, erklärte Brad.

»Auf keinen Fall. Du mußt wieder in die Schule.« Nicholas biß die Zähne zusammen. »Ich bringe sie zurück, das verspreche ich dir. Und ich hoffe für diese Kerle, daß sie ihre dreckigen Pfoten von ihr gelassen haben.«

Selbst bei Nacht wirkte das Marschland mit den kiefernbewachsenen Stränden vertraut. Glory wurde es wehmütig ums Herz, als sie an Deck stand, den Wind in ihren Röcken spürte und zur Küste hinübersah, die steuerbord am Schiff vorbeizog. Sie hatte den Azaleenduft, der in der Luft lag, und den warmen Wind des Südens vergessen. Unter anderen Umständen hätte sie sich darauf gefreut, nach Hause zu kommen, ihre Familie und alte Freunde wiederzusehen. Jetzt konnte sie nur daran denken, was mit Nathan geschehen würde, sobald sie Summerfield Manor erreichten – und was Nicholas jetzt wohl tat.

Jede Stunde ohne ihn kam ihr wie eine Ewigkeit vor. Jede Sekunde, die sie in unruhigem Schlaf verbrachte, wurde sie von Erinnerungen und Träumen verfolgt, in denen Nicholas vor ihr auftauchte und sie küßte, bis sie atemlos in seinen Armen lag.

In ihren Träumen liebte er sie immer und immer wieder. Doch wenn sie erwachte, fiel sie in dumpfe Verzweiflung, und ihr verspannter Körper schmerzte.

Glory starrte in das Wasser, das schillernd und schäumend im Mondlicht unter dem Schiff vorbeizog. Morgen abend, hatte ihr Spencer James erklärt, würden sie in Charleston anlegen. Die Reise hatte noch länger gedauert, als sie gedacht hatte. Sie waren zweimal vor Anker gegangen, um Sklaven abzuladen oder an Bord zu nehmen, und außerdem war die *Southern Star* ein breitkieliger, langsamer alter Kahn. Glory dankte dem Himmel, daß die Reise bald vorbei war – doch für Nathan würden die Prüfungen damit erst beginnen.

Es sah Louise Summerfield gar nicht ähnlich, ihren Groll so

lange zu hegen. Sie war ein zu praktischer Mensch und viel zu sehr damit beschäftigt, die Plantage zu führen, als daß sie Rachegedanken nachhängen würde. Trotzdem gab es das Plakat. Nathans Zimmerkamerad hatte erzählt, daß eine Belohnung auf Nathan ausgesetzt worden sei.

Glory erschauerte unter einer kühlen Bö, die an ihren Haaren zerrte und ihre Röcke flattern ließ. Sie mußte ihre Mutter irgendwie zur Einsicht bringen.

»Abend, Süße.«

Erschrocken fuhr Glory herum. Matt Bigger stand neben ihr und hatte den Blick auf ihre Brüste geheftet, die unter dem weichen Kaschmirschal verborgen lagen. Sie zog den Schal etwas fester um die Schultern und schaute dem blonden Mann ins Gesicht. »Guten Abend, Mr. Bigger.«

»*Mr.* Bigger. Das gefällt mir.« Er fuhr mit dem Finger über ihr Kinn. »Ich mag's, wenn die Weiber höflich sind. Höflich und schön – genau wie du. Ich hab' nachgedacht. Über das, was Spencer und Lester sagen, daß du Ware bist und so. Schätze, bei diesem Ausflug springt'n hübscher Batzen Geld für mich raus. Ich könnt's den beiden überlassen, wenn sie mir dich dafür geben. Wir beide könnten zusammen weggeh'n. Irgendwohin, wo wir neu anfangen könnten.«

»Ich fühle mich geschmeichelt, Mr. Bigger.« Glory gab sich Mühe, ihre Stimme gleichgültig klingen zu lassen. »Aber ich habe Ihnen schon einmal gesagt, daß ich bereits verheiratet bin.«

Matt fixierte sie mit seinen grünen Augen. »Ist mir egal. Ich will dich, Glory.« Er legte ihr die Hände auf die Schultern und zog sie an sich, bis sie nur noch wenige Zentimeter von seinem Gesicht entfernt war. »Komm mit mir nach unten. Ich zeig dir, was'n richtiger Mann dir zu bieten hat.«

Glory kämpfte gegen das Zittern, das sie kaum noch unter Kontrolle halten konnte. »Bitte, Matt. Sie sind ein netter Kerl. Aber ich –«

»Du kommst mit mir runter«, befahl er ihr unsanft. »Du wirst tun, was ich dir sage, und du wirst zu niemandem ein Wort darüber verlieren. Denn wenn du das tust, dann sorg' ich dafür, daß dein Niggerbürschchen 'n kleinen *Unfall* hat.«

Glory schluckte mühsam und kämpfte gegen die Tränen. Was sollte sie nur tun? Bigger schleifte sie vor zum Kajütgang. Es war dunkel in dem engen, modrigen Korridor. Verzweifelt suchte Glory nach irgendeinem Fluchtweg. Wenn sie schrie, würden ihr bestimmt ein paar Männer zur Hilfe kommen, aber von den Blicken her zu urteilen, die sie in den letzten Tagen aufgefangen hatte, würde sie sich dann vielleicht gleich mehrerer Angreifer erwehren müssen. Bigger stieß seine Kabinentür auf und stieß sie hinein. Leise schloß er die Tür hinter sich.

»Verstehst du nich', Glory? Ich muß dich haben. Mach's nicht noch schwerer, als es is'.«

»Matt, bitte, hören Sie mich an.«

»Halt's Maul! Ich will nix mehr hören. Wenn ich mit dir geschlafen hab', wirst du dich anders fühlen. Und jetzt zieh das Kleid da aus.«

»Sie wissen, daß ich das nicht tun werde.«

Er funkelte sie an. »Wenn du willst, daß dein Niggerbürschchen lebend nach Hause kommt, dann wirst du es tun.«

Glory versuchte, die Tränen hinunterzuschlucken, die ihr in der Kehle saßen.

»Ich will dir nix tun, Glory. Du bist einfach das hübscheste, süßeste Ding, das mir je begegnet is'. Und niemand wird davon erfahren.« Bigger machte einen Schritt auf sie zu. »Und jetzt zieh dich aus.«

Glory trat einen Schritt zurück. »Schon gut. Ich werde tun, was Sie sagen.« Um Zeit zu gewinnen, drehte sie ihm den Rücken zu und zog langsam den Schal von ihrem Hals, dann begann sie, ihr Kleid vorne aufzuknöpfen. Ängstlich hielt sie nach etwas Ausschau, das sie als Waffe benutzen könnte.

»Dreh dich um. Ich will zugucken.«

Glory zitterte am ganzen Leib, als sie seinem Befehl folgte. Als sie in seine Richtung schaute, entdeckte sie genau das, wonach sie gesucht hatte. Auf einem Faß neben Biggers Arm ragte der Hornknauf eines Jagdmessers aus einer Lederscheide. Wenn sie Bigger nur lang genug ablenken konnte, könnte sie das Messer aus der Scheide ziehen und sich damit befreien.

Sorgfältig öffnete Glory Knopf um Knopf bis zu ihrer Taille. Dann zog ihr Bigger das Kleid über die Schultern. Seine rauhen Hände fuhren über ihre Haut, und Glory mußte sich zwingen, sich nicht loszureißen. Der zum Kleid gehörende Rock wurde hinten geknöpft.

»Würden Sie mir helfen?« fragte sie.

Bigger grinste sie an. »Aber gern.«

Glory kam ihm so nahe, wie sie sich traute, und drehte ihm dann wieder den Rücken zu. Während sich Bigger an ihren Knöpfen zu schaffen machte, zog Glory vorsichtig das Messer aus der Scheide. Sie hatte es gerade in der Hand, als der Blonde merkte, was sie da tat.

»Moment, du kleines Biest!« Er wirbelte sie herum und versetzte ihr eine Ohrfeige. Glory fiel rücklings zu Boden und ließ das Messer los. Sie sah, wo es hinfiel, und rollte sich genau in dem Augenblick dorthin, in dem Bigger sprang. Sie hatte das Messer nur ein paar Zentimeter angehoben – doch das reichte aus.

Bigger stürzte in die Klinge, als er mit seinem ganzen Gewicht auf Glory fiel. Sie hörte, wie die Luft aus seinen Lungen wich, und fühlte etwas Warmes, Glitschiges an ihren Fingern. Die Tür flog auf, und Lester Fields kam hereingestürzt.

»Was zum Teufel is' hier los?«

Glory konnte nicht antworten. Ihre Zähne klapperten, und sie bebte am ganzen Leib. Fields zog Bigger von ihr weg, der sich vor Schmerz zusammenrollte und sich die verwundete Schulter hielt.

»Das wollte ich nicht«, flüsterte sie. »Es war ein Unfall.«

Lester Fields half ihr auf. »Sie ham ganz richtich gehandelt, Ma'am.«

Zu ihrer Überraschung grinste Bigger sie an. »Du hast Mumm, Kleine. Das muß man dir lassen.«

»Laß sie in Ruhe, Matt«, wies Fields ihn zurecht.

Glory zog das Oberteil ihres Wollkleides über ihr Unterhemd und knöpfte es mit zitternden Händen zu. Sie ließ sich von Lester Fields aus der Kabine führen.

»Machen Sie sich keine Sorgen, Ma'am«, tröstete Lester sie. »Ich hätt' ihn besser im Auge behalten soll'n. Er is' wirklich kein schlechter Kerl, wenn's sich nich' grade um Frau'n dreht. Die mach'n ihn irgendwie verrückt. Die Frau'n ham's ihm schon immer angetan, un' Sie sin' hübscher als alle anderen.«

»Ich habe Angst, daß er meinem Bruder etwas tut.«

»Matt is' nich' blöd. Nigger bedeuten Geld. Und Geld mag er fast so gern wie Frau'n.« Er lächelte ihr beruhigend zu.

Glory konnte nur hoffen, daß Lester Fields recht behielt. Sie ließ sich von ihm durch den Gang in ihre Kabine führen. In dieser Nacht stemmte sie das Faß *und* den Schemel gegen die Tür.

»Wir liegen gut in der Zeit, Junge. Mit ein bißchen Glück kommen wir kurz nach ihnen in Charleston an.« Mac stützte sich mit dem Arm am Mast ab und schaute auf die vorbeiziehende Küste. Nicholas stand bei ihm, hielt sich am Tauwerk fest und hatte einen Fuß gegen die Reling gestemmt. Die warme Brise zupfte an seinem weißen Hemd und seinen schwarzen Locken.

»Du hast mit den Männern gute Arbeit geleistet«, lobte Nicholas, »aber ich mache mir trotzdem Sorgen.«

»Versteh' ich. Sie is' ne schöne Frau, Junge. Eine Versuchung für jeden Mann. Aber sie kämpft auch. Un' sie is' schlau. Sie wird schon zurechtkommen. Das mußt du glauben. Außerdem würden sie sie nicht mitnehmen, wenn nix dabei rausspringt. Sie wollen sie einlösen. Und sie wird ihnen nix einbringen, wenn sie nicht unverletzt ankommt.«

»Hoffentlich hast du recht, Mac.«

»Verzeihung, Captain.« Josh Pintassle kam auf ihn zu. Er sah immer noch so gut aus, nur daß er jetzt etwas reifer wirkte. »Haben Sie noch irgendwelche Befehle, bevor ich von Deck gehe?«

Nicholas lächelte. »Nein, Josh. Wir liegen ausgezeichnet in der Zeit, dank deiner Bemühungen. Du weißt, wie hoch ich dir das anrechne.«

»Bis morgen abend sollten wir im Hafen sein. So wie ich die *Southern Star* einschätze, hat sie nicht mehr viel Vorsprung.«

Nicholas nickte. »Das kommt darauf an, ob sie unterwegs vor Anker gegangen ist.«

»Das nehme ich doch an.« Josh schaute zum Ruder hin. Jago Dodd hielt das Rad mit beiden Händen und widmete sich mit grimmiger Miene seiner Aufgabe. Sie hatten nur eine Behelfsmannschaft und arbeiteten in Doppelschichten, aber trotzdem tat es ihm gut, mit den alten Kameraden zusammen zu sein. Josh wandte sich wieder seinem Freund und Mentor zu. Irgendwie hatte sich Blackwell verändert. Zwar wirkte er besorgt, aber statt der Ruhelosigkeit, die ihn früher umgetrieben hatte, strahlte er Sicherheit und innere Stärke aus. Die Liebe einer Frau konnte einen Mann vollkommen umkrempeln. So hieß es wenigstens. Josh hoffte, daß auch ihm eines Tages dieses Glück widerfahren würde.

»Dann gehe ich jetzt nach unten, Captain.«

»Gute Nacht, Josh.«

»Du solltest dir auch 'ne Mütze Schlaf gönnen«, meinte Mac zu Nicholas.

»Das werde ich, Mac.«

»Nacht, Cap'n.« Mac ging mit schwerem Schritt über das Deck, und Nicholas blieb allein mit seinen Gedanken zurück. Mondlicht schimmerte auf den Wogen. Es erinnerte ihn an den

Glanz in Glorys Haar. Wie er sie vermißte! Wenn sie heimkamen, würde er sie eine Woche lang nicht aus dem Bett lassen, das schwor er sich.

Wenn sie heimkamen. Er zog ein schwarzes Zigarillo aus der Westentasche, riß ein Zündholz an der Reling an, hielt die Flamme an sein Zigarillo und inhalierte den würzigen Rauch. Herr, mach, daß ihr nichts passiert, betete er zum hundertsten Mal. Laß sie in Sicherheit und unverletzt sein.

Und mach, daß sie mit mir heimkommen möchte.

24. Kapitel

Die *Southern Star* legte früh am nächsten Nachmittag in Charleston an. Glory war in ihrer Kabine geblieben und hatte niemanden außer Lester Fields, der ihr das Essen gebracht hatte, hereingelassen.

Als Glory die Leiter zum Deck hinaufkletterte und zum ersten Mal seit einem Jahr ihre Heimat wiedersah, spürte sie, wie es ihr eng in der Brust wurde. Sie hatte dieses Land vermißt. Die alten Negerfrauen, die aus Süßgras, Palmettoblättern und Kiefernnadeln Körbe flochten, so wie sie es seit Jahrzehnten taten. Die Sommer auf Sullivans Island. Die Krabbensuppen und Austern und Wurstpasteten.

Jetzt aber vermißte sie vor allem Nicholas. Nicht einmal der Anblick von Charleston konnte ihn aus ihren Gedanken vertreiben. Wieder fragte sie sich, ob er ihr treu geblieben war oder ob er in den Armen einer anderen Frau Trost gesucht hatte. Was immer auch geschehen war, irgendwie mußte sie ihm eine Nachricht zukommen lassen.

Sie ging hinüber zu Lester Fields, der mit seinem grauen Zylinder in der Hand neben Spencer James an der Reling lehnte.

Matt Bigger wartete bei Nathan und den anderen aneinandergeketteten Sklaven, deren schwarze Haut vor Schweiß glänzte. Glory war erschüttert. Abgesehen von seiner helleren Hautfarbe sah Nathan aus wie alle anderen – hager und abgezehrt, müde und geschunden. Er schien um Jahre gealtert. Sein eleganter Frack war verschwunden, sein weißes Hemd und die hellbraune Hose hingen nur noch in fleckigen Fetzen an seinem Leib. Seine nackten Füße waren schmutzig. Glory ging zu ihm und legte ihm die Arme um den Hals.

»O Nathan, was haben sie dir nur angetan?«

»Psst«, beschwichtigte er. »Wir sind bald daheim.«

»Wie geht es dir?«

»Ich habe mich schon besser gefühlt.« Er atmete tief die salzige Seeluft ein. »Es tut gut, wieder an der frischen Luft zu sein.«

»Weg von dem Nigger«, warnte Matt Bigger. »Gehört sich nich' für 'ne weiße Frau, mit'm Schwarzen zu reden. Und anpakken sollte sie ihn erst recht nich'.«

»Tu, was er sagt, Glory«, beschwor Nathan sie, als er merkte, daß sie sich aufrichtete, um etwas zu erwidern. Sie folgte seiner Bitte und schwieg.

»Ich möchte meinem Mann schreiben«, sagte sie zu Lester Fields. »Er soll wissen, daß es mir gut geht.«

»Das muß warten, bis du zu Hause bist«, mischte sich Matt ein. Kaum hatte sie ihren Mann erwähnt, verschlechterte sich seine Laune. »Wir haben keine Zeit zum Briefchenschreiben.«

Glory drückte ihre Schultern durch. Doch sie sank gleich wieder in sich zusammen. Es hatte keinen Sinn, sich mit ihm anzulegen. Welchen Unterschied machte schon ein Tag mehr oder weniger? Inzwischen war der Schaden bereits angerichtet. Das dachte sie sich wenigstens. Gestern nacht hatte sie im Traum Nicholas in Kristen Pedigrus Armen liegen sehen.

»Sie ist weg«, hatte er zu der schönen dunkelhaarigen Frau gesagt. »Sie hat mich sowieso nie wirklich geliebt.«

»Ich *liebe* dich, Nicky. Und ich werde dir zeigen, wie sehr.«

Glory war schweißgebadet aufgewacht. Lange hatte sie die Bilder ihres schrecklichen Traumes nicht abschütteln können. Jetzt schloß sie die Augen, weil die Erinnerung ihr einen schmerzhaften Stich versetzte. Langsam ging sie über die Laufplanke von Bord.

Vor den Docks warteten vier Pferde, die sie zur Plantage bringen sollten. Keines hatte einen Damensattel. Glory war noch nie im Herrensitz geritten, aber sie protestierte nicht. Sie folgte Lester Fields, der eins der Tiere zu einer kleinen Holzkiste führte, wo sie aufsteigen konnte. Sie machte es sich auf dem niedrigen Männersattel bequem und schob, nachdem sie die Röcke bis zu den Waden gerafft hatte, ihre Ziegenlederschuhe in die metallenen Steigbügel. Ihre schmutzigen, zerrissenen Strümpfe hatte sie längst weggeworfen.

Matt Bigger starrte sie mit hungrigen Augen an. Er grinste. Sein Schulterverband schaute vorne unter dem offenen Hemd hervor. »Gehn'n wir«, sagte er. »Erst mal bringen wir das Mädchen und ihren noblen Nigger heim, dann liefern wir den Rest ab.«

Glory widersprach nicht. Sie hoffte nur, daß niemand sie erkannte. Ihr Haar sah fürchterlich aus, ihr Kleid war zerrissen und blutbefleckt. Sie wollte, daß diese ganze widerwärtige Angelegenheit so unauffällig wie möglich zu Ende gebracht wurde. Ihre Familie hatte jahrzehntelang in Charleston gelebt. Der Name Summerfield verdiente es nicht, in den Schmutz gezogen zu werden; ebenso wenig wie das Andenken ihres Vaters.

Sie ritten den ganzen Nachmittag lang in schnellem Schrittempo, gefolgt von einer langen Schlange aneinandergeketteter Sklaven. Das Klirren der Ketten dröhnte in Glorys Ohren. Matt Bigger ritt an ihrer Seite. Sein Blick war nahezu unverwandt auf den entblößten Teil ihres Beines gerichtet. Einmal fuhr er mit der Hand über ihren Schenkel. Glory hätte am liebsten aufgeschrien vor Wut. Statt dessen riß sie an den Zügeln, so daß ihr Pferd abrupt stehenblieb und Matt beinahe aus dem Sattel kippte. Er lachte und zwinkerte ihr zu. Wie sie sich wünschte, daheim zu sein.

»Da is' sie, Junge. Die *Southern Star.*« Mac stand neben Nicholas an der Reling. Auf den Docks von Charleston herrschte fieberhaftes Treiben, obwohl es schon dämmerte. Karren und Wagen rumpelten vorbei, und aus den nahen Tavernen schallte rauhes Gelächter.

»Die Segel backbrassen!« befahl Nicholas, während die *Black Witch* vor dem Dock längsseits ging. In Minutenschnelle war das Schiff festgemacht, und Nicholas, Mac, Jago und Josh eilten über die Laufplanke hinab. Mac blieb kurz stehen, um einen vorbeikommenden Matrosen anzusprechen, und hatte die anderen wieder eingeholt, als sie gerade den Mietstall betraten.

»Das war Timothy Jones von der *Star*«, erklärte Mac. »Er sagt, sie haben am frühen Nachmittag angelegt. Die Sklavenjäger haben die Gefangenen in Ketten weggeführt, sie werden also 'n bißchen brauchen, bis sie die Plantage erreichen.«

»War Glory dabei?«

»Ganz bestimmt, Junge. Timothy sagt, so'n Gesicht vergißt man nich'. Sagt, ihr ging's gut, als er sie zum letzten Mal gesehen hat.« Nicholas entging nicht, daß Mac den Blick abwandte.

»Erzähl mir alles.«

Mac atmete tief ein. »Anscheinend hat sich einer der Sklavenjäger in sie verguckt. Und versucht, sie zu vergewaltigen. Glory hat ihn mit seinem eigenen Messer niedergestochen.«

Nicholas biß die Zähne zusammen. »Was noch?«

»Timothy sagt, daß Bigger – so heißt der Knabe – vor der Mannschaft damit geprahlt hat, daß er sie rumkriegen würde, so oder so. Sagt, das schuldet sie ihm. Wegen seiner Schulter.«

»Verdammt!« fluchte Nicholas, und sein Blick verdunkelte

sich. »Los jetzt. Wir haben keine Zeit zu verlieren.« Er schwang sich in den Sattel, und die anderen folgten seinem Beispiel. Eilig bahnten sie sich einen Weg durch die lärmende Menschenmenge an den Docks und trieben ihre Pferde an, sobald sie die Stadt verlassen hatten.

Spät am Abend hatten die Sklavenjäger die äußerste Grenze des Summerfield-Besitzes erreicht. Glory erkannte den Weg wieder, auf dem sie mit Nicholas an den Reisfeldern entlang geritten war. Wie lange war das schon her. Die Sklaven, die sich müde über die Straße schleppten, hatten zu singen begonnen, und ihre tiefen Stimmen klangen durch die Abendstille. Nathans Stimme mischte sich unter die der anderen. Doch Glory konnte sie wegen seiner makellosen Aussprache leicht unter dem breiten Südstaatendialekt der übrigen heraushören.

Zu ihrer Überraschung ritten sie an der Straße zum Haupthaus vorbei und bogen statt dessen in einen kleinen Weg ein, der zu der Unterkunft des Aufsehers Jonas Fry führte.

»Warum reiten wir nicht zum Haupthaus?« fragte sie.

»Wir woll'n zu Fry.«

Ein Angstschauer überlief Glory, doch sie versuchte, ihre Befürchtungen zu ignorieren. Sie waren auf dem Land der Summerfields. Alles würde sich einrenken. Sie war so entsetzlich müde, daß sie die Füße aus den Steigbügeln zog und ihre schmerzenden verspannten Beine ausstreckte.

»Du mußt dir die hübschen Beine massieren lassen«, bemerkte Matt Bigger. »Ich bleib gerne stehen und erledige das gleich hier.« Er grinste unverfroren.

»Es geht schon, danke. Ich möchte nur endlich heimkommen.«

»Keine Angst, du kommst schon noch heim«, sagte er gerade so laut, daß nur sie es hören konnte. »Aber nich', bevor wir beide das zu Ende bringen, was wir auf dem Schiff angefangen ham.«

»Wir haben überhaupt nichts auf dem Schiff angefangen.«

»Oh, das würd' ich nich' sagen. Ich hab immer noch den Geschmack von deinen süßen, rosa Lippen im Mund. Ich hab' noch nie 'ne Frau so gewollt wie dich. Und ich krieg dich noch. So wahr ich Matt Bigger heiß'.«

»Mr. Fields«, rief Glory. »Würde es Ihnen etwas ausmachen, wenn ich neben Ihnen ritte?«

»Nutzt dir nix«, versicherte ihr Matt Bigger leise lachend. »Früher oder später wärmst du mir das Bett.«

Glory trieb ihr Pferd an und versuchte, gegen die aufkommende Panik anzukämpfen. Warum klang Bigger so überzeugt, obwohl sie bereits auf dem Land der Summerfields waren? Und was war mit den anderen beiden? Sie würden sie doch sicher beschützen. Bigger machte ihr bestimmt nur etwas vor.

Aber irgendwie ahnte sie, daß es nicht so war.

Sie mieden das Haupthaus und ritten direkt auf Frys Haus zu. Jonas hörte sie kommen und kam in einem roten Flanellunterhemd und Baumwollhosen auf die Veranda geschlendert.

»Ihr habt den Flüchtling also heimgebracht«, sagte er, während Lester Fields Nathan von den übrigen trennte. »Und sein süßes Schwesterchen dazu. Ich hab' schon gehört, daß ihr kommt. Und hab' auch das Geld bereit, zusammen mit einem Bonus für Miss Glory.«

»Sollten wir Nathan nicht zu meiner Mutter bringen?« fragte Glory mit klopfendem Herzen. »Immerhin hat sie die Belohnung ausgesetzt.«

»Ihre Mama weiß überhaupt nichts von alldem«, antwortete Fry. »Aber Sie können drauf wetten, daß sie froh ist, ihren Nigger wiederzukriegen.«

»Wenn meine Mutter von all dem nichts weiß, woher haben Sie dann das Geld?«

»Miz Louise hat mir das Geschäft mehr und mehr anvertraut. War wohl einfach zuviel für sie, wo Sie weg war'n und so.«

Glory spürte Gewissensbisse. »Was haben Sie mit Nathan vor?«

»Der kriegt, was er schon lang verdient hat. Aber zerbrechen Sie sich darüber nicht das hübsche Köpfchen. Das ist Männersache.«

»Aber ich *mache* mir Sorgen. Was immer Sie auch vorhaben, Mr. Fry, ich werde es verbieten. Wir bringen Nathan zu meiner Mutter. Das ist ein Befehl, Mr. Fry.«

Fry lächelte bloß. »Tut mir leid, Missy. Sie geben hier keine Befehle mehr.«

»Ich kann sie ja für Sie zum Haus bringen«, bot Matt Bigger ihm an.«

»Gute Idee«, stimmte Jonas zu.

»Nein! Mit diesem schrecklichen Menschen gehe ich nirgendwohin. Sagen Sie ihm das, Mr. Fields.«

»Was sollst du mir sagen, Lester?« fragte Matt grinsend und mit Unschuldsmiene.

Keiner antwortete ihm. Seine beiden Begleiter blickten betreten zu Boden, und plötzlich begriff Glory, warum Matt Bigger sich seiner Sache die ganze Zeit so sicher gewesen war. Lester Fields und Spencer James hatten Angst vor Matthew Bigger.

»Hören Sie, Jonas«, flehte Glory. »Dieser Mann will... er will mir seinen Willen aufzwingen.«

Matt Bigger lachte. »Sie hat Phantasie, was? Wenn ich an dir interessiert wär', Süße, dann hätt' ich dich doch längst haben könn'.«

Jonas entspannte sich. »Ich kenn Sie zu gut, Miss Glory. Sie meinen, daß Sie immer Ihren Kopf durchsetzen können. Diesmal haben Sie Pech.« Er wandte sich wieder Bigger zu. »Ich hab das Komitee schon benachrichtigt. Sie werden für eine gerechte Strafe sorgen.«

»Nein!« schrie Glory auf und sprang von ihrem Pferd. Sofort sprang auch Bigger aus seinem Sattel.

»Fessle sie und bring sie rüber«, befahl Jonas. Bigger riß ihre Arme nach vorn und band ihre Hände zusammen. Mit Gewalt stopfte er ihr einen Knebel in den Mund. Dann wurde sie zurück in den Sattel gehoben.

»Vergiß nicht, sie loszubinden, bevor du sie ablieferst. Ihre Mama braucht nicht mitzukriegen, wie wir mit ihrem Töchterchen umspringen.«

Matt winkte zustimmend und führte sie davon.

»Ihr könnt die Nacht hier verbringen«, bot Jonas den beiden anderen Männern an. »Die Nigger hier sollen ruhig sehen, was passiert, wenn sie fortlaufen.«

Glory hatte keine Zeit gehabt, ihre Füße in die Steigbügel zu schieben, und so preßte sie ihre Knie in die Flanken des Pferdes, um nicht aus dem Sattel zu fallen und um ihre wundgeriebenen Schenkel zu schonen. Ohne auf ihre Proteste hinter dem Knebel zu achten, führte Bigger ihr Pferd immer tiefer in die Dunkelheit. Er hielt erst an, als die anderen nicht mehr zu hören waren. Nachdem er das Pferd an einer mächtigen moosbewachsenen Eiche angebunden hatte, zog er Glory aus dem Sattel. Sie spürte den metallenen Steigbügel in ihrem Rücken und roch den moschusartigen Schweiß des Pferdes, gegen dessen warmes Fleisch sie sich erschöpft fallen ließ.

Matt befreite sie von dem Knebel. »Zeit, daß wir die Sache endgültig erledigen.«

»Sie befinden sich auf dem Land meiner Familie, Mr. Bigger. Wenn Sie mir etwas tun, wird man Sie dafür hängen.«

»Ich tu' dir nix. Das hab' ich dir doch gesagt. Aber ich muß dich haben. Mir platzt bald die Hose, so scharf bin ich auf dich. Wenn du keine Zicken machst, lass' ich dich laufen.«

»Und was tun Sie, wenn ich mich wehre?«

»Dann nehm' ich dich trotzdem. Hab' noch nie 'ne Frau gegen ihren Willen genommen.« Er lächelte. »Hab's noch nie nötig gehabt. Aber ich tu's, wenn du mich dazu zwingst.«

»Man wird Sie erwischen.«

»Und wenn ich meinen Anteil sausen lassen und woanders hingeh'n muß! Das isses mir wert.«

Glory wurde von Furcht gepackt. Sie fuhr sich über die trokkenen Lippen. »Ich werde tun, was Sie verlangen. Binden Sie mich los.«

»Hab' doch gewußt, daß du vernünftig bist. Bist 'n schlaues Mädchen. Und du hast Mumm.« Er lachte in sich hinein, während er den Knoten über ihren Handgelenken löste. »Mich einfach abzustechen. Da gehört was zu. Hab' noch nie 'ne Frau mit soviel Mumm getroffen. Seitdem will ich dich erst recht.«

»Warum haben Sie bis jetzt gewartet?« fragte sie, um Zeit zu gewinnen.

»Weil ich dich nich' teilen will. Die Matrosen hätt'n bestimmt auch was abhaben wollen. Ich teil' meine Weiber nich' gern. Ich mag dich, Glory. Wirklich. Ich würd' dich mitnehmen, du brauchst nur 'n Wort zu sagen.« Er legte eine schwielige Hand an ihre Wange und drehte sie zu sich um.

»So 'ne Haut hab' ich noch nie geseh'n.« Er senkte den Kopf, bis sein Mund auf ihren Lippen lag. Es war kein unangenehmes Gefühl; trotzdem rumorte es in ihrem Magen. Sie versuchte, ruhig zu bleiben, versuchte, das pelzige Gefühl auf ihrer Zunge zu ignorieren, als er sich Einlaß in ihren Mund erzwang.

Sie wartete, bis sie spürte, wie sein Griff schwächer wurde, dann zog sie abrupt das Knie zwischen seinen Beinen hoch. Bigger fluchte, als sie ihn traf, aber sie wußte, daß ihre Röcke und Unterröcke den Stoß gedämpft hatten. Sie riß sich los und versuchte loszurennen. Sie kam nur ein paar Schritte weit, dann spürte sie Biggers Arm um ihren Leib. Er preßte sie an sich, bis sie seine Brustmuskeln spüren konnte. Während sie verzweifelt versuchte, ihr Zittern unter Kontrolle zu bringen, zog er ihr die Nadel aus dem Haar.

»Bitte, lassen Sie mich los«, flüsterte sie. »Ich kann das nicht.«

Das schien Bigger noch wütender zu machen. »Wie du willst.« Er schlang seine Arme um sie und trug sie, ohne auf ihre Gegenwehr zu achten, zu der Eiche hinüber. Mit seiner Hand preßte er ihre beiden Handgelenke über ihrem Kopf auf den Boden und öffnete mit der anderen die Knöpfe ihres Kleides. Als ihm das zu beschwerlich wurde, knurrte er ärgerlich und riß das Kleid auseinander.

»Mir gefällt das nich', aber du läßt mir keine andere Wahl.« Sie wehrte sich verzweifelt, als er ihr Hemd in Fetzen riß und er stöhnend mit seiner freien Hand ihre nackten Brüste packte.

Glory, die sich mit aller Kraft von ihm zu lösen versuchte, kam so abrupt frei, daß sie mit dem Kopf auf den Boden schlug. Als sie aufsah, stand Nicholas breitbeinig vor ihr. Matt Bigger lag ächzend zu seinen Füßen. Nicholas' graue Augen waren fast schwarz vor Zorn.

Glory durchfuhr eine solche Freude, daß ihr schwindlig wurde. Sie richtete sich auf und starrte Nicholas an, wie um sich zu überzeugen, daß sie sich das alles nicht nur einbildete.

Nicholas riß Bigger hoch und versetzte ihm einen zweiten Schlag, der den Blonden zu Boden streckte. Mühsam schwankend richtete sich der Sklavenjäger auf. Nicholas wirbelte ihn zu sich herum und traf ihn so hart am Magen, daß er lautlos zusammenklappte. Bewußtlos lag der Junge am Boden.

Mit besorgtem Blick drehte sich Nicholas um und eilte zu Glory, die fassungslos mit dem Rücken am Baum lehnte. Er kniete nieder, zog sie in seine Arme und barg ihr Gesicht an seiner Brust.

In Glorys Augen brannten Tränen. »Und ich habe geglaubt, du wärst zu Kristen gegangen«, flüsterte sie. »Ich habe schon befürchtet, ich hätte dich für immer verloren.«

»Still«, hauchte er, zog ihr das zerfetzte Kleid über Brust und Schultern und schloß die wenigen noch vorhandenen Knöpfe. »Nur du allein zählst für mich. Es gibt keine andere in meinem

Leben. Kristen nicht, und auch sonst niemand.« Er küßte sie auf die Augen, auf die Nase, auf den Mund, zeigte ihr seine Zuneigung deutlicher, als Worte es gekonnt hätten. Er roch nach Leder, und sein Atem schmeckte warm, als ihre Lippen sich fanden.

Als sie sich voneinander lösten, waren beide ein wenig verlegen. »Ist dir wirklich nichts passiert?« fragte er.

»Nein, alles ist in Ordnung. Aber wie hast du mich gefunden? Woher hast du Bescheid gewußt?«

»Jonas Frys Name stand auf dem Plakat. Wir sind euch bis zu seinem Haus gefolgt. Fry hat uns erzählt, daß Bigger dich zum Haupthaus bringen sollte. Wir haben uns getrennt, um nach dir zu suchen.« Er lächelte. »Wenn ich dich so anschaue, bin ich froh, daß ausgerechnet ich dich gefunden habe.«

In diesem Augenblick kamen Mac, Josh und Jago auf die Lichtung galoppiert. Sie waren so schnell geritten, daß den Pferden Schaum aus den Mäulern trat.

»Sie haben sie gefunden!« rief Josh aus.

»Dem Allmächtigen sei Dank«, bekräftigte Jago.

»Aye. Gut, Sie wiederzusehen, Mädel«, begrüßte sie Mac.

Glory lächelte die drei dankbar an. »Es ist auch schön, Sie wiederzusehen. Jeden von Ihnen.«

»Jago«, sagte Nicholas, »Sie kümmern sich um diesen – *Gentleman.*« Matt Bigger lag immer noch da, ohne sich zu rühren.

»Aber gern, Cap'n.«

»Komm.« Nicholas nahm Glory am Arm. »Ich bringe dich ins Haus. Dann werde ich mich um Nathan kümmern.«

Glory, der immer noch der Kopf schwirrte, wand sich aus seinem Griff. »Ich komme mit. Ich will mich selbst davon überzeugen, daß ihm nichts passiert ist.«

Ein Schuß hallte durch die Dunkelheit. Glorys Kopf schoß hoch. »Nathan«, entfuhr es ihr. Sie raffte ihre Röcke und rannte in die Richtung, aus der sie gekommen waren. Mit drei großen Schritten hatte Nicholas sie eingeholt.

»Wir nehmen die Pferde«, befahl er und drehte sie herum.

Glory ließ sich von ihm zurückführen, und er hob sie in den Sattel. Sie gaben den Pferden die Sporen, bis sie in gestrecktem Galopp davonjagten.

Vor dem Haus des Aufsehers hatte sich ein Kreis von Männern mit Fackeln in der Hand aufgebaut, um sie herum ängstlich blikkende Sklaven. Auch Lester Fields und Spencer James waren dabei. In der Mitte stand Fry vor Nathan, den man an einen Pfosten gekettet und das zerlumpte Hemd vom Leib gerissen hatte.

Nicholas schwang sich vom Pferd, noch ehe es angehalten hatte. »Lassen Sie ihn in Ruhe, Fry«, befahl er.

»Scheren Sie sich zum Teufel.«

Jago Dodd warf Nicholas seine Pistole zu. Nicholas fing die Waffe auf, richtete sie auf den Aufseher und preßte dem Mann die Mündung hinters Ohr.

»Einer von euch schneidet ihn los«, wies er die Männer, die den Kreis bildeten, mit einer Kopfbewegung in Nathans Richtung an. »Die anderen gehen nach Hause.«

»Der Junge ist weggelaufen, Sir. Das Gesetz ist da ganz eindeutig. Er muß bestraft werden.« Das sagte eine tiefe Männerstimme mit vornehmem, weichen Südstaatenakzent.

»Und wer sind Sie bitte?« fragte Nicholas, ohne die Pistole von dem Kopf des Aufsehers zu nehmen.

»Ich bin Thomas Jervey. Mir gehört die Magnolia-Gardens-Plantage südlich von hier, und ich bin der Vorsitzende des Komitees zur Bewahrung der Gesellschaft der Südstaaten.« Jervey saß auf einem großen Braunen. Mit seinem weißen Hut entsprach er dem Bild eines typischen Plantagenbesitzers aus dem Süden. Wie die meisten Angehörigen der Südstaaten-Oberschicht war Thomas Jervey ein Mann mit festen Überzeugungen. Ein Mann, der an das glaubte, was er tat.

»Also gut, Mr. Jervey«, antwortete Nicholas. »Wir bringen Nathan auf Summerfield Manor zurück. Sie können morgen kommen und sich mit Mrs. Summerfield unterhalten. Wenn sie einverstanden ist, können Sie die Bestrafung durchführen.«

»Nein!« schrie Glory und glitt aus dem Sattel. Josh, der bereits abgesessen war, fing sie ab, bevor sie den Kreis erreicht hatte.

»Lassen Sie das den Captain machen, Glory«, flüsterte er. »Er weiß, was er tut.«

Glory zitterte so sehr, daß sie sich Mühe geben mußte, nicht umzusinken; aber sie nickte und spürte, wie Josh seinen Griff lockerte.

»Sind wir uns einig, Mr. Jervey?«

»Ich mag es nicht, wenn man mich zu etwas zwingt, Mr. –«

»Blackwell. Nicholas Blackwell.«

»Ach, Captain Blackwell. Ja. Ich habe von Ihnen gehört. Ich glaube, wir sind uns sogar einmal begegnet. Es überrascht mich, daß ein Mann von Ihrem Ansehen sich in eine lokale Angelegenheit mischt.«

»Normalerweise tue ich das auch nicht. Aber Glory ist meine Frau. Was ihr wichtig ist, ist auch mir wichtig. Außerdem ist Nathan sozusagen ein Verwandter.«

»Was sind das nur für Zeiten, in denen ein weißer Mann ein solches Geständnis ablegen muß.«

»Verzeihen Sie, wenn ich Sie damit brüskiert habe. Also, sind wir uns einig?«

»Jonas?« fragte Thomas Jervey.

»Tun Sie's nicht, Mr. Jervey. Es ist nicht richtig, sich mit so einem Negerfreund einzulassen.«

Nicholas spannte den Abzugshahn und preßte das kalte Metall noch fester gegen das Ohr des Mannes. »Sind Sie sich dessen sicher, Fry?«

Jonas Fry fuhr herum und duckte sich zugleich, so daß er Nicholas' Hand packen und die Waffe abwenden konnte. Ein Schuß fiel; weitere folgten kurz aufeinander. Josh, aus dessen Waffe beißender Rauch stieg, schleuderte Glory zu Boden. Jago ging in Deckung, zog sein Messer und hielt es drohend vor sich. Als Rauch und Staub sich verzogen hatten, war der Kreis aufgelöst; ein paar Männer lagen am Boden. Einer stöhnte leise.

Einer lag reglos am Boden.

In panischer Angst kämpfte Glory gegen die drohende Ohnmacht und rannte zu Nicholas. Ihr Atem stockte, als sie ihn so still liegen sah. Sie kniete sich neben ihm nieder und bettete vorsichtig seinen Kopf in ihren Schoß. Blut floß aus der Wunde in seiner Brust auf ihre Hand.

»Ich hole Hilfe«, sagte Josh und rannte zu seinem Pferd.

Mac kniete mit rotem, grimmigen Gesicht neben ihr nieder. Er öffnete Nicholas' blutdurchtränktes Hemd, um sich die Wunde anzusehen. Er murmelte etwas Unverständliches und trat zurück, ohne den Blick zu heben. »Ich hol was zum Verbinden«, sagte er leise. »Wir müssen die Blutung stillen.«

Glory strich ein paar feuchte Strähnen aus Nicholas' Stirn. Sein Atem ging flach und unregelmäßig; seine Brust hob sich kaum. Die Halsschlagader zitterte unter dem flatternden Puls. Er hatte sich kein einziges Mal bewegt.

Glory beugte sich über ihn. Tränen stiegen ihr in die Augen und rannen über ihre Wangen. »Nicholas, bitte, stirb nicht.« Ihre Hände zitterten. »Du darfst jetzt nicht sterben. Unser ganzes Leben liegt noch vor uns.«

Seine Finger suchten ihre Hand. Flatternd öffneten sich seine Lider. Er fuhr sich mit der Zunge über die Lippen, schluckte und versuchte zu sprechen.

»Bleib ruhig«, flehte sie. »Du brauchst deine ganze Kraft.«

Er hob den Kopf, entschlossen, etwas zu sagen.

»Bitte, Nicholas. Du darfst dich nicht bewegen.«

»Sag mir... daß... du mich liebst«, hauchte er. »Sag mir...«

»O Gott.« Vom Schmerz überwältigt schloß Glory die Augen. Sie legte ihre Hand auf seine Wange. Unter ihren Tränen nahm sie alles nur noch verschwommen wahr. Sie rannen über ihre Wangen und fielen auf seine Brust. »Ich liebe dich, Nicholas. Ich wollte dir das so oft sagen. Ich habe dich geliebt, seit wir uns zum ersten Mal begegnet sind. Ich habe dich geliebt, als du mir auf der *Black Spider* das Leben gerettet hast. Ich habe dich geliebt, als wir in Boston und auf Blackwell Hall waren. Ich konnte nicht aufhören, dich zu lieben. Selbst als ich es wollte, gelang es mir nicht. Ich habe dich immer geliebt, mein Nicholas. Und ich werde es immer tun.«

Aber Nicholas hörte sie nicht mehr.

Er hatte die Augen geschlossen. Seine Finger lösten sich von ihrer Hand und fielen herab. Sein Kopf sank kraftlos in ihren Schoß.

»Der Herr ist mein Hirte, mir wird nichts mangeln. Er weidet mich auf einer grünen Aue und führet mich zum frischen Wasser. Er erquicket meine Seele.« Die Stimme des Priesters dröhnte tief und voll Mitgefühl über die gesenkten Köpfe der Trauergemeinde hinweg, die dem Toten die letzte Ehre erwies.

»Er führet mich auf rechter Straße um seines Namens willen. Und ob ich schon wanderte im finsteren Tal, fürchte ich kein Unglück; denn du bist bei mir, dein Stecken und Stab trösten mich.«

Glory stand vor dem Eichensarg, der neben dem frisch aufgeworfenen Erdhügel auf dem kleinen Friedhof unterhalb von Summerfield Manor ruhte. Eine Wolke hatte sich vor die Sonne geschoben. Nach Regen duftender Wind spielte mit Glorys Röcken und ließ den schwarzen Tüllschleier vor ihrem Gesicht flattern.

Aber keine Träne benetzte ihre Wange.

Die Zeit der Tränen war vorüber.

»... und schenkest mir voll ein. Gutes und Barmherzigkeit werden mir folgen mein Leben lang, und ich werde bleiben im Hause des Herrn immerdar.«

Glory knetete den Stoff ihres dunkelgrauen Kleides zwischen den Fingern und starrte wie in Trance auf die Girlande aus gelben Rosen, die quer über dem Sarg lag.

»Erde zu Erde, Staub zu Staub, Asche zu Asche.«

Es war noch nicht lange her, als sie genau hier gestanden hatte und auf einen anderen Sarg starrte, einen aus feinstem Mahagoni, in dem die Überreste ihres Vaters gelegen hatten. Sie kämpfte gegen den Schmerz in ihrer Kehle.

»Ist alles in Ordnung?«

Sie spürte, wie sich seine Finger auf ihre Hand legten, die sie in seine Armbeuge gebettet hatte. Nicholas sah immer noch blaß und mitgenommen aus, doch er lebte – anders als Jonas Fry, der kalt und tot in seinem Sarg lag.

Glory nickte. »Ich bin nur froh, wenn all das vorüber ist und wir wieder heim können.«

»Ich auch.«

Von der anderen Seite des Sarges schaute Glorys Mutter durch ihren dunklen Schleier zu ihr herüber. Sie hatte sich verändert, seit Glory sie das letzte Mal gesehen hatte. Sie war verletzlicher geworden. Glory hatte ihre Mutter richtig eingeschätzt: Louise Summerfield war genauso erbost gewesen wie Glory, als sie von Jonas Frys Vorhaben, Nathan einfangen zu lassen, erfahren hatte. Ihre Mutter hatte sich offenbar mit der Vergangenheit abgefunden. Sie wollte ihr Leben endlich wieder in die Hand nehmen und eines Tages dem sanftmütigen, grauhaarigen Mann an ihrer Seite – Caleb Harcourt – eine gute Frau werden.

Sie hatte sich stundenlang mit Glory ausgesprochen, nachdem feststand, daß Nicholas überleben würde. In den letzten Tagen waren sich die beiden Frauen näher gekommen als jemals in den Jahren davor. Louise hatte Glory von Caleb erzählt und sie um Verständnis gebeten. Nachdem Glory verschwunden war, hatte ihre Mutter über Eric Dixons Familie Caleb Harcourt kennengelernt, und beide hatten sich ineinander verliebt. Da die Trauerzeit für Julian noch nicht vorüber war, hatten Louise und Caleb noch nicht heiraten können. Um mehr Zeit mit ihrem zukünftigen Mann verbringen zu können, hatte sie Jonas Fry immer mehr Aufgaben übertragen. Aber all das würde sich nun ändern. Bald würde Caleb Glorys Mutter helfen, die Plantage zu leiten.

Glory mochte den ruhigen, älteren Mann, der so ganz anders war als ihr Vater. Er hatte den größten Teil seines Lebens als Kaufmann in Charleston gelebt, aber er war auf einer Plantage aufgewachsen.

»Ich werde es schon wieder lernen«, hatte er zwinkernd erklärt. »Für eine Frau wie Louise lohnt sich das auf jeden Fall.«

Louise war rot geworden wie ein Schulmädchen.

Glory freute sich für die beiden. Ihre Mutter hatte dieses Glück verdient.

Louise hatte sogar mit Nathan Frieden geschlossen. Zu Thomas Jerveys großem Bedauern hatte sie Nathan die Freiheit geschenkt. Inzwischen war Nathan bereits auf einem Schiff unterwegs nach Norden.

»Du warst immer für mich da, Glory«, hatte er zum Abschied gesagt. »Eines Tages werde ich mich revanchieren.«

»Du kannst dich revanchieren, indem du anderen Schwarzen hilfst.« Sie hatte ihn umarmt und ihm nachgewunken, bis er außer Sichtweite war. Wenn er diesmal nach New York kam, war er dort in Sicherheit.

Nicholas' Verletzung war weniger gefährlich, als sie ausgesehen hatte. Die Kugel hatte seine Brust durchschlagen, ohne daß sein Herz oder seine Lunge verletzt worden wären. Jetzt brauchte er nur Ruhe und Erholung. Er hatte drei Tage im Bett gelegen, aber heute verlangt, daß sie sich von ihm zur Beerdigung begleiten ließ.

Ihre Mutter schien sein Pflichtbewußtsein zu freuen. »Jonas Fry war zwanzig Jahre lang unserer Familie ein ergebener Diener«, hatte Louise gesagt. »Es gehört sich, daß er auf dem Land der Summerfields begraben wird und daß die Familie zu seiner Beerdigung kommt.«

Und so geschah es auch.

Mac, Jago und Josh hatten Matt Bigger den Behörden von Charleston übergeben.

»Adieu, Süße.« Sein grinsendes Gesicht war noch von Nicholas' Schlägen gezeichnet gewesen, als sie ihn zum letzten Mal gesehen hatte. »Ich würd' ja lieber in den Knast gehen, wenn ich wenigstens mal zum Zug gekommen wär'.«

Josh war empört gewesen. Jago hatte gegrinst, als würde er Matt gut verstehen, und Glory hatte dem Himmel gedankt, daß Nicholas das nicht gehört hatte.

Mac und die Mannschaft der *Black Witch* waren nach New York zurückgekehrt, sobald der Arzt sicher war, daß Nicholas sich erholen würde. Die *Black Neptune*, ein weiteres Schiff aus Nicholas' Flotte, würde in drei Wochen in Charleston vor Anker gehen. Bis dahin wäre Nicholas reisefähig, und Glory hätte genug Zeit für ihre Mutter und für einen Besuch bei ihren alten Freunden gehabt.

Der Gottesdienst war zu Ende, und Nicholas führte Glory zurück zum Haus. Sie hatte der Beerdigung beigewohnt, weil es der Anstand erfordert hatte, aber sie empfand kein Mitleid mit Jonas Fry. Sie hätte ihm sicher nicht den Tod gewünscht, aber daß er gestorben war, tat ihr nicht weh. Sie hoffte, daß der Mann, den ihre Mutter an seiner Stelle eingestellt hatte, die Sklaven besser behandeln würde.

»Du siehst ein bißchen mitgenommen aus«, sagte Glory zu Nicholas und legte ihm die Hand auf die Stirn, um seine Temperatur zu prüfen, während sie die geschwungene Treppe zu ihrem Zimmer im zweiten Stock hinaufgingen.

»Vielleicht haben Sie ganz recht, Mrs. Blackwell. Ich sollte mich lieber gleich wieder ins Bett legen.« Sein Blick legte sich auf die Wölbung ihrer Brüste unter dem dunkelgrauen Trauerkleid, das sie auch getragen hatte, als ihr Vater gestorben war. Seine Augen verdunkelten sich, und plötzlich strahlte aus ihnen wieder jenes Feuer, das Glory nur allzu gut kannte.

»Komm lieber mit«, meinte er. »Nur damit mir wirklich nichts passieren kann. Außerdem will ich, daß du dieses furchtbare Trauerkleid ausziehst.« Sein Blick verriet, daß sie seiner Meinung nach nicht nur das Trauerkleid ausziehen sollte, und Glory spürte, wie ihr Verlangen erwachte. Sie betraten Glorys Zimmer. Sie hatte Nicholas das breite Bett überlassen und bis jetzt die Nächte auf dem schmalen Sofa verbracht, weil sie befürchtet hatte, seine Wunde könne wieder aufreißen.

»Dreh dich um«, befahl er, kaum daß sie die Tür geschlossen hatten.

Sie stand vor ihm und spürte, wie er ihre Knöpfe mit festem Griff öffnete und die Schlaufe aufzog, die ihre Unterröcke zusammenhielt. Sie trat aus dem weichen Stoffberg und zog gleichzeitig das Kleid aus. Sie drehte sich zu ihm um.

Nicholas seufzte. »Ich hätte fast vergessen, wie schön du bist.«

»Ich liebe dich«, flüsterte sie.

»Ich glaube, das kann ich gar nicht oft genug hören.«

»Ich liebe dich, ich liebe dich, ich liebe dich.« Sie lachte hell.

Sie streifte ihr Spitzenhöschen ab und stand nur noch in dunkelgrauen Strümpfen, Samtstrumpfhalter, Halbkorsett und Spitzenhemdchen vor ihm. Sie lächelte ihn herausfordernd an.

»Du Biest«, flüsterte er und zog sie an sich. Er küßte sie innig, doch plötzlich merkte sie, daß er unsicher auf den Beinen wurde.

»Ich glaube, du solltest lieber ins Bett gehen.«

»Nur wenn du mitkommst.«

»Das wirst du nicht verhindern können.«

Er ließ sich von ihr ausziehen. Erst seinen Rock, dann das weiße Hemd. Er saß auf dem Bett, während sie seine Hose öffnete. Als sie sich vorbeugte, spürte sie Nicholas' Hand zwischen ihren Schenkeln, und glühende Hitze durchströmte sie.

Sie streifte die Breeches über seine langen Beine und spürte seine Muskeln, als ihre Hand den steifen Schaft zwischen seinen Beinen berührte. Sie fuhr sich mit der Zunge über die Lippen und umspielte mit den Fingern das harte Fleisch, erregt von dem Gedanken an die Lust, die es versprach.

Nicholas rutschte ans Kopfende des Bettes. »Komm her.«

»Noch nicht.« Sie sah ihm in die Augen und fuhr sich wieder über die trockenen Lippen. Langsam senkte sie ihren Kopf zwischen seine Beine und liebkoste ihn zärtlich mit ihren Lippen und mit ihrer Zunge. Sein leises Stöhnen erregte auch sie. Sie küßte und streichelte ihn, bis er sich nicht mehr zurückhalten konnte und erbebend zum Höhepunkt kam. Als er erschöpft und überrascht von ihrer Kühnheit in die Kissen zurücksank, zog sie sich ganz aus und legte sich zu ihm, darauf bedacht, seine Verletzung nicht zu berühren.

»Du bist ein noch größeres Biest, als ich gedacht habe«, flüsterte er und umfaßte ihre Brust. Er küßte sie und umschloß mit dem Mund die harte Knospe. Ein Schauer der Lust überlief Glory. Als er sich von ihr löste, strich sie mit dem Finger über seine Brust bis zu der flachen Stelle unterhalb seines Nabels.

»Und du, mein Lieber, bist ein noch größerer Teufel.«

Er lachte leise und küßte sie. Seine forschende, warme Zunge drang in Glorys Mund. Er setzte sie auf seinen Schoß, und Glory, die längst feucht geworden war, ließ seinen harten Degen in sich hineingleiten. Sie ließ ihren Unterleib kreisen, bis er seine Hände an ihre Backen legte und ihr einen Rhythmus auferlegte, dem sie sich nicht entziehen konnte.

Bald war sie seiner Bewegung ganz und gar ausgeliefert. Sie zerfloß in den Empfindungen, die sie erfaßten, sie küßte ihn, fuhr mit den Fingern durch sein Haar und stöhnte leise an seinem Hals. Einmal zuckte er unter ihr zusammen, als sie versehentlich seine Wunde berührte, doch er hörte nicht auf. Immer wieder nahm er sie, langsam und tief, bis eine Woge der Lust über ihr zusammenschlug und sie seinen Namen rief. Gleich darauf ergoß sich Nicholas in sie.

Später lag sie neben ihm, und beide ruhten still und voll Zufriedenheit.

»Sag mir –«

»Ich liebe dich«, antwortete sie, ehe er den Satz vollenden konnte.

Er streichelte mit dem Finger ihre Wange. »Und ich liebe dich.« Keine Zweifel, keine Ängste standen mehr zwischen ihnen. In Zukunft würde Glory all ihre Gedanken Nicholas offenbaren. Und Nicholas würde ihr sein Leben lang beweisen, wie sehr er sie liebte – auf jene uralte Weise, in der er es ihr eben gezeigt hatte.